U0449593

无限天罗

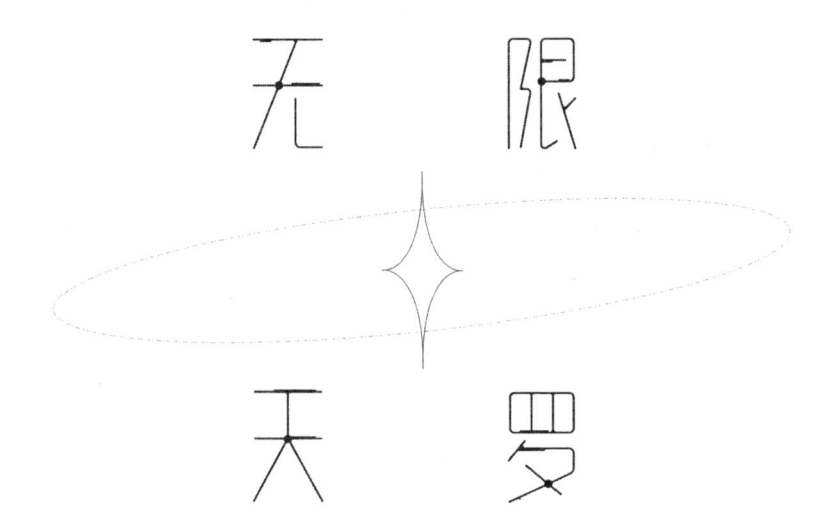

圆太极 著

北京联合出版公司
Beijing United Publishing Co.,Ltd.

一未文化　　非同凡响

北京一未文化传媒有限公司
www.bjyiwei.com
出品

群星扫击,至暗将袭。

目录

引子　闪电惊魂　　　…001

第一章　高手集结

贯穿三重天罗的脱网事件　　　…006
用工程车完胜超级赛车的"龙卷风"　　　…015
"壁虎黑客"和"天神之手"　　　…025

第二章　莫名危机

科谷州脱网之后危险重重　　　…034
乌玛圣女显神迹拯救失事飞机　　　…042
闯入诡异而沉寂的罗湾城　　　…048
回旋镖饭店发现异常迹象　　　…054

第三章　北坡飞车

逆向疾驰摆脱围追堵截　　　…062
乌玛圣女预言震惊蒙达迈　　　…069
草坡上滚翻而下的"霸王龙"　　　…076
半路杀出第五个组员　　　…082

第四章　深林奔逃

普世艾德家族的死者 … 090
太空发电站发生的诡异事件 … 097
湖面波动引发巨大爆炸 … 103
鱼肚里寻找天外尘埃 … 110

第五章　三星贯云

毁灭预言是神迹还是迷信 … 118
更大的彗云将碾轧地球 … 125
巨蟹号再次遭遇诡异事件 … 133
殷灵的车祸元凶竟然来自太空 … 139

第六章　沙漠险行

向全世界直播冒死行动 … 148
进入即将被彗云扫击的沙漠 … 154
一片采集卡中断了数据传输 … 163
最后几分钟的拼死补救 … 171

第七章　冲破狂沙

沙尘暴中无畏而舞的"精卫"　　　… 178
"盘龙柱"竟然展翅飞过沙沟　　　… 184
蒙达迈正好在扫击的缺口中　　　… 190
奇怪的人给予的奇怪提醒　　　　… 197

第八章　天灾升级

下击暴流式的彗云尘埃冲击　　　… 206
印度纱丽上可能存在的奥秘　　　… 213
纳斯卡线条中藏着什么秘密　　　… 221
类人体神经系统搜索依据来源　　… 229

第九章　天罗四号

可吸收存储能量的五行永动环　　… 238
从大迁移的奇怪路线得到启发　　… 245
矛盾焦点转嫁给全球天电互联网　… 253
天罗四号行动正式开始　　　　　… 260

第十章　潜影如魅

险山恶水间奇怪的迁移队伍　　… 268
秦潇然舌战乌玛圣女　　　　　… 274
天灾降临时人为破坏连续出现　… 280
双管齐下的对抗突然而至　　　… 286

第十一章　暴流决战

下击暴流中的飞机大战　　　　… 294
反下套一举击破屏蔽程序　　　… 301
"电大白"机器人与引领者的缠斗　… 308
飞驰的"魔礼红"撞合子母套　　… 316

尾声　如幻世界　　… 325

引子

闪电惊魂

M 国科谷州。

这一天的夜幕似乎比平时来得更早更快了些。落日抛下的最后一片云霞不管是形状还是色彩都明显有些怪异，被山尖颤微微地托着，好像随时会滚落到山岭慢慢抬升的阴影中。

东边的天际已经被蓝黑色逐渐填塞，由深到浅的延伸，让天地之间的空隙显得无比深邃。偶尔从深邃中传来的奇怪声音很是混浊，无法分辨是来自天上还是来自地下，抑或是天地摩擦发出的。混浊的声音让很多人都心惊胆战，因为它和世界各地出现过的但至今无法解释的末日号角非常相似。

夜幕即将覆盖的是科谷州的罗湾城，一个沿海的丘陵地区，苍林茂密，山峦起伏。山峦上一个个高大的电能无线输送设备塔，绵延往西而去，并最终走出山岭，跨过一片荒芜的褐色土地。

褐色土地的另一边是美丽的小城罗湾城，城市紧临大海。绵延的电能无线输送至快到罗湾城的地方分散开来，有的继续往西，有的折个角度转向更远的山峦，还有的一直延伸到蓝色的大海边。沿着这些分散开的电能网络一路过去，不管是朝哪个方向，都可以见到成片的太阳能板、巨大的白色风车、屋顶上的能源综合转换器。如果再走远一点儿，还可以看到更加高大壮观的太空无线电能接收塔站。

夜幕完全覆盖了下来，罗湾城中的灯光亮了。天上闪烁的星光，海面粼粼的波光，与小城的灯光相互映照。整个罗湾城被装点得光芒四射，就像一块嵌在深蓝色海边的玲珑剔透的宝石。而远处的山峦和苍林则变成了淡淡的影幕，朦胧缥缈地衬托着罗湾城。

虽然刚刚入夜，城里却非常宁静。只有与末日号角相似的声音还在时不时地响起，像是在朝着罗湾城逼近。

路上开始没有什么行人，显得非常冷清，但是一群刚刚还在盖亚神庙里祷告的老人和妇女突然间涌到了街上。这些人的神情很慌张，边走边不时地回头看看身后，脚步更是在不停地加快。因为他们已经清楚地感觉到后面有什么东西正在逼近，像是从天上来的，又像是从地下来的。

与末日号角相似的声音已经变得怪异而混乱，带着一种无形的力量从远处快速地传来，让大地震颤，让空气震颤。

突然，几道巨大的闪电从天而降，就像从天上夯下了多根巨大光柱。那亮光将整个黑夜变成耀眼的白，根本让人无法睁眼。光柱击中城市，击中山峦，击中那片褐色的土地。

有风车倒了，有太阳能板碎了，有蓝色的电弧光在设备塔之间、塔柱之上以及更低等级的无线输送杆上流动盘旋。房顶上的能源转换器不时爆裂开来，就像锅里炒制的奶香玉米粒，只是冒起的烟雾带有刺鼻的煳臭味道。远处的山峦上有几棵大树像火把一样被点燃，并且越烧越旺，朝着四周蔓延开来。

整个罗湾城顿时陷入黑暗之中——这是人们多少年来都没有见过的，就连天上的星星都像是收到消息提前躲藏了起来。现在最为艳丽和明亮的地方反而是远处山峦上被燃烧的大树。

宁静的城市也不再宁静，先是警报声连续不停地响起，鬼哭狼嚎一般。紧接着是消防车此起彼伏的笛声，它们在警报声的掩盖混淆中显得那么无力。

在警报响起的同时，城市的街道上人声鼎沸，都是慌乱走出家门的市民。他们遇到了记忆中从未出现过的情况——停电。全球天电互联网覆盖之后，这应该是不可能发生的事情，让人难以置信、难以想象。因为从未发生过停电，所以根本没有应急的临时照明系统来应对一时间无法消除的黑暗。在这种大范围的黑暗中，人们害怕了、恐惧了，惊叫声、召呼声、咒骂声……搅和成一个巨大的、持续的单音。

不过这种情形并没有延续多长时间。科谷州电网发生脱网，全球天电互联网灾害型模式紧急启动，源网荷管理系统马上自动隔离故障点。同时针对脱网局域电网的构造特点、设备组成、脱网形态等种种条件，一个由故障信息云数据编程的重新联网方案自动输入互联网运行操作系统。各枢纽位置变电站、换流站、单塔附带设备按程序启动，交叉线路硬链接自动转换方向，联通新的输送途径。系统实施多方位、多回路、分区域冲击重启，快速可靠地恢复了科谷州地区电网的正常运行。

三小时后，M 国政府和军方联合发布消息：科谷州罗湾城遭遇奇怪的不明武器袭击，不排除外星球生物袭击的可能。并宣布 M 国即时进入战备状态，所有部队、武器、军事设施处于即启动模式。

第一章·高手集结

- 贯穿三重天罗的脱网事件
- 用工程车完胜超级赛车的"龙卷风"
- "壁虎黑客"和"天神之手"

贯穿三重天罗的脱网事件

虽然是上午，但中国北京通州区仁信医院的医务大楼里却是空荡荡的，不见一人。楼梯和走廊也显得有些昏暗，不时有阴冷的风从长长的走廊尽头吹来。

突然，有一串急促的脚步声闯进了大楼，随着脚步声一路跑过，走廊里的声控照明灯相继快速亮起。但微微闪烁的灯光还没来得及完全稳定，那脚步声就已经闯入了前面的灯光中。

秦潇然在大楼长长的走廊中气喘吁吁地奔跑着，脸上有汗有泪。剧烈的心跳就像自己在大楼中回荡的脚步声一样，带来的是更多的虚颤、震荡的感觉。但这一点也不影响秦潇然脑海中反复闪过的情景和对话，那是几天前他和前妻殷灵的一次可视电话交谈。

秦潇然是全球天电互联集团北京中心运行维护部的一级专家，殷灵是能源特种材料研究院的研究员。两个人都有着强烈的事业心，一心想在自己的领域里有所突破和建树。四年前为了互不干扰，两人离了婚，殷灵带着两岁的儿子浏儿离开了北京。

前几天的一个早晨，有晨读习惯的秦潇然正拿起一本《方雷天机新解》走向阳台的摇椅，可视电话美妙的呼叫音乐响了起来。

电话是殷灵打过来的，秦潇然有点意外，他已经许久未曾接到殷灵的电话了。

"你都还好吧？"殷灵问。

"好！你呢？儿子呢？你们都好吧？"

殷灵没有回答秦潇然的问题，而是继续问道："还一个人吗？"

"对。"秦潇然短暂地沉默了下，"其实一个人也挺好。"

"我带着孩子回来，可以吗？"殷灵的声音里有一些紧张，因为这才是她打电话要表达的主题。

"你说什么？你再说一遍。"秦潇然的声音更紧张。

"我们都曾有一些必须去做的事情,所以暂停了爱,按照自己的意愿去把那些事情做好。现在我的事情做完了,能不能把暂停的爱继续下去?"殷灵停顿了一下,然后抬起头提高嗓门,"我要带着儿子回来,可以吗?"

"家里所有的指纹锁还保存着你的开启权限。你……回来吧!我……我其实,一直都在等你们。"秦潇然说这话时想故意保持镇定,然而事实上,他激动得有些慌乱。

秦潇然并不知道殷灵今天带着儿子浏儿回了北京,她事先没说。可能是想给秦潇然一个惊喜,觉得像平常下班一样很自然随意地回到曾经的家里,会让大家感觉更好,所以殷灵带着浏儿到达北京的消息是医院告诉秦潇然的。

殷灵和浏儿是从机场出来后乘坐机场的电磁悬浮巴士出事的。电磁悬浮巴士是有专用轨迹道路的,然后又是上午光线最为明亮柔和的时间段,车前出现什么异常物体都是可以看清的。但是在什么状况都没有的情况下,那巴士却不可思议地飘移起来,并且最终打横侧翻。殷灵和浏儿很快被送到最近的通州区仁信医院,紧接着医院便通知秦潇然赶紧赶到医院来,晚了就见不到殷灵最后一面了。

奔跑的脚步声在拐进一条稍窄的走廊后缓慢下来。这条走廊比外面的大走廊要更加阴暗些,因此这里的灯光始终是亮着的,是那种可以将人的脸照得没有血色的惨白灯光。也正因为有这惨白的灯光,才将走廊尽头的三个不大的红字映照得特别刺眼。那三个字是——太平间。

这是一条通往"太平间"的走廊,此刻走廊上有几个人在纠缠着。一辆推送尸体的担架车被一个六七岁的孩子死死拽住,他睁大眼睛,视线不停地在周围人的脸上游走,神情显得惊恐而茫然。他的动作则显得慌乱而执拗,一只手要拽住车子不让推走,另一只手则坚定地抱住自己怀里的小背包,好像那背包里有他最珍贵的宝物。

其实推车的医工轻轻用力就能挣脱孩子的阻拦,但是在这个时候、这种地方,谁又能忍心这样去做呢?旁边有一个警察和两个护士在不停地劝说、哄骗那个孩子,想让他安静下来放开车子。但很显然,他们无法做到。

秦潇然放缓了脚步,慢慢走上前去。他感觉自己双腿发软,很难迈得动步子。脸上、身上的汗水在这样的环境中瞬间变冷,滚烫的泪水却哗哗淌下。他认出那个惊恐慌乱的孩子是自己的儿子浏儿，因此而感到心痛。浏儿的神情和动作也很明显地告诉他，躺在车上将被推入太平间的是他的前妻殷灵，所以他的心已然粉碎。

那个警察看到了秦潇然，于是迎了过来："你是秦先生吗？"

秦潇然僵硬地点了点头。

"唉，你还是来晚了些。医院的医护人员已经尽力了，没能拖到让你见孩子妈妈最后一面。孩子妈妈是个伟大的母亲，在翻车的最后时刻，她用自己的身体将孩子完全护住。孩子在她妈妈怀里只受了点儿皮外伤，不过受到的惊吓却很严重。本来应该吃点镇定的药物在病房中观察一下的，可他怎么都不肯离开他妈妈。我们已经想了各种办法了，就是无法劝动他。"

秦潇然没有说话，而是慢慢走向浏儿，在浏儿身边缓缓蹲下。浏儿游走的目光停在了秦潇然脸上，神情依然惊恐而茫然。

"浏儿，你是浏儿吧？"

秦潇然还记得殷灵当时为什么给儿子起这个名字，她是取了苏轼一首《南歌子》里的词句："山雨潇潇过，溪桥浏浏清。"她说这句诗里有秦潇然的潇潇在，那就把对应的"浏浏"给儿子，爸爸和儿子应该像词句一样默契精妙地在一起。

浏儿没有回答，只是惊恐地盯着秦潇然的脸。或许是现在秦潇然泪水横流的脸真的很难辨认清楚。

"你还认识我吗？知道我是谁吗？"

浏儿还是没有回答，不过圆睁的眼睛快速眨动了几下。

"对了，你已经长大了，不记得我了。"秦潇然轻轻地用手臂环搂着浏儿。

浏儿紧拽住车架的那只手终于松脱了，然后眼睛一闭倒在了秦潇然怀里。

车子被推走了，推向走廊的尽头，推向那三个刺眼的红字。秦潇然看着车子离去，从喉咙间发出了一声低沉的号啕。那撕心裂肺的声音在走廊中回荡了许久，让所有听到的人不禁动容。

一座颇具中国传统风格的大楼，虽然占地面积挺大，但是连着地下总共也才只有六层，所以在周围培植得很好的树木植物的遮掩下很不引人注目。不过这座大楼在外形构造和实际应用上却是非常巧妙和独特的，它不仅保证了各种能源转换应用设备的布置，保证了许多无线信息传输装置的安装，而且整体建筑保持了中国传统特色的风格，并利用这种传统特色作掩饰，让人们从外部根本看不出那些设备和装置的存在。所以这座大楼的设计和建造是很具功底、很费功夫的。

其实在实用科技的发展过程中，最早实现能源与建筑相融合的应该是家庭居所，然后才延展到更大型的建筑。因为家庭居所范围小，区域更集中，更便于安装。早在 2010 年，有人就已经开始试用家庭能源转换系统了。后来在绿色能源概念的推动下，这种生活方式得以飞速发展，并且随着全球天电互联网和智能用电的推行实现了全球覆盖。

如今每户家庭都会在屋顶、外墙、窗户、阳台、地下室等部位安装上绿色能源接收装置。屋顶和部分墙体的接收装置可以对风力、太阳能、噪声进行接收，墙角和院子里的悬球式接收装置可以对微震颤、地球重力和磁力进行接收。而这些装置接收的能量将汇集到统一的多功能能源转换器，转换成电能，满足家里所有的用电需要。

另外，从外墙上平伸出的接收装置可以吸收、储存外部的热能和湿气，满足家中热水的需要。同时还能进一步生成蒸汽动力，满足垃圾压缩机、搬运机、升降机等家用机械的使用需要。窗户、阳台处的接收装置会收集露水和雨水并进行提纯，提供纯净的食用水。同时这些位置还是种植生态蔬菜的地方，接收装置可以保证所需的足够养分和光照，使其快速生长。家中烧煮的燃料则由接收装置通过沼气和废品垃圾来获取，而地下室的转换器则可以将地下水以不流失的状态进行循环，将家中温湿度保持在最佳舒适度。

同时，所有接收装置并非单一工作，而是会通过多功能能源转换器形成一个相互补充的整体系统。电力充足时可以提供给烧煮需要，蒸汽充足时可以协助发电，等等。这样的能源转换系统不但可以维持自己家庭的使用需要，还可以进行智能调整和传输，与周围住户形成互补互助关系。电能、燃料、热水、蒸汽有余量时可供应其他用量不够的住户，而当自己家里不够时，其他有余量的住户也会供应给自己使用。在大家都有余量时还可以联网上传销售，这样不但可以很快收回设备安装成本，后续还能在自己享受的同时赚取不菲的效益。

不过这座大楼的能源接收、转换设备还是有些不一样的。它比一般家庭和其他大楼建筑更加完善精密，规格也是最大型、最先进的。另外，整座大楼里面的布局和一般的大楼也有着很大的差别，地面上的三层是车库、食堂、值班休息室、健身俱乐部。这倒不是因为这样布局更便于装有太阳能电池的电动汽车充电，也不是因为更好的环境和视野有利于休息、就餐。而是因为地下三层有着更加重要的作用，必须尽量少地遭受外界影响，更不能遭到其他恶意破坏。因为这里是全球天电互联集团的总控制中心。

在地下二层宽大的监控调度大厅里，有一个立体投影的蔚蓝地球。投影的立体地球很大，不仅与真正的地球同步缓慢运转着，而且同步显示地球上每个角落的发电、输电和用电情况，由不同颜色的发光线条、发光点进行标注和显示。在这个投影的立体地球上按要求画，便可以闪现出更多投影的屏幕，闪现出不停变化的数据，这些数据都是这一个点上详细的即时状态。

而在这个投影地球的周围，围绕着更多的电脑和仪器。通过这些不仅可以更加细致地查看全球天电互联网各方面的运行情况和设备状态，而且可以了解到每一处互联网所处的环境、温度、气候等情况。

今天监控调度大厅里和往常有些不同，不仅仅是气氛的不同，实际情形也有着明显差别。蔚蓝的立体地球上多出了一块闪动的红斑块，由这红斑块位置延展出的几个立体屏幕上都是固定的红色数据。此刻有几个系统分析师正在那些立体屏幕前紧张地忙碌着，他们不停地从红色斑块及屏幕中抽取出不同数据，加入旁边一些单独用以计算分析的立体投影屏幕上，然后快速而谨慎地进行数据排列分析，从中寻找异常点。

控制中心的调度总监郑风行双臂抱在胸前，身体有些僵直地站在那里。他的眼睛在投影的地球和几个计算分析的大屏幕之间转换，皱紧的眉头不停地耸动着。手中紧握住一支激光笔撑在下巴下，时不时会用他的下巴敲击笔端的弹性开关。这是郑风行的习惯动作，每当思维艰难和心情紧张时，他便会做这样的单一动作，仿佛是要用自己的脑袋当锤子敲击开迷惑，又像是要用那笔点开脑袋里的混沌。

也难怪郑风行会陷入这样的状态，这一次的脱网事件真的很蹊跷。事件发生后三小时，M国政府公开发布消息，说科谷州罗湾城遭遇奇怪的不明武器袭击，不排除外星球生物袭击。但是二十小时后，在更多军事强国和国际军事观察研究机构的帮助和确认下，M国政府主动撤回消息，澄清之前宣布状态是因为误判断，整个事件过程不存在任何军事行动的可能。

但正是因为撤回了原来的消息，确定不是军事行动造成，那么这件事情的真相就变得更加蹊跷了。因为这一次脱网事件所提交的现场资料显示，除去偶然性因素，所有受损的设备装置都在全球天电互联网范围内。也就是说，排除外界因素，脱网原因应该是在天电互联网络主体中。但是从天电互联网络的整个构架组成、运行方式、设备稳定性来看，这又完全是不可能发生的一件事。

从最初的东北亚中国、俄罗斯、韩国、日本四国天电互联发展意向书签订之后，天电互联网一直良性发展，日趋完美，很快覆盖全球。随着多种能源科技的发明、运用，以及电力高端设备的研发和使用，全球范围的能源现在已经形成了三重网络构架。

第一重网络构架被命名为"天罗一号"，是以多个太空发电站为主体，利用太阳能、大气层摩擦、地球引力和自转力等形式进行发电，以全无线电能传输构筑而成的天电互联。

第二重网络构架被命名为"天罗二号"，是以各国大型光伏发电站、风力发电站、潮汐发电站、水力发电站、沼气发电站、废品转换利用发电站为主体，利用遍布全球的多等级特高压无线网架、海底电缆等设施构筑的天电互联。

第三重网络构架被命名为"天罗三号"，是以每座建筑、每所住宅为主体，采取多方式的能量接收和转换，以太阳能、风能、噪声、沼气等方式发电，在所有建筑和住宅之间形成自发电、智能用电网络。它不仅可以满足个人用户的用电需求，而且可以将多余电量上传至网络。

而第二、第三重网络并没有像第一重网络采用全无线传输，因为海里设置无线设备塔难度大、费用高，不如采用过海电缆更为合理。另外，在低电压使用上还要从安全角度考虑，电能是看不见的，高电压采用的空气流绝缘也是看不见的。高电压设置位置高，不会出现绝缘失效后的误碰。低电压都是在人们身边使用的，如果出现绝缘失效又无法看到，还是会有一定危险的。所以日常生活中除了一些特定场合在指定区域设置无线供电外，一般还是使用的有线供电。

不管无线还是有线，三重天罗的每重网络都是以纵横交错的网格式回路连接，而三重网络之间也是以多回路交错连接，真就如同相互关联的三层天罗地网笼罩住整个地球。三重天罗多年前已经逐步完善，所以现有的全球电力能源完全采取绿色自然的发电方式。因为有了这样的网络之后，全球电能在源网荷方式管理下，可以互通有无、互惠互利，按地区需要支配电力。

比如正处于白天光照充足、风力充足或正值水季、潮汐的地区发电量大，有余量，便可以向地球另一边处于黑夜和条件不足、发电量少的地区输送电能。而当条件转换之后，另一边电能充足有余量又可以输送回来。但原有的煤炭、核能等非绿色发电已经几乎完全退役，只有极少地区才偶有留存作为辅助发电手段。这其实也就是天电互联的实际意义，将天然环保的电能进行全球的统调统配。这不仅能保证高速发展区域和城市的电力应用，更能保护地球的生态和资源，还人类一个越来越好的生存环境。

天电互联网的源网荷管理系统已经近乎完美，而实际的三重天罗传输体系也极度坚强。从开始构建到长时期运用，整个历史记录中不曾出现过科谷州这样大范围的脱网现象。因为三重天罗从一开始设计就采取了 N-1 的输电形式。也就是说，一个用电点有好多输入电能的途径关联，哪条途径出现问题便会立刻自动脱离。这种形式从区域到个体，就连某一个用电小区甚至某一个家庭用户也都是这样。所以即便互联网络出现了问题，源网荷管理系统也会立刻配合装置将其脱离。

而且三重网络通过这么多年不断的发展和完善，截止到目前，自动脱离装置已经遍布每一个设备塔以及每一个低电压的电能出入口，可对两个设备塔之间的基础连接和单个用户的基础点进行智能隔离。

首席系统分析师陈纬率先完成了自己的分析部分，手指离开了面前的立体屏幕。他边脱下手上的遥控键盘手套，边转头朝向郑风行："郑总，我已经把所有故障发生范围内前后二十四小时的数据过了一遍。故障当时确实有闪电现象，但没有先期预兆，也没有后续的延展和波荡，网络避雷设备基本都没有动作。这种现象确实无法说清原因。不过互联网运转这么多年都很稳定，类似的偶然事件从网络整体事件的发生概率定性，是可以忽略不计的。"

"但是再偶然毕竟还是发生了，发生了就必定有原因。"郑风行紧皱的眉头并没有松解。

"这倒也是，不过凭借传输回来的现有数据确实还无法判断具体原因。"

"所以要查呀，M 国天电互联分中心发过来的情况报告显示损坏现象很是复杂，是多点多层面的。太空无线传输启动了隔离，天电互联网络也出现多点启动隔离，最为蹊跷的是低压用户的能量转换装置也出现大面积损坏。这说明三重网络都出现了故障现象。"

"低压用户能量转换装置大面积损坏？那会不会是从用户方导致的反向故障冲击导致脱网？因为数据分析是多点同时故障导致的后果，天罗一号和天罗二号系统都不应该出现这样的情况，只有天罗三号系统出现故障反向影响才能说得通。"

"挂在天罗三号上的用户出现偶然故障反向影响是可能的，但一般在基础出入口就会被隔离。就算影响越级不能隔离，最多也就涉及高压部分，绝不可能冲击到天罗二号的特高压部分，更不可能冲击到天罗一号。再说了，天罗三号现有的稳定性已经极为可靠，连接上网必须通过十分严格精密的检测，你觉得这样坚强的网络会同时出现许多点的故障吗？"郑风行从基层的实际工作做起，一直做到中心调度总监。从他个人的实际经验以及对互联网的自信程度来讲，是绝不会相信这次事件的原因出在三重天罗上的。

就在这时，一身蓝色裙装制服的秘书快步走进控制室，本该无声的软皮平底工作鞋因为步伐的急促连续与地面发出"吱嘎"的摩擦声。

"郑总，紧急电话，国际联络部打来的。"秘书还未走到郑风行面前就急切地说道。

"几线？"

"秘2线。"

郑风行转身走进调度大厅后面只能容下一人的全隔音通话间："我是郑风行，接通秘2线。"

"郑总监吗？我这边是国际联络部。刚刚接到我国能源管理局通知，应M国政府强烈要求，我们天电互联集团方面务必在短时间内找出科谷州脱网事件的真相。此次事件不仅出现大面积断电，而且有三人死亡。死亡三人虽疑似遭遇雷击，但尸体都在电力设施附近发现，真实原因无法确定。现在这些情况已被M国自强党、求真党等政府对立党派利用，鼓动民众弹劾政府。另外，盖亚教、圣阳联盟、自由生命会等社会团体也从信仰角度迷惑大众，扭曲事实，并且组织了大规模游行和集会围攻政府，要求脱离全球天电互联网，独立能源系统。这情况让 M 国政府陷入了困境，因为如果它们真要脱离了天电互联网，M 国在经济发展、科技教育等方面势必会大幅度倒退。另外，这情况对全球天电互联集团的信誉和形象也有极大的负面效应，不妥善处理甚至会产生连锁反应。"

郑风行没有说话，他习惯将传达的信息流畅地听完。

"所以现在查清脱网真相已经不是我们集团单方面要做的事情，还涉及 M 国政府甚至更多国家政府的公信力，以及我们集团形象在全球的影响。"

"我知道了，现在就去办。"此时郑风行主动打断了话头，因为他知道信息的重点已经传达完毕，后面的话说不说都无关紧要了。

郑风行走出通话室时，陈纬正面对着屏幕在思考着什么。见郑风行出来，陈纬便随口问了一句："还是为了脱网的事情？"

"是的，要求我们必须找出脱网真相。"

陈纬愣了一下，脱口说道："那该怎么办？"说这样的话是因为他真的没有办法了。

郑风行没有理会陈纬的问题，而是抬手在面前多维投影的屏幕上点了一下，调出互联网中心内部联络页面："请通知运行维护部秦潇然立刻到中心控制大厅。"

系统页面闪出机器人女客服头像："即时员工状态显示，秦潇然临时请假。他前妻遭遇车祸去世，儿子惊吓过度在医院观察。是否继续通知秦潇然？"

郑风行和陈纬一下愣住了，他们根本没有想到会得到这样的消息。

"是否继续通知秦潇然？"等待时间过长，机器人女客服又问了一遍。

郑风行皱紧眉头，下巴狠狠撞了一下手中的激光笔："推迟两小时通知他！"然后又赶紧补一句，"让工会提供一切善后帮助。"

"记录显示工会人员已经前往。"机器人女客服一字一句地回答道。

"一定要找秦潇然吗？他家里出了这样的大事，要不换个人吧。"陈纬轻轻说道。

"这个任务必须由他来主持。这个人虽然看着有些拘谨，但关键时刻特别有爆发力。他的业务能力、组织能力非常强，思维缜密，分析全面，遇事冷静。更重要的是懂得多方位多角度看待问题，能综合利用各种成员的特长技能来完成任务。"从郑风行的话里可以听出，他是非常欣赏秦潇然的。

"这我知道，秦潇然曾参与并主持过多项艰难的调查任务，最终都能圆满完成，但是……"陈纬对秦潇然也非常了解。

"目前的局面只有让秦潇然立刻组建调查取证小组，赶赴 M 国科谷州进行实地查证，搜集有用线索进行综合分析，那才有可能找出此次事件的真相。天电互联网的事情比他家里的大事更重要，他会理解的。"郑风行缓缓放下抱在胸前的手臂，但就连他自己都觉得这个放松的动作非常不自然。

用工程车完胜超级赛车的"龙卷风"

只短短二十几个小时，秦潇然就像老了二十几岁，原本俊朗、秀气的面容竟然显出了些许苍老神态，始终透着股英气的气质也变得有些萎靡。

他最终都没有去看一下殷灵，因为没有勇气看。他怕这一眼会成为自己余下生命中所有夜晚的噩梦，他情愿在心中永远保留着她最美最鲜活的形象。浏儿已经昏睡了一天一夜，睡梦中不停地嘟囔着胡话。一个才六岁的孩子，经历了车祸的惊魂，亲眼看着母亲逝去的悲戚，这种心灵上的创伤是需要很多时日才能恢复过来的。

采用影像催眠后，浏儿睡了一天一夜才醒过来，但是醒来后的状态依旧是茫然惊恐的。医生在经过诊断后告诉秦潇然，浏儿在车祸中遭受严重惊吓，又亲身经历母亲去世，其后本能地阻止母亲尸体被推入太平间，那是一种无目的的等待态度。虽然显现出意识的坚强，但同时也加重了心理负压。过后在秦潇然赶到后一下放松，积攒的全部压力和情感刺激瞬间将正常反应全部覆盖，所以恢复困难。

针对浏儿的状况，医生马上采取了二次影像催眠，同时以梦介入的方式进行疏解。这一次的昏睡时间会更长，是要让他在梦境里逐渐从美好过渡到不幸，在梦境中承受下痛苦的结果，这样醒来后才能正确面对现实。

这一天一夜里，秦潇然始终陪在观察室的病床边。即便后来他的父母赶到医院后，他都没有让他们替换自己而离开。浏儿离开自己四年，四年里他没有陪过他一天，只是在可视电话里断续地看着他成长。但是从看到浏儿抓住车子不让殷灵尸体送入太平间的那一刻起，他的心被揪痛了。他清楚地知道自己永远失去的不仅是殷灵，还有四年的时光。这四年的时光里有殷灵的成功，有浏儿的成长……太多宝贵的东西是他永远获取不到的。所以，他觉得自己的情感瞬间变得贪婪，不再愿意离开浏儿，哪怕是一会儿。这本来就是他的爱，现在也是殷灵留给他的爱，更有可能是他以后唯一的爱。所以他始终坚守在旁边，半刻都不愿意离开。

在这期间，警察给他打过一个电话，告知事故的调查结果。所有道路监控和车内监控都显示行驶正常，没有任何异常状况。但据重伤的司机说，车子突然自主飘移、翻转，无法控制。这样的调查结果虽然不能让秦潇然满意，但再想想其实任何结果都已经没有意义了。所以，秦潇然只是黯然地挂上了电话。

但这一个电话接到后不久，他的笔管投影手机便被大量信息资料充斥了。郑风行本来已经决定推迟两个小时通知秦潇然赶到中心控制室，但是不一会儿他又接到天电互联集团董事会的电话，同样是要求他在最短时间内查出科谷州脱网的真相。所以，郑风行不得不再次改变主意，他让陈纬马上将科谷州脱网事件的所有数据资料先行发给秦潇然。因为他非常了解秦潇然是怎样的一个人，估计他在看到那些资料后根本不需要推迟两个小时就会主动赶来控制中心。事情很紧急，需要立刻采取行动，但秦潇然家里也确实发生了令人痛心的大事情。郑风行虽然也觉得自己的做法狡诈了些，但相对而言应该也是最为合适的。既不失人情味，又不折不扣地履行了自己的职责。

但是郑风行没有想到的是，秦潇然这次完全与以往不同。他在看过那些资料之后并没有火烧火燎地赶来，而是发回了一个文件夹。打开文件夹，里面跳出的是三个人的基本信息。

郑风行声控开启天电互联集团全球人才库，快速调出了那三个人的全部资料。然后连看都没看便吩咐秘书立刻通知这三人，让他们通过最快途径赶到北京全球天电互联控制中心报到。郑风行虽然自始至终都没有细看秦潇然调用的是怎样的三个人，调这三个人的目的又是什么。但他信任秦潇然，信任他所做的一切决定。特别是在这种面对家庭和职责出现矛盾的关键时候，他相信秦潇然最终做出的决定肯定会是让所有人满意的。

也是在这个时候，郑风行接到秦潇然的一条留言："明天见面说。"

雁门关外冀北大地，一望无际的灰白色盐碱地与连绵起伏的绿色山峦泾渭分明。而许多个连续的无线传输设备塔穿越了这两种地貌，就像一颗颗银钉将对比度极高、高低差距也极大的两种色彩严丝合缝地穿钉在一起。

在这高远无垠的土地上，绵延的无线传输塔雄壮而显眼。但它们并不孤单，与它们同样显眼的还有一条曲折蜿蜒在灰白与绿色之间的黄色道路。这是一条当初建设天电互联网时留下的道路，之后也成为日常维护能源网路设备的专用道路。

在最初踏出这条道路时，为了绕过松软盐碱土面和断崖陡坡，路线是呈复杂的盘旋转折状，忽高忽低，忽斜忽直，实际距离比这一段的能源网络走向还要长出许多。但这条路始终是以网络设备塔以及沿途发电站、变电站为中心的，不管如何折转盘绕，最终延伸的方向都与能源网络同行。

中午的太阳对正了头顶，没有风，就连路边被晒干的枯草都是凝固着一动不动的。就在这时，远处突然黄尘滚滚、呼啸连连，平地一道黄云狂卷而来。惊飞了一群群正在警觉觅食的野鸟，还有枯草间一只毛色松乱、懒散行走的老兔。完全无法看清那黄尘中裹挟的是什么，给人的感觉就像有一只巨大的怪兽四爪翻飞咆哮着冲过来。

路边的土沟里停着一辆外形高大、线条粗犷的工程越野车——"魔礼红"。绿色的天电互联标志占据整个车身两边，将橘黄色的车身装饰得清新俏丽了许多。

面庞棱角分明的卫国龙闭眼坐在"魔礼红"车尾的地上，安全帽往前低盖着，短窄的帽檐儿几乎压在眉毛上。他在嘴角衔着一根枯草叶，很惬意地将后背靠在后保险杠上，样子就像已经睡着了。"魔礼红"的后车厢门是掀起来的，遮掩出的一片阴凉正好罩住他。

猛然间，卫国龙的双眼睁开，机警地转动两下，他应该是听到了什么。然后，他轻轻吐出嘴角的枯草叶，把安全帽往上推了推，侧身倒下，让耳朵接近地面，这样可以更加清晰地听到远处传来的声音。

在确定远处有声音快速接近后，卫国龙一下从地上跳起。他边掸身上的灰土边跨进驾驶座，手指娴熟地在方向盘上点弄了两下。于是"魔礼红"的后车厢门自动关上了，安全带自动系扣好了，在几乎没有一丝抖动的状态下车子也发动了。

发动后的"魔礼红"没有直接开上道路，而是沿着旁边土沟的沟底往前开。但是车速并未因沟底不利行车的地势而放缓，反倒不断地在提速，越开越快。当达到预定的速度时，车子从沟底开上了土沟一侧的斜坡，并且保持速度继续朝前。这就像表演飞车走壁的起始状态，要是前面有段很陡的坡，这车说不定真就能开过去。

"魔礼红"在沟里开很难被人看到，另外车轮带起的一串灰白烟尘也只在浅沟中滚动着，不像远处滚动而来的黄色尘土那样招摇，所以也很难被别人发现。

狂卷而来的黄云已经非常接近了，再有一小段路就会与土沟中飞驰的"魔礼红"相遇。卫国龙的眼睛在看着，耳朵在听着，心里在度算着。他要算准一个最好的时机出现，如同天降而下，如同土遁而出。

时机差不多到了，卫国龙轻轻拨了一把方向盘，"魔礼红"顺着浅沟的斜坡跳跃而出，落在黄色的道路上。随即紧急刹车，车身飘移打横，正好挡在狂卷的尘土前面。

在一连串刺耳且悠长的怪叫声中，一路狂卷的黄云停止了，裹成了一个巨大的尘团。

尘土渐渐散去，露出了十几辆外形如同怪兽的车子。原来刚刚一路呼啸狂奔而来的是一支车队，被突然阻挡后急刹、打方向，现在这支车队已经乱得像是撒在桌上的一把薯条。不过即便是横七竖八地排列着也无法减弱这支车队的耀眼度，就连扬起的漫天尘土也很少能落在车身的微晶漆面和概念玻璃上。

这绝对是一支超豪华车队，全部是超级跑车。领头的是辆玛莎拉蒂"黑幽灵"，后面还有兰博基尼的"赤豹"、阿斯顿马丁的"天行者"、法拉第的"超狂飙"等。这些跑车不仅豪华，从外形以及刚刚的速度、声音和操控性也可以看出，它们全都经过高端改装。而在突然遇到阻挡之后，急促的刹车和避让没有引起一点碰撞和刮擦，车辆之间都保持着极为合适的距离间隙。由此可以看出，这些车子的驾驶者技术都是非常高超的。

等尘土落尽之后，卫国龙才打开车门从"魔礼红"上下来。他先正了正头上的蓝色安全帽，然后朝着那些豪车走去。他边走边继续掸着裤子，因为上面还有刚才黏附的灰尘未曾完全掸净。

这时那一群豪车的车门也以各种形式开启，从里面走出来一群全副装备的赛车手，皮制的紧身衣，带有通话、测距等多种功能的视频头盔，让这些赛车手猛然间看上去就像是外星人。

在这些车手眼中，卫国龙也仿佛是一个从天上掉下的人。更何况卫国龙的每个动作都带有工作服掩盖不住的肌肉跳动，这很容易让人联想到很多年前一部很风靡的科幻电影——《终结者》。

"小兄弟们，又来了啊。前几天不是已经跟你们说过了吗？这条道沿途有重要的电力设施，不允许赛车。"卫国龙笑嘻嘻地说。

"还是你？真是阴魂不散啊！"领头开"黑幽灵"的赛车手将头盔摘去，露出一张年轻且张狂的脸。

"是呀，还是我。我的工作就是这个，你们什么时候来，我都会在这里等着。对了，下次是不是再往前一个路口拦住你们呀，省了你们来回多跑很多冤枉路。我反正哪儿待着都是待着。呵呵……"卫国龙刚才之所以采用这种突然出现拦住去路的方式，就是要让对方觉得自己无所不在，没有一点机会可以往前去。

"你倒是挺拼的，刚才那一下是想把我们吓走对吧？我们就是找刺激来的，怎么可能被你吓走。老实对你说吧，赛车就这种道路最好了，有挑战性。我们一直都将这条路当成练习和赛车的场地，你来了也是拦不住的。"

"这条路沿途都是很重要的电力设施，你们以往赛车时已经有过损坏，幸好都不严重。但真要出现一次严重的损坏，那么后果就不堪设想了。损坏电力设施是违法的，而且你们这种方式的赛车好像也不是正规的吧。花钱拼命还违法的事儿不值得做，还是换个地方换个方式玩吧。"

"什么违法不违法，就算抓我们过几天不还得出来吗？出来了我们不还得来这儿开车吗？嘿嘿，而且前提是要有本事抓到我们。不过我倒挺佩服你的，冷不丁就从个犄角旮旯里冒出来了，停车拦路一气呵成，时机距离都准，看来也是个会玩车的。不过你总不能把自己当根草种在这里吧，就算种在这里也会有个打盹儿的时候吧？眼皮耷拉的工夫我们就过去了，你还能拦？""黑幽灵"赛车手脸色很冷，语气也很冷。

从对方的态度里卫国龙知道自己刚才那一手根本不管用，这帮无法无天的年轻人不是一两次突然挡路就可以震慑住的。看来自己需要变换个方式，让他们彻底放弃。

"你话说得还真有道理，刚才我就差点儿打了个盹儿。更何况我不仅是要打盹儿的，我还是要睡觉的。这样看来，我们今天有必要做个了结呀，要不然我这觉也没法睡稳当。"卫国龙说着话往前又走两步，来到"黑幽灵"赛车手面前抬起了手。

"怎么，要打架？""我们这么多人能把你连人带车捶扁了。""你敢动一下，信不信我们就让你下半辈子不能动。"……后面的赛车手都拥了上来，还有人从车里拿出钢管、扳手一类的东西。

"黑幽灵"赛车手用冷峻的目光盯视着卫国龙，挥下手制止了后面的激烈反应。

卫国龙咧嘴笑了笑，把抬起的手轻轻按在"黑幽灵"赛车手的肩头上说："小兄弟，咱们用你的方式做个了结咋样？"

"我的方式？怎么了结？""黑幽灵"赛车手眉头跳动了一下。

"你刚才不是说没人有本事抓到你吗？我们两个赛一场，我要是能抓到你或者在你前面到达终点，你们从此以后就再也不要到电力设施的沿线赛车。"卫国龙说完这句话，那些赛车手一下都沉默了——是太过惊讶没有及时反应过来。

"如果你输了呢？""黑幽灵"赛车手冷静地问道。

卫国龙又掸了一下屁股，其实这时裤子上已经没有黏附的尘土了："我走人，辞职，不管这事儿了。"

其他赛车手这时候才反应过来，不禁发出一阵哂笑。

"你就用那车吗？""黑幽灵"赛车手朝着卫国龙的"魔礼红"努努嘴。

"对，就用那车。"卫国龙一本正经地点头，根本不像在开玩笑。

其他的赛车手这次发出的是一阵哄笑，还夹杂了口哨声。他们表现出的是藐视，更是即将胜利的兴奋。

这回就连满脸冷峻的"黑幽灵"赛车手也放松了表情，轻轻撇下嘴角说道："就这么定了！"

在倒牛滩到蘑菇岭这一段的黄土道路上，沿着连绵不断的能源网路，有两辆车一前一后地飞驰着。前面的"黑幽灵"就如一只蹿动的灵狐，后面的"魔礼红"则像一头发怒的斗牛。虽然扬起的尘土和发出的声响没有刚才整支车队那么壮观，却也让人感觉到越发惊心动魄，一颗心随着那两辆车的盘绕折转而起伏回荡。

卫国龙了解自己的"魔礼红"。"魔礼红"这名字取自古代神话的四大金刚之一——身着黄甲持混元伞的那一位。这种车型之所以起这样一个名字，并不是因为它原来的颜色是红色的，也不是因为它有金刚一样高大粗犷的外形，而是因为这是一种多功能的工程越野车，其后半部的车厢其实是一整套的工具装置，可伸展支撑开来，就像撑开一把混元伞。工具装置的主体为绝缘机械操作臂，可以吊举大型器物，也可以运用车上携带的工具做最细致的带电检查检修工作。也就是说，这辆车可以像变形金刚一样根据需要变换外形和功能。

"魔礼红"的动力是由五级递增式强压缩高锂电池提供，除常规充电外，还附带太阳能、同步滚动轮、气流摩擦、雷电直击等辅助充电装备。全车只配有一个 2L 旅行水壶大小的油箱，其中的高纯柴油只在高陡度爬坡和发生车轮陷入时提供冲击动力。机械操作动力是由独立的插片式强压缩锂电池提供的，在不进行操作时，可以将插片式锂电池的动力转移为汽车动力。

卫国龙也了解对方改装过的"黑幽灵"。虽然只见这车跑过两次，但是已经足够卫国龙对这车子做出准确判断了。"黑幽灵"出厂配置本来就有后置六级递增式强压缩高锂电池提供动力，改装后又增加了两侧双炮筒式太空晶电池，不仅更加持久，而且爆发力更强。底盘、轮胎都进行了强化和防燃优化，所以应该还装有仿火箭液态氢罐前推。这主要是用以起步抢道、直线冲刺，还有快速通过软滑地面。简单来说，就是将加装的液态氢罐启动后，传动装置可以让车处于短暂的飞行状态。

两种车作为赛车用途的话是根本没有可比性的。当代表比赛开始信号的红绸巾刚刚落在地上时，"黑幽灵"一下蹿出，将"魔礼红"抛下了很大一段距离。而且按照两辆车很明显的性能差别来判定，之后两者差距会越来越大。

可是事实却并非如此，卫国龙虽然起步时大大落后，但是随后他却慢慢地追了上去。这是因为卫国龙除了对车子非常了解外，他对这场比赛的道路也非常熟悉，这也是他在明明劣势的情况下还主动挑战对方的原因。

"魔礼红"虽然爆发力不如"黑幽灵"，但是长久的动力却不弱，特别是递增式动力，可以在飞驰中越跑越顺畅，并且不受坡度和颠簸路段的影响，无须太多操作和控制。"黑幽灵"虽然动力十足，却必须针对不同路面情况不停加以调整和控制，而且很多路面即便有大动力也不能加到太高的速度。

　　再一个"魔礼红"是越野车型，底盘高，车轮大，即便是在道路以外的复杂地面行驶也不会有什么差别，就像它在土沟中行驶一样。而"黑幽灵"这种底盘贴地的跑车却不行，必须是沿着较为平整的路面行驶。这样一来，卫国龙就可以不停在有弯度的位置从道路之外贴近抢位，缩短自己的行驶距离。另外，这段路上还有几个大弧度的路段，卫国龙的车子可以直接从弧度内满是草皮的低坡上穿过。这就可以抢回更大的差距，甚至直接抢到"黑幽灵"前面去。

　　很快，"魔礼红"这头奔牛的角就已经抵在了"黑幽灵"的背部。而且在接下来的两个大弧度绕行之后，它应该可以超到"黑幽灵"的前面去。

　　已经到达又一个绕行弧线处，卫国龙已经把"魔礼红"开出道路准备横穿弧线。他在心中已经估算好了，这一次"魔礼红"横插过去，即便不能超越"黑幽灵"，至少也能靠上大半个或半个车身位。而他只需要有这半个车身位就能贴住"黑幽灵"将它逼停。就算"黑幽灵"不惜车体受损坚持不停，自己也可以将其速度逼慢。而前面一段路的两侧都是盐碱虚土面，只要将其逼离路面，速度提不起来的"黑幽灵"就有可能陷入虚土。

　　可就在这时候"黑幽灵"突然提速了，而且提得很急，应该是启用了液态氢罐。这是很奇怪的做法，因为在这样绕行的大弧度路段是不适宜提速的。"黑幽灵"车手是驾驶高手，肯定知道这个道理，所以他奇怪的做法应该是有其他目的。

　　果然，提速后的"黑幽灵"改变了路线，他没有再沿着弧线道路行驶，而是主动冲出道路，冲过盐碱地的虚土面，朝着能源网路的设备塔冲过去。

　　虽然离开道路之后的"黑幽灵"速度慢下来许多，但是如果撞上设备塔，冲击力仍是非同小可的。而且改装过的车子有太空晶电池和液态氢气罐，大力撞击之后很有可能引起爆炸。

　　卫国龙想都没想就掉转方向斜插向前，他这是准备从侧面将"黑幽灵"逼离设备塔。如果实在无法逼离，他就准备将自己的车子挡在前面替代设备塔遭受撞击。可就在"魔礼红"越过道路朝设备塔下插过去时，"黑幽灵"却掉转方向回到道路上加速往前，这下又将"魔礼红"抛在后面大段距离。

　　卫国龙知道自己上当了，但这个当他是无法不上的。接下来再有第二次、第三次他还必须这样去做，因为他的首要职责是要保护好电力设施。这是个从一开始就存在的失算，卫国龙没有想到对方会抓准自己投鼠忌器的弱点。这个弱点是可以一直被利用到比赛最后的，是一个注定他会输了比赛的弱点。

从这时候开始，"黑幽灵"不再始终沿着道路飞驰了，而是尽量在道路和设备塔之间交叉行驶。这样虽然速度慢了、距离长了，但是可以牵着唯一的对手鼻子走。让对手左扑右挡应接不暇，再没机会逼住自己、超过自己。

"魔礼红"再次追了上去，但这一次比刚才更加难追。不是因为距离拉开太远，而是因为卫国龙不敢追得太紧。"黑幽灵"现在的行车路线其实是提供了更多的直线路线可以让"魔礼红"追上，但他怕那年轻车手被逼急了一个失手真的造成大的灾难。所以他只能是紧跟在后，提心吊胆地看着"黑幽灵"玩穿插。

前面再绕过一个大坡岭后将完全进入山峦地带，到了那路段会离互联网设施更近，道路也更狭窄。而且只需越过两道山梁就到了蘑菇岭，在那路段上要想逼停和超越"黑幽灵"几乎是不可能的。

卫国龙脑子像飞驰的车轮一样在急转，各种预先搜集的信息在快速组合分解。很快一个并不完美的方法闪现出来，但卫国龙知道这是他战胜对手的唯一机会。

"五级递增全用，机械锂电转接行车动力。"卫国龙发出语音指令，因为他不想自己的双手再有一丝多余的动作，他要将已经设计好的方法连贯完成。

"魔礼红"猛然加速，带起一股疾风直线向前。"黑幽灵"依旧以不紧不慢的交叉路线前行，就像拿到别人最宝贵的东西威胁别人要砸碎那样笃定、自信。这种状态下年轻车手有些大意了，另外交叉斜线的行驶方式也确实很难及时从后视镜看到后面车辆的状态，所以"魔礼红"再次在短时间追上了"黑幽灵"。而当"黑幽灵"车手发现并准备加速摆脱时，两辆车已经到了绕过大岭坡的弯道。

大岭坡的另一侧是座大型光伏电站，刚刚绕过小半段弯道，那排列整齐的太阳能硅晶发电板便千军万马似的出现在眼前。

太阳能硅晶发电板为了尽量多吸收太阳能而设计成深蓝色，但是平滑的表面还是会有一些反光射出。卫国龙知道，这个倾斜放置的太阳能发电板正好会将头顶直射下来的阳光反射到路上。反光虽然不强烈也不耀眼，但是那么多太阳能发电板聚集的反光却肯定是繁杂的。此刻车子正好疾速转过弯道，所以反光对于车手来说也是突然的、意外的。

选择中午的时候赛车，是因为太阳光基本是垂直照下来的。这样就不会出现斜照的阳光在车子折转或越过坡顶时突然射入眼睛，影响赛车手的视线。因为折转和坡顶都是难以控制的危险点，赛车手视线受影响后是很容易出现意外的。

"黑幽灵"车子转入了大弯道，在刚刚绕过坡岭暗影遮挡的瞬间，突然出现的意外光线一下让车手视线模糊了。所以"黑幽灵"在下意识中刹车、减速、侧转、飘移。

卫国龙是知道这情况的，所以他已经微微低头、侧目，用安全帽短窄的帽檐儿挡住反光。同时猛然加速，方向盘微转，让自己车子追上并贴靠上"黑幽灵"。再微带手刹，这样"魔礼红"也侧转、飘移起来。

两辆车在疾速的飘移中同时打转，就像一对随圆舞曲起舞的舞者。不过两辆车最终没有贴靠在一起，旋转中车与车之间仅仅留着十厘米不到的间隙，这除了车子的操控性极好外，更重要的是驾驶车辆的两个人技术都是超一流的。

两辆车一起旋转出了道路，旋转到盐碱地的虚土面上。两辆车同时停住，两股旋转的烟尘合并在一起，就像一道余势未尽的龙卷风。两个驾车者透过车窗相互看到对方，然后猛然动作。指间拨动，脚下用力，快速地换挡加大马力。

"魔礼红"挣扎两下，在一声低吼四股白烟的衬托下，跳出了虚土面，冲上了道路。"黑幽灵"的四轮也白烟直冒，但很快白烟就变成了飞溅的泥沙和碎石，到最后什么都没有了。它的底盘已经吃在了地面上，四个轮子完全处于空转状态中。

"黑幽灵"车手爬出了驾驶室，摘掉头盔，很沮丧地摔在地上。卫国龙按了一声喇叭，是在招呼"黑幽灵"车手，也是在提醒他些事情。"黑幽灵"车手面色严肃地朝卫国龙点点头，然后又缓缓抬臂朝他竖起一个大拇指。

就在这时，"魔礼红"中的网络对讲机突然自动接通："呼叫龙卷风，呼叫龙卷风！"

"收到，请讲。"

"接总部通知，让你以最快最便捷的方式赶到北京全球天电互联控制中心。"

"最快最便捷的方式？好的，我就近从极速输送公路走。"

极速输送公路是不需要自己行驶的公路。上了公路输送位，设定目的地，公路输送板块便会自动设定程序极速移动，完全没有碰撞的可能。所以只用了一小时，"魔礼红"就开进了北京市。开车的是原中国驻 M 国维和部队中尉，退役后为天电互联网中国区设施保护处西北组 A 队队长的卫国龙，外号"龙卷风"。

"壁虎黑客"和"天神之手"

傍晚时分，西下的太阳给日本海洒下了一片金鳞，海边的白沙滩也抹上了一层淡金色。轻媚的晚风中，有人在追逐自己被拉得很长的身影，也有人试图悄悄逃离那道身影。但不管追逐的还是逃离的，最终都只是留下一串很快会被海浪和黑暗掩埋不见的脚印。

沙滩往上有一片度假的木结构小别墅，外形是很典型的日式建筑。但其实内部的构造和用途已经进行了优化，设计非常科技，可享受最现代的假日生活。

其中一座别墅的阳台上有张原木餐桌，桌上摆满了各式海鲜和水果，这些都是刚从海里打捞上来的最为新鲜的海鲜。桌旁坐着一男一女，穿着宽松柔软的浴袍。一瓶樱之花清酒已经打开，与酒香一起飘逸着的还有"海边天堂"的轻音乐。在这样的夕阳晚风中，有爱人相陪，远眺大海，听着音乐，品着美酒，吃着海鲜，会让人觉得人生在这一刻彻底完美了。

但是事实上并非所有人都会在这一刻觉得完美，此时餐桌边的那个又黑又小的男人就是愁眉苦脸的。那张比巴掌大不了多少的脸庞纠结得像一只握紧的拳头，把一副圆镜片的黑框小眼镜推挤得差点儿掉下鼻梁。不过纠结的面庞倒是将他的秃脑袋衬托得更光更亮了，仅剩的几根头发在认真梳理抹好之后倒也能像五线谱一样把更光更亮的脑袋装饰出几分雅致来。

又黑又小的男人左手托住下巴，样子像是很悠闲。但实际上，他是很忙碌的，包括动作、眼神和思想。他的右手拿了一支尖头的金属筷子，在那堆海鲜里随意地挑来挑去。他的眼角不时瞄一眼海边沙滩上漫步经过的比基尼女郎，然后会再看一眼他体形丰腴肥腻的妻子阳子，比较一下。

宽大的浴袍在阳子身上依旧显得很紧绷，让人担心随时会在什么部位绽破开来。但是阳子全不在意自己的身体会不会给浴袍造成苦难，只管将她圆滚的臀部实实地压在颤动的椅子上，把肥硕的胸端放在餐桌上。因为这样的姿势才可以很轻松地拿到餐桌上所有的海鲜，才可以很专心地将蘸满酱汁和芥末的牡蛎肉、生鱼片塞进嘴里，奋力咀嚼。

看着阳子嘴角挤出的带沫汁水，听着洪亮悠长足以令背景音乐混乱的咀嚼声，又黑又小的男人把脸纠结得更小了。这也难怪，只要是男人都能理解并同情他此时的感受；理解为何他的目光在沙滩比基尼女郎和自己妻子身上忙碌过一阵之后，最终还是落在餐桌上的海鲜和可折叠纸片电脑上。

除了我们理解的原因，他表情的纠结和目光的转移其实还有其他的原因。

"藤田君，别太担心了，吃点儿吧。这都是最好最新鲜的海鲜，不会有问题的。你要连这都不吃，就只能永远吃中国蔬菜了。"阳子的劝慰并不实在，她或许觉得真该给自己的丈夫叫一份中国蔬菜，而这些海鲜她一个人全部解决掉才刚好可以满足自己味蕾的需要。

"幸好是有中国蔬菜，我才能够活着。不是，幸好是有全球天电互联网，中国才在若干年前解决污染、雾霾，才能种出最环保的蔬菜。"藤田峻的语气带着些许自豪。

"对对对，所以你这电脑天才才会投身全球天电互联集团的工作，加入维护天电互联的团队。只有在这样最具科技性的地方才能充分显示你的才华，你的才华得到肯定，我们也才有这样的公派休假……咕嘟……"阳子话没说完便迫不及待地又将一块大牡蛎肉咽下去了。

藤田峻很用力地皱了下眉，再很用力地摇了下头，仿佛遭受到一阵刺痛。然后不再和阳子说话，而是继续用那一根金属筷子在海鲜中挑动。但与刚才相比，他挑动的幅度小多了，动作也慢多了。而且也不是所有海鲜都挑动，而是集中在了牡蛎、海螺等一些贝壳类海鲜上。

"牡蛎这些贝壳类海鲜的软体与壳体有结缔组织，所以壳体的这个位置一般比较容易产生黏附连接，质地也比其他位置的密度要小些。表面在显微镜下显示没有其他壳体部位光滑，会有细微的坑凹。"藤田峻愁眉苦脸地嘟囔着，不知是自言自语还是说给阳子听的。

阳子没有说话，却睁大了眼睛一直盯着藤田峻手里的那支金属尖头筷子。因为那支筷子正在慢慢地插入一只最大的牡蛎，而这只牡蛎是阳子早就盯住了，正想伸手拿过来一饱口福的。

藤田峻将筷子轻轻地从一侧软肉插入，筷子头贴紧了软肉下的贝壳面，力量恰到好处地在光滑的贝壳面上移动。"贝壳分泌物在形成外包膜的钙化过程中，是有各种元素渗入的，很多是沉淀海底的极微小元素，还有沉积很多年的可忽略元素。但是钙化过程可以将它们聚集成可读取信息。"

"藤田君，其实有些信息很多人都知道，不需要探查就能读取。"阳子故作一副娇羞态。

藤田峻仍小心地移动着他的筷子，并没有注意到阳子故作的娇羞，更没有发现阳子脸上因为某种生理兴奋而出现的红晕，所以淡淡地问了一句："什么信息？"

"人家都说带贝壳的海鲜就好比天然的性趣药，男人生吃之后会特别亢奋，女人吃了之后也会特别有激情。藤田君，你看，美妙的夜晚就要来临了……"

藤田峻听到这话后才猛地抬起头来，于是被阳子故作娇羞却作得偏于风骚的模样吓出了一身冷汗，眼镜差点儿从皱缩的鼻头上滑落。

就在这时，别墅里播放的背景音乐突然低了下来，一个男人的说话声插进了音乐："藤田峻，紧急事件！即刻停止休假，赶到离你最近的富冈飞行器基地。已经给你订好单人飞行器，马上搭乘前往北京全球天电互联控制中心。"

"啊！啊！马上！马上！"藤田峻推了一下鼻梁上的眼镜，以一种被宣布释放的重刑犯才会有的放松和愉悦蹦了起来，甩掉浴袍快步走向衣架。

"啊！你这就要走了？现在已经是夜晚了！"阳子发出疑问时仍带着故作的娇羞。可能是因为生理兴奋的惯性，但更可能是因为她完全没有反应过来。

"我是有紧急任务，必须马上走。不过你可以在这里多玩几天。"说话间，藤田峻已经换好了衣服和鞋子，什么都没带，只拿了一部贴腕式手机就要出门。

"都不抱我一下。"阳子这是真的娇羞，所以藤田峻打了个大大的寒战。不过他还是扭动着小腰肢快速跑到餐桌边，从背后轻轻抱了一下阳子。那样子真的很动漫，就像壁虎趴在冬瓜上。

就在藤田峻走出房门并准备将门带上时，桌上的纸片电脑闪动了一下，跳出一个数据框："含核辐射微粒，年限陈旧，怀疑福岛核电污染。单位数量：可忽略。现有危害：可忽略。"

藤田峻的贴腕手机上，还有眼镜镜片上的投射显示屏上都同时出现了这个数据框。这是从尖头金属筷子模样的微元素探测头发回的测试数据。

藤田峻把即将关上的房门重新推开，朝着正要把一块大牡蛎肉塞进嘴巴的阳子大喝一声："不要吃！吃中国蔬菜！"随即关上房门快步走了。

阳子被藤田峻的一声大喝吓到了，蘸满酱汁和芥末的牡蛎肉掉落在她肥硕的胸前。不过她很快就想通了藤田峻为何会出现这样的态度，肯定是怕自己吃了太多贝壳类海鲜后真的像吃了性药而耐不住寂寞。所以阳子报复般地将桌上所有的贝壳类海鲜都吃了下去，她期待别人传说的那种效果。

夜间二十点整，一架单人飞行器降落在北京。从飞行器舱里下来的是全球天电互联集团日本分中心计算机怪才、微粒元素探测分析专家藤田峻，计算机界都管他叫"壁虎黑客"。这外号不是因为他身材又黑又小，而是因为他真能像壁虎一样钻入各种程序缝隙和各种探查物的缝隙。

北方的夜晚来得稍微急促一些，所以藤田峻到达北京时，正是莫斯科夜生活最为丰富绚丽的时候。特别是在咖啡厅、夜总会集中的特韦尔斯卡娅大街，这个时候弥漫的全是酒气、烟味和各种各样的怪笑、怪叫声。

不过也不是所有的酒吧、夜总会都是这个模样，靠近街角的第二家贝洛伯格夜总会里就是一片寂静。寂静并不代表没有人，恰恰相反，夜总会的大堂里此刻挤满了人。只是这些人默不作声，全目不转睛地在欣赏着一场比赛，也可以说是欣赏一场表演。

莫斯科并没有专门供电力职员聚会的地方，但是贝洛伯格在俄罗斯神话里的意思是光明和太阳之神。所以就像是有着某种默契一样，所有下班之后想要放松的电力职员都喜欢跑到这里来喝两杯，进行一些交流。

莫洛克夫也是一样，在最近的一段时间里，原本很少喝酒的他几乎每晚都会来贝洛伯格喝两杯。因为他发现，这里的氛围和烈酒可以让他忽略一些事情，麻痹某种感觉。另外，他虽然是个不爱说话的怪人，很少与人交流，但是这里的一些娱乐性活动他却是非常乐于参加的。这些活动可以让他找回一些自信，找到以往的成就感和满足感，比如现在正在进行的无人机极限操控挑战就是这样一项娱乐性活动。

莫洛克夫是天电互联集团俄罗斯分中心的职员，主要从事的工作是电力设备检修。不过他所负责的部分主要是带电检修工作，是在不停电的状态下解决问题、处理故障。由于工作中杰出的表现和超常的技术，他很多年以前就已经是带电检修方面无可替代的第一高手了。

能得到这样的赞誉主要还是得益于他的天分。莫洛克夫从小就喜欢装配和操控各种无人飞行器和机器人，在这方面曾获得了许多比赛的奖项。后来他将这方面的天分运用到电力检修工作中，不仅能利用各种无人飞行器、绝缘操作手臂带电检修设备，而且还能根据任务的实际需要改装各种飞行器、机械臂和其他带电检修的器具。在最顶峰状态时，他曾操作无人飞行器将一支一寸长的小钢销插入三十米高处的一个销眼里，那次之后他得到一个外号——"天神之手"。

但是最近一段时间莫洛克夫明显感觉自己老了，做事有些力不从心。虽然一项项的超难度任务依旧能完成，但每次完成之后总是觉得特别疲惫，紧张的肌肉要过很久才能放松下来。而且在不久之前，他的右手出现过两次突发的痉挛和颤动。网络上查找的资料告诉他这种现象很可能会是帕金森病的前兆，而他家族中也确实有帕金森病的先例。虽然这种病现在已经有极好的治疗和控制方法，但是莫洛克夫并没有去看医生。到目前为止，他心理上还是非常拒绝这种结论的，因为这个结论将会是他事业和辉煌的终点。他情愿让那症状慢慢明显了再说，尽量延长辉煌的时限。所以，他才会每天到贝洛伯格夜总会里来，目的就是想借助这里的一切来尽量维持自己的状态。

最后的比拼开始了，不过真的可以说是表演，莫洛克夫的个人表演。其他人在前面几关就全部淘汰了，只有他完成了所有项目坚持到现在。

大堂里真的很静，只有悬浮在空中的飞行器的旋翼发出轻微声响。其实莫洛克夫还没有完全做好准备进行最后的挑战，但是旁边所有观看的人都已经早早地屏住了呼吸。

莫洛克夫看了一眼吧台上的奖品，那是一箱克里姆林宫外交版艾达龙伏特加和两盒尊崇级红纱烟叶卷制的古巴雪茄。他知道周围的人不仅仅是想看到他挑战的成功，还期待着分享这些奖品。所以莫洛克夫很果断地仰脖将面前的一小杯杜松子酒喝光，抹了一把浓密的胡须，然后微闭眼睛稳定下情绪，同时暗暗舒展了几下右手。前面连续挑战让他感觉右手已经有些僵硬，刚才小拇指还微微颤跳了两下，所以他很担心最后这一关的比赛中会不会再突发痉挛和颤抖。

双手握住操作柄后，莫洛克夫刹那间像是变了个人，双眼目光闪烁，身形稳如红场的钟楼,沉稳的气息就如同悄悄穿过西玛利亚森林的晚风。

一直处于悬浮状态的飞行器动了动,飞行器下方的小机器人手臂也动了动。这是莫洛克夫在试验它们的可操作性,对于这些他只需要稍微动一下就能确定操作的基准点和幅度,而且会比判断他自己肌体的功能更加精准。

这次的挑战确实具有极大难度,是要用飞行器携带的机器人手臂拿起一枚钻石戒指,然后将其放在一片漂浮在水池里的玫瑰花瓣上。这首先需要双手极好的配合操作,因为要同时进行飞行器和机器人手臂两方面的控制。另外,机器人手臂上的手指不像正常人的手指,连仿生机器人的手指都不如。因为它虽然叫作机器人,实际上只是一个操作臂而已。所以它的手指是方形的,指面又是硬质光滑的金属,拿捏小东西本身就非常困难。再者,这一次要拿的是一枚钻石戒指,戒指是圆环形的,指圈细小,而且戒指是镶有钻石的,这样整个戒圈的质量就很不均衡。要想操控飞行器和机器人手臂把戒指从玻璃面的桌上拿起已经是非常不容易的事情了,更何况还要非常轻巧地将它放在漂浮的一片玫瑰花瓣上。

飞行器动了,是直落下来的。机器人手臂也动了,但只有指头部分在快速旋转。两部分的动作都很快,在玻璃桌面上一沾即起。让人感觉那机器人手臂根本没有碰到玻璃桌面,甚至在一些人的视线角度看,那手臂离着桌面还有很大一段距离。

但就是在这一次看似未曾有碰触的下落之后,玻璃桌面上的戒指圈竖立起来,旋转起来,变成了一个小光球。很明显,这是被旋转的指头部分带动起来的。

机械臂手指的旋转瞬间停止。也就在停止旋转的刹那间,飞行器再次直落,这次速度更快,距离更短。当飞行器再次稳定地悬浮在空中时,人们看到机器手臂的指头间,夹着一个闪烁的亮点,那亮点是戒指上的钻石。

周围响起了一片掌声和赞叹声,但很短暂。因为所有人马上都再次进入全神贯注的状态,他们更期待下一步操作的完成。

飞行器不仅垂直起落快,平行的移动也很快,就像夏日里暴雨即将来临前的蜻蜓一样,只抖动一下就闪到了水池上方。

自从莫洛克夫感觉自己右手出现问题后,他就换用了这样的操控方式,将不重要的阶段用极快的速度来完成。这表面看起来虽然感觉更炫,显示出他操控迅疾准确，但实际上却是远不如慢慢操作来得稳妥。莫洛克夫这也是没办法，为了把更多的精力和体能留在关键环节，他只能采取这种讨巧的方式。

将戒指放在水面玫瑰花瓣上是最后一个环节，也是这次挑战中最艰难最关键的环节，胜败在此一举。当飞行器在水池上方稳定后，莫洛克夫先按动操控手柄将飞行器固定旋转翼的连接杆放长。这样旋转翼才可以离水面更远，避免旋转的风力影响水面和玫瑰花瓣。另外，旋转翼放长后重心下移，升降可变得更加稳定。

然后莫洛克夫让飞行器缓缓下降，以极慢的速度接近水面。

水池中间有花瓶状的水流造景装置，水被抽上去然后从花瓶口涌出流下，所以水面并不稳定。玫瑰花瓣在水面上微微起伏着、漂荡着。虽然幅度不大，但对于比浴缸大不了多少的水池而言，对于一片漂浮的玫瑰花瓣而言，起伏晃荡的程度并不亚于一只小船在大海风暴中的晃荡程度。

飞行器越降越低，机械手臂也开始以极慢的速度伸展，将夹着钻石戒指的手指往下探去。同时飞行器开始微微地颤抖，这倒不是因为莫洛克夫的手出现状况，恰恰相反，这其实是莫洛克夫最极致操控技术的体现。因为飞行器微微颤抖的频率和水面上玫瑰花瓣的起伏漂荡频率是完全一致的。只有这样采用双方同步的节奏，才有可能在外力影响最小的状态下把戒指放到玫瑰花瓣上。

机械臂手指离着花瓣越来越近，差不多还有五厘米的时候，莫洛克夫长长地吸一口气。因为接下来五厘米中的所有操作将会一气呵成，就连呼吸时的肌体反应都不能影响到自己的操作。

飞行器继续下降，机械臂的手指探向了玫瑰花瓣。戒指上晶亮的钻石已经触到了柔嫩的花瓣，就像一位王子正在轻吻他的新娘……

"莫洛克夫！莫洛克夫同志！"寂静的大厅里突然响起一个女人的声音，声调很急、音量很高，就如同歌剧中一个唱到高潮的花腔女高音。

莫洛克夫一下就听出那是谁的声音，而且知道那声音意味着什么，所以下意识地将脖子微扭了下，身体背部连带着手臂肌肉轻轻收缩了下。而这正是机械臂手指松开的瞬间，是要将戒指顺势带倒平放的瞬间，所以戒指放下时的力道发生偏差，那玫瑰花瓣往一旁漂动。

莫洛克夫觉察到了异常，所以他手中操控把极其细微地动了下。于是飞行器再次以别人难以觉察到的速度和距离移动了下，只相当于一次幅度稍大的摆动。

这一下将花瓣漂动的距离抢了回来，而莫洛克夫为了防止再有后续变化，他当机立断松开机械臂手指，把戒指放了下去。

戒指恰到好处地落在玫瑰花瓣中间，但是花瓣却未能一下稳住。虽然飞行器急速的半厘米移动抢回距离，但抢距离后的外加力道有所增加，仓促间将戒指落下也加大了戒指质量对花瓣的冲击。

花瓣在剧烈晃动，散开几圈细密的涟漪。周围有的人起立，有的人捂嘴，有的人发出短暂惊呼，仿佛都在为那片玫瑰花瓣用力，在替那片玫瑰花瓣坚持。

"莫洛克夫同志，你怎么把手机、呼叫机还有定位器全都放在家里了？这是违反规定的，按中心规定你将会受到严厉处罚。"花腔女高音一边继续高亢着，一边快速朝莫洛克夫走来。

莫洛克夫将那些能找到自己的东西扔在家里就是怕别人找到自己。但是现在人家先追到家里再寻找到这里，他立刻确定真的出大事了。

莫洛克夫放松了操作手柄，垂下了手臂。而这个时候那片玫瑰花瓣终于大晃了两下侧翻过去，大半的玫瑰花瓣插在了水面下，而戒指则晃晃悠悠地往水池底下翻转着沉下，依旧带着钻石晶亮的光。

"快跟我走，我们已经找你好久了。你必须马上赶往中国北京，中国平高集团有一架设备运输机可以搭乘，我现在直接送你去机场。"花腔女高音是个穿着全球天电互联集团莫斯科分中心制服的金发女郎，得体的四袋式西服和贴身的一步裙尽显她曼妙的身姿。但是如此亭亭玉立的一个美女动作却是相当粗暴的，她跑到莫洛克夫身边后伸手拉起他就走。

"唉！挑战失败！今晚给老板省下一大笔了。""噢噢，莫洛克夫失败了！""是被个女人给搅局了，哈哈！""早知道这样，以前的挑战我都找个漂亮妞儿来逗他了，嘘——"周围有惋惜声、有叫声、有笑声、有口哨声，但是莫洛克夫却一声未发。此刻他比平时更加沉默，只是将手中的操控手柄顺手交给经过的那些人，然后便任凭那金发美女拽着他走了。

第二天凌晨四点多，最擅长操控和改装各种飞行器、机器人手臂的"天神之手"莫洛克夫到达北京。他从夜总会被拉出来时连件外套都没来得及拿，所以只能穿着一件飞机上找来的飞行机师夹克。刚通过体征自动识别身份的出关口，就被等候已久的车子接往北京天电互联控制中心。

第二章 · 莫名危机

- 科谷州脱网之后危险重重
- 乌玛圣女显神迹拯救失事飞机
- 闯入诡异而沉寂的罗湾城
- 回旋镖饭店发现异常迹象

科谷州脱网之后危险重重

秦潇然那天收到郑风行发来的资料后,想都没想就知道这是要让自己组队调查故障原因。所以他几乎是下意识地进入了状态,快速将所有资料前前后后浏览了两遍。他一边浏览一边针对故障现象、发生地的互联网构架特点、科谷州的环境风土,以及将组队需要的人员一一圈定。等资料全部看完后,他立刻将所圈定人员的信息发给了郑风行。

但是当笔管投影手机关上后,秦潇然刚才被投影画面挡住的视线落在了沉睡的浏儿脸上。他这才恍然意识到自己还在医院里,自己还是一个有孩子需要照顾的父亲。这是一个刚刚失去了母亲正处于惊恐和悲伤中的可怜孩子,自己这个父亲能忍心就此离开吗?

但是不管最终自己选择离开还是留下,眼下都应该给郑风行一个回复,让他知道自己很关心这个事件。离开,肯定会全力以赴;留下,也会尽自己能力提供最大帮助。另外,估计自己圈定的那些人员全部赶到北京差不多应该会是在第二天,所以犹豫之后,秦潇然给郑风行发出了一个并不确定的留言:"明天见面说。"

留言发出之后,秦潇然陷入了艰难的抉择之中。一直纠结到第二天凌晨,他始终无法决定自己的去留。

秦潇然的父母再次赶早来到医院探望浏儿,顺便给秦潇然带来些营养早餐。他们进病房后只一眼就看出秦潇然有很重的心事,追问缘由之后,秦潇然的父亲很坦然地拍拍秦潇然的肩膀说道:"去吧,去给浏儿展示一个勇敢的、强大的、能担负重任的父亲,那样会让他更有安全感。"

"对,去吧,浏儿有我们呢。这几年我们常去看他,见面的次数比你和他见面的次数都要多,我们会让他觉得更亲近些。你就放心去吧,回来时肯定交给你一个活泼可爱的儿子。"秦潇然的母亲也委婉地说道。

父母的话让秦潇然最终下定暂时离开的决心。还没等他走出病房,互联网中心工会的两个同志就赶到了医院,他们接到的任务是要让浏儿受到比父母还要体贴的照顾。

秦潇然是从医院直接赶到互联网控制中心的，当他走进全屏幕会议室时其他人都已经到了，而且大家同时起立向他致意。因为在他来之前，郑风行已经将他家里发生的事情告诉了大家。不过见到他之后，除了致意谁也没有说一句安慰的话，因为大家心里都清楚，此时此刻的秦潇然能跨越情感的栅栏、放下家里的事情走入这个会议室，对他表示的更应该是尊重而不是安慰。

秦潇然也没有和大家客套，因为他圈定的几个人以往与他都有过合作，是曾一起从数不清的艰险和疑难中闯过来的战友，有着很好的友谊和默契。

郑风行也没有表现得太过特别，只是和秦潇然重重地握了一下手，关于家里的事情只字未提。等秦潇然落座之后，郑风行便直入正题。旁边的女秘书同步操作覆盖会议室的全屏幕，针对科谷州脱网的资料信息以及事件当时三重天罗构架的状态一一展示出来。

"这件事情比较紧急，所以不说废话了，两个问题马上需要落实，第一个问题，首先请大家商定方向，将查清事件真相的第一现场放在哪里。如果需要从太空发电站和天罗一号的无线传输网络入手，我们现在就要给航天运输总署发通知，提前做好运载飞船的升空准备。这会比较麻烦，需要一些时间。"

从整体能源网络的角度而言，科谷州脱网的实际位置不仅仅是在设施设备损坏最严重的罗湾城一带，而是包括太空发电网站、大气层、特高压多等级传输、直达高低压用户回路等方面的立体范围，所以郑风行才会首先提出将查找的第一现场放在那里。

"运载飞船？升空？那不错，就从太空站和无线传输查起呗，说不定这次脱网就是外星人搞的名堂。我还没去过太空站呢，本来有两次太空发电站协助维护的机会，但说我身体情况不够格，没有让我上去。你上去过吗？你呢？"藤田峻操着很流利的中文扭头问了一下莫洛克夫，又扭头问了一下卫国龙。

莫洛克夫没有理会藤田峻，并非听不懂中文。自从三重天罗覆盖整个地球之后，中文已经成为比英语更加普遍应用的世界语言，是所有国家必修的第二语言，所以莫洛克夫不仅听得懂，而且说得比藤田峻更加流利。他只是不大愿意搭理这个小个子的日本人，因为藤田峻的形象让他觉得根本不像是个天电互联集团的职员。在俄罗斯，天电互联集团的男职员一个个都像飞行员一样伟岸挺拔，女职员也都像是模特、空姐一样。再有藤田峻总是把目光不安分地放在一旁控制全屏幕的女秘书身上，这点也让莫洛克夫感到厌恶。

卫国龙见藤田峻问自己，先是撇嘴一笑摇了下头，然后反问一句："你确定你现在的身体够格了？"这一句把藤田峻问得灰头土脸的。

"我看了脱网地区收集的资料，据当时目击者描述，脱网时有巨大的闪电出现，但是没有正常雷声。不过在闪电出现前和出现时是有一些奇怪的声音，这声音没有任何资料显示来自哪里，这一点很重要，需要追查。再有，互联网设备数据显示，科谷地区各变电站的避雷装置基本没有动作。也就是说，当时的巨大闪电并没有顺着空气绝缘层流动，而是直接击穿接地。像这样的闪电历史上从未出现过，它的产生原因应该是关键中的关键。"秦潇然将自己的见解说了出来。

"闪电和之前的奇怪声音应该有什么关联。还有……从未出现过的巨大闪电，会不会存在人为因素？"莫洛克夫说出自己的看法。

"是的，说不定就是哪个恐怖组织的一种新型袭击方式。"卫国龙是维和部队退役的，所以想法又是另外一个角度。

"我同意秦潇然的说法，从互联网即时信息上看，闪电是直接贯穿了三重天罗的。一层的太空无线传输网络、二层的多等级特高压无线传输网络、三层的用户智能用电网络同时遭受冲击。一般闪电是云层撞击形成，对地距离并不大，所以贯穿二、三重天罗还算正常。但是一重天罗也被贯穿就太蹊跷了，即便有方向朝上的闪电，距离太空发电站和无线传输网络也应该有很大一段距离。所以不管人为也好，天气也好，还是自身技术原因也好，查清奇怪闪电如何发生的应该是弄清真相的正确方向。"藤田峻虽然外表不大正经，当涉及实际工作时，却是思维缜密、言辞谨慎。

"既然是从闪电如何发生查起，那么看来还是需要升空登站才行。我这就联系太空运输总署，让他们争取在二十四小时内完成所有升空准备。"闪电从天而降，而且最为奇怪的是贯穿了一重天罗，所以郑风行很自然地认为应该是从天上查起。另外，他心里其实也希望从天上查起，因为从目前的情况来看，去太空调查可能是最为安全的。

"郑总，不需要升空，只需前往罗湾城就行了。闪电从天而降，空中不会留下我们值得查的线索。现在我们只能倒过来查，从闪电击穿痕迹和残留物上找出闪电产生的原因。"秦潇然赶紧加以说明，他也觉得这几个人的说法真的可能会错误引导别人的思路。

"可是……可是，如果一定要去罗湾城的话，那就必须面对第二个问题了。"郑风行的语气有些不自然了。

"去罗湾城会有什么问题？"秦潇然这两天心思全放在浏儿身上，所以外面发生的新闻都不知道。

"危险，去那里会有危险！"郑风行说这话时脸色非常严肃、阴沉。

郑风行没有危言耸听，据刚刚从当地天电互联集团分中心传递过来的信息获知，M国科谷州地区已经发生多起骚乱和冲突。现届政府的对立党派和其他重要社会团体以此次脱网事件为契机，在事件原因不明的情况下捏造事实、造谣惑众，说此次大面积断电以及由此造成的家用电力设施损坏，是因为现届政府将本地电能过多输送给大国使用，以此作为支持他们掌控权力的交换。不惜牺牲本国民众的利益，在过负荷输电的情况下发生漏电，导致民众家中自备设备损坏，导致高压能源网路附近的无辜者电击身亡。

民众在这些误会和鼓动之下，向现届政府执政党发难，组织游行集会示威，并且冲击了当地的电力公司。虽然有政府军队出面维持局面，保护当地的电力公司和设备，但还是有部分电力设施被参与骚乱的人群给控制了。所以科谷州电网虽然短时间内重启成功，实际上还是有一些城市和地区未能联网恢复供电。

另外，当地有些团体和组织是信奉能量、光明的。比如盖亚神教，信奉的是大地之母，创造了光明宇宙中众神的盖亚；又比如圣阳联盟，信奉的是十二提坦中的太阳光明之神许佩里翁。这些组织的宗旨就是守护自己的神灵，保护自己的土地、阳光、水等所有神灵赐予的能量。所以脱网事件之后，一些心怀叵测者便借机在组织成员中宣扬欺骗言论，说神赐予的能量被别人窃取了、占用了，让不明真相的人以为断电真的是自己能量被窃取后匮乏导致的。然后还让所有人珍惜和捍卫神赐予的能量，否则不仅会失去赐予，而且因为没有珍惜和捍卫而受到神的惩罚。

"当地人在不明真相的情况下对天电互联集团的态度非常敌视，你们现在前去调查事件真相相当于将自己置身于一个无助的危险地带。"郑风行据实相告，这样他才觉心安。

"M 国政府也真是愚蠢，他们其实可以直接出面认定事件原因是自然雷击灾害，先把发生的骚乱平息下来再说。"藤田峻眨巴着眼睛，显出些许狡黠神情。

"藤田先生，问题是那些鼓动骚乱的反对党不是傻子，他们当中也有电力方面的专家。要是没有一些可靠的依据能瞒天过海加以编造的话，他们也是不敢随便发表言论的，那样反而会被指责蛊惑公众。"郑风行很客气地回应藤田峻的话。

"脱网事件导致的现象复杂而蹊跷，的确有很多可以被心怀叵测之人歪曲利用的，比如雷电保护装置未动作的现象。如果政府宣布雷击是事件原因，那么这一个现象就会将他们逼入没有回旋的境地。"秦潇然也觉得藤田的说法不靠谱。

"秦潇然说得一点没错，这一现象也正是那些反对党利用的关键点。他们说避雷装置未能很好启动保护，天罗网络是将 M 国作为一个薄弱的建设点，一个可抛弃的区域。这言论已不仅仅是针对 M 国政府了，而是对全球天电互联集团的污蔑，所以为了维护我们的形象和信誉，你们也一定要把真相找出来！"郑风行停顿一下后放慢语速接着说，"我们这次调查的原则就是不推卸、不隐瞒，该是谁的责任就是谁的责任，该负什么责任就负什么责任。但必须有一个科学合理的结论，这样才能让那些借此造谣制造事端的人偃旗息鼓。"

"那么 M 国的政府和军队能不能给我们提供一些保护和协助呢？"秦潇然问郑风行。

"在事件真相未弄清之前，M 国政府的处境也变得极为微妙。因为一旦我们拿不出证据说明真相，他们就只能改变立场支持其他政党和社会团体的言论。这样才能对公众有交代，否则这一届政府会因为得不到公众支持而被废黜。所以这种时候他们会尽量避免与天电互联集团有任何接触，更不要说出面保护和协助了。而你们却必须在这种状态下进入科谷州，尽快找到事件真相。越早找出真相，你们才能越早脱离危险。"

"我能理解，其实我们的处境也同样极为微妙。明知山有虎，偏向虎山行，抓到老虎崽，才能保住命！只有冒险闯进去才有可能制止 M 国事态进一步恶化，制止危机进一步爆发，然后自己也才能没有危险。这就像我当初在维和部队拆弹一样，最后十几秒钟，逃是已经逃不掉了，唯一能做的就是冒险对炸弹下手，拆掉炸弹才能安全。"卫国龙打了一个非常贴切的比喻。

"为了不让危险变得更危险，为了全球天电互联网络正常稳定地运行，冒点儿险是必须的，也是值得的。"秦潇然语气很平静。

"秦潇然，如果我没记错的话，以往和你一起接受任务时，你都会说这句话。呵呵！"藤田峻觉得气氛太过沉闷，便揶揄秦潇然一下放松放松。

听了藤田峻的话，莫洛克夫和卫国龙先是愣了一下，然后一起笑了起来。因为他们回想了下自己和秦潇然的合作，每次任务之前秦潇然的确会说这句话。

郑风行没有笑，而是看着那三个人，等他们的笑都停下了，才郑重其事地对他们说："这一趟的任务虽然重要，但是依旧采取自愿原则，觉得有什么问题的话现在可以直接退出。"这是郑风行一贯的工作风格，因为他知道不是什么人都愿意冒这样的险的。尊重别人的意愿才能让计划有好的开始，而强制不情愿的人去完成任务非但不能把事情做好，甚至还会搞糟。

莫洛克夫朝郑风行双手一摊耸耸肩，很简单地说了句："没问题。"

"呵呵，太空没去过，发生骚乱的地区也没去过。这应该没有身体方面的要求，我想我是够格儿的。"藤田峻反而显得有些兴奋。

卫国龙低头沉吟了一会儿，脸上表情有些复杂。于是所有人的目光都盯着他，等他表态。

终于，卫国龙抬起头，并且以军人特有的姿态猛地站立起来："报告领导，我肯定是要去的。我曾参加维和部队驻扎过M国，对科谷州地区的地形人文非常了解，所以我去也是最合适的。但是……但是能不能另外安排一个人替代秦潇然，他去不合适。这是我的建议。"

会议室里一片沉寂，过了好一会儿，郑风行才轻咳一声："嗯，这个建议……"但他的话刚开始就被打断了。

"我感谢这个建议，但是这个建议并不合理。我目前确实有牵挂，但是你们谁又敢说自己没牵挂。卫国龙，你多久没回家了，你爱人搞的沙漠贝类养殖成功了还是失败了，你知道吗？"

"我和你不同，你儿子全指着你呢。科谷州现有的危险性可能会出乎你的意料，你是不可以有闪失的。"卫国龙眼睛并不看秦潇然，只管挺直身体正对前方。

"会比我们经历的龙三角断缆事件危险？会比两年前吞塔山谷事件危险？那些天灾大难我们都闯过来了，还在乎这一点人为的小骚乱吗？"秦潇然也站了起来。

"不一样，那时候的你和现在的你不一样。"卫国龙果断地回答。

"一样的！兄弟，我知道你的好意。如果说有什么不一样的话，那就是从现在开始，我会更加小心地保护自己，比以前更加珍惜自己的生命。"秦潇然的语气再次放缓。

郑风行也站了起来："秦潇然，你再考虑一下，我可以重新调整。"

"不用了郑总，没人比我更合适。"秦潇然说完这句话后转身朝向另外三个人说道："科谷州脱网调查小组成立，备品库会调出一整套常规勘察设备，有其他特殊要求的现在提出。"

"车辆还是用我的'魔礼红'吧。"卫国龙知道自己已经无法阻止秦潇然，现在只有提出设备上的要求来弥补刚才建议失败的遗憾。

"可以，还有吗？"秦潇然想都没想就答应了。

"给我的'魔礼红'更换一套德国造强化碳锰维修工具。"卫国龙又提了一个要求。

"可以。"

"再给加装一根动力和机械双联用活塞式电池柱，规格最好是……"

"规格我来定。卫国龙，你满脑子小农意识就爱占便宜，每次有活儿你都要借机把你的'魔礼红'给提升两个级别。"秦潇然赶紧拦住卫国龙的话头，他知道再让卫国龙继续下去，把"魔礼红"改装成导弹坦克都是有可能的。

"好好，你定你定，就这样了，这次就这样了。"卫国龙有些不情愿地坐了下来。

"莫洛克夫，你呢？有什么特别的需要。"秦潇然转过去问莫洛克夫。

莫洛克夫指指卫国龙："给他车子的机器人手臂加装一套二级操控手臂。这一次有可能需要触及两千千伏以上电压等级的网点，所以需要更长的绝缘操作臂。"

听到这话，卫国龙在旁边咧嘴笑了，在桌面下朝莫洛克夫竖了个大拇指。

"以一级机械臂操作二级机械臂，这样的二级机械臂会很细很轻，操作中难以稳定。你确定要采用这样的加装形式？其实我们可以另外调配一辆大型机器人操作车。"秦潇然觉得莫洛克夫所说的加装方式有些不靠谱。

"不用，加装就行了，这样只是在车子上增加一个不太大的体积。调配大型操作车太招摇,到了科谷州很快就会被别人注意到。另外,要有一对蓝牙即连接通用无线操作手柄,这样所有的机械操作可以只用一对手柄来完成,需要时还能同时控制多个装置。"

"那好,按你的要求加装。手柄不用另外加配,现在整套的常规勘察设备已经配用了这样的操作手柄。"备品库里应急勘察装备的配置秦潇然非常清楚,因为他会时常进行检查和调整,以便紧急情况下可以随时拿出来派上用场。

藤田峻还没等秦潇然用询问的目光看向自己,就主动半趴在会议桌上说道:"我没有特殊要求,什么设备都一样用。再说了,我真要提出要求的话,你们也不一定能满足。"

"你说,不说怎么知道能不能满足?"

"你看我们四个大男人去冒险是不是太没情调了,要让我提要求的话,我想应该再配一个女组员,要那种身材……"

"我允许你把老婆的照片带上。"秦潇然只一句话就将藤田峻的遐想击得粉碎,他有些残酷地把阳子的形象一下塞满了藤田峻虚构的美好。

见没人再提要求,郑风行让女秘书给每人递上一张数据卡,里面是他们备留在天电互联控制中心人才库的国际身份辨别数据,其中还包含已订机票、信用卡等数据信息。

等大家都确认了数据卡信息后,郑风行才做了最后的布置:"好的,如果没有其他需要补充,我会让后勤设备部的人马上按你们的要求进行准备。为了尽量避免别人注意,保证你们的安全,所有设备我们不走互联网运输渠道,而是委托库克全球快运送达 M 国。设备上所有天电互联标志都会进行掩盖,随身物品上所有可显示你们身份的标志也要全部清除。你们四个人按普通游客身份坐今天下午的民航班机出发,先到吉隆坡,然后转机到罗湾城附近的普仑国际机场入关。库克快运在机场附近就有网点,你们提取设备后一刻不停,直接前往罗湾城,尽量不要惊动任何人。到了之后速战速决,提取到有关证据后立刻就地分析,及时返回信息。最后祝大家平安、顺利。"

乌玛圣女显神迹拯救失事飞机

吉隆坡机场巨大的绿叶顶候机室里，秦潇然若有所思地站在落地玻璃窗前。已近深夜，窗外黑压压的，玻璃上又都是雨水，所以只能模糊地看到机场跑道上闪烁的指示红灯。偶然有一两道不太亮的闪电划过，可以借助这光亮看到候机楼下面的黑暗中停得很整齐的一排飞机。

那些全电力驱动飞机就像是被驯服的巨兽，无声地趴伏在那里，被粗大的自动伸缩充电电缆管拴系在智能充电桩上。电驱动飞机的出现，让航空成为现在最大众最廉价的出行方式。为了保证电驱动飞机的运行可靠，所以依旧采用了传统的电缆式充电方式，尽量避免外界因素对充电过程和飞机储电系统产生影响。

秦潇然他们四个人非常顺利地在傍晚到达了吉隆坡。但是就在等待转机的过程中，机场张贴出了告示：吉隆坡周边有强雷暴，机场上空被雷电感应云层覆盖，飞机不能正常起飞。所有乘客可以到相应的航空公司窗口办理改签和退票，并且航空公司已经在机场附近安排好免费食宿。对于有急事迫切想飞走的乘客可以继续在机场候机室里休息等候，一旦天气转好便立刻安排不限最低人数的航班，尽量保证乘客及时抵达目的地。

秦潇然调查小组的任务很迫切，所以他们留在了机场候机室。候机室刚开始人头攒动，连找个坐的椅子都不容易。不过差不多等到半夜的时候，大部分乘客都改变主意改签或退票，候机室里剩下的人已经没有几个了。特别是秦潇然他们飞往普仑国际机场的这个候机口，只剩下不到二十个人。相邻前往Y国蒙达迈的候机口倒是还有不少人，这些人大多都是赶去蒙达迈参加明天一年一度的奇迹大会的，是各种超自然研究、追寻神迹、灵异探索等民间组织和宗教组织的成员。另外还有就是不想放弃奇迹大会盛况的一些游客。

秦潇然的表情看似平静，其实心中却非常焦急。外面的雷雨阻止了行程，同时也提醒了他另一种担忧。科谷州地区可千万不能有雷雨天气出现，一旦有了雷雨，不仅许多痕迹会被雨水冲走，而且就算找到一些痕迹，也很难判断是之前莫名闪电导致，还是之后的雷电击中的。

藤田峻悄悄走到秦潇然身边，神秘兮兮地靠近他耳边轻声说道："组长，我们被人盯上了。"

"什么人？"秦潇然一惊。自己这几个人还没到 M 国，而且没有任何迹象显示他们是前往 M 国调查脱网事件的，不会这么早就被某些有目的的人盯上了吧。

"应该是个女人，有一双很漂亮的眼睛，我能感觉到。"藤田峻的话有些没头没脑，但脸上表情却是非常认真的，小圆眼镜片后面贼溜溜的光是自信的。

秦潇然轻笑下摇了摇头。他知道只要提到女人，藤田峻的话基本是百分之九十九的不靠谱。

"真的，我真的感觉到了。有双美丽的眼睛不时地会暗中盯视我们一下，而且根据我的经验肯定是个女人。"藤田峻的脸色有些泛红，但这一次应该不是出于兴奋。

秦潇然很认真地与藤田峻对视了一下，从目光里，他知道藤田峻这次可能真的不是开玩笑，当然也不排除是出于他的错觉。

候机厅里的人不多，女人更少，秦潇然缓缓转身之后扫视了一下目视范围内可以看到的所有女性。

两个穿着肉感横溢的白人中年妇女坐在沙发上昏昏欲睡，她们暴露在外的雪白肌肤和深长乳沟养眼也刺眼，只会让别人盯视而绝不会是在盯视别人。

一个二十几岁穿着苍黄色登山夹克、戴苍黄色平顶棒球帽的亚裔女人跷着脚在玩腕环投影手机，很无聊也很随意，她可能会时不时瞟视一下周围，但绝不会专挑其中四个并不聚在一起的男人盯视。

亚裔女人旁边有一个黑人女孩在摆弄无线充电器搜寻电源连接，她的纸片电脑应该是在长时间的候机中耗光电了，应该也无暇关注周围的人和事情。

再有就是一个穿白色越南传统齐膝长衣的女人，这女人背对着秦潇然，看不出她在干什么。

相邻登机口的女性多一些，但大多是全身黑衣并用黑纱蒙脸的阿拉伯女人，她们什么事情都不干，一双双美丽且茫然的眼睛不知道在看着什么。

另外还有三个用印度纱丽裹住全身的女人，其中两个裹粉红和淡绿色印度纱丽的应该是一起的，还有一个裹紫色带闪亮晶片印度纱丽的由一个年轻的亚裔男子陪同着。这三个女人此时都在和旁边人轻声交谈着什么，也不大可能暗中盯视别人。

"你觉得是谁？"秦潇然悄声问藤田峻。

藤田峻的眼睛正定定地落在那两个白人中年妇女身上，听到秦潇然的问话后才猛地醒悟过来："我也不知道是谁，刚才我也找了两次都没找到。感觉那女人的眼睛怪怪的，虽然美丽，但是会给人一种莫名其妙的恐惧感觉。"

秦潇然摇摇头轻笑了下："你不会是刚才翻钱包看到老婆照片了吧，这才会在潜意识中产生某种错觉。"

"不是的，我没有带照片，我……反正我觉得是真的，真的有人在盯着我们。"藤田峻相信自己对女人的感觉更胜于相信自己操控计算机的技术。

"好的，我们继续注意下。不过现在才到吉隆坡，应该不会有什么问题。没人知道我们是天电互联集团派出调查脱网事件的，知道了也不大可能提前赶到吉隆坡盯上我们。就算真有人盯视我们，也只可能是无意的。"秦潇然嘴上虽然否定了藤田峻的感觉，心里却知道绝不能掉以轻心。因为他相信自己的每一个组员，就像相信自己一样。只有建立在充分互信上的合作关系，才是完成任务的最好保障。

旁边前往Y国蒙达迈的登机口开始登机了，登机的乘客明显分为了两拨。那些赶去参加奇迹大会的组织成员都急匆匆地往通道口挤，很是急切。还有一部分在后面慢悠悠往前移动的，则是去观光旅游体验奇迹大会盛况的。

这一回是秦潇然自己发现有人在盯视他们，而且恍惚间他也感觉是一双女人的眼睛，一双让他感觉确实不大舒服的眼睛。一有发现，他便立刻扭头寻找，目光快速从他已经知道的几个女人所在位置扫过，但还是什么都没发现。就像那双眼睛是从候机厅高大的穹顶上快速飘过一样，很快便隐入不知道什么角落里了。

去往Y国的2254航班很快起飞了，飞机冒着依旧细密的雨丝颠簸着冲进浓厚的云层。雨水在飞机窗口玻璃上横飞成一串串的珠链，只隐约可以看到外面翻转的灰白云层，让人不由生出种闯入魔域的惊悚错觉。

不过未等飞机爬升到位，机舱里的乘客已经有大半进入了睡眠状态，等候太久后终于登上旅途是会让人很快放松下来的。整个机舱中灯光暗淡，一片寂静，只偶尔有人按下呼叫灯，找空姐要服务。但是被很快赶来的空乘人员告知，在飞机未平稳之前是不能提供空中服务的。

终于，飞机爬到云层之上，摆脱了雨水击打和气流颠簸，开始平稳飞行。此时机舱中的灯光被调亮，空乘人员也开始为乘客准备空中服务。但是机舱中这样的变化却只有很少人觉察到，大部分人被长时间等待折腾得太累了，已经睡得很沉。

当机舱内灯光突然间闪烁不停时，这种异常情况大部分人还是没有觉察到。真正让大家惊醒的是空乘人员紧张的惊呼，还有随之而来的机身剧烈抖动和大幅度摇摆。

沉睡中惊醒过来的人看到的是和噩梦中相似的情景，机舱内灯光闪烁，让人们陷入明暗的交错之中。机翼上一闪一灭的红色灯光从窗口透入机舱，让明暗的交替中又多出几分血色。随着机身的摇摆，不时会有惊恐的叫声响起。

飞机依旧在飞行，但是好像已经没有飞行员在驾驶，正随着它的任性朝着一个无尽的黑暗深渊而去。空乘人员已经慌乱了，所以乘客们更加惊恐，并且在短暂的惊恐后快速陷入绝望。

终于，有人打开机舱前端的一个照明恢复开关，机舱里的灯光一下稳定下来。虽然显得暗淡，但至少不再闪耀。打开开关的是机长，从他的脸色看，这是一个陷入某种绝望的机长。即便这样，他的出现还是让混乱嘈杂的机舱平复了许多。

"大家先安静一下，飞机是出现了一点问题。但我们正在维修，会想办法恢复状态。大家先在自己位置上坐好，系好安全带。"机长声音有些嘶哑，从他的语气和表情来看，连他自己都不相信自己说的话。

"什么问题？""到底出了什么问题？严重吗？"……

"现在的情况是飞机控制系统、操作系统全失电，包括一级主动电源和三级备用电源，手动操控也因为失电而被锁死。不过飞机动力电源还在，飞机还在继续飞行。让我们平静地祈祷，神会来帮助我们的，奇迹会出现的。"机长出现在机舱里，并且说出这样的话，更意味着他没有一点有效解决问题的办法。他这样做可能是为了尊重有信仰的乘客，让他们在最后时刻为自己做些祈祷。

"什么意思？什么系统全失电？""是说飞机自己在飞，没人能够控制它了吗？"……

机舱里再次嘈杂纷乱起来，而且比刚才更提升了一个级别。不是所有神组织成员都有直面生死的道行，更何况飞机上着急赶往蒙达迈的也不全是神组织成员。于是有人已经开始悲泣、哀号，也有人真的开始进行生命最后的祈祷。

全电力驱动飞机的电能系统分为三部分。一部分是主驱动动力电源系统，由特大容量的轻型航空专用电储存组合提供，其中包括外充电源储存装置、无线电源接收装置、自发电源装置等。另一部分是飞行控制操作电源系统，这部分应用量小，输出平稳，所以主要由一级主动充电电池和三级备用充电电池提供，另外还有飞机外部光能和气流接收板的再备用系统。最后一部分就是照明、空调、监控通信需要的日常电源系统，这部分有专门的供应电池，另外还有机身上设置的自发电装置，如气流带动、摩擦发电装置也都是这部分电力的来源。正是因为这样，所以机身异常摇晃时自发电装置无法稳定，照明才会发生闪跳。拉开恢复开关，切断自发电装置只用电池供电，反而会变得平稳。

但是现在的情况是控制部分的一级主动充电电池和三级备用充电电池的供电回路同时断电，这种故障概率是微乎其微的，连亿万分之一都没有。而且连光能和气流接收板的再备用系统也无法连接，这种概率几乎可以说是不存在的。但是现在这不可能的概率却让这一群前往朝圣地的人遇上了，他们乘坐的飞机在完全没有控制的状态下飞行，最终的目的地已经非常肯定地从朝圣地变换成了地狱。

一个不同于所有人的怪异刺耳的声音响起，从低到高，越来越高，超过了机长嘶喊的音量，超过了许多人嘈杂的合音。不仅音量高，而且特别高，可以说是一种可以穿透人耳膜更加穿透人心魂的声音，就像电声乐演奏到极高音。那声音并非单调的哀号、绝望的嘶喊，而像是在吟唱、在诵经，又像是在念什么奇怪的咒语。但是从声音和节奏上判断，那应该比所有的吟唱、诵经和咒语都要更加魔障、疯狂。

当所有人被这怪异声音吸引过去后，他们看到的是一个更加魔障、疯狂的人，一个披着印度纱丽的女人。这应该是一个很年轻很漂亮的女人，最多三十岁出头的样子。看不出女人的具体国籍和人种，因为她有着很明显的混血外貌，而且很大可能是几代混血造就的尤物。

但是这个身材健美、面容秀丽的女人此刻却展示给别人一种怪异的状态，她先是在靠近过道的座椅上浑身颤抖，然后幅度逐渐加大，变成了快速的扭动和摇摆，并且慢慢地从座椅上起来，走到了过道的中间。随着站起和位置的改变，她的动作也演变成了狂舞乱转，长发和印度纱丽一起旋舞成一个无法看清的大团，那状态就像是已经被面临死亡的绝望将心智彻底摧毁了一般。

没人阻止她，或许所有人觉得这才是眼下最合适的反应。死亡即将来临，等待死亡的过程是最为痛苦的，在神志混乱中等待死亡的来临应该算是一种最低痛苦的方式。

突然之间，那女人停止了所有的动作，将自己固定在一个直立仰首、双臂微微朝上平展的姿势。同时她口中发出的怪异声音也戛然而止，眼睛闭得紧紧的，嘴巴抿得紧紧的，只有粗重的鼻息和起伏的高耸胸脯还能显示这是一个刚刚有过剧烈动作的身体。

刚才的一阵叫声和动作可以称为怪异，而现在这样一声不发、一动不动的姿势则可以称为诡异。但是紧接着在这女人身上发生的事情只能称作奇异，一种可以让无信仰者从此深信世上存在神灵的奇异。

女人身上最先变化的是印度纱丽上的那些装饰晶片，它们在发光，刚开始是一起一伏的微弱光芒，但很快便亮闪成了一片，不仅将机舱照得更亮，而且离得近的人根本无法直视。紧接着纱丽上连接晶片的线条也亮了起来，就像是在输送晶片的亮光，让晶片和晶片之间发生碰触。然后晶片和线条上开始有蓝色电光闪烁而出，就像雷雨时划破天际的闪电。但很快这些闪电又不像闪电了，它们由不时的闪出变成始终出现，成为游离于所有晶片和线条之外的持久弧光。

蓝色的弧光在直立不动的女人身上滚动着，从头到脚，从脚到手，就像一张闪动着蓝光的网将她整个罩住。

"神迹呀！这是神迹！""是乌玛圣女！乌玛圣女显神迹了！""乌玛圣女，救救我们吧。"乘客中有三四个人在喊，他们有的跪爬在机舱过道上，有的直接跪在自己的座椅上，双手握在胸前大声呼喊着。

其他的旅客开始有些茫然，但是听说这是个可以救大家性命的圣女，再看到她身上发生的奇异事情，有信仰、没信仰的人都为自己的性命祈求起来。就连那机长也一下扑倒在地，嘴里呼唤着圣女，同时手脚并用地朝身上闪动弧光的女人跪爬过去。

乌玛圣女眼睛猛然睁开，身上闪动的弧光将她一双深邃的眼睛也映成了深蓝色。同时微微朝上平伸的双臂猛地朝两边一落，于是她身上滚动的弧光闪出了身体范围，真就像在机舱中打了两个闪电。随着这两个闪电，机舱里所有熄灭的照明灯闪跳了一下。

然后圣女又把下落的双臂慢慢抬起，于是又有两道弧光闪出。这次的弧光不是短暂闪电，而是持续且疾速地在机舱顶上蜿蜒散开的蓝色光线。与此同时，圣女抿紧的嘴里再次发出声音，大家这一次可以依稀辨听出来，她好像是在含混地念诵《婆罗门圣女经》。随着第二次的弧光闪出和《婆罗门圣女经》的响起，机舱里所有的灯又跳动了下，只不过这一次跳亮之后再没有熄灭。

"机长、机长，快快！控制系统电源全部恢复了！"副驾驶从前面驾驶室里探出身体喊道。

"好！好！赶紧调整高度和方向。"机长一下从过道上站起来，用衣袖擦一把脸上的冷汗转身就要走。但是突然想到了什么，回身双手合握朝着圣女深深一拜，然后才从被人们跪爬得满满的过道中挤过，赶回驾驶室。

而这个时候，圣女身上滚动的弧光已经渐渐微弱，最终消失了。她平静地坐回了椅子上，但是她那高挺的坐姿不管是在人们眼里还是心里，已经是和庙宇中供奉的圣女完全一样了。

闯入诡异而沉寂的罗湾城

秦潇然他们的飞机一直到凌晨两点才起飞，登机时只有十来个人，广播了几回才又陆陆续续来了几个人。那两个中年白人妇女一直睡着未醒，空乘小姐怕她们误机，跑过去把她们唤醒。结果这两人不是前往M国的，而是前往Y国蒙达迈参加奇迹大会的，她们一个多小时之前就误机了。

自从发现有人在盯视自己，秦潇然就变得小心了，他们四个是拖到最后才登机的。所以看清了所有登机的人，包括知道了那两个白人中年妇女误机的事情。因为如果真的有人盯着他们的话，那肯定是要和他们一起登机的，否则在一个中转的机场看他们几眼是根本没有意义的。但是最终登机的女性总共就三个，戴平顶棒球帽的亚裔女孩、摆弄纸片电脑的黑人女孩，还有穿越南传统服装的女人。而这三个人都不像是他们要找的。

虽然是带着些许担心上路的，但路上却非常平静，没有一点意外事情发生。飞机上虽然配有设备可以全程发送和接收各种无线信息，但是凌晨两点飞机上的人，谁也不会再有精力上网浏览，都是抱着毯子枕头马上入睡。所以同地点出发、目前同样在空中的另一架飞机发生了那么惊心动魄、充满神奇的事情，他们这飞机上却没一个人知道。

直到五个小时之后，飞机在普仑机场降落了，秦潇然才在机场的大屏幕上看到了一则关于乌玛圣女的新闻。但是这一则新闻并非她拯救整架飞机的新闻，而是她在下飞机后的另一则重大新闻。

秦潇然看到的新闻场面很混乱，但是很清晰很全面，几乎包含所有细节。新闻发生在Y国蒙达迈的国际机场，当时现场有很多专业媒体，所以才会把整个事情的发生经过拍摄得那么全面清晰。

本来这些媒体是得到乌玛圣女显神迹拯救了整架飞机的事赶到机场来采访的，可是就在采访过程中，机场出现了十几个持刀的邪教恐怖分子追砍乘客。他们是要借助奇迹大会的轰动效应制造恐慌，让他们的邪教增加影响力。所以为了尽量达到自己的目的，那些邪教歹徒是朝人群最集中的地方追砍的，而当时最集中的就是采访和围观乌玛圣女的人群。

但是砍杀才开始，外围围观的人才有几个受伤倒下，乌玛圣女便再次显现神迹，挥手发出电弧击倒几个邪教歹徒。另外一些歹徒发现圣女是关键目标需要最先除掉，于是冲过人群直扑圣女。但是他们大多数未能跑到圣女跟前就已经被闪电击倒了，少数几个虽然侥幸跑到跟前，也都被圣女出手直接抓住扔了出去，摔得不能动弹。

"这个女人我们在吉隆坡候机大厅里见过，挺漂亮的。"藤田峻对女人的记忆和感觉同样灵敏，特别是漂亮的女人，所以一眼就认出了那个圣女是候机大厅里披印度纱丽的女子之一。

"是的，是在吉隆坡候机大厅见过，就在我们旁边候机口。我记得是有个男的和她一起的，怎么这新闻里那男的没有出现？"秦潇然也记得，而且不仅记得女的还记得男的。

"她这放电是在衣服里装有什么电击装置吧，比如改良的电击枪、高压发生器。"卫国龙是个不信神鬼的人，就算是打破他脑袋，他也不会相信什么圣女显神迹的事情。

"不可能！连无线充电块都带不上飞机，这些东西又怎么可能过得了安检？"

秦潇然很肯定这一点。

"她力量那么大，莫洛克夫你看看清楚，会不会是带有什么小巧的机械臂，或者她身体本来就安装了假肢，只是采用了最先进的机器人假臂而已。"卫国龙仍不死心，他坚持认为圣女出现是人为虚造的。

"从所有画面上无法看出她是假臂，更不可能带有其他机械臂。"莫洛克夫很简单的回答再次否定了卫国龙的怀疑。

"那么说真的是圣女？真的有神通？又是圣女又这么漂亮，谁有这样一位妻子，少活半世都是值得的。"藤田峻颇为感慨。

"应该不会真有什么神通，可能是带有世人目前还无法认知的高科技设备，可以以无法察觉的形式携带电能；也可能是她身体有着不同一般的奇特构造，自身能量中就包含电能，就好比电鳗一样。"秦潇然这解释应该是最理性的。

"这说法我信，什么神呀仙呀的说法，我绝对不信。"卫国龙马上表示赞同，因为这说法和他的观点在根本上还是一致的。

"好了不多说啦，我们还是赶紧出发把自己任务完成吧。"秦潇然紧绷的表情显出心中非常紧张，因为他们自己马上就要真正走入危险，不可预知的危险。而他们并不是特工或间谍，他们只是互联网的职员、专家。除了小心谨慎外，其他应对危险的专业方法真的不多。

出了机场没多远就是库克全球快运网点。他们的装备是走货机运输直接抵达普仑机场的，比他们要早到好几个小时，所以到网点直接就能拿到装备。然后四个人上了卫国龙的"魔礼红"，打开卫星导航选择最佳路径往罗湾城驶去。

"魔礼红"刚刚从机场旁的一家租车公司大门口开过，一辆美式混合驱动的军用越野车"霸王龙"也冲出了租车公司停车场，紧跟在"魔礼红"后面不远的位置，朝着罗湾城的方向驶去。

罗湾城是个风景秀丽的小城市，它占据了临海、依山湖等多种自然生态优势，历史悠久，风格雅致，是一个很休闲、很惬意、很适合人类居住的地方。但是这种适合居住的地方往往又是交通不太便利的，因为自然环境复杂，修造现代化道路本身存在一定难度。另外，像罗湾城这样偏僻的老城市没有大型的工厂企业，也没有重要港口和市场，修通多条道路没有实际意义，所以从普仑国际机场到罗湾城的路径只有两条。一条是全管道式的定距高速公路。虽然只是立体四车道的小型高速公路，但全程空架、透明管道，限定通道和前后车距，却是可以最短距离、最快速度到达罗湾城的。还有一条是盘绕穿越于青山褐土间的全浇筑公路，这是几十年前铺设的并经过无数次修复的一条国家公路。这条公路虽然距离长又难走，但是一路上可以欣赏到无数美景。

正是因为罗湾城这里自然生态环境好，没有大型工厂企业和高层建筑，所以全球天电互联集团才会将此处作为天罗二号网络集中、交叉、转换、分散的一个枢纽。因为没有工厂排出的各种污染，设备的维护量可以更小，运行寿命可以更长。而没有高层建筑的阻挡，网路在整体布设时也可以更加合理，投入也更加划算，需要增加或替代新网路时也更加方便。

秦潇然他们是从定距高速公路直接奔赴罗湾城的，一则他们时间紧任务急，二则从高速上走比下面穿越山岭和徒步旷野要安全许多。在高速路上一路飞驰，沿途时不时可以透过透明管道看到同向或跨越的电能传输网路。由此可知，已经进入天罗二号构架网络的一个密集区，离罗湾城周边的网络枢纽位置越来越近了。

当高速路音像标志显示前方为到达罗湾城的前一个出口时，一路一言未发的莫洛克夫突然从副驾驶位上坐直身体，扭头问后座的秦潇然："我们是不是应该提前下高速，先在外围找几个设备塔查看一下，那样或许根本用不着去罗湾城了。"

秦潇然微微皱眉想了下，然后很坚定地说："不！还是直接去罗湾城。虽然直接查看高电压设备塔可以更容易找到痕迹进行判断，但是现在我们不适合采取这种方式。资料上不是说了吗？本地一些组织和团体发动骚乱，与政府军队争抢占领电力设施。类似变电站、换流站那样的重要位置，政府军队肯定会全力保护，像设备塔这种铺设面太广的设施，他们想保护也保护不过来。而一般民众眼中的代表性电力设施就是设备塔，认为控制了设备塔就控制了电能输送。所以我估计那些组织和团体的骚乱分子占领控制的电力设施大部分应该是设备塔，而且这个时间段肯定会有不少人守在那里。"

"罗湾城城区可寻找到线索的电力设备会很少，也不够典型。"莫洛克夫还是觉得自己的建议更稳妥。

"如果脱网真的是闪电雷击造成的事故，从用户设备和家用电器的损坏上也可以找到蛛丝马迹。"

"要是找不到呢？"莫洛克夫很执拗。

"罗湾城里要是实在找不到线索来判定脱网真相，那我们等到半夜的时候再偷偷到城外较远的地方找几个网路设备塔进行查找。那时候估计占领设备塔的骚乱分子大部分都回去睡觉了。就算有人看守也不会多，应该好对付些。"

"可是现在直接进入罗湾城也是会有危险的呀，这么一辆显眼的'魔礼红'闯入城里肯定马上被注意到。城里的骚乱分子应该更多吧？"藤田峻表情纠结，那感觉就好像又在和他老婆阳子共进晚餐。

"资料显示罗湾城内没有大型工厂企业，都是一些低压用户。而且这个地方气候环境优越，有山有海，有湖有旷野，用户自发电条件很有优势。因此绝大部分是以天罗三号智能用电网络构成的用电方式，城内基本没有重要的高电压等级设备。而事件发生后，绝大部分用户设备都损坏了，所以那些骚乱分子没有必要守在城里。"秦潇然的分析很细致，也只有这样细致，才能说服自己的组员。

虽然情况基本和秦潇然分析的一致，但是面对空荡荡的罗湾城，他们还是觉得非常不可思议。这时的罗湾城城区不仅仅没有骚乱分子，甚至连人都看不见一个。

车子是从罗湾城的一条主大街驶入的，这真的是一个古老且萧条的城市。主大街并不太宽，路面都是就地取材的岩石石板铺成的。整条大街也不平坦，随着地形的变化有着差距挺大的起伏。大街上静悄悄的，没有一辆车、一个行人，只有些废纸、落叶被不远处吹来的海风卷着在走。沿街的商户、住户都紧闭着门，平时始终有人闲坐的街头咖啡馆虽然没有放下卷闸帘门窗，但店里店外也都是空荡荡的，不见一个人。

卫国龙谨慎地驾驶着"魔礼红"，让它保持一定速度在街上缓缓行进。这几个人里，他是对危险环境最有经验的。在维和部队时，他就接受过类似环境下的应对训练，所以他知道在这样的环境里，不仅要保持车辆发动机的始终运转，而且要保持一定速度行进。因为即便车辆发动机是运转的，但车辆要想从零速度的静止状态跑动起来还是需要很大初始动力的。这也就是车辆在静止状态为何只需用很小的力量就能阻止它开动的原因。

所以就算副驾驶位上的莫洛克夫打开车门跳下车去查看周围的情况，卫国龙仍是没有将车停下，始终以缓速行驶着。只不过副驾驶一侧的车门始终开着，以便有突发情况时莫洛克夫可以快速跳上车。

就在"魔礼红"缓缓开进城里主大街的时候,与这条大街平行的一条稍狭窄些的街上也缓缓地开进了一辆"霸王龙"。它用几乎与"魔礼红"完全一致的速度朝前行进,前后只差了十几米的样子。如果下车查看情况的莫洛克夫把查看的节奏再放缓一些,或者不是将大部分的注意力都用来查看街上可见的一些电力装置,那么他应该可以通过连接两条街的巷道发现另一侧的那辆"霸王龙"。

缓慢行进了大概两千米,前面出现了一个比较大的十字路口。这种地形环境让卫国龙更加紧张,抓住方向盘的双手青筋蠕动。脚下驱动电门不停地点着力,让电能发动机始终保持强劲动力。

这也是一种应对危险的经验之举,因为在城市街道之中十字路口是一个环境比较复杂的位置。从一个方向接近十字路口,有很多视线范围不可直见的位置。

前面的那个十字路口比其他十字路口要更加复杂些,首先这不是一个方正的十字路口,与之交叉的两条道路是斜向的。这样就会有一个岔口道路,在这种情况下就必须走到十字路口的范围内,然后扭转过头才能看到。另外直行的主大街从十字路口往前,路面开始呈往上的坡形。如果这位置突发情况的话,想直线加速摆脱会更加困难。再有这个十字路口的角上是几栋形状比较怪异的传统建筑,虽然只有三四层不是太高,但是形状怪异是可以提供许多隐蔽位置的。这些位置是比斜向岔道更加难以看清的,如果藏下几个人的话,不走到跟前是无法发现的。

也正是因为前面的环境复杂,所以卫国龙将莫洛克夫叫回了车上,他不想真的出现什么异常情况时将任何一个组员丢下。上了车的莫洛克夫还没来得及将车门关上,"魔礼红"的车轮此时刚刚要压上十字路口的横道线,突然,从对面路口的右侧楼里跑出来一个人。

那是一座三层呈弧形的楼房,只是自下而上每层依次缩小了一圈,但每层顶上的一圈边沿都建造得像城墙垛一样,离得远的话,还可以看到最上一层除了城墙垛,在楼顶中间还有一座圆顶的亭子。

楼房的弧形整个绕过斜向十字路口的大夹角,底楼很大的铁艺玻璃门上挂着两个很大的回旋镖。底楼沿街一面全部是彩色玻璃窗,就和许多老教堂里的那种彩色玻璃一样。

人就是从铁艺玻璃门里跑出来的,是一个身材高大的老头儿,留着大胡子,穿着传统的刺绣背心。大块头的老头儿一边跑一边挥舞着手臂大声叫喊着,但是所有人都没听出来这人说的是什么。

听不懂往往会引发两种心理，一种是好奇，一种是害怕。对于怀着某种目的又身处在这样一个特别环境中的秦潇然他们而言，此时此刻两种心理都有，只是害怕的成分远远压盖过了好奇。

"不要理他，冲过去！"藤田峻的反应竟然是最快的，这是因为他这个计算机高手最初是从电脑游戏的各种赛场上冲杀磨炼出来的。

"转弯！朝右转！"秦潇然是等看清那老头儿朝着车头迎面而来才说话的，因为真要像藤田峻说的那样冲过去，估计车子会撞飞那老头儿。

莫洛克夫没有说话，但他已经将准备关上的车门再次打开，这样随时可以跳车。

卫国龙也没有说话，他手上用力稳稳地带一把方向盘，脚下同时狠狠压下一寸驱动电门。这两下动作将保证车子从跑来的老头儿身前转过，然后往十字路口右边的街道驶入。

但是谁都没有想到，车子这时候却一下停住了，就好像卫国龙踩的是刹车而不是电门一样。不仅停住了，而且自动关闭了电源，完全回复到未启动状态。

回旋镖饭店发现异常迹象

"这是怎么回事？"卫国龙大吃一惊。他赶紧下意识地手脚齐动，指纹按钮关闭系统，重新启动驱动，串入机械操作电源，连接双联用活塞式电池柱……连续快速的动作换来了连续的机械"咔嗒"声，连接和转换电池的机械部件都在随着指令动作。但是不知道机械部件没有动作到位还是动作到位后又脱开了，车子的所有电源都没有连接上，只能是无奈又无助地继续静止在那里。

"下车，都下车，注意周围，一发现情况立刻丢弃所有装备分头逃脱。"秦潇然说话间已经到了车外，快速地扫看了一下四周。

其他人也都快速地下了车，只有卫国龙在打开车门准备下车的一刹那停止了。他扭头朝向跑来的老头儿，那样子像是在聆听又像是在辨别，似乎是刚刚老头儿说的什么话他听懂了一点点。

"没事没事，大家不要紧张。"卫国龙很快就解除了警报。然后慢慢下车，用生硬的、不娴熟的一种语言和已经跑到车旁边的老头儿说着什么。

"我在维和部队时曾在 M 国驻扎过，当地土语虽然懂几句，但是说快了说多了还是听不大懂。而像科谷州罗湾城这样有着自己信仰和组织的偏僻地区，一般不学外语和标准 M 国语，所以土语的发音更加特别。刚开始，我真的一个词都没听懂，等他离得近了、声音清楚了，我才听出些来。现在细问下才基本搞清楚是怎么回事。"

"太多废话，赶紧说怎么回事。"莫洛克夫和机械装置、机器人打交道的时候多过正常人，所以喜欢说话简洁明了、直入正题。

"这老头儿是回旋镖饭店的老板，他以为我们是家用综合能源转换器厂家派来维修的，所以赶紧拦住我们，让我们先去他店里帮忙进行维修。那座弧形的楼就是回旋镖饭店，底楼是餐厅酒吧，楼上是宾馆住宿。他想赶紧修好转换器，不然不好做生意。"卫国龙解释道。

"你怎么回答他的？"秦潇然问卫国龙。

"我说我们就是来修能源转换器的。这样就可以借着这个机会去看看他饭店里电器和发用电设备的损坏情况，查找故障发生痕迹确定故障原因。另外，一路赶过来，我们两天都没有正常吃过一顿饭了，去他那里说不定可以免费吃到一顿罗湾城本地特色的美餐。"

"是到那个弧形的楼里吗？"秦潇然抬头看看那座形状奇怪的三层楼房，心中始终不能坦然，"你问下他为什么会觉得我们是修转换器的。"

秦潇然和卫国龙在对话时并没有注意到那个老头儿也在认真地听，感觉他也是能听懂他们一些对话的。

"已经问过了，他们说前几天 M 国的电网公司就曾派出许多维修队来给他们修理能源转换器和一些用电设备。但是后来都被盖亚教和公行党的人打走了，说要保留现场证据。一些必须赶紧恢复用电的商铺住户没有办法，只好自己打电话出钱让转换器生产厂家来维修。好在厂家维修的人盖亚教和公行党都不为难，所以这些日子偶然在罗湾城里出现的外来人一般都是各种转换器和其他用电设备厂家的维修人员。但这些厂家维修人员也害怕当前局势的危险，怕无辜受累。要么推托不来，要么来了只待一小会儿，不管修好修坏都马上离开。"

"你们……是……中国人？是……互联网？"老头儿听了一会儿卫国龙和秦潇然的对话，突然从旁边插了一句。

原来这老头儿虽然没有专门学过中国话，但是经营饭店的人，各国语言多少都会几句。特别是随着中国领头建设的天电互联三重天罗覆盖全球后，中国话已经继英语后成为又一通用语言。即便那些不专设课程教授的国家，人们也都能听懂一点儿、说上几句。

"啊，是，也不是。我们都是转换器维修人员，几个厂家联合一起，多个国家调人。不同转换器，不同的人修。"卫国龙用断续的中文对那老头儿说，他忽然觉得采用这样断续的中文交流，或许会比当地土话沟通得更清楚更方便。

"噢、噢，好、好！"老头儿显然听懂了，他竖了竖大拇指，再点一点头。

"你们这城里怎么都看不见人呢？"藤田峻借着这机会也插问一句早就想问的话，但他用日本腔过滤过的中文那老头儿完全没听懂。

于是卫国龙又用断续的中文对那老头儿重复了一下藤田峻的问题，然后在老头儿一阵快速的嘟囔之后回头告诉大家："罗湾城城里本来人口就不多，因为这里没有高端高发展的企业，年轻人大都到繁华城市去工作了。留下的都是坚守此处的有教派信仰的各种组织成员，还有老人和孩子。这些天，各种组织成员都放下工作和政府争抢占领电力设施去了，老人和孩子则因为缺电暂时离开罗湾城投靠繁华城市的亲人去了，所以每到白天，罗湾城就像个空城、死城。反倒是到了夜里才会见到不少占领电力设施的人回城来休息。"卫国龙问到的信息再次证明秦潇然判断的正确。

"还有一个急需要问的问题。"卫国龙刚说完，秦潇然就又马上接上。

"还有什么问题呀？秦组长，我们能不能坐到他的餐厅里边吃点喝点边问问题？"

"你现在需要马上询问一下他，有没有办法找人把你这车子修一下。"秦潇然面无表情地说道。

"啊！对对！这个要问，我怎么把这个碴儿给忘了。"卫国龙赶紧对着那高大老头儿一番磕磕巴巴加指手画脚。

好一会儿，那老头儿终于明白了他的意思，笑了笑跑向路边一个安装在墙上的盒子，打开盒子按下一个按钮，然后挥手招呼着卫国龙把车开走。卫国龙上车启动，"魔礼红"全都恢复正常，电门轻轻一踩立刻风一般滑动起来。

"这是怎么回事？你一定要告诉我这是怎么回事？！"卫国龙停好车追过去朝着老头儿一阵喊，他急切间完全用的是中国话，忘记了那老头儿只能听懂一点简单的词和短句，而且是要在语速较慢的情况下。当看到那老头儿一脸茫然不知所措的表情后，卫国龙才猛然醒悟过来，重新用磕磕巴巴的当地土话夹杂着中国话把问题重新问了一遍。

老头儿终于明白卫国龙是什么意思了，于是指手画脚地做了一番解释。

"啊，原来还有这样一种设施，很巧妙。我原来驻扎在这里倒没听说过，这东西要是在冀北互联网路设施的沿行道路上设置几个，那些赛车的不用赶也会自己换地方了。"卫国龙发出一阵感慨。

"什么巧妙设施？"被勾起好奇心的莫洛克夫很着急地问。

"是这样的，你们看，这路口有一排铁压板，下面其实是一套磁力装置。这装置是与路口红灯联锁的，一旦有车辆闯红灯，磁力装置启动。就会将车辆的电驱动的接点打开，让车辆完全失去动力停在这里。那老头儿说这还是仿照了飞机上的什么设计呢。"

"你原来在这里驻扎过的，怎么都不知道有这种装置？"莫洛克夫觉得卫国龙的表现有些让人难以置信。

"因为部队军车配置的一般是混合动力，而且底盘有强效防磁防爆炸物隔板，所以这种装置对军车是没有效果的。呵呵，另外这也证明我是个始终遵守交通规则的人，从未闯过红灯，所以才不知道。"卫国龙的解释倒也合情合理。

秦潇然看看地下的铁压板，再看看路口的红绿灯："不对呀，那红绿灯不亮，是失电状态。这磁力装置应该也是由电力控制的，在没有联锁的状况下刚才怎么会将你车的电驱动接点打开的？"

这时候旁边的莫洛克夫说话了："刚才我看了一下街道设施，路灯、标号灯、指示灯用的都是独立的太阳能和风能电源发生器。这个磁力装置也一样，墙上的控制盒连接在立杆式的综合能源采集板上。因为这装置只需要极小电量，然后又可以采用电池充电存储，所以不必通过大容量的能量转换。红绿灯则不同，因为是比较重要的信号灯，所以除了自身能源采集板外，它们还与最邻近建筑的能量综合转换器连接，以保证多途径的可靠电源。"

"如果是这样的话,那么红绿灯不亮不仅是电源的问题,灯本身应该也被损坏了。因为它们自带的能量采集板应该是可以工作的。因此可以推测,刚才我们对面路口的红绿灯在损坏前刚好是亮的红灯,所以才会将磁力装置始终启动着。"秦潇然综合分析和推理的能力确实很强。

"你们别站在路口瞎琢磨了,快上来看看吧。"藤田峻喊道。

大家抬头一看,藤田峻不知什么时候已经上到弧形楼房的顶层了。

"你们上去吧,我还是在下面看着点儿。"虽然进到店里可能会得到美食,但是卫国龙依旧没有放弃该有的谨慎。另外对于事件真相的查辨和判断,他知道自己的专业知识与另外那三个人相差太远,多个自己少个自己基本一样。所以在下面看住车,保证随时可以带其他人快速离开是更需要他坚守的职责。

秦潇然和莫洛克夫进了饭店之后没有马上上楼顶,而是先检查了一下屋里的无线电源发射器、电源插座以及各种家用电器。全球天电互联的三重天罗构成以后,全部是用源网荷管理系统进行智能管控。这是中国电科院研究多年并经过反复验证和使用后,才完善成熟起来的一套智能管理系统,一套最为细致和坚强的管理系统。它可以细微到每个用户家里的每个插座、灯头,所以从这些最平常最微不足道的用电位置也是有可能发现脱网真相的。

但是秦潇然和莫洛克夫只稍微查看了一下就放弃了,因为这些点的痕迹显示都是正常的。应该是在事件发生时智能管理系统及时将低压部分成功脱开,避免室内电器的损坏和引发火灾造成的。

回旋镖饭店的楼顶不是太高,但由于罗湾城大部分都是低矮建筑,然后城市地貌整体朝着海边有一个下降趋势,所以从这楼顶上还是可以清清楚楚地看到罗湾城内很大一片区域的情景的。

罗湾城的建筑很密集,房子都是成片成片连接在一起的。就算是回旋镖饭店这样独立的特色建筑,与它旁边的其他建筑也只有很小的间隙。间隙小的只需迈步就能直接跑到另外的楼顶上,间隙大的成年人用小助跑加跳跃也能过去。

秦潇然和莫洛克夫跟着饭店老板从楼顶小门出来时,藤田峻已经在邻近的另外一座楼顶上了。但是不知道他是跨过去的还是跳过去的,当然也可能是爬过去的。藤田峻背着一个专用的测量皮包,围着能量转换器转圈,他这是要找一个最为合适的查测点。

"不，不是！那里不是！"饭店老板上来后马上朝着藤田峻挥手，然后指着圆顶亭子旁边的一个中型能量集中转换器说道："这里，在这里！"

"知道知道，OK！他就是好奇到处跑着看看，马上会过来。啊，你家转换器是西门子的，这个我负责维修。你再带我看看，除了转换器，家里还有什么其他电器损坏吗？如果是我们转换器原因造成的损坏，保险公司会赔偿你损失的。"莫洛克夫笑着把大块头老头儿支到一边去了。

秦潇然自己并没有马上去看损坏的转换器，而是站在那里用伸缩式高倍电子望远屏往远处看去。望远屏的屏面接收范围所及之处都能看到类似的能量转换器，不用到近处详细查看铭牌，单从外形特征，秦潇然就能判断出这些转换器是哪些厂家的产品，大概有几种型号。同样，他也只需要从外观上就能确定，几乎所有屋顶上的转换器都已经损坏。因为它们形状已经有所改变，横平竖直的棱角都有扭曲，大块平面还有着鼓胀外凸的现象。再有就是这些转换器输入输出的绝缘件都有隐约可见的烧损、破裂痕迹。而固定用的金属器具，也都有严重的电弧灼痕。

单从这些痕迹和现象看，最大可能是雷击闪电的过电压蹿入造成的，但是怎么可能一次雷击就将一座城市几乎所有家用能量转换器都损坏呢？而且这雷击没有平时那样的雷声，雷击保护装置也基本都未曾动作，更重要的是，它还贯穿了三重天罗，这会是怎样一种形式的闪电？

藤田峻不知什么时候又回到了回旋镖饭店的楼顶，来到秦潇然身边："组长，我查了三家的转换器和电能接受端，都是过电压击穿损坏。楼顶空调、水置换等室外电器的损坏也是同样情形。然后我用多频微波分层扫描检查了所有设备内部，剖切图像和反馈数据显示结果一样，全是过电压导致。"

藤田峻虽然没有明确说出最终结论，但是秦潇然一听就知道是什么意思。天罗三号的智能用电网络，是以低压用电回路和自发电为主构成的。即便外接网络，也是会通过多层换流、变压和多个智能控制节点，不可能有高电压蹿入，更不可能出现普遍性的大范围的过电压，所以只可能是外界过电压的直接击穿。而外界过电压的直接击穿，并且能够造成如此大范围的灾害性结果，最大可能的过电压来源就是雷电。

"入户电源的触点集合块动作情况和户内电线、电器的损坏特征，也完全与雷击吻合。"莫洛克夫刚才把大块头老头儿拉到一边以免影响藤田峻专注地查找，但他也不是一点事情没做，而是借着机会让大块头老头儿带他把回旋镖饭店里的一些用电设施情况都查看了一遍。

"没有任何排除雷电的可能吗？"秦潇然回问一句，因为他始终都不相信这是雷电造成的。

从事件发生当时天电互联控制中心的即时信息，从一些人借以歪曲事实的证据，以及藤田峻和莫洛克夫经过实地勘察后得出的结论，都在重复证明一切是雷电惹的祸。而那些反对党和社会团体利用的就是这个关键点，因为互联网中雷击保护装置未曾动作。他们以此为借口说天电互联集团将M国当成薄弱的建设点和可抛弃区域，要求M国电网脱离天电互联。

可是如果说是雷电原因的话，有些情况又是无法解释的。事件发生时只有闪电没雷声是怎么回事？闪电是云层撞击摩擦形成的，为何会让云层之外天罗一号的太空无线传输网络也出现动作隔离？还有互联网路中雷击保护装置确实没有动作，可为何连用户的雷击保护装置也都未动作？其实这些才是秦潇然心里真正想要弄清楚的。只有从这些情况里找出证据，才有可能推翻雷电导致科谷州脱网事件的结论，推翻心怀叵测之人借雷电表象制造事态的行径。

"从实际痕迹上看，应该没有其他可能。"藤田峻回答得很直接，没有给秦潇然留什么希望。莫洛克夫虽然没有说话，但他却是很明确地摇了摇头。

秦潇然心头一紧，有种坠落的感觉。这感觉让他从楼顶边缘退后一步，拿起望远屏朝远处看去。而实际上此刻他望远屏的屏框中的景象是模糊混乱的，是随意而快速地扫过的。因为他并没有目标需要刻意查看，只是在用这样的动作掩饰自己的茫然。

"真的就是这个结论？自己这几个人紧急集结赶过来等于白跑一趟。就刚刚通过仪器和经验双结合的实地查找，其实只是在为北京那边已经获取的窘迫状况做印证而已。难道就这样回去了？还有些疑问需不需要继续查明？查明了对事态有没有逆转？……"

第三章 · 北坡飞车

- 逆向疾驰摆脱围追堵截
- 乌玛圣女预言震惊蒙达迈
- 草坡上滚翻而下的"霸王龙"
- 半路杀出第五个组员

逆向疾驰摆脱围追堵截

秦潇然看似很专注地站在那里用望远屏搜索远处，其实脑子里却像是沸腾的粥锅。莫洛克夫和藤田峻倒真的是很专注地看着他，等待他决定下一步该怎么做。这种状况下三个人都没有注意到大块头老头儿手机一响收到一条信息，他看过之后马上躲到楼顶出口的小门里，悄悄打了个电话。

信息提醒所有当地团体组织成员，留意四个全球天电互联集团派来的人。说这些人将会偷偷潜入罗湾城，亵渎神灵，做一些不利于本地利益的事情。大块头老头儿也是一个虔诚的盖亚教组织成员，所以收到信息后立刻通知一些人立刻赶回城里来。

就在秦潇然心中一片翻腾、眼前一片混乱的时候，他手中电子望远屏的屏框中突然闪过一样东西。那东西离得很近，从取景框中快速晃过时很模糊。但就是这个东西在秦潇然混乱思维里拨开了一线清澈。

秦潇然立刻调整望远屏，收缩距离，慢慢移动，寻找到那件东西，并将其锁定。屏框中最终呈现的是一段白色的钢制圆杆柱，不粗，立得很稳。秦潇然继续推升取景框，将那圆杆柱的顶端呈现出来，正是竖立在十字路口旁边安装了综合能量接受板的杆柱。刚才让"魔礼红"停住不能启动的路口磁力闭锁装置就是从这里获取电源的。

"你们看一下，那根安装接收板的钢柱是不是比旁边楼顶要高？"秦潇然放下望远屏指着那根杆柱问，他刚才之所以从望远屏屏框中一下抓到它，就是因为它的高度。

"好像是的。"藤田峻回道。

"如果再算上它与旁边楼顶能量综合转换器之间的距离，是不是有些什么不对劲？"秦潇然又问。

不用说得太明确，藤田峻和莫洛克夫都已经明白了秦潇然是什么意思。

"我下去取镭射测定仪。"莫洛克夫说这话时已经朝楼顶小门跑去，急切间差点儿撞到锁在小门里的大块头老头儿。

楼下的卫国龙此刻也感觉到有些不对劲，他刚刚瞄到身后巷子的另一边有什么东西闪过，正谨慎地往那边移动脚步想看个究竟。莫洛克夫冲下来猛地推开回旋镖饭店大门将卫国龙吓了一跳，他本能地蹲身弯腰双臂横在身体前后，完成这样的基本防护姿势后才回头看是怎么回事。见出来的是急匆匆的莫洛克夫，立刻问道："出什么事情了吗？"

"没事，拿镭射测定仪，好像找到些苗头了。"莫洛克夫说完，已经拿到东西又往店里跑去。

"你们快点儿！我感觉周围情况有点儿奇怪！"卫国龙朝莫洛克夫的背影喊了一声，也不知道急促而行的莫洛克夫有没有听见。

镭射测定仪在楼顶支撑起来，一道道纵横交错的红色镭射线射出，根据周围实际物体和建筑组合成一个立体的框架。然后推远、放大，与实际测量物对应、吻合。与此同时，测试仪屏幕上闪跳出了许多数据，并且快速跳动变化，自行进行着测量和计算。

这个时候，远处罗湾城的外围道路上，出现了十几辆各种形状的电动汽车和气垫汽车。气垫汽车适合山地、荒野、沼泽行驶，所以在罗湾城这种地形复杂的区域中使用比较多。

所有车辆分成了几路，有的穿过褐色原野直接逼近罗湾城城区，有的绕到城区另一侧从海边进入，还有的从西侧老旧巷道中穿过进入城区。

屏幕上跳动的数据在逐渐变缓，很快就变成了只有个位数的缓慢翻转。而改变不用等数字完全停住，藤田峻就已经看出了最后结果。

"组长，判断正确。那个杆柱可以起到避雷针效果，伞状盖至少可以保护离得最近的三个转换器。分别是它右侧楼顶上的甲号转换器，右前下方伸出平台上的乙号转换器，还有左侧过街后楼角上的丙号转换器。"

藤田峻一边说一边在测定仪屏幕上画着，于是实际物体上都分别显示出镭射光标出的甲、乙、丙的标号来。

秦潇然拿起望远屏，自动锁定焦距。这三个点都距离很近，所以把观察形式放在近距清晰放大模式上，可以直接看到近在咫尺的细节。三个点观察下来情形是一样的，外部变形、绝缘破裂、金具放电。与所有确定被损坏的转换器没有区别。

"如果是雷击闪电造成脱网，避雷器保护装置有可能因为质量问题和动作灵敏度不够而不动作。但是固体引雷的避雷针是没有动作环节的，那根立杆具有避雷针的同样作用，雷击下来应该是击中它才对，而它伞状覆盖范围内的三台转换器应该不会遭受雷击损坏。可是为何偏偏它上面的能量接收板都是好的，而那三台转换器却和其他转换器一样受损了？"秦潇然像是在问旁边两个人，又像是在自言自语。

"因为不是雷击！"莫洛克夫的语气里有按捺不住的兴奋。

"会不会是带电体对外放电造成的？"藤田峻说出这话时自己都感觉很不自信。

"但是转换器的损坏是有过电压通过的痕迹，单纯的对外放电不会是这样的击穿现象。"莫洛克夫提出了异议。

"除非……这个是下一步需要查证的。"秦潇然欲言又止，"不过现在至少可以确定事件的真实原因，不是雷击导致故障而是故障产生了闪电现象。"秦潇然说出这话时很释然。撬开一个关键门户之后，那么距离要找的真相就不会太远了。

"嘀——"一声长长的不间断的车喇叭声由远而近地响起，一辆"霸王龙"长鸣着喇叭从楼下的大街上风驰电掣地驶过。

"怎么回事？"藤田峻依旧是反应最快的。

"看那边，还有那边！"莫洛克夫很快发现两处异常。每一处都是三四辆车组成的车队，灵活地在小街巷中悄然奔驰。看样子这些车都非常熟悉城里的道路，应该是想绕开大街偷偷朝回旋镖饭店的方向逼近。

"快下来！有情况，赶紧离开！"卫国龙在楼下直着脖子高喊。

莫洛克夫动作极快，将镭射测定仪屏幕一合、把手一拎，整个装置的镭射发射头、支架全部一下收拢，还原成一个盒子。莫洛克夫拎着盒子往楼顶小门跑去时，藤田峻已经跑到小门口。门口的大块头老头儿似乎想伸手拦住他们，但微微犹豫了下后还是让开了。

秦潇然依旧是最后才从楼顶离开的，将情况看清再采取行动是他的习惯。所以离开前，他确定了同样在小街巷中穿梭的车队除了莫洛克夫看到的那两个外，还有四个。再有就是那些车辆似乎不是在往自己所在的回旋镖饭店逼近，而是在朝着刚才飞驰而过的"霸王龙"进行包抄。

从整体局面上看，车队的这种包抄并不太有利，迂回太多，远不如"霸王龙"直线开出那么快速直接。所以秦潇然几乎可以肯定，车队虽然多，但最终是围不住那辆"霸王龙"的。

但是不管那些车队围得住围不住"霸王龙"，他们收缩的范围却是越来越小，最终可能会堵住自己车子出城的路径，将自己这几个人围住无法脱出。而且自己的车子在经过十字路口时有可能被锁定断电，就算已经知道了排除的窍门，那也是要耽搁很多时间的。所以即便现在就往外冲，也不见得能赶在被围住之前逃出罗湾城。

那"霸王龙"为何一路冲过了许多十字路口都没有被断电锁定，自己的车是不是可以顺着它的路线冲出去。这是秦潇然离开楼顶时的最后一个发现，也是他认为最有价值的一个发现。

"不行，肯定不行！"当上了车的秦潇然把自己的想法告诉卫国龙后，卫国龙断然否定了，"'霸王龙'是美式军用车辆，少量民间销售的车型都未曾削减一点配置。它是混合动力，有强效防护底板，所以可以顺利通过所有十字路口。而你说那些包抄的当地车队明明熟悉道路却偏偏从小街巷中迂回穿行，我估计就是因为大街道上的十字路口有闭锁装置，他们无法快速通过，才选择这种包抄方式。"

"好像是的，那些车队好像是故意绕过所有大十字路口的。"藤田峻最先从上面气喘吁吁跑下来，直到现在才缓过气说了第一句话。不过最早离开楼顶的他还能发现这个细节，说明他的反应和眼力真的很厉害。电脑游戏锻炼出的不仅仅是操控计算机的能力，还有人体上的一些实际反应能力。

"所有十字路口？怎么会是所有十字路口呢？"秦潇然从藤田峻说的话里发现了一个不合理的现象。路口的磁力装置是与红灯联锁的，如果断电时正好是红灯，那么磁力装置有可能是在启动状态。如果不是红灯而是其他灯，那么断电之后，磁力装置应该是在关闭状态。而现在藤田峻说那些车辆绕开的是所有十字路口，也就是说，所有磁力装置都在开启状态。这怎么可能呢？断电时怎么可能所有路口的红绿灯都是亮的红灯？

"系上安全带！坐稳了！抓牢了！"卫国龙大喝一声。他现在可不管秦潇然在想些什么，他的职责是将大家带出去。

车里的其他三个人都被卫国龙的大喝声给惊住了，包括正思绪万千的秦潇然。他们赶紧系好安全带，紧紧抓住车顶和前座上的把手。因为从卫国龙的声音中他们能够估计出，接下来应该有一场急速加颠簸的折腾，到时候狭窄的车厢内会像翻江倒海一般。

车子启动了，很慢很慢，速度就像一个孩童骑的三轮儿童车。那三个人已经做好了一切准备，绷紧了肌肉和神经，死死抓住车内把手。但是车子却没有像他们估计的那样，于是三个人用狐疑的目光相互对视一眼，在不可思议的疑惑中慢慢放松了状态。

"魔礼红"一直在缓慢地朝着路口开去，就像怕压到路上的虫蚁一样。卫国龙好像并没在看前面的道路，而是乜斜着眼竖着耳在听什么。

"你要这么开出去？"藤田峻实在忍不住问了一句。

"嘘——"卫国龙不仅仅是制止藤田峻，而是要所有人都安静。

车轮在石板路面上缓缓轧过，几乎没有一点儿声响。车子采用的是电能动力，发动机是无级曲轴直接带动，也没有什么声响。城市街道上没有车辆行人，车内的人又都保持着安静，所以卫国龙可以听到"魔礼红"所经之处的一切异常动静。

车轮压上了路口的那道铁板，铁板固定得很平稳，所以依旧没有声响。车子极慢极慢地开过铁板，当车身过了一半时，卫国龙听到了几声急促的"咔嗒"声从车辆下方传来。但是车子依旧在行驶着，虽然很慢很慢。

当车子完全通过铁板后，卫国龙嘴里轻轻蹦出两个字"行了"。然后猛然踩下电门，车速一下提起，瞬间出现的极大推背感将车里的人都紧紧推按在椅子背上。推背感才一消失，刚刚已经松懈了状态的三个人赶紧手忙脚乱地寻找并抓住可以稳住身体的东西。他们估计的翻江倒海般的急速加颠簸不是没有，只是来得晚一些。

"你……你在逆向！"慌乱中找到一只把手并死死抓牢的藤田峻朝着卫国龙大声喊道。

"逆向怎么了？反正街上又没有车辆和行人，也没人查违章。"卫国龙只要坐上了车便会有种随心所欲操控自如的感觉，就连说话都比平时随意顺畅得多。

"逆向好，逆向路口的磁力装置就不能将车辆断电锁定了。"秦潇然是两只手都抓到稳妥固定物后才说话的。

是的，此时"魔礼红"正在罗湾城的街道上飞速地逆向行驶。刚刚卫国龙以极慢的速度测试了下，探明逆向行驶的话，磁力装置是在车身通过一半时才会动作。而这位置已经过了车辆所有电能驱动接点，再无法将车辆断电锁定，所以路口的磁力装置只对闯红灯有效。

另外，磁力装置过了接点位置才动作更是给了卫国龙一个有利的信息。如果装置是提前动作，极快的车速可能会让装置正好在电能驱动的接点位置动作。但是滞后却没有这样的顾虑，只管加速往前即可，开得越快，装置动作距离车辆电驱动接点越远，所以卫国龙毫无顾忌地加速直冲出去。

和那辆"霸王龙"一样，"魔礼红"也是沿着大街径直冲出罗湾城的。虽然起步比"霸王龙"晚了许多，虽然石板地并不适合疾速行驶，特别是在转弯和变换道路时，虽然那些车队速度也很快，差不多都相继迂回赶到可堵住出路的街口，但"魔礼红"在卫国龙娴熟的驾驶技术控制下如风刮过，几个车队的人最终只是在小街巷里看到街口一晃而过的车影而已，都差了那么十几步未能横车街心将秦潇然他们拦下。

"魔礼红"冲出罗湾城之前目的明确，以最快速度离开。等出了城后车速一下就降了下来，因为卫国龙不知道该把车开往哪里，下一步他们又该做些什么。

还没等卫国龙询问，秦潇然就用笔管式手机将一个地形图投影在了车子前挡上。

"老卫，认识这个地方吗？靠近北边山地区域，地图上显示有几条路可以到达。"秦潇然问道。

"认识，原来维和部队驻扎此处时，我参加月度例行远途巡察去过那里好多次。可是现在我们去那里干吗？路挺远的，环境也比较复杂。"

"科谷州网络断电时，三起人员死亡都集中发生在这个位置。我们应该到那里去看一下，发生人员死亡的现场应该有更多有价值的信息和依据可以采集到。"秦潇然说出了自己的想法。

"而且那里是天电互联网路集中、交错的位置，故障痕迹应该更明显。"莫洛克夫也支持秦潇然的想法。

"可是网路集中的位置更有可能被骚乱分子控制，我们这样过去是有危险的。"藤田峻提出异议。

"藤田说得没错。虽然 M 国的安全状况比前些年好多了，但是那些狂热的宗教派别、社会组织和对立党还是很危险的，不排除他们持有枪支。我这个小组成员主要是担负你们安全的责任，所以这方面我是最有建议权的。我建议还是不要去那里，另外找个政府控制的点细查一下也可能会有收获的。"卫国龙也不同意秦潇然的决定。

"对了，还有那辆'霸王龙'也很奇怪，从哪里冒出来的？老卫，你当时在下面，看到是什么人开的车吗？"藤田峻又补充了一点。

"没能看清，听到喇叭声后，我马上隐蔽到了车子另一侧，等再探头看时，那'霸王龙'刚好开了过去。只隐约看到那车子里只有一个人，而且感觉像是一个女的。"卫国龙越说越不自信。

"女的？你怎么会连女的都没看清楚呢？"藤田峻觉得卫国龙这方面的能力太差了。

"女的？一个人？"秦潇然也觉得卫国龙说的情况有点儿难以置信。"不过我感觉那辆'霸王龙'应该不存在危险，它也一样是在躲避那些车队的包抄。经过回旋镖饭店时持续大声鸣响喇叭，好像是在提醒我们离开。

"这也难说，在别人还没弄清楚我们来历前，采取任何奇怪手段都是有可能的。所以不能排除'霸王龙'存在危险，或许它是故意将我们引出罗湾城的，而且可能也估计到我们下一步会去人员死亡现场，这时候说不定就在不远的地方盯着我们呢。"卫国龙不是瞎联系，他在维和部队时遇到过很多最终都搞不明白怎么回事的危险情况。

"我们这次查找事件原因真相，其实也包括那三个人的死亡原因，所以到那里去才是真正的实地取证，是非常有必要的。我觉得那些骚乱分子不会二十四小时一直守在那里，我们现在出发，到那里已经是黑夜。再等几个小时，那些骚乱分子应该会暂时离开回城休息，这样我们就有机会了。"这个计划应该是秦潇然早就想好的。

"问题是在此之前，我们怎么才能接近那个位置而不被发现，那周围的电力设置应该都是由骚乱分子控制，一路过去难免不被看到。"藤田峻的担忧仍是有道理的。

"所以才要靠老卫呀，到达那里有几条路，他应该能找条隐秘的路带我们悄悄过去。"秦潇然选定卫国龙加入小组，就是要起到类似作用的。

卫国龙没再说话，而是踩下电门加快车速，然后在下一个岔路口处改换了行驶方向。

"魔礼红"从岔路口过去才一会儿，"霸王龙"也出现了。它在路口稍稍减缓了一下速度，但很快就重新提速沿着"魔礼红"驶去的方向而去。

乌玛圣女预言震惊蒙达迈

蒙达迈是一座保存完好的古老城市。城市的历史富有传奇色彩，城里的建筑特色则与古代神话相契合。而蒙达迈这名字在当地土语中的意思就是"神迹出现的地方"。

自从全球天电互联实施以后，很多城市并非都是快速朝着想象中极为现代的钢铁丛林发展的。相反，由于全球基本使用的是天然绿色能源，再没有无度的开采和开发，生态环境、地理气候都得到很好的保护。所以一些历史悠久、风景秀丽的城市反而得到了很好的留存，比如北京、罗湾城、蒙达迈都是这样的城市。

蒙达迈的奇迹大会规模宏大，因为这是世界范围内的大型聚会。参加的主要是各种研究超自然现象的组织，其中有专门寻找幽浮的、追踪魂灵的、发现神迹的、破解灵异的。另外，一些宗教组织也会经常参与。

但是如今这些组织的目的并不单纯，其中确实有一些组织是真正探索超自然现象的发烧友团体，利用业余时间参与自己喜欢的事情，比如捕获幽浮联盟、追魂人新队；还有一些组织则是专业地对一些超自然现象进行科学的探索和研究，比如鬼地探秘组、天道悟理派。这些组织一般背后都有企业或财团支持，获取的成果是可以演化成新闻、书籍等产品的，也算是正当获益。但其中很大一部分却是借助一些发现和现象甚至是杜撰一些奇异事件和奇迹，从而让人们相信一些不可思议的东西和能量真的存在，造成人们敬畏的心理和信仰的需求，然后再给予引导和破解，达到从中获取利益的目的。像这样的组织一般都会以一些宗教的理论和教义为掩饰。比如，马来西亚的神师会、英国的灵异地带就是这样的组织。

与此类似的还有一些组织，其中包括一些宗教组织。他们本身就是有信仰的，或者真的是属于某个宗教派别。但他们也引入了一些真实的科学原理为自己的信仰做佐证，平时采取半科学半神话的手段进行活动。参加奇迹大会明着是公布自己组织的新发现和新见解，其实真正的目的是推广自己的信仰。而随着时代的发展、科技的进步，人们对于传统信仰理念感兴趣的已经不多，反而是更多地相信这种看似科学然后又披了一些教义玄理外衣的组织。

不过一个利用科学或者伪装科学的组织要想真正立足并长久发展也不是那么容易的，因为现在的人更加理性，也更加具有辨识能力。所以几乎每一个这样的组织都一直处于分裂、筛选、融合之中，有的被淘汰，有的被替代。

每年在蒙达迈集结的这些组织虽然在研究方向和理论上不完全相同，但是研究的对象已经有了很大的共识点，从过去的单一的对象发展为任何对象。这样一来，类似的组织变得更加混杂：懂的不懂的都可以进来掺和一把，而真正进行科学探索的越来越少；不断有新的小组织出现，也不断有老的组织突然销声匿迹。

大环境都这样了，这些组织的内部以及组织之间的规定也就变得自由了，所有成员都是可以自由转会的。他们在发现了更能说服自己、吸引自己的现象和理论后，随时可以加入其他组织。因为连组织都在不停地产生，更不用在乎某些人兴趣和观念的改变了。

也正因为如此，每年的奇迹大会对于各种组织而言就变得非常重要了。他们必须借助这个机会尽量宣传自己的理论，展示自己的成果，通报自己的发现以及应对方法，这样才能在大会期间争取到更多的成员。也就是说，奇迹大会其实还是一个快速壮大自己组织的机会。当然，也有被人家大量拉走自己成员的可能。所以这种场合必须拿出最吸引人的现象发现和最为睿智的理论见解，才能在保住自己组织原有地位和规模的前提下，尽量发展和壮大组织。

奇迹大会在白天时会由各组织分区域以他们独特的方式展现和宣扬自己的最新发现和见解。形式多种多样，有游行、有表演、有游戏、有展览、有餐会等，到处散发资料存储币和信息传单，无不竭尽所能。也正因为如此，奇迹大会的规模和景象才会盛况空前，让借此机会前来旅游的游人眼花缭乱、目不暇接。

可是到了天黑之后就又会是另外一种情景，所有组织都要派代表前往城中圣殿广场边的代表性老建筑——神议圣殿。然后在圣殿上将自己组织这一年中最为杰出、最为经典的成就叙述出来，与所有人分享。这些成就一般是千古之谜的剖析、怪异现象的解释、重大真相的发现，还有就是宣布某种预言或先兆。这个分享是奇迹大会最为吸引人的部分，整个过程中可以获知很多前所未闻的奇异事件和神奇预言，充满刺激和玄妙。所以会有成千上万来自各个组织的成员和世界各地的游客聚集在圣殿广场上聆听，这会显得壮观又神秘。

今年的奇迹大会多了一个让所有人为之瞩目的人物。作为度门启示派代表参加晚上神议圣殿分享时，她的表现更是让所有人震撼——这人就是度门启示派的乌玛圣女。

度门启示派是这几年刚刚成立的一个组织，主要研究并追寻神迹。他们的目的是找到神迹出现的规律，发现神迹带来的后果，还有利用神迹获取超人能力。这个组织是借助了印度教前身婆罗门教的一些教义和理论为依据，将一些传说中的神迹用科学理论加以解释的同时，也用教义和玄理进行渲染。真真假假难以分辨，所以吸引了不少人一直维持着组织的运作。

乌玛圣女的"乌玛"是光明美丽的意思，又代表着印度教中雪山神女帕尔巴蒂的一个化身。帕尔巴蒂是印度教三大神之一湿婆的妻子，住在喜马拉雅之巅，挟闪电冰雪而行。而圣女其实是身份的代称，他们这个组织的最高领导者就是圣女。

度门启示派成立之后没有宣布过什么特别的发现和独到的见解，所以始终处于几乎被大家遗忘的状态，全由着它自生自灭。但是今年蒙达迈奇迹大会的格局却被它打乱了、搅浑了，谁都没有想到度门启示派成了最吸引人的热点。乌玛圣女显神迹拯救飞机的过程有机舱内实时视频记录，飞机还未降落，这视频已经被机组成员截取传送到机场控制塔，汇报事故当时的情况。然后机场控制塔的工作人员又把视频传到网上，所以很快就传播开了。

各家新闻媒体应该是看了视频后才赶紧聚集到机场采访乌玛圣女抢新闻的，没想到刚好遇到邪教成员冲击机场、追砍乘客。乌玛圣女再显神迹，制止邪教成员行凶，这一过程又全部被媒体记录下来，并且在第一时间传播出去。飞机上的视频、机场的新闻都是最真实的记录，然后在网络和媒体的双重推动下，仅仅用了几个小时，就让整个蒙达迈、整个Y国乃至全世界知道了度门启示派，知道了度门启示派的乌玛圣女。

白天的奇迹大会，各种大小组织都竭尽所能，用最吸引别人的方式宣传自己，吸收新的成员。但是不管怎样的方式，在今年的奇迹大会上都显得疲软无力，全抵不过圣殿广场一角上只是端坐于软榻的乌玛圣女。

度门启示派的仪式是最简陋的，没有散发任何资料存储币和电子传单，也没有搞任何互动活动。只有乌玛圣女低眉闭眼端坐在那里，双手托于胸前，在左右手的食指和拇指间时不时有蓝色电光闪动。

自从乌玛圣女出现之后，她端坐的软榻前围的人就越来越多，以至于最后将整个圣殿广场占满，把其他组织的活动推挤到角落和一旁的街巷里，有的甚至无法再进行下去。那些围在乌玛圣女软榻前的人有度门启示派成员，但更多的是其他组织的成员和一些市民、游客。这些人都已经知道了圣女显神迹的事情，纷纷致礼表示敬意。一些有信仰的索性跪倒膜拜，倾诉自己从此要追随圣女、加入度门启示派的心愿。

而参与报道今年奇迹大会的各大媒体、网站，他们也都拿出了最先进的摄像设备锁定乌玛圣女。拯救飞机和机场惩凶两次神迹显露之后，所有媒体、网站几乎完全一致地做出跟踪报道的决定。他们相信只要锁定乌玛圣女，将会抢到更多与神迹有关的第一手新闻资料。

直到天黑，关注乌玛圣女的人都没有散去，反而聚来了更多，黑压压的一片，就连与广场连接的所有街巷中都挤满了人。但后来的人当中有很大一部分是对乌玛圣女的神迹持怀疑态度的，因为圣女一天中未曾开口说一句话。所以那些人都很期望知道圣女今晚能说出什么重大发现，或者发布什么先兆预言，让他们现场真实体会到圣女的智慧和神通。

终于，乌玛圣女站了起来，缓步走向神议圣殿。广场上的人自动挤开一条直通圣殿的道路。圣女纱丽飘飘，在人群中款款而行。周围很静，只有摄像设备的沙沙声和照相机的快门声。

乌玛圣女走上了圣殿前的高高石阶，但她并没有走进所有组织代表聚在一起的圆顶圣殿，而是在最高的一个石阶上斜身缓缓坐下。她那位置可以将广场一览无余，而广场上的人也都可以仰首看到她，就像仰视一座秀丽鲜活的神像。

乌玛圣女的优雅和特别让她成为万众期待的对象。虽然神议圣殿里有很好的全空间扩音设备，可以让外面广场上的每个人都清楚地听到殿里代表们的发言，但是今晚其他组织代表的发言已经注定是索然无味的了，甚至已经让一些期待已久的人们感到厌烦，急切地希望他们赶紧结束。

现在不管是已经信奉了度门启示派的人，还是依旧对乌玛圣女表示怀疑的人，他们都在心中期盼乌玛圣女尽早吐露一字半句。而且他们此刻的心愿也是一样的，希望乌玛圣女再显神迹，破解出某个千古不解的玄语经文，公布出某个惊天预言。因为不管什么样的人，都希望有神迹出现，都希望自己亲眼见到神迹。

也许是神理会了众生的期盼，顺遂了众生的心愿，圣殿里的全空间扩音设备突然发出一阵杂音，打断了正在进行的发言。而当杂音消失之后，圣殿里的代表们说话再没有了扩音效果。这情况先是让圣殿里面出现了一阵小骚乱，然后长久无人说话的状况又让广场上的人们也开始因诧异、疑问而骚动起来。但是就在这个时候，一个清丽空灵的声音响起，乌玛圣女开口说话了。圣殿里全然无效的扩音设备竟然对她是有效的，而且仅仅对她有效。

乌玛圣女用的是流利而标准的英语，这是所有组织所有人都听得懂的语言，但这也是解释专业理论和玄理教义最难表达透彻的一种语言。乌玛圣女不用其他语言而用英语，是因为她要说的话不是复杂难解的专业理论和玄理教义，而是一段需要人们都能听懂、都能理解的预言。

"神迹的追寻和遵循，让我获取了神的力量，获知了神的指引。吾神帕尔巴蒂化身乌玛圣女，传预言于世人。灾难将至，毁灭之火冲击人间，人间将失去光明和温暖。"乌玛圣女说完这一句后，整个广场包括圣殿里面鸦雀无声。大家是不敢相信这样的预言的，也不敢相信自己确实听到了这样的预言。

"天地日月万种能量，分配有序，各地各人都有定数。但世人不知珍惜，肆意摄取，随意买卖，无序调用，破坏了人间的整体能量秩序。因此湿婆神发怒，毁灭之眼睁开。三天之前显无上神迹收回了M国科谷州能量，以示惩戒。"乌玛圣女说到这里停顿了一下，那模样就好像是故意留给人们思考的时间，又像是留给媒体调整摄像角度的时机。

之后，乌玛圣女继续开口言说："但是现在还有些人在继续触怒湿婆神，在湿婆惩戒过的地方，这些人在继续做着亵渎神灵的事情，窃取神赐之福。所以湿婆神更加震怒，不久之后，将再次开启毁灭之眼，把虚假与邪恶烧成灰烬，把天赐人间的能量收回。毁灭之火扫荡天际，扫荡大地，人间将陷入黑暗和寒冷。所有信奉神的人们，警醒起来，将那些窃取我们神福的人赶走。坚信度门的启示，捍卫神赐予我们的能量，全身心地追随着度门去追寻新的光明和温暖吧。"

这段话说完之后，大家都确定自己听清了。所以整个广场连带圣殿之内就像涌起一道潮水，沸腾起来的纷乱嘈杂再难平息。纷乱嘈杂来自几个方面，其中大部分是出于一些人的恐惧和慌乱，还有一部分是在努力表示自己追随度门的迫切和坚定。只有少部分是出于一些人的疑惑和茫然，这其中包含质疑和怒斥。

质疑和怒斥的主要是圣殿中其他组织的代表，有很多代表在连声高喊着"欺骗""谎言"……更有几个代表一边喊着"这是刻意制造恐慌""造谣惑众，扰乱奇迹大会活动秩序"，一边冲向乌玛圣女……

几道蓝色闪电从乌玛圣女的手中射出，但是没有伤害任何一个人，只是阻止了那些冲向她的人。然后她再不发一言，缓缓走下台阶，穿过人群悄步而行。

在这种情况下，也就乌玛圣女可以悄然，别人却是再无法宁静的。各种蚊蝇式摄像头、自主摄像机器人全部跟在乌玛圣女的后面，紧接着度门启示派的成员以及从此心甘情愿追随度门启示派的人们也跟了上去。最后在随众心理和人流气势的带动下，广场上绝大部分的人都跟随在乌玛圣女背后逶迤而行。整个圣殿广场上就只剩下那些被圣女发射闪电阻止、站在原地不知所措的人和一些不知自己该何去何从的组织代表。

仅仅在奇迹大会这一天里，蒙达迈城里就有超过一半的人成为度门启示派的忠实信徒，他们中有其他组织的成员，有蒙达迈的市民，还有到这里来旅游的游客。

乌玛圣女的预言和警示通过媒体和网站很快传遍世界的每个角落。而对于乌玛圣女发出预言最先做出反应的是M国那些借机要搞掉现届政府的反对党和一些组织团体。虽然他们不能直接以这种预言为依据问责政府，但却可以利用它在社会上造声势，借之前一些扭曲的事实和组织成员的猜测加以推动，形成民众与政府的对立。

而事实上即便不加以造势和推动，科谷州罗湾城一些狂热的迷信分子就已经坚信了乌玛圣女的预言和警示。虽然他们是在占据电力设置的野外，但通过只需微光充供电的手机和电脑设备就能实况收看到蒙达迈发生的一切，听到乌玛圣女宣布的预言和警示。所以这些骚乱分子今夜没有退回城里和附近的小镇、农庄休息，而是在占据的电力设施附近找些可以遮掩夜风和寒意的隐蔽处继续坚守。他们决心要把乌玛圣女所说的窃取他们神福的人赶走或者消灭。

乌玛圣女发出预言和警告后才一个小时，坐镇北京全球天电互联中心的郑风行便连续接到能源署、互联网国际部、对外联络处等方面的多个电话。这些电话的意图都相同，是 M 国政府再次对天电互联网集团施加了压力，他们要求尽快拿出脱网事件的真相，以便给民众科学合理的解释，维护政府的威信和地位。

郑风行很能理解 M 国政府这样的做法和此刻的心情，自从科谷州脱网之后，他一直都在关注 M 国国内的新闻动态。其实早在各方面电话打过来之前，他就已经知道度门启示派乌玛圣女在蒙达迈发布的公开言论。这言论不仅对脱网事件的调查和处置非常不利，而且很快导致了 M 国各种对立党派、社会团体的骚乱升级，与政府之间的对立和摩擦越发激烈。

郑风行已经是第三次打开立体即景磁传输专频。这传输装置是通过地球磁场传输的，只要是磁场正常的地方，就可以传输即时情景。将画面投射放大，就能进入对方的实景之中，就像是和真人在同一环境空间中活动和交流。不过郑风行手指还是在接通键上停住了。秦潇然的小组派出去才三十多个小时，除去路上时间，真正抵达科谷州罗湾城区域才仅仅十二个小时。他们在那里要躲避各种风险查找线索，还会遇到很多意外的不可控的情况，时间上肯定无法把控。而现在自己再去催促他们的话，那会不会是在硬逼着他们冒险行事？更何况这种细致的查找工作宜缓不宜急，要是急切间找到的原因不是真相，公布出来后说不定会适得其反，反被人利用制造出更大的事端。

考虑再三后，郑风行最终还是坚定地碰了下触键："请帮我接通中心工会，我要询问一下秦潇然孩子的情况。另外，请加接一条立体即景磁传输专频到秦潇然家里的通信系统，让他所携带的传输专频可以直接与家里联系。不用担心，保密责任由我承担。"

草坡上滚翻而下的"霸王龙"

秦潇然他们一直在赶路，然后几个人里又没有一个对奇迹大会感兴趣的，所以根本不会关注蒙达迈发生的一切。更无法知道自己原先预计的情况正发生着对他们极其不利的变化，由于乌玛圣女的预言而发生的变化。

卫国龙选择的是一条较为偏僻的道路。虽然需要多绕行挺远的一段距离，但这条路是从荒野山林中穿过的小路，人迹稀少，相对而言最为安全。

"你们看，旁边的这个湖就是爱帝摩瑞湖，本地土语的意思是'天使的镜子'。过了湖再往前，拐过橡树林就能看到图容额山，我们也叫它'王座山'。"卫国龙一边开车一边详细地给另外三人讲解着一路经过的景物。他并非在做导游，而是想要那三人记住这些标志性的景物。这样一旦有人走失或者自己发生什么意外的话，他们也可以凭借这些标志自己找路径走出去。这种野外行动的基本习惯也是他在维和部队时学习并养成的，而这习惯并非只在军队里有用。

秦潇然转头看了一眼车窗外的湖面，心中暗叹这真的是一个美丽得让人心醉的湖。湖面波光闪闪，沿岸绿树层层。在夕阳的余晖照耀下，有片片金光闪烁。湖的周围非常静谧，没有人也没有船，也听不见鸟鸣，更看不见鱼跃。好像除了他们这辆沿湖岸小路奔驰而过的车子外，周围就再没有一点可以移动的东西了。因为没有一丝外来的打扰，所以整个湖面就像凝固无声的镜面。可能正是出于这样的特别之处，当地人才会将这湖叫作"天使的镜子"。

"这湖里的鱼很多很肥美，要不是发生脱网、骚乱这些事情，像这样好的天气、这样美的傍晚，肯定会有一些人乘小舟在湖上垂钓。我当时驻扎此处时还曾想过，等我年老后攒够钱了，也带着老婆到这里定居颐养天年。每天鸟语花香、钓鱼做汤，呵呵。"卫国龙说到最后禁不住自嘲地笑了两声。

"那也得看是什么样的老婆，要是模样像个魔鬼一样的老婆，跑到哪里都会是地狱。"藤田峻这话一说完，卫国龙和莫洛克夫都大声笑了起来。他们不是第一次一起执行任务，对藤田峻心中厌烦老婆的心结都略知一二。

秦潇然没有笑，反倒是将眉头皱了一皱，他从卫国龙的话里似乎察觉出些不对劲来。于是转头再往窗外望去，但此时车子已经转入了橡树林，浓密的枝叶遮挡住视线，再看不到那湖面了。

目的地是在一片起伏的坡地上，这坡地上没有一棵树木，全长满了茂密的黑麦草和麦冬草。还有零星几处长的是灯芯草，这种草一般生长于坡下有积水的泥潭或泥沼周围。这样绿草覆盖的坡地和云南、西藏那边的草甸子有些相似，坡面土层不厚，只能长草而长不出高大的树木。坡下有冲刷下来的泥土积聚，加上靠近大海，气候湿润，时常有雨，所以形成了软湿的泥潭、泥沼。

像这样空旷而又有所起伏的坡地是很适合作为天电互联网枢纽的。可以利用错落有致的起伏地形进行无线传输，并且根据要求集中、转接、分散、改道，另外还可以实现不同电压等级间的交叉。所以这一大片坡地上的网路设备塔之间距离虽然是需要用车辆来往的，但是对于庞大的全球天电互联体系来说，架设密度已经相当集中了。因为这里是天电互联网络的一个枢纽——科谷北坡区枢纽。

科谷北坡区枢纽还在正常运行着，虽然这里被骚乱分子占据，但他们并不敢轻举妄动。因为他们非常清楚，即便是要加以破坏也要有足够的专业知识和技术能力，否则会付出非常惨痛的代价。另外他们也确实没有想过要破坏，只有占据了可用的设备，才能充分体现他们所掌控的价值。如果破坏了，或者迫使天电互联网改道输送放弃这个枢纽，那么他们的占据反而没有意义了。

月光很亮，把无数银色碎片散落在山林里。"魔礼红"披着一身碎银片在山林中以很缓慢的速度行驶着，就像一只蹑足而行悄悄接近猎物的野兽。不管什么野兽，在接近猎物时都是会做一些试探和等待的。在这一点上，"魔礼红"也是一样的。它到达科谷北坡区枢纽附近后，先是在远离坡地的一片山林里安静地待了两小时，就像在耐心潜伏着守候猎物。等夜深了，坡地上那些设备塔旁边的车辆陆续离开后，"魔礼红"便开始在山林中缓慢行驶，沿着科谷北坡区枢纽的外围绕圈子。目的有两个，一是确定占据设备塔的骚乱分子是否已经离开，二是确定发生人员死亡的位置以及与这个位置最近的电力设施在哪里。

当这些事情都确定之后，秦潇然分派了任务。卫国龙将以最快的速度将车子行驶到离人员死亡位置最近的设备塔旁边，然后负责警戒，做好出现意外后立即离开的准备。

莫洛克夫在"魔礼红"停好位置后，马上操控车后绝缘机械臂，利用综合性能测试探头进行测试。"魔礼红"加装了二级绝缘机械臂后，所能达到的高度应该可以将探测头搭接到设备塔上的接收端或发射端，直接进入无线导电的空气绝缘内侧。而凭借莫洛克夫的操控能力，应该可以让探头在绝缘内侧稳定移动，搜索到有关的痕迹数据。

天罗二号网络的陆地部分也像天罗一号网络那样采取无线输电的方式，是因为特高压网络在经过多年的创新完善之后，它的电流输送方式已经改进为螺旋状气流绝缘传输。不仅可以防止外物侵入传输通道，而且可以让电晕和磁场范围变得很小，传输损耗也变得很小。另外电磁污染几乎没有，螺旋气流的非同频率磁消耗就已经足够把微量的污染全部化解掉。再者安全距离也成倍缩短，只与原来的一般高压等级相近。这样一来，天电互联网的设备塔也就不必修造得非常高，特别是 2000 千伏、3000 千伏更高等级的设备塔，其高度连当初有线传输的 500 千伏设备塔的高度都没有，大大减少了建设成本和维修成本。

由于北坡区这个天电互联网枢纽的电压等级都是 500 千伏的，因此高度更低。虽然"魔礼红"只是辆小型工程操作车，但在莫洛克夫要求下加装了二级机械绝缘臂后，已经足够伸展到带电体的高度。

另外正是因为采用了螺旋状气流绝缘传输，所以沿传输方向的电晕和磁场会形成非常均匀的圆筒状。一旦发生类似放电、击穿的情况，那么这种均匀的状态就会被打破，圆筒状上会有部分位置出现场势的凸起、弯曲或凹缺，并且会把这类绝缘异常信息留在发射端或接收端上。而用绝缘机械臂将探测头送入其中目的是探明是否存在这样的现象，继而进一步确定是由怎样的原因造成的。

藤田峻的任务当然是收集探测头采集的数据并加以分析，这个工作应该是最为复杂、耗时最长的一项，但又必须尽快完成。因为谁都说不清那些危险的骚乱分子什么时候回来，更不知道他们发现秦潇然等人后会采取怎样的行动，所以最好是尽快完成任务不与他们遇上。

秦潇然给自己安排的任务是查看一下事件中人员身亡的现场。现场只要不曾被救护人员和死因调查人员破坏得太厉害，应该就会留下些有价值的线索。特别是死者周围的草皮和泥土，可以反映出到底是不是电击，又是怎样的一种电击，希望可以找到进一步排除雷电电击的依据。

从林子里蹿出之后就全是在草皮覆盖的坡地上行驶，不仅有倾斜度，而且草皮还很滑。但"魔礼红"速度不仅没有减缓反而还提了速，它行驶的路线是与山坡斜度交叉的波浪形。卫国龙这样操控可以保证车子以尽量小的倾斜度和尽量大的稳定度快速将车开至预定位置。

　　车子一个急刹车并顺势侧向滑动，最终横向稳稳地停在坡地上。而就在车子刹车的同时，莫洛克夫已经打开车门探出半个身子去。等车子停稳，他已经从车身侧梯爬上了车顶，然后立刻旋开了后车厢顶盖把手。随着顶盖打开，像魔棍一样收缩成块的绝缘机械臂开始伸展开来。

　　卫国龙下了车，车门没有关，车子也没有熄火，这是为了随时可以上车开走。然后他往坡地上方走了七八步。这位置相对高些，警戒就必须选择这样的位置。

　　秦潇然也下了车，下车后便径直朝坡下走去。他手中有一个定位器，是将原来发生人员死亡时的图片先行录入，设定周围景物对照点，确定死者的当时位置。然后将录入并确定的位置图片放大，与实际现场对应，这样就能准确找到当时人员死亡的具体位置。不仅分毫不差，而且连当时死者的姿势都可以虚拟出来。

　　藤田峻没有从车里出来，而是直接从前车椅背里拉出电脑投影柱，在自己面前展开了一个立体的屏幕。这屏幕的可视画面并不大，与普通时尚杂志差不多，屏幕的画面随着后车厢机械臂的伸展而不停地变化着。画面周围是各种形状大小的分格，分格里有的是数字，有的是波形，有的是射线。这些数字、波形、射线则随着画面的变化而不停地变化着，这是因为藤田峻早就将综合性能测试探头和机械臂上的可视探头连在一起了。

　　后车厢的车顶盖已经完全打开，机械臂的一级部分也伸展出了一段，让出了机械臂的操控位置。车顶上的莫洛克夫双手抓住车顶两侧的捆物架，准备撑起身体将自己缓缓放入操控位。但就在这时突然响起一声沉闷的声响，就像谁打开了一瓶名牌香槟酒。

　　莫洛克夫很警觉，他立刻停止动作，将整个身体伏平在车顶上。

　　比莫洛克夫更加警觉的是卫国龙，所不同的是他听到声音后不但没有停止动作反而是加快了动作，猛然朝下方"魔礼红"发力急跑几步，然后一个倒地仰面下滑，贴紧"魔礼红"的车底盘从下面直接滑到了车子的另一边，并且将刚刚从车子里出来才走两步的秦潇然一下带倒，将他按趴在草坡上。

"别动，是枪声！"卫国龙低喝一声，然后放开秦潇然快速往上面匍匐前进了一个身位，将上半身趴到"魔礼红"的车底。而进入一半车底后再借以"魔礼红"比一般车辆要高出许多的底盘高度，就可以将从车子到坡顶的所有位置都看清楚。而别人从坡上却无法看到他的所在，开枪也很难击中他。

由卫国龙刚刚这一系列连贯而快速的动作可以看出，他不仅身手了得，而且对所驾驶的"魔礼红"更是了如指掌，可以利用"魔礼红"的每一个细节。

"刚才的枪声是帕瓦双型猎枪发出的，这枪有气压和电击两种杀伤方式。以充电电池储压形成高气压发射，一般可以连射八到十次，射完之后再次储压。但如果情况紧急的话，可以改换模式直接使用高压电击攻击。"卫国龙不仅对车子了解，对枪械也非常熟悉。只听到一声枪响，他便可马上判断出是怎样的枪，具有怎样的功能。

"在哪里？打枪的人在哪里？"车子里的藤田峻也已发现车外的异常，赶紧蹲下身体，跪爬到秦潇然那一侧的车门口探出头来问。

"枪手还没出现，好像是从设备塔左侧基墩背后射击的。现在我们都不要动，动了他肯定会继续开枪。"卫国龙说这话时声音提高了些，他是在告诉所有人。

"不动？总得做点儿什么吧？"藤田峻有些不能理解。

"等！等枪手自己过来。他有长距离攻击的武器，我们什么都没有，所以只有等他靠近了，我们才有机会。"

"他有枪又怎么会靠近我们？"秦潇然也觉得卫国龙的话无法理解。

"那个枪手没有连续开枪，是因为他也不清楚我们到底是干什么的。所以他也在等，等他的同伴赶过来。人多了之后，他们会慢慢逼近过来的。"卫国龙很肯定自己的判断。

果然，大概过了一支烟的时间，坡地顶上出现了几个身影。这几个身影显然很熟悉坡地上的地形，他们没有用任何照明物，只凭借月光的亮度就可以在草坡上快速移动，而且没有一个身影滑晃。随着这几个身影的出现，设备塔旁边也出现了两个身影，他们应该是躲在设备塔边守护设备塔的，刚才的一枪也应该是他们其中一个打的。两个身影和后来的几个身影目标一致，就是秦潇然他们的"魔礼红"，所以有前有后地慢慢聚拢过来。

"我们怎么办？反击还是逃走？"趴在车顶的莫洛克夫朝车下低声问了一句。

卫国龙没有马上回答，又过了一会儿，才叹口气说道："唉，还是放弃吧。我看了下，他们中不但有帕瓦猎枪，还有至少两支猪龙冲锋手枪。这是正规军用手枪，可快慢机三十发连发，体积又小，运用更灵活。这种武器最适合对付突发情况，射速快、射程远，所以逃是逃不掉的，只要一动就可能遭到他们的快速射击。另外试图等他们靠近了突然出手也会有很大危险，因为我们没有突袭的武器，赤手空拳无法一击之下让他们失去战斗力，更无法震慑住他们，让他们放弃攻击。"

"如果是这样的话，我们选择放弃。即便让他们抓住了暂时应该不会有什么危险。任务虽然重要，但前提是要保证大家安全，现在看来被他们控制住相对而言是最安全的。"秦潇然从草坡上坐了起来，他决定向对方喊话，先让对方清楚目前情况不需要动用武器。

几个持枪的身影已经聚拢到距离"魔礼红"很近的地方了，秦潇然也已经准备举双手站起来了。就在这个时候，突然有两道光柱出现在坡顶，从上而下划过两个半圆弧。那是一辆车子前面大灯射出的光道，从上而下划个半圆弧是因为车头先冲高再落向低处。

车子从坡顶跃出后，带着呼啸的风声，顺着车头落下的势头直接朝着坡下冲来。这是一辆造型彪悍、车身霸气的美式军用越野车"霸王龙"，跃出坡顶的姿势显得有些沉重、笨拙。但是落下之后它却灵活得有些怪异，车身剧烈地扭动着，就像一个进入音乐高潮的肚皮舞舞娘。

卫国龙只看一眼那车子凌乱晃动的车灯，就确定驾驶者并不知道如何在满是湿滑草皮的坡地上驾驶汽车。所以从坡顶跃出落下之后，车子顺着湿滑草坡斜线下来连减速都无法做到，只要一带刹车那辆车肯定会腾空翻滚而下。而驾驶者虽然无法将车子减速，但他仍极力地想控制车子往自己想去的方向开，越用力控制就越是不对劲。

持枪的那些身影开始都吓了一大跳，一个个慌里慌张地转身端枪对着那辆"霸王龙"。但是当看到那车子一路斜歪着过来，他们便都没有开枪，而只是往后快速退让几步。因为凭借他们的经验可以看出，那辆车是绝对撞不到他们的，只能是从他们面前飘过而已。

驾驶者最初冲下来的目标是这些持枪的身影，但是下来后才发现要想对准这些目标并不太容易。车子顺着坡势、随着草皮的湿滑一路斜线而下，方向盘怎么扳都扳不过来。眼看着"霸王龙"就要从那些持枪人的后面擦身而过了，于是驾驶者采用大角度打方向同时微带刹车的方式，想把车头别回来。

"霸王龙"这种车型的车身和底盘本来就高，又是在这样倾斜度大、草皮湿滑的草坡上，突然采取大角度打方向和带刹车，结果只会是翻车，且是侧向往下滚落的翻车。

"霸王龙"除了车身高外，它还很沉重，而且军用车制动性能很好。所以虽然是翻车，却是一个动作极为缓慢的翻车，就像一个慢动作。

借助月光和灯光，所有人可以清晰看到"霸王龙"急冲而下的车身猛地一顿，刹那间停止了剧烈扭动的斜线行驶。然后停住的车身慢慢往坡下侧倒过来，过程真的很慢，就像在寻找平衡要以一侧的两只轮子站立起来一样。但是一过了那个平衡点之后，速度立刻加快，车子一下子就翻滚下来。而且紧接着就是顺着坡势的第二滚、第三滚……，速度越来越快，直滚到坡上一处稍微有些凹的位置才勉强停止。而且是整个翻过来的车顶着地，宽大车顶在那个位置的边缘颠颤着，随时都有继续往下翻滚的可能。

几个持枪的身影就像是在近距离，以无惊无险的悠闲状态眼睁睁地看着那辆车从自己面前一路翻滚往下。另外有些同样可以欣赏翻车特技表演的人却在以最快速度忙碌着，比如卫国龙、莫洛克夫。因为就在翻车开始之后他们获取到了一个机会，一个解决眼下所遇危机的机会。

半路杀出第五个组员

卫国龙双脚猛蹬一下，再次从"魔礼红"的车底滑了过去。刚到车子的另一边，他立刻手脚并用，像豹子一样往前连蹿两个身长。这样的姿势不是因为来不及站立起来，而是因为他是从下坡往上坡冲。加上坡面有湿滑的草皮，所以手脚并用的姿势可以更快更稳地接近目标。另外，目标发现身后有异动的话，很有可能会立刻转身盲目射击，按一般人的正常反应，这种下意识射击是不会朝着地面的。所以这也是卫国龙快速接近目标的最安全的姿势。

那些持枪身影在看着车子翻滚而下，根本没有想到刚刚那些被压制在下方车后的人中会有一个突然反冲上来。所以卫国龙撞倒一个拿猪龙冲锋手枪的对手并将其手枪抢到时，大多数人都没有注意到。只一个拿帕瓦猎枪的人感觉身边有影子晃动，于是很随意地扭过头来看。但他头还没有扭过一半，手中的猎枪就已经被卫国龙一把夺了去。

当卫国龙抢到猎枪之后，第一个被撞倒的人这才晕头转向地发出一声惊呼。这声惊呼惊动了其他人，于是视线和枪口一起转了过来。而这时卫国龙已经找到了第二个拿猪龙手枪的人，他将刚抢到的猎枪脱手掼出，朝着持枪人的手臂砸去。砸出去的猎枪和被砸落的手枪一起掉在草坡上。

其他人这时都反应过来，几支猎枪几乎同时转过来指向卫国龙。卫国龙虽然身手了得，动作迅捷，但是要对付这么多对准过来的枪口肯定是不行了。所以他只能一把拉过刚刚被他夺了猎枪的那个人，用抢到的猪龙手枪抵住他，把他当作掩护挡在自己身前。

面对这种情形，对方的几个人都愣了一下，转过枪口瞄准目标却发现被自己人挡住了。但仅仅这么一瞬，他们手中的枪就全没了。是被一股大力夺走的，那是他们根本无法抗衡的大力，而且很是迅疾，就像风刮过一样。

夺走剩下所有枪的是机械臂——"天神之手"莫洛克夫操作的机械臂。刚刚"霸王龙"往下一冲，所有持枪逼近的人都转身去看是怎么回事，就在这个瞬间，莫洛克夫双臂一撑、身体抬起，快速跳入了机械臂的操作位，然后就如同双手相握般娴熟地抓住一对蓝牙即连接通用无线操作手柄，把所有需要应用的按钮开启。当卫国龙冲出去的时候，"魔礼红"后车厢的机械臂操作座也转向了。转向的同时，两只一级机械臂伸展而出。

机械臂的力量肯定不是那些持枪者所能抗衡的，而莫洛克夫操控下的机械臂在灵巧、速度、准确上也不是那些持枪者可以比拟的。他曾操作这种机械臂穿过一串十三颗珠子的佛珠手链，所以机械臂连续几下抓枪、夺枪、扔枪的动作比江南茶山上采摘春茶嫩芽的采茶女还要快、还要准。直到那些枪支全被摔落在地，那些持枪者都没搞清楚是什么把枪夺走的。其中一个反应快的见枪被摔落在地上，马上弯腰想再捡起来，但后背才弓下，整个人就被一只机械臂给拎了起来。

持枪的人没了枪，被围捕的对象抢到了枪，整个形势的逆转很突然，比刚才那辆冲下坡顶最终翻滚成四轮朝天的"霸王龙"更突然。而突然的逆转往往能更快速度、更大程度地滋生恐惧，从掌控局面变成自己被掌控的逆差，让那些持枪围聚而来的人心中的恐惧成倍地积聚叠加，一下就把心理的最终防线压挤开了。

有人将身边同伴一拉一推当作自己的掩护吸引对手注意，然后不顾一切地转身而逃。被拉推的人则发出一声尖叫后顺势抱头往另外一个方向逃窜。接着其他人各自采用最为娴熟的动作连滚带爬地逃离卫国龙枪口指向范围和机械臂动作可及的范围。最后就剩被卫国龙用枪抵住的那个人还在原地一动不动地站着，另外就是被机械臂拎起的那一个还在使劲地挣扎。

卫国龙把枪口摆了摆，示意自己身前的那个人也离开，但那人并不太相信卫国龙的真实意图。于是一边慢慢胆怯地往后挪动步子，一边用含混的当地土语大声喊叫着。虽然听不懂他在喊叫些什么，但是能听出喊叫声里带着哭腔。

秦潇然可能是小组成员中反应最慢的一个，他看到"霸王龙"从坡上一路翻滚下来时，眼中恍惚展现的是殷灵出车祸时翻滚的电磁悬浮巴士。于是有那么一瞬间，他的心揪紧了、揪疼了，连身体都麻痹了。但是眼看已经翻过来的车子在平凹处的边缘晃晃悠悠的，他的意识突然惊醒过来，于是高喊一声："快拉住那辆车！"而在高喊的同时，他纵身而起，连蹦带跳地朝下面那辆"霸王龙"冲了过去。

此时"霸王龙"真的很危险，翻过来的车顶在平凹处的边缘连续大幅颠颤几下后，眼看着又要继续往下滚落。下方的坡度更陡，落差更大，再要翻滚下去单是凭借车子的自重就能摔扁了。

莫洛克夫猛地将机械臂抓住的那个人丢到了地上，然后操控座一个急转改变方向。急转的同时靠近坡下位一侧的机械臂已经伸出，这是试图去拉住即将翻滚下去的车子。而把人扔掉后的那只机械臂则快速收回，迅速套入二级机械臂接续联动管。莫洛克夫是怕一级机械臂不够长，抓不到"霸王龙"。

卫国龙又摆了摆枪口，从面前那人恐惧的表情和急促的语气里，他已经揣测出带哭腔的喊叫可能是在念诵某种临死之前的经文。而且不仅这人在念，刚刚被机械臂扔在地上后爬起来的那个人也同样喊叫般地念诵起来。看来这两人都认为自己必死无疑了，都在声嘶力竭地做着最后的祷告。

卫国龙有些不耐烦了，其实此刻他心里比那两个人更急于离开。时间拖长了，可能还有更多占据电力设施的骚乱分子赶来。到那时赶来的人就不会再像刚才那样慢慢聚拢逼近了，肯定是远远地就开枪射击。另外，秦潇然那边也不知道发生了什么，按理说自己这时候应该赶过去帮忙才对。但是面前这两个人只要不走，自己就不能乱动。枪就扔在他们脚边，随时可以捡起来在最近距离里再次发起攻击。

于是卫国龙将平举着枪的手臂放低了一定角度，然后连续射击。猪龙手枪的枪声并不响，竟然连那两个人声嘶力竭的祷告和另一边秦潇然的喊叫都压盖不住。但是子弹射在地面的情形是骇人的，巨大的威力将草叶、泥土激起一人多高。每一枪都射在那两人的脚前，让那两人在惊骇中不由自主地连连后退，最终转身发出长长的尖叫，一路狂奔而去。

等卫国龙也跑到那辆"霸王龙"前面时，车子已经被机械臂牢牢抓住了。藤田峻此时也到了车子旁边，虽然很害怕，虽然知道躲在"魔礼红"车子里相对是最安全的，但听到秦潇然招呼之后，他还是毫不犹豫地冲了出来，因为最初将他锻炼出来的电脑游戏其实是很能培养人团队精神的。

没等卫国龙上来帮忙，秦潇然和藤田峻已经合力将有些变形的驾驶位车门打开，把里面的人拉了出来。

"啊！女的，是个女的！我见过她，我见过她！在吉隆坡机场！后来还和我们同机。"藤田峻的声音，惊讶中夹杂着惊喜。

秦潇然没有说话，他其实也认出了这个驾车的女子，正是吉隆坡机场见到的那个穿苍黄色登山夹克、戴苍黄色平顶棒球帽的亚裔女子。不过这时候那女子的棒球帽已经不知掉到哪里去了，一头长长的黑发披散开来。

"快走！随时会有更多的人赶来！"卫国龙见那边已经不用自己帮忙了，于是顺手将猪龙手枪扔掉，简短喊一句后就直接钻进了"魔礼红"的驾驶座。

"霸王龙"的结构牢固，安全性极好，被拖出来的女子非但没有受伤而且神志非常清醒，她清楚地听到了卫国龙的话，马上回了一句："等等！"随即以比自己被拖出时快几倍的速度再次钻进翻倒的"霸王龙"里，拉出一个帆布开口背包。

那女子再次出来后反是大声催促依旧没有反应过来的秦潇然和藤田峻："愣着干吗？快走啊！"然后主动抢先往停在上方的"魔礼红"跑去。绕过车尾时，她弯腰将卫国龙扔掉的手枪又捡了起来，塞进帆布开口包里。她这一个弯腰动作像是用力在上斜坡，所以谁都没有注意到。

莫洛克夫松开了抓住"霸王龙"的机械臂，车子颠了两下后滑出平凹处的边缘，继续往下翻滚。速度越来越快，发出隆隆响声，最后听到的一下重重闷响是车子摔落到了最底处。没有飞灰烟尘，估计是砸进了泥潭或沼泽。

"魔礼红"在山林间颠簸而行。没有开车灯，只借助月光天色的亮度，但速度比来的时候快多了。

车里多了一个人，气氛变得很怪异。大家都沉默着，像是还没有从刚才的惊险中摆脱出来，又像是各自在心里盘算着什么。就连见到女人没话都要找话的藤田峻，也只是偶尔间才冒出一两句来。

"我的感觉不会错，在吉隆坡，我就觉得有女的盯着我们。"这已经是藤田峻上车之后第四次说出同样的一句话了。

"在吉隆坡机场，我没盯着你们。我知道你们是谁、到哪里去、去干什么，干吗还要盯？你们当中也没谁特别漂亮吧？"那女子终于说话了。

"你知道我们是谁？来这里干什么？"秦潇然眉头不由一皱。他之前和郑风行商定好的，为避免自己这几人此行遇到危险，同时也是为了保证任务的完成，他们的身份和行踪对外是绝对保密的。也正是因为这个，他在吉隆坡机场感觉有人盯着自己时才会觉得只是巧合，并没有深究。

"对，我都知道。因为我和你们是一起的。"那女的说着话从帆布包里拿出一张电子文件卡递给秦潇然，然后自顾自地将长发拢到脑袋后面，用布带扎了起来。

"李名贞，28岁，韩国人。天体学博士，亚洲天体研究院。"秦潇然接过电子文件卡打开，文件卡屏幕显示的第一页上有关于李名贞的详细介绍，还有照片。看到秦潇然在看自己的资料，刚刚扎好头发的李名贞故意扭过头，很夸张地朝他展现出一个露齿的笑脸，以显示她这张脸和照片上是一样的。

也是直到这时，秦潇然才近距离看清了李名贞的长相，这和他在吉隆坡机场时的印象有些差距。那一次暗中扫视时，他只是感觉这是个衣着随意、身材姣好但长相却不会太引人注目的女人，现在近距离细看之后，却真切地感觉到李名贞不太引人注目的相貌背后，隐藏着一种可以触动人心的气质。这气质是不羁、是傲然、是自信，可以从眼睛直接冲击到心底。而这一点竟然和殷灵是颇有几分相似的。

"我就说嘛，这次脱网事件还是和太空方面有关，不然怎么会派天体研究的专家来？我们还是先赶紧回去，然后跟着美女专家到天上去转转。"还没等秦潇然看完文件，藤田峻就已经嚷嚷起来。估计也是憋得太久了，嘴里再没些话滋润下就要捂出馊味了。"不过要是上不了天改去天体浴场、天体丛林什么的，那也不错，嘿嘿。"可能觉得话没说过瘾，藤田峻又临时加了一句带挑逗性的话。但随即自己也觉得不大合时宜，赶紧"嘿嘿"笑两声加以掩盖。

秦潇然把文件卡往后翻了几页，那里面除了李名贞的资料外，还有他们四个人的简单资料和照片，这就难怪她会认识他们这几个人了。在文件卡最后还有一页全球天电互联网中心和亚洲天体研究院共同发出的手令，指定李名贞参与此次科谷州脱网调查。证明文件里有天电互联网韩国分中心给李名贞交付文件卡的视频，还有北京中心郑风行许可的视频。

"奇怪，这安排郑总怎么没有通知我？"秦潇然皱了下眉头

"可能郑总觉得我提出的要求是合理的，所以临时增加了女组员，不通知你是为了给我们惊喜，嘿嘿！"藤田峻还不算真正的厚脸皮，说到最后连他自己都觉得不可信，于是自嘲地干笑两声。

秦潇然翻看了一下文件卡的许可时间，是在自己小组从北京出发之后。再点开韩国分中心和天体研究院的时间和计划安排，李名贞是从汉城直接出发的，然后在吉隆坡转机时与他们会合。现在看来应该是李名贞自作主张没有和他们会合，而是跟在他们后面单独行动。而郑风行可能也是蒙在鼓里，以为李名贞早就和秦潇然他们会合了，所以没有再专门通知一下。

"瞎胡闹！你应该是在吉隆坡就入组的，怎么可以自己单独行动？"秦潇然声音不高，语气却很重。

"单独行动怎么了？那是我不信任你们的能力。"李名贞说话一点都不含蓄，根本不顾及四个男人的面子。

"中心也是瞎搞，怎么不打招呼就给我增加个添乱的组员。"秦潇然被李名贞一句话给冲瘪了气，只能转而埋怨中心的安排。

"我添乱？在罗湾城里要是没有我及时告警并诱走一些车队，你们早就被人家抄底了。还有刚才我要不冲出来，你们又全得做俘虏。"李名贞又是一轮劈头

盖脸地撑，这一回把四个男人的面子撕剥得更惨。

"可是你不也翻车了吗？要不是……"秦潇然说到这里突然想到了殷灵，以及自己无数遍想象殷灵遇车祸时的情景。"不行，这次任务很危险，对你不合适，你必须马上离开这里。老卫，找最近的高速路口，送她去机场。"

"为什么？你这中国男人怎么这么霸道？我是来工作的，我有许可。"李名贞的声音一下拔高了几个八度。旁边莫洛克夫和藤田峻都有意无意地用手指塞住朝向李名贞那一侧的耳朵，他们此刻暗中庆幸没有与这样一个厉害的女人发生争执。

"但是这里的工作由我主持，我不许可你的参与，你就必须马上离开。"就连开车的卫国龙都觉得秦潇然今天的情绪有些奇怪，好像从没有见他这样蛮横不讲理过。

"你觉得能赶走我？脚在我身上。而且你既然不许可我参与，那我就不是你的组员，没有服从你的义务。所以我愿意去哪儿就去哪儿！听清了吗？我这个添乱的女人愿意去哪儿就去哪儿，你没有资格要求我什么！"

秦潇然半张着嘴愣在了那里，对李名贞的话，他真的无法反驳。自己想要求她按自己的意图做，那就必须接受她成为组员。要是不接受她赶她走，那还真管不着她去哪里，自己的确对她没有领导的权力。

"你们先别吵了，有人追过来了。"卫国龙及时打断了两人的争执，用一件更重要的事情吸引了大家的注意力。

果然，从车窗往外看，可以发现树林中有许多道雪亮的汽车大灯光柱在晃动。这些光柱看似照射方向是杂乱的，东闪一下西闪一下，但是从位置上可以看出，他们对地形道路真的非常熟悉。而卫国龙不敢开着车灯行驶，车速较慢，所以那些车子有的已经行驶到了他们的前面。现在看来那些汽车并不仅仅是单一的追赶，而是开始了多方位的围追堵截。只是他们还不完全清楚"魔礼红"的位置，所以现在只能是像拉开捞鱼的网到处兜。

"当心，前面有车。"莫洛克夫提醒卫国龙。

其实卫国龙已经注意到了，所以他已经放慢了车速将车子缓缓开到旁边的几棵大树的阴影里，然后小声朝车里其他人"嘘"了一声。

几辆越野车蹦跳着从山林小道上开过，但是车上的人都没有发现一旁树影遮掩下的"魔礼红"。车子刚开过去，卫国龙便马上启动车子再次加速上路。躲过了这轮赶到前面堵截的车队，接下来应该暂时不会再迎头遇上其他什么车子了。

第四章 · 深林奔逃

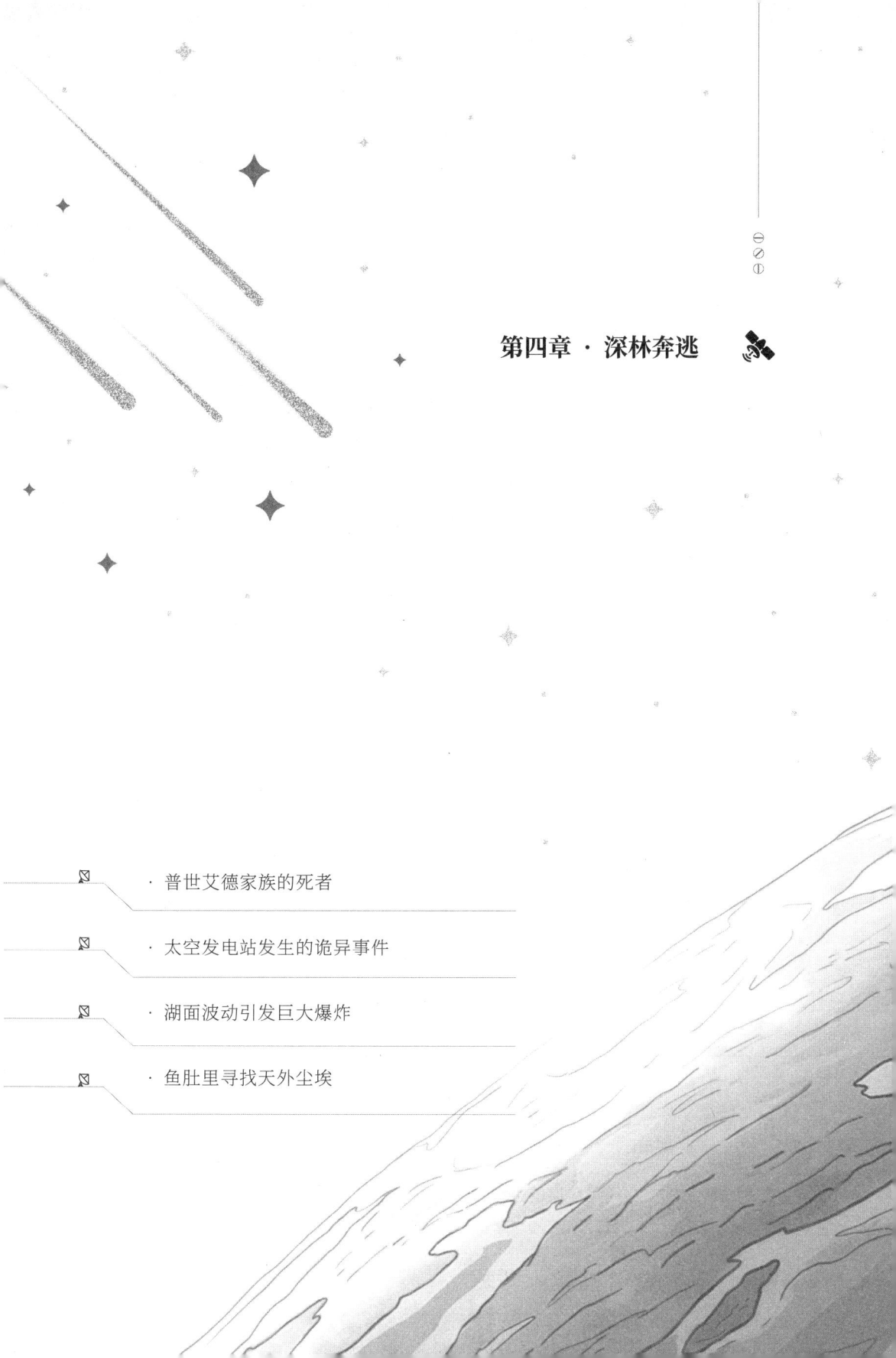

- 普世艾德家族的死者
- 太空发电站发生的诡异事件
- 湖面波动引发巨大爆炸
- 鱼肚里寻找天外尘埃

普世艾德家族的死者

让所有人未曾想到的是，刚刚开过去的那几辆越野车是可以朝后看的车。它们除了有高亮度远射车头大灯外，还有车顶多角度自动控制探照灯。"魔礼红"刚刚从树影掩盖的位置开上道路，刚躲过去的车子上就有一排探照灯照射过来，一下将"魔礼红"锁定在连续叠交的光圈里。

"被发现了，都坐稳！"卫国龙才说完就猛然一踩电门，车子一下蹿了出去。前面莫洛克夫还好，后面坐的三个人都没来得及抓住可稳住身体的东西，所以在后座上滚成一堆。

"嘣——"后车厢传来一声响，有经验的卫国龙一听就知道怎么回事，喊道："赶紧低下身子，后面开枪了。"

听到这句话，李名贞伸手就在自己开口帆布包里掏摸，那里有她刚刚捡来的猪龙手枪，她是想开枪还击。

但是手才刚刚摸到枪把，她就被一个壮实的男人抱住，温热的前胸和有力的手臂紧紧抱压着她，就连脑袋都压在她的后脑勺儿上。那个男人是秦潇然，他不是要阻止李名贞掏枪还击，他根本就不知道李名贞还藏着枪。他更不是要趁着混乱"吃豆腐"，即便再好色的男人在这种危险状态下都不会有这种心思，更何况秦潇然是个地地道道的正人君子。他只是下意识地想要保护一个女人，一个他觉得不该出现在这种处境中，但既然出现了，是个男人都应该全力保护的女人。

秦潇然的做法并不是什么人都能理解的，特别是刚刚还和他面对面吵过现在又被他抱压住的李名贞。车子一直在山林间的道路上急促地颠簸着，李名贞几次随着颠簸顺势要将秦潇然推开，但每次稍稍推开后就又被他抱压住。

"不好，前面有两路包抄过来，怕是冲不出去了。"莫洛克夫坐在副驾驶座，所以能清楚看到从林木中斜插包抄过来的两队车灯。看来卫国龙的"魔礼红"这一回还是输在了对地形不熟上。他始终是在林间蜿蜒的野径荒道上行驶，而人家却是从树木的空隙间直接穿越山林，这就可以从最短的距离包抄到他们前面。

"快了快了，应该就在这附近了。"卫国龙嘴里嘟囔着，阴沉的脸色让他面部棱角更加分明。他好像是在寻找着什么，又像是在等待着什么，但不管是什么，目前应该还未曾出现。

卫国龙没有放弃，他在抢时间，或者说是在拖延时间。他手中的方向盘半松半紧地握住，这样可以让前面转向轮胎尽量随着路面情况自然起落。脚下的电门却是踩得紧紧的，自然起落的轮胎只有在高速推动下才能及时调整到所要保持的路线上来，这就和快步走过钢丝比站立在钢丝上更加稳定的道理是一样的。这是一种高明的驾驶状态，也是颠簸道路上快速行驶的最合理状态。

其实坚持快速行驶并非要抢在两路斜插包抄的车队合拢之前冲出并摆脱他们，而只是想让合拢的结果再推迟些出现，让自己往他想去的方向尽量再多接近些。

在车辆颠簸疾驰的同时，卫国龙还打开了车喇叭的自动鸣叫开关。每隔两秒一声长鸣的喇叭声一直持续着，就像一只咆哮奔逃的怪兽在呼唤山林中的同类。

虽然只有一枪射中"魔礼红"，之后就不曾再有枪声和击中声。但秦潇然的动作却一直保持着，他担心会有更突然更密集的枪击伤害到她。这样的状况一直到十几分钟之后才结束，车子在突然一个急刹摆尾的大力惯性作用下，总算是把秦潇然从李名贞身上彻底甩开。

被甩开的秦潇然还想再扑上去，却被好不容易才抬起上身的李名贞迎面在脸上抽了一巴掌，重重的、脆脆的。还没等秦潇然完全体验到这一巴掌的最高疼痛点，一支乌亮的猪龙手枪已经狠狠地抵在了他的胸前。

"你要干吗？"秦潇然看到抵在自己胸前的手枪不可能不紧张。但比紧张更多的是茫然，他一时间无法弄明白自己为何会挨巴掌，会被枪指着。

"你要干吗？"李名贞反问一句。

"我……我……我是怕你，不对，是怕枪……"秦潇然不是傻子，脑筋一转就明白自己挨巴掌被枪指着是因为什么了，但有些事情想明白了，嘴上却不见得能说明白。

"你们要干吗？"停下车的卫国龙回头看了一眼，他无法想象这种状况下坐在后面的一男一女还在争吵些什么。但这回头一眼让他吓了一大跳，是因为李名贞手中的枪："你怎么会有枪的？快！快把枪扔车子外面去！不，来不及了，藏起来，先藏起来！"

"藏起来干吗？那些暴徒已经过来了，没枪怎么反击？"李名贞并不听从卫国龙的。而且她说得也没错，后面追赶的车队和包抄的车队都已经到了，一下就将"魔礼红"可以走的所有路径都堵住了。

"听我的，快藏起来。你知道他们刚才开过一枪后为什么不再继续开枪吗？那是因为……"卫国龙的话还没有说完，周围山林之中突然响起了沉闷的木筒号号声。那声音虽然不够明亮高亢，却是盘绕回旋，无处不在。

号声响起后，那些本已经将"魔礼红"堵住的车辆显出些慌乱和胆怯来。不仅未曾继续往"魔礼红"逼近，而且开始缓缓退却。

当那些车子退远了、不见了，树林里这才出现了一些人。借着树叶间隙中落下的月光，隐约可以看到那些是些穿了M国传统服饰的人。

"啊！那些是什么人？山匪？强盗？这是个什么国家呀，这种年代还有占山为王吗？"藤田峻显得非常紧张害怕。

"快想办法把枪藏起来了，不要放车上，他们或许会查看车子的。"卫国龙没有理会藤田峻，只关心枪的问题。然后主动打开车门下了车，站在车前举双手朝那些人挥动，并用简单的当地土语大声说着什么。

李名贞这时已经从卫国龙的语气和表情中意识到带枪的严重性，看看自己的帆布包，再看看车外正朝车子靠近的那些人，最后急中生智将枪塞进了自己的衣服。

为了活动自如，她的登山夹克里面只穿了一件高弹力的运动背心。将手枪插在后腰带里，借助弹力背心的弹性贴在她凹凸明显的腰背处，再加上外面登山夹克的遮掩，就根本看不出来了。卫国龙说过，那些人可能会看车里有没有枪，但是没说会查身上有没有带枪。就算他们会查一下身上，一个女人而且是贴身的部位应该不会查的。

这时候卫国龙示意他们都下车，于是几个人惴惴地下来。他们刚下来，马上有靠近过来的人在车子里大概翻看了下，包括他们随身带的背包。翻看的结果肯定是让对方满意的，所以卫国龙走过来告诉他们几个人在这里等着，他自己要跟着那些人去商量一些事情。情形明显比较紧促，卫国龙根本无法说清什么就跟那些人消失在了林木的深处。

大概半小时之后，卫国龙回来了，他的表情显得有些兴奋。但是说句实在话，没有一个人能想到目前这种状况下还能有什么事情可以值得兴奋的。

"从爱帝摩瑞湖到图容额山，这一大片的山林属于 M 国一个古老家族。这个家族虽然很富有，但是崇尚自然生活。所以在若干年前放弃了所有的公司、工厂，在这片山林里建立了自己的部族，以最科技的手段采集和转换自然能源，然后在山林里以原生态的方式生活。拿他们的话来说，就是要建立一个比传说中的香格里拉更伟大的香格里拉。"

"你说的是普世艾德家族吗？我记得特高压建设的原始资料上有与他们相关的内容。当时建设天罗二号时，为了保证他们的生活状态不被破坏，还特意将经过这一段的无线传输网路改道了。"秦潇然在卫国龙的提醒下想起许多曾经见过的资料。

"对！就是普世艾德家族，这是个热爱和平的家族，也是个十分危险的家族。他们拒绝一切武器进入他们的地盘，所以要是被发现你们带了枪的话，那就会被视作不受欢迎者，更不要说提供方便了。但同时他们的自我保护意识也是最强的，在他们的地盘范围内设置了厉害的武器装置。这些武器装置无处不在，威力巨大，启动之后，无人能进入或逃出他们的地盘。追赶我们的人到这里后不敢继续朝我们开枪，看到普世艾德家族的人出现后马上离开，就是害怕激怒他们。"卫国龙的描述其实还不是非常全面清楚的，但是已经可以让大家对普世艾德部族有个比较清晰的认识了。

"你刚才说他们会给我们提供方便是什么意思？"藤田峻敏锐地抓住卫国龙话里的一个重点。

"当年我参加维和部队驻扎 M 国，就是因为他们国内几个党派为争夺权力而发动了局部战争，参加争战的几方在普世艾德家族拥有的领地和出入道路上埋设了很多电光雷、声触雷、感应雷。后来我们部队帮助他们家族排雷，恢复了他们安全平静的生活环境。我就是那时候认识了他们家族的一些人，包括他们的族长。所以刚才通过情况说明和友好协商，他们同意了我们在普世艾德家族领地内的任何地方查找脱网真相。"卫国龙说道。

"但是普世艾德家族的领地内没有天电互联网络的设备，就算允许我们随意查找，那也没地方可查。"莫洛克夫说出了一个不乐观的问题。

"能这样已经够好的了，虽然这个范围内没有天电互联设备，但是互联网路的一些设备塔都是紧靠这个范围内设置的。我们只要在这范围内行动自如，总能找到附近无人占据或极少人占据的设备塔，那样就有可能找到痕迹确定真相了。"

秦潇然不是过于乐观，而是觉得在这么大范围的周边，不可能所有设备都被骚乱分子占据。而且就算都有人占据，只要计划周全，快进快退，再加上进入普世艾德家族范围就能得到庇护，肯定会有机会完成任务的。

但这一次秦潇然的想法错了，度门启示派的乌玛圣女公开发出预言后，M国的反对党和各种组织的成员更加加剧了对电力设施的争夺。而秦潇然他们夜探北坡区枢纽，也让那些占据了设备塔的骚乱分子认定，他们就是继续触怒湿婆神的人，到这里来是为了继续偷偷做亵渎神灵的事情。所以这附近所有被占据的电力设施都加派了看守的人手，另外还派出更多人在周围巡查，等待他们出现在普世艾德家族的地盘之外。

这种不利情况未等他们亲自去经历就已经有人前来告知了。普世艾德家族分布在各处的对外声像观察系统很快就将家族领地周边发生的情况汇总过来，而普世艾德家族的族长也很负责任地马上将这些信息派人传递给了卫国龙。所以现在已经不是怎么继续到电力设施处查找真相的问题，而是连能否走出普世艾德家族的领地范围都是问题。

但问题还不仅仅于此，更重要的问题出现在半夜过后，是郑风行通过立体即景磁传输专频告知秦潇然的。

郑风行的表述很直截："秦潇然，现在的情况变得更加复杂。由于蒙达迈奇迹大会上有人发表了不利言论，并且很快大范围传播开来，所以现在M国的骚乱和冲突开始升级。不仅你们的处境更加危险，而且执政政府的压力也更大。他们已经通过多渠道再次要求我们尽早找出脱网事件的真相，事态比原来更加紧急。"

"我知道，我们已经发现一些异常现象，但是求证过程不是太顺利。"秦潇然仅仅用一个不太顺利表达了这一夜的惊心动魄，"如果时间可以拖长一点儿，我们或许还可以自己找到机会进一步查证。要是这么紧急的话，那可能只有通过M国政府，让我们在他们占据的电力设施上进行查证。"

郑风行稍稍思索一下后问道："通过他们后，你能保证查证找出脱网的真正原因吗？"

"不能保证，很有可能还是和之前一样只是发现更多异常现象。但通过现象，我们至少可以推断出脱网不是雷电原因造成的。"秦潇然实话实说。

郑风行这次沉默了好一会儿才接着说道："如果这样的话，我估计M国政府不会给予配合，因为你们无法保证找出对他们有利的真相，只是否定了之前一个还算合理的现象。蒙达迈奇迹大会上的不利言论本来就是无稽之谈、违背合理性的，你没有真相的结论只会让反对党和社会组织加以利用，进一步歪曲和捏造，将更多臆造的罪责加诸执政党派和天电互联集团。另外，他们接受你们到政府军队占据的电力设施进行查证，这情况很快就会被泄露出去，然后他们的对手可以继续指责他们暗中与大国勾结抢夺能源。也就是说，与你们配合对现届政府无利甚至有害，目前状况下，他们肯定不会同意。"

秦潇然也沉默了一会儿才开口："我明白你的意思，我们自己再想办法吧。对了，那个女的天体学专家和我们在一起不方便也不合适，是不是……"

没等秦潇然话说完，郑风行便打断道："那个李名贞是韩国分中心和亚洲天体学院极力推荐的，说她正在研究的课题或许与这次脱网事件有联系，你们好好沟通合作。还有我已经询问过工会的人了，你儿子在通过梦境治疗后恢复得很好，已经出院被你父母带回家去了。我让通信部给你增开了一个磁传输专频到你家里，有空时接通了和儿子说说话吧。"郑风行说完之后便关闭了专频。

"儿子恢复得很好！已经回家，太好了！可能是殷灵的在天之灵在护佑儿子吧。"秦潇然心中被一阵欣喜激荡着，一时间忘了郑风行刚才说的一个很重要的信息，即李名贞研究的课题或许与这次脱网事件有关。

而其实这种疏忽还不止一次，之前他就一直因为在自己小组里突然出现了一个女性而情绪异常。对于李名贞的另一个身份天体学专家，他只是顺着藤田峻的判断将她的加入与太空发电、天罗一号相联系，并没有细想更没有细问自己的科谷州实地查证小组为何会让一个天体学专家加入，其中会不会还有另外更微妙的原因。

"怎么，你不和家里人说说话？"卫国龙悄悄走过来时正好听到秦潇然和郑风行的最后两句对话，所以主动提醒秦潇然。

"现在没时间了，事态比较紧急，北京方面要求我们尽快找到脱网真相。老卫，你熟悉这里的环境，再想想，有没有什么位置的电力设施比较隐蔽，一般人注意不到的。最好是还没有任何人占据的，只有个别人看着的也行。"

"这个我真是想不出来，因为当时在部队里对电力设施的注意不多。再说了，我们现在不要说找到电力设施查证真相，就是普世艾德家族的领地范围也很难出去。另外就算能找到一个什么位置的设备塔或者线路，那也不一定正好就有当时留下的痕迹可以查出真相。"

"你说得也有道理，现在我们真的不太好办。"秦潇然说话的语气很平静，但是说完后他狠狠地在旁边大树干上拍击的一掌，可以看出他心里无比的郁闷和焦虑。

"我来找你是说另外一件事情，或许对我们有用。刚刚普世艾德家族的人告诉我，脱网事件发生后不久，他们这里也有人奇怪死亡了。死亡的状态很奇怪，像被电击，又像是遭重击。外部没有太大异常，但是足底有击穿孔，口鼻有出血。他们家族的医生用分层成像扫描仪检查过发现，内脏、骨骼都有大幅度的损伤。"

听了卫国龙的描述后，秦潇然也愣住了："这现象真的太奇怪了！如果是电击，应该只有击穿孔和灼痕。如果是外力打击，那身体表面也应该有痕迹，怎么可能只是身体内部的大幅度损伤呢？"

"而且尸体所处位置没有任何电力设施，也没有任何可重力打击的物体。当时有人远远听到一声响，就像是打雷。但是赶过去后只发现尸体，周围没有任何异常痕迹，就像是被幽灵夺去生命一样。由于死亡是在脱网之后，而且又不清楚具体原因，因此他们就没有与脱网事件关联，也没上报给灾害统计署入案。"卫国龙继续补充道。

"像雷声？传递给我们的资料显示，在脱网事件发生时虽然有奇怪声响出现，但都不像是雷声，难道是这雷声滞后了？不应该呀。这事情发生在什么地方？"

"就在前面的一个小水潭边。"

"我们马上过去看看。"秦潇然冥冥中觉得这应该是一条很有价值的线索。

太空发电站发生的诡异事件

水潭离得很近，就在不远处的一片裸露的砂石地上。这砂石地在周围环境中显得有些特别，没有树木掩盖，也没有草皮灌木，只看到些灰黄色的岩石和满地的碎石，看样子应该是在这位置开采挖掘过什么。因为没有任何枝叶的遮挡，月光可以完全投射下来，尽数泼洒在潭水之中。

"普世艾德家族的祖先最开始将这片山林土地全买下来，就是因为听说这里有金矿。但是只挖了这一片山体之后，就有国外请来的专家勘测后告诉他们，这里根本不可能存在金矿，所以就留下了一片破岩碎石，还有一个大石坑。这石坑后来储存石缝中的流水成了个水潭，虽然没挖到金子，但给普世艾德家族后来在此处种植蔬菜果树提供了灌溉水源。"卫国龙知道得这么详细，是因为他曾经带人在这水潭旁边排除过地雷。

秦潇然看了下那水潭，水潭的边沿北边高南边低。虽然看不出有水往水潭里流，但是看得出南边最低处有水流出水潭，由此可以确定隐蔽处或水面下肯定有外来水流注入潭中。

水潭真的不大，绕一圈不会超过两百步。潭水很深，因为最初是为开矿所挖的矿洞。潭水很清澈，投入潭水的月光已经很亮，再借助最新款的拟日光手电，可以将整个潭底看清。所以单凭视觉判断就可以确定这水潭里没有鱼、没有水生植物，估计是水潭一直保持流水状态，即便有鸟类和风带来什么种子、鱼卵，都随着流水冲走了。

"藤田，你能不能检测一下这水潭的水质有什么异常吗？"秦潇然用拟日光手电观察了一会儿水下后，抬头问站在水潭另一边的藤田峻。

"这水潭根本就不用费力气检测，其实眼睛看看就知道没什么有价值的线索，更没有与电、与脱网有关系的东西。"藤田峻嘴上虽然这么说着，但手上已经将装有一整套检测探棒的背包打开，选出三支长度不一的探测棒从水潭边缘插入水下。三支不同长度的探测棒可以探测到不同水深的水质情况。而沿边缘插下去，是因为水潭中真有什么异常物质的话，水流的扩张力会将这些物质推挤积聚到边上。

"你再增加一个水面的探测棒吧，很多物质可能会因为水面张力漂浮在最上面。"李名贞对藤田峻提出一个建议。

其实在听说到水潭边来查证一个奇怪的死亡事件后，李名贞是跑得最快最急的。要不是秦潇然紧赶几步把她拦住，她也会是最先到达水潭边的。但是不管她如何不满和愤慨，秦潇然就是不让她最先跑到水潭边。一个根本没有丝毫了解的水潭，而且旁边不久前曾奇怪地死过人，很难说是否仍然存在着危险。虽然秦潇然仍未同意让这个女天体学专家加入自己的小组，但目前既然和自己在一起，他无论如何都要保证她的安全。这至少是作为一个男人该承担的职责。

"不用增加，你看南边潭沿的最底处，一直有很少量的水在溢流出去。这种水面的张力是处于不断被打破、不断在变化的状态，就算有什么异常物质落入水潭，也不会在水面漂浮太长时间。要么随水流走，要么因水面变化而沉到水下。"藤田峻拒绝了李名贞的建议，他解释的理由很有道理。

秦潇然听到了藤田峻的解释，忽然想到了另一个与水面有关的现象。但他只是感到诧异而已，并没有觉得会和面前这个水潭的死亡事件有什么相似相通之处。

很快，藤田峻就给出了结果。三支探测棒得到的数据虽然显示水中的矿物质含量高一些、丰富一些，但总体还是在正常范围内。没有哪一项特别突出或异常的，更没有什么不可知的物质存在。

"唉，还是来晚了。如果这水面是静止的，或者赶在哪个死去的人之前赶到这里，或许就有可能查找到一些异常物质了。"李名贞叹了口气。

"你是说浮在水面的异常物质？到底是什么物质？是和你的研究课题有关？和这次脱网事件也有关？"秦潇然这时才猛然想起郑风行和他说的关于李名贞的一些话。

"不知道，既然这里的情况发生变化，再无法查出了，那你问的问题我都不能回答，那属于我的私人秘密。"李名贞对秦潇然毫不客气。这也难怪，她到现在都没被秦潇然认可成为调查组成员。

"这里发生变化不行了或许另外一个地方可行。"秦潇然说这话时眉头猛然一挑，突然之间他意识到自己偶然发现的诧异景象或许会成为揭开真相的关键。

"是哪里?"李名贞也猛然间目光跳动,急促的气息让健挺的胸不停地起伏。"爱帝摩瑞湖!"

巨蟹号太空发电站,是个最新升空的全方位天电发电站。它能同时以太阳能、太空轨道运行动力、地球磁场力、大气层摩擦力四种方式来发电,并且配备十条无线电能传输系统,可以同时连接地球上六个大型的电能接收转换站和四个在太空中同步运行的电能传输中转站。所以正常工作时,发电站不仅能根据太空轨道移动和地球自转规律向太空站位置对应的地球区域输送电能,而且可以自行进行智能识别选择,通过电能传输中转站与用电量大、电能匮乏的区域站点远程连接,将电能输送到地球上最需要的地方。

最初建设以太空发电站为主体的天罗一号网络时,只是单纯利用太空站装设发电装置。这就会受到太空站所处位置轨道的局限,只能以一种或两种方式进行发电。而像巨蟹号这样最先进的太空发电站,它是完全以发电为目的的太空站。所以考虑到最佳的位置和轨道,这样就能用四种甚至更多种方式来发电。所以即便是在已经日渐完善的天罗一号网络中,像巨蟹号这样的发电站也是不多的。

巨蟹号里留守的人员没有几个,而且其中主要是负责太空站运行维护的太空署宇航员。负责发电和电能传输方面的技术人员只有三四个,他们负责例行巡查发电和传输设备的实际状态。将设备即时数据与地面接收数据进行核对,以便及时发现发电和传输过程中存在的异常。

自从科谷州脱网事件之后,留守巨蟹号的技术人员提高了例行巡查的频率,数据的采集密度也提高了一个等级。脱网事件发生时,他们站内未曾出现任何异常现象,所有数据均显示正常。不过他们的电能传输也确实出现过短时中断,属于保护性隔离。虽然最终无法确定中断发生在传输的哪一个环节、什么原因造成,但谁都不敢保证与变电站完全没有关系,更没人能保证此类事件不会再次发生。而且事件内部通报上说有奇怪闪电贯穿了三重天罗,这种情况如果发生在大气层以下,还是可以理解的;如果是发生在大气层以外,那就说不通了。所以其中原因真就有可能和当时位于科谷州地区上空的太空发电站以及可关联的传输中转站有着某种关系,而当时运行到科谷州上空的正是巨蟹号太空发电站。

这一天的例行巡查正在进行,留守巨蟹号的天电互联网太电分部技术人员江彬和龚晓东正走在通往地球磁力发电机组的通道中。他们穿着最新型的超薄太空服，戴着自生氧太空头盔。其实通道中状态是模拟的地球环境，不用这些装备也一样可以行动自如。但是为了防止可能的泄漏意外、太空站附属体脱离等情况，在这里工作都必须穿戴这样的装备。就好比地球上的现场工作必须穿工作服、戴安全帽一样。

通道很长，与固定磁力发电机组部分的巨大构架相比，显得很细小，就像是一根插入大椰子的吸管。从两边窗口望出去，任何一个方向都是无限坠落的深邃，所以走在这通道中时，人无形间会产生一种恐惧感，会把心提着、将小腹绷紧，感觉就像这细长通道随时都会发生折断，然后将其中通行的人丢入无穷的太空中一样。但是江彬和龚晓东不会有这样的恐惧感，这是他们已经反复走过无数次的工作环境，走在这里就像走过家里的过道一样自在。

通道里很静，只有两个人轻微的脚步声。但是不知道为什么，走在前面的江彬突然觉得今天两人的脚步有些乱，并不像平时那么一致，于是他很自然地回身看了一眼。但是这一眼让他一下呆住了，因为后面的龚晓东早就在距离他十几米开外的位置停住了脚步，无措而惊恐地站在那里东张西望。

"人没跟上来，那和自己不协调的脚步是从哪里来的？"江彬在惊讶之间也立刻停住了脚步。

两个人都停住了，但通道里仍有脚步声响起，而且更加凌乱。不仅凌乱，更为诡异的是哪里都有，不仅在脚下的道面上，通道两壁和顶上也好像有人在走过。

"不！不可能是脚步声！声音好像不是在通道内，而是在通道外。"江彬眨眼间便做出另外一种判断，这是个更加让人恐惧的判断。因为通道的外面是无尽的太空，不可能有人行走。而如果不是人行走的话，那这声音带来的危机就会更加可怕。

"是的，肯定不是脚步声，而像是通道外壁在发生碰撞或挤压什么的。"江彬做出第二个判断后，开始不由自主地往前移动脚步。

就在这时，通道里的灯光连续闪动，几下之后便有四五盏灯相继熄灭。而且其他灯光闪动中不亮的瞬间也越来越长，感觉随时都会在一次不亮后再也不会亮起。

"快跑！往这边跑！"江彬朝龚晓东喊了一声，然后拔腿就朝距离较近的发电机组单元那一侧跑了过去。

龚晓东听到了江彬的喊声，马上也抬腿往这边疾跑。但是迈出的第一步还未落地，脚下就猛然晃动一下，身体随之不由自主地连续踉跄差点儿摔倒，幸亏及时在通道一侧的窗口框沿上扶了一把，这才稳住身体。

这个时候周围的响声更加混乱，就像那通道要整个爆裂开来似的，又好像是有一双无形的大手在拧扭通道，要将太空中这根细长的管子拧成麻花。而灯光这时已经几乎全部熄灭，只剩分布很零落的三四盏还在艰难地闪动。

"快！快跑！"已经到达机组单元门口的江彬再次停了下来，回身朝着龚晓东大声喊着。因为一旦真的通道发生泄漏或断裂，他必须马上将单元口的这道太空门关闭并锁死。不然发生大幅度的压力外排后，不要说人会暴胀成气球一般，就连整个机组单元都得马上绽成爆米花样的金属疙瘩。

龚晓东不顾一切地跑向了门口，而这时通道里的灯光已经全部熄灭。江彬已经看不到通道中龚晓东和其他任何情况，只能凭借听觉进行判断，以便确定自己该在什么时候关闭太空门。

黑暗中龚晓东冲进了门里，连带门口的江彬一起扑倒在地上。江彬毫不犹豫地使尽全力，将半压在身上的龚晓东推开。然后猛地坐起身来，他要起来关门，立刻关门。可怕的事情随时可能发生，而一旦发生，毁灭会在瞬间完成，到那时他们就再也没有机会解救自己了。

但是坐起来的江彬再次惊呆住了，他看到门外的通道里一切都恢复正常了。灯光依旧全亮着，再没有一点异响，非常安静。如果不是听到自己粗重的呼吸声，还有身边躺着未爬起的龚晓东，他会以为什么事情都未发生过，会觉得刚才所有的一切只是自己的幻觉而已。

不管是从一个电力工作者的角度，还是从一个太空站工作者的角度，都是不会轻信有惊无险这句话的。有惊必有因，而无论电力还是太空，能导致人惊恐、疑惑的原因背后肯定存在某种程度的危险。所以还没等喘息完全平稳下来，江彬和龚晓东就立刻检查了所有发电数据，特别是地球磁力发电单元的数据，并且与前几日的数据进行了比对，但奇怪的是，所有波形起伏和数据收录都在正常范围内。

发电单元一切正常或许是可以说得通的，出现的异常情况有可能只是加诸在太空发电站本身，或者只有那一段通道，并未影响到正常的发电。于是江彬立刻紧急通知负责太空站运行维护的太空署宇航员，他们听说了具体情况后，首先用全息超声波探测仪对连接地球磁力发电机组单元的通道进行了整体检查。全息超声波探测仪从通道中扫描一遍，不仅可以把每一寸每一分的情况都反映出来，而且可以将整个通道的底、顶以及两壁层层剖析，检查安装结构和材质内部的情况。但是如此精密地检查过后，最终却未能检测出一点异常的结果。

随后宇航员又运用太空行走机器人对通道外部情况进行了全面检查，但所有部位也都完好无损。且不说像江彬、龚晓东描述的整个通道像要被折断、拧扭，就是一个轻微碰击的凹痕都没有找到。出于对江彬和龚晓东信誓旦旦和真诚表情的信任，维护太空站的宇航员们连续工作二十几个小时，将从里到外的两项检查重复了三遍，细化到每一颗螺丝、每一道接缝，依旧是什么都没有发现。

"怎么会这样呢？当时情形反应很剧烈的，怎么会一点儿痕迹都没有。这不是让人感觉我们两个在说谎吗？"龚晓东这二十几个小时眉头一直没有舒展过。

"放心，别人不会这么想。他们都清楚，在这种地方没人会拿这样的事情开玩笑。"江彬安慰龚晓东道。

"那这情况报不报天罗中心？"龚晓东说的天罗中心就是指北京的天电互联网中心，这个代称在太空站的职员中比较流行。

"我也在考虑这件事情。但是现在没有查出任何实际迹象，如果我们上报的话，应该以哪种形式哪个程序报上去呢？"

"是的，就凭我们两个空口这么一说，一个是很难被采信，可能会被当作废弃报告处理。再一个有可能会认为我们是杜撰事故捞业绩捞奖励，反落个不好的印象。真的是报还不如不报。"龚晓东有着他的担忧，但同时心中又很清楚，从自己的职责出发这件事情是必须上报的。

"可要是不上报，万一这个现象真的和什么大问题有着联系，出现后果后那不就耽搁大事了吗？不用管别人怎么想，我们只管履行好自己的职责就行。几天前刚刚发生了很奇怪的科谷州脱网事件，我们不能不小心啊。"江彬联想到了科谷州脱网，眼睛一亮。

"那你的意思？"

"脱网事件，科谷州……对！上报！马上上报，就从科谷州异常脱网的程序走，那会更快引起重视。中心最近在调查科谷州脱网的真实原因，我们将发生的一些无法说清的现象报上去，让他们将许多说不清的事情集中到一起，保不齐就能从中找出科谷州脱网的真相来。"江彬很果断地决定了。

江彬的决定是正确的，宇航员虽然对通道内外进行了仔细检查，但是他们只是针对发生的情况检查了材质和结构，却没有想到也没有能力检查到更细微的外部表层附着物。要是此时有"壁虎黑客"藤田峻在，他肯定可以从自己的思路、用自己的方法发现存在的异常情况。

湖面波动引发巨大爆炸

但是藤田峻不在巨蟹号上，而是在爱帝摩瑞湖湖畔。秦潇然的调查小组赶到爱帝摩瑞湖时已经是晨曦初起。

"魔礼红"停在湖面西边一个隆起的土坝上，这是秦潇然选择的停车位置。站在高出湖面许多的坝顶上可以看到如同镜面一般的湖面，还可以看到东边冉冉升起的一轮红日，因此也就清楚地看到湖面上只是微微有些晃荡的红色波光。

而异常的情况就在这波光中，湖面反射的大片红色波光并非完全一致，其中隐约还有一块块大小不一的圆形反光。就像是在整个水面上又嵌入了些大小不一的镜片，又像是一碗清汤上漂浮的淡淡油花。这些隐约的圆形块状反光从波光中可以区分看出，但它们应该不仅仅存在于有波光的水面，其他水面肯定也有甚至更多。

与这红色的反光不同，昨晚从湖边经过时，秦潇然看到的是金色反光。在夕阳的余晖中，通过车窗恍惚看到湖中有块状的金色光盘。但当时急于赶路，然后又没想到这与脱网事件存在什么关系，所以未加理会。

"看到没有？就是那些反光块。啊，挺多的，我昨天打眼看下还以为就一两个呢。"就连秦潇然看到这情景之后也觉得很惊讶。

"都是圆形的，但不是标准的圆，晃悠悠的，倒有些像老家藕塘荷叶上的水滴。"卫国龙的说法真的很形象，如果将荷叶上滚动的水滴放成慢动作的话，应该和这些圆形的反光块很相似。

"这样的状态正说明那些圆形本身不具备张力，它们只是漂浮物，是被整个湖面的水面张力推压着。虽然有些微微晃荡，但只要移动一点就又被推回。所以这些圆形是处于一种平衡状态，不会像荷叶上的水滴最终碰在一起聚到一起，除非有人打破这种平衡状态。"藤田峻发表了自己的看法。

"为什么不会是那些圆形自己构成的平衡状态呢？如果它们是存在某种能量的，有着极性关系的。"李名贞应该是所有人中看得最仔细的，她不仅变换了几个角度，而且还一会儿站到"魔礼红"前保险杠上，一会儿蹲到土坝边上。

"自身带有能量？极性关系的平衡？那么之前的小水潭边发生的死亡事件，会不会就是因为那人打破了这种平衡……"秦潇然在认真地思考着、关联着，李名贞的说法对他的启发非常大。

"你要干吗？"莫洛克夫的一声问把秦潇然从思考中唤醒，他扭头看去，只见李名贞正从蹲坐在土坝陡面上慢慢往下滑动，边滑边大声地在回答莫洛克夫："我到下面水边去看看！"

"不要！"秦潇然一下冲到土坝边上，弯腰伸手抓住李名贞穿的登山夹克，将她拎了起来。

秦潇然的反应有些激烈，旁边人都没有明白怎么回事。而他出手的力度则更加激烈，不仅抓住了李名贞的夹克，连夹克里面贴身的弹力背心也抓了起来。再加上猛地往上拽起，虽然没有将李名贞完全拎站起来，却是将她藏在背心里面的猪龙手枪给拽了出来。手枪拽掉出来后，夹克连带背心更加容易地上滑，于是李名贞修长健美的腰腹暴露出来。

"啊！"秦潇然被李名贞裸露的身体部分晃到了眼睛，下意识地发出一声惊呼。

"你干什么？"李名贞猛然大力地回拉一下自己的衣服。

"啊！""啊！"这次是两个人一起在下意识中发出了惊呼。李名贞大力地回拉将秦潇然的双脚拉出了土坝顶，所以两人滚在一起往坝下的水面滑去。

"不要碰水面！"秦潇然高声警告在湖面上回荡的时候，其实他的腿脚已经超出了水面，只是高高地抬起才未曾碰到水面。而他的双手和肩膀则使劲托着李名贞的大腿和臀部，让她整个身体保持在坝坡上，远离下面的水面。

"你别动，水面可能有危险，让我先起来！"秦潇然对李名贞轻声说道。李名贞因为刚刚冲动之下将秦潇然和自己一起拉跌下来，心中更是后怕不已，所以一动不动地予以配合。

藤田峻反应很快，一把抓住卫国龙的手："拉住我，我下去把他们拉上来。"然后也慢慢往坝下滑去。如此积极的反应不知道是出于他团队精神的促动，还是因为李名贞裸露的部分健美身体。但他积极勇敢的行动却并不合适，即便有卫国龙拉着，他整个身体都滑下坝顶，要想拉到下面的人还是有着一些差距的。

莫洛克夫的动作也很快，他回身跳上了车顶，开启了机械臂。从坝底将两人拉了上来，使用机械臂应该是最稳妥的。

这时候秦潇然已经缩回双脚踩住了河沿，单臂撑住土坝坡面将身体抬起，另一只手则托着李名贞大腿尽量往上推。

也是在这时候，上面下来的藤田峻碰到了一块松散的土面。于是土面连着上面的一些石块一起滑落。李名贞掉下的猪龙手枪就在这土面的下方，被一个小石块颤巍巍地垫着。上面土面石块往下一滑，那手枪便也被推动得翻滚起来、蹦跳起来。速度越来越快，最终在坝底河沿上一弹，远远地落进湖水里。

枪落入水中时没有出现什么涟漪，但整个湖面仿佛晃动了一下，恍惚了一下，那是因为光线出现了变化。凝固了一样的湖面被打破了，虽然只是打破的一个小点，却是让出了很大一块空间。于是水面上的那些隐约的圆形移动了，相互间碰撞了、融合了，真就像荷叶上的水珠一样。

最先碰撞在一起的两个圆形倒不是在手枪掉入湖水的附近，而是靠近湖面中心。可能那里的圆形聚集得更多，相互间碰撞的可能性也更大。

当两个圆形碰在一起，并融合成一个更大的圆形时，在这个新的圆形上闪过一道小小的闪电，是贯穿圆形的闪电。随即一声仿佛闷雷般的声音响过，那新的圆形爆炸开来，带起一道冲天而起的水柱。

手枪刚刚落水，便带来了如此大的反应。第一对圆形爆炸之后，湖面激荡得更厉害了，让出了更大的空地。一下让更多的圆形同时发生了碰撞、融合，所以第二轮是一圈爆炸，冲腾起一圈的水柱，气势极为壮观。接下来类似的爆炸以圈形朝外蔓延，连续地，快速地，直炸到湖面的最边上。

爆炸声如同隆隆天雷从湖面滚入山林，但是传得并不远，茂密的森林很快就将隆隆雷声吸收化解了。宁静清丽的湖面全被水汽弥漫，变得雾蒙蒙的。但当湖面完全恢复平静时，这些水汽也都消散不见了。

第一个爆炸开始时，秦潇然就扑在了李名贞身上。他不是被震倒的，那爆炸虽然威力不小，但距离较远，还不至于将趴伏在土坝斜面上的秦潇然震到李名贞的身上去。他的行动只是一种下意识的保护，一个男人对一个女人的保护，一种潜意识中曾经对殷灵欠缺的保护。

最靠水面边缘的一圈爆炸结束时，溅起的湖水和炸碎的水草像密集的雨珠落下，打得地面"啪啪"作响，打得周围树木一片哗然。等到周围全然恢复寂静之后，背上撒满水草碎屑的秦潇然这才挪动了一下身体。而这一动之后他才发现，自己的脸正好压在李名贞裸出半截的峰胸前，于是赶紧起身，口中接连说着"对不起、对不起……"。

李名贞就算是个傻子也能看出，刚才那种情况下秦潇然的举动是要保护自己而不可能是想轻薄自己。更何况她不是傻子而是个非常聪明的女人，所以这一次她没再有误会的反应，只是有些羞涩地赶紧将自己的衣服整理好。

藤田峻在看到手枪翻滚蹦跳着落下土坝时就已经在那里了，而当第一声爆炸响起时，他被卫国龙单臂运力，一下就拉回到了坝顶，趴在地上不敢动弹。当周围全恢复正常后，他却第一个蹦了起来："啊！啊！那些水里的圆形含有高能量物质，很高能量的物质！只是水面上浮着的透明一层，竟然具有这么大的爆发力！找一找，快找一找！应该还有剩余，我要检测一下！一定要测一下！这东西可能一辈子都遇不到！"他说着便开始沿着湖边跑起来，然后不时选择位置停下来查看湖面。

卫国龙听了藤田峻的话，马上沿湖边往另一边跑去，也开始寻找湖面上有没有剩余的圆形。

莫洛克夫将机械臂探下土坝，秦潇然抓住机械臂准备上去，他也听到了藤田峻的嚷嚷，所以心情也有些兴奋和急切。但是李名贞坐在坝坡上没有动，他也只好暂时停了下来。

"怎么会是这样？按理说只是尘埃而已。"李名贞喃喃自语道。

"什么尘埃？对了，你一直都没说过你研究的是什么课题，和这次脱网事件有什么联系。他们派你加入我们小组就是因为这个什么尘埃吗？"秦潇然到这时才猛然想起郑风行让他和李名贞好好沟通的话来，让这样一个天体学专家参与他们实地调查小组而不是去太空，肯定是有着特别缘故的。

李名贞没有再像之前那样拒绝秦潇然，可能是刚才那番英雄救美的壮举让她对秦潇然的看法有了些许改变吧："我正在研究的是关于运行天体的课题，两年前就发现圣女座正在慢慢接近地球。圣女座是个循环轨迹运行的彗星群，这一次是它几千年来最靠近地球的一次。然后便又会远离地球开始下一个循环，直到几千年后才会再次接近地球。通过观察和测算，我发现彗星群前端彗发外围携带的彗云尘埃有可能会擦过地球。彗云尘埃密度很低很低，接近空气透明状。以往资料都没有这方面的记载，是因为本身就看不见，而且未曾产生任何影响。"

"但是这次尘埃团经过地球时正好发生了科谷州脱网对不对？"秦潇然听到这里已经基本知道李名贞加入的原因了。

"没错，尘埃团的确扫过地球。虽然这次的彗星群很小，尘埃很少，只有极少几缕在地球引力作用下才点撞式扫过，但时间上确实与科谷州脱网吻合。所以我在课题中提出猜测，会不会圣女座彗星群携带的尘埃团成分很特别，是某种带有导电性的尘埃物？"

"你的意思是说，这种特殊的尘埃在被吸引向地球时导致三重天罗网络之间发生短路？"秦潇然觉得这种说法很大胆，很具想象力，但不是完全没有道理。

"刚刚看到那些浮在水面的圆形，很大可能就是彗云尘埃。从它们刚才的形态上判断，我感觉不仅是有导电性能，还有可能是高导物质，可惜……唉，之前我开车跟在你们后面也经过这片湖面的，怎么就没注意到这些，否则我早就提取到样本了。"

"高导物质？有可能。三重天罗之间安全距离很大，特别是天罗一号网络，如果不是高导物质的话，还真不可能引起网络之间短路。好了，现在也用不着懊悔，我们赶紧上去。这么大的水面应该还有剩余的尘埃团，只要找到一个就能测试出结果了。"秦潇然想伸手拉李名贞，但手伸到一半就又停了下来。

"之前那个小水潭留下什么了吗？"李名贞扭过头盯着秦潇然问道。

秦潇然摇了摇头没有说话，他知道李名贞的话是什么意思。

"那水潭不曾留下的，这大湖里为何会留下？"

秦潇然仍是摇了摇头没说话，李名贞说的话和他估计的一样。

李名贞轻轻叹了口气说："唉，真没想到那些尘埃会出现能量爆炸，也怪我太着急下来了。这么大幅度的爆炸冲击肯定留不下什么了，即便剩下些没发生爆炸的，也都化在湖水里了。从这么大容量的湖水中查找几毫升最多十几毫升含量的物质，技术上是不可能做到的。"

秦潇然心里清楚李名贞的话是非常正确的，所以没再说什么。两人就这样一坐一站如泥塑般待在水边。

莫洛克夫不知道下面发生了什么，但并不催促。因为他相信秦潇然所做的任何事情都有其道理。

藤田峻和卫国龙跑了一圈都回来了，莫洛克夫从藤田峻和卫国龙垂头丧气的样子便知道什么都没找到。

当李名贞再次将关于彗星群彗云尘埃的猜测说了一遍后，所有人为这次找到却未能把握好的机会而沮丧不已。特别是藤田峻，他那脸顿时皱得像日本民间传说中的河童。因为这可能是一次探索到外太空未知物质的机会，也是他一辈子都难遇到的成就自己的机会。

秦潇然不仅是沮丧，心中更是郁闷，他觉得这一次的任务特别别扭。外界在不停地催促，实地没有当地政府的帮助。危险时刻存在，而彻底摆脱危险的方法却是需要自己尽早调查出真相。调查又是艰难险阻不断，之前一直未找到机会或是别人不给他们机会，好不容易寻到一个与真相有关的线索，却又因为自己人之间的不沟通和唐突行动而白白错失。

但越是这种时候，作为行动主持者越不能气馁，秦潇然抬起头来道："好了，不纠结了，我们还没到山穷水尽的地步。其实现在我们不仅目标明确了，机会也更多了。不仅可以到发生过闪电的电力设备上进行查找，还可以到有水源的地方查找。这么大一个区域，不会只有这么一个湖和一个水潭吧？来！打起精神来，我们继续寻找。"秦潇然说着话再次将手递到李名贞面前，他这是要拉她起来，同时也是在告诉李名贞，她从这一刻起已经被正式接纳为小组成员了。

上面的卫国龙并没有像秦潇然那么乐观："在这周围直接暴露在天空下的稳定水面可能还真就只有这里。其他要么是川流不息的山涧溪流，要么是石洞内的水潭暗河，还有林木遮掩的沼泽地。一个是不大可能像这里一样留下浮尘圆块，再一个有些地方我们很难走到那里去。"

"为什么走不到？我们泥石流之后的浆池也去过，大海中的流沙地也去过，这里还有什么地方我们不敢去的。"秦潇然的口气并不像以往那么坚定，小组成员中多出一个需要保护的女性，让他做决定时多出了许多顾虑。

"你们看，那是什么？"刚刚拉着秦潇然的手站起身来的李名贞突然指着湖中喊道，她所指的方向漂着一页银白。

"是条死鱼。"莫洛克夫在"魔礼红"的机械臂操作座上，位置高，看得更清楚些。

"对，是死鱼，应该是被刚才爆炸震死的。"卫国龙也肯定地说。

"如果那些圆形状尘埃是带有能量的，那么以鱼的敏锐感觉是不会去触碰的，所以这里的水面状态才会保持得很好。但是发生爆炸之后，爆炸的残余物和未爆炸的尘埃散入水下，成了失去能量的异物。那么按照鱼类习性，应该是最先觉察到并会去吞食它们的。"李名贞眼中流露出兴奋。

"也就是说，那些尘埃其实并未散尽，剩余的尘埃只是换了一个宿体，就是湖里的鱼！"秦潇然的眼里也在烁烁发光。

"只要是有微量的尘埃留在鱼身体里，我就能检测出来。"藤田峻很自信地说，此刻他回想起自己从日本出发前在海边别墅里检测牡蛎中核辐射迹象的情景，但这回想刚出现他老婆阳子的画面便一闪收拢了。

"不仅是要找到彗云尘埃，而且要分析出它所存在的特性，确定它的确是造成脱网事件的元凶，否则我们还是白忙一场。"并非秦潇然的要求高，要想真的完成眼前的任务，还真就需要做到这一点。

藤田峻先是皱紧眉头想了下——这样的表情让他光秃的头顶闲得更加滑亮——然后才表情庄重地说道："没问题，我可以测出的，只要不是特性随机变化的活性物。"藤田峻的答复是肯定的，不过谨慎的他还是加了一个特殊的后缀。这是因为他和秦潇然在龙三角查海底电缆断缆事件时，就曾遇到随机变化的活性物质而未能检测出其特性。那一次差点儿把他"壁虎黑客"的名头全给毁了。

"现在我们首先要做的是赶紧捉鱼，一定要赶在吞入尘埃的那些鱼将尘埃排泄出来之前，抓到至少一条身体内携带尘埃物质的鱼。"秦潇然此时的语气坚定而急促。

鱼肚里寻找天外尘埃

爱帝摩瑞湖里的鱼很多，所以在没有发生脱网事件之前经常会有人到这里来钓鱼。但是正因为鱼多，所以要想捉到一条吞食了彗云尘埃的鱼就更加困难了。

卫国龙在部队里接受过专业的野外生存训练，所以利用"魔礼红"上携带的工具材料便很快做出一些捕鱼器具。他先剪一段牵引钢丝绳，抽出钢丝弯成钩形，挂上校准工具悬锤上拆下的蜡线。再穿上河边、树林里随处可捉的蚯蚓、蚂蝗，抛到河里钓鱼。然后又将什锦锉刀绑扎成多股鱼叉，在钓鱼的同时，还能叉到游到湖边来的一些鱼。

莫洛克夫捉鱼不需要其他工具，他有可操控的机械臂。只需将机械臂上的强光探灯和视频探头打开，自动计算并去除折射角度，那么他就可以最直观地从操作座近距离观察屏幕里看到的水里的鱼。而光线对鱼是有引诱性的，它们会从湖底慢慢地朝有光的位置聚集过来。当那些聚来的鱼游近水面时，那就再也逃不过机械臂疾速而落的抓捕了。

秦潇然和李名贞不会捉鱼，所以他们只能帮助藤田峻搭设检测台，还有将捕到的鱼剖开送到藤田峻的检测台来。

藤田峻选择了最细小但精度也是最高的测试棒，拿在手中有种将军手持绝世宝剑的感觉。他的状态很是兴奋，每当又有抓到的鱼剖好后放上检测台时，他的双眼便会放出猫眼一样的光。这种状态从他最初接触电脑游戏时就有了，特别是当挑战某一项纪录或某一个难关的时候。今天的兴奋更是有些特别，因为这回检测查找的是一种他从未见识过的物质。而且这种物质与科谷州脱网有着重大关联，通过它就能找到脱网真相。这种可以叠加的成就感更是激起藤田峻兴奋的一个主要因素。

不过兴奋的同时，藤田峻也意识到其中的难度。要从某一条鱼的身体里发现自己从不认识的某种物质，肯定是一件有难度的事情。还要分析出这种从不认识的物质所具有的特性，那难度就更加大了。

彗星的组成部分主要是水、氨、甲烷、氰、二氧化碳等，即便是有尘埃微粒，一般都是在彗核部分。彗发本就极为稀薄，彗发之外包围的彗云更为稀薄，主要由氢原子组成。但是按李名贞的说法，击穿三重天罗的尘埃来自圣女座的彗云，这就不仅是难度大了，而且没有什么依据，很大程度最终就是一场无用功。

在李名贞看来，藤田峻可能兴奋得有些过头了，身体都在微微地颤抖。她的判断没错，藤田峻确实在颤抖，特别是他拿着检测探头的手。虽然抖动很是轻微，但真的是在抖动。但李名贞并不知道，这种颤抖不是因为兴奋，而是为了更好地探测到要寻找的目标。只有采取这种微微颤抖的手法，才能让鱼的肉体甚至肉质都动起来。让每一个可隐藏处都舒展开来，将可能藏于某处的最细微物质显现出来。

藤田峻检测到第五十条鱼时已经是下午了，他颤抖的手早就变得有些僵硬了，而旁边还有许多剖开未检测的鱼。最开始时是藤田峻等鱼捉上来进行检测，而后来卫国龙和莫洛克夫捉鱼的速度越来越快，变成了一大堆鱼等藤田峻检测。这不仅说明爱帝摩瑞湖里鱼的种类和数量都非常丰富，而且说明卫国龙和莫洛克夫捕鱼的技术十分高超。

藤田峻的检测是个细致活，跟不上捉鱼速度也正常。而更重要的是藤田峻已经开始有些疲惫了、灰心了，这么多的鱼检测下来，竟然没有发现一点异常物质的痕迹，这不得不让他对所采取的方式表示怀疑，同时更对李名贞的说法表示怀疑。

"会不会我们最初的想法上有些什么错误？湖里连续发生爆炸，这些鱼肯定都被惊吓躲避到湖底。所以水面剩余尘埃散入湖底时，它们的状态应该不会是追逐吞食的。"藤田峻在做完第五十条鱼的检测且依旧一无所获后发表了自己的意见，不过暂时没有推翻李名贞的说法，因为他自己依旧有着找到异常物质的欲望。

"从那些尘埃漂在水面的状态看，它们的浮力还是相当大的。所以沉入水底的过程不会很快，从水面到水底会有一段时间。而鱼的记忆只有七秒，爆炸的惊吓很快就会忘却。未等那些尘埃沉到水底，那些鱼就已经恢复了吞食漂浮物的本性。只是那些尘埃太微量，而湖里的鱼多，正好在旁边吞食到尘埃的鱼很难找出来。"秦潇然说出了自己的看法。

"对对，秦组长说得对，藤田先生继续努力，希望都寄托在你身上了。"李名贞也在旁边加油打气。

也许是有了美女的鼓励，藤田峻扭动了两下酸胀的脖子后，将测试探杆插入了又一条瘦长丑陋的小鱼肚里。

"嘀——"就在藤田峻刚刚插入探杆，手才微微颤抖两下，探测仪便发出了长鸣的报警声，而立体投影的画面上同时显示出"无法读取信息，物质收录表无对应识别"的字样。

"怎么回事？是找到了吗？"李名贞马上凑过去看。

秦潇然虽然没有马上凑过去，表情冷静地站在几步之外，但是眼睛却紧紧地盯住投影屏幕，心止不住一阵阵狂跳，气息也变得有些急促。

"有了！有发现了！"藤田峻嘴里简单蹦出几个字来回答李名贞，但全部注意力却是在仪器上。他一只手快速地调整着仪器的各种按钮，收缩探测点，分量分析；另一只手则稳稳拿住探测杆，在做最细微的移动和探伸。

所有人屏住了呼吸，就连听到报警声的卫国龙和莫洛克夫都停止了捕鱼。周围一切仿佛都凝固了，就连时间都好像停止了。唯一能显示这个世界还是活动的只有立体投影上不停变化的名称、数据和各种波形线。

感觉过了很长时间，但实际也就几分钟的样子，藤田峻缓缓地抬起头来，看着秦潇然期待的目光说道："不行，物质含量太少，只显示未明物质，无法分量采样确定具体性质。"

"已经很好了！现在我们至少可以确定异常物质的存在，而且确定了从鱼身上查找的方法是可行的。"秦潇然虽然脸色依旧冷峻，但是说出的话很乐观，很鼓舞人。

"是的！出现了第一条鱼就肯定还会有第二条，找到更多彗云尘埃并测定其特性应该没问题。"藤田峻此刻也是信心满满，刚刚的发现将他的兴奋点再次调动起来。

有了认可便有了更好的开始，有了信心那就离成功不远了。事实证明，藤田峻的想法是正确的，在天色即将擦黑之际，第二条鱼出现了，然后还接连出现了第三条、第四条。后面检测到的几条鱼体形都较大，吞食在体内的尘埃也较多，不仅定性很快，分量分析的结果也很快出来。本来第二条鱼就已经可以得出有效的结论，但为了保证所获结果的正确性，藤田峻才继续查找测试了好几条鱼，并将前后得出的结果进行了比较核对之后,这才将检测表传输到秦潇然的手环式电子记录本上让其审核、上报。

秦潇然打开电子记录本的手掌屏幕,仔细查看上面一条条的数据和结果。说实话,如果不是李名贞提前告知这些是彗星群的彗云携带的物质,且有可能是地球上从未出现过的物质,他真的会认为这张检测报告表是在胡闹。

藤田峻似乎是怕秦潇然看不懂上面一些内容,又像是为了在李名贞面前炫耀一下自己的功劳和才华,因此喋喋不休地在旁边解释着。

"这种物质真的是地球上以前从未出现过的,所以检测仪收录表中没有对应识别的相近物质成分。我检测时只能直接从未知物特性上入手,分量后单纯测试它所有的组成、质地和含量。"

"你不要啰啰唆唆地说你的检测过程,直接说结果。"李名贞果断打断藤田峻的话头,从旁边卫国龙和莫洛克夫的表情可以看出,他们都很支持李名贞的做法。

"是这样的,这物质其实是一种多维能量团,包含磁能、原子能、化学能以及其他不可知能量。而综合能量的相互作用和扭曲使其具有特殊形态的极性,所以其作用力对绝大部分地球能量都能产生传导效应。"藤田峻只能直切正题,免去炫耀自己能力的过程。

但是他才开口,就再次被李名贞打断:"对大部分地球能量都能产生传导效应!是不是高导?你先说是不是高导物质!"李名贞首先关心的是这个,因为这将决定她的判断是否正确,以及所研究的课题具备怎样的价值。

"不是高导。"藤田峻很果断地回答。

"怎么可能?如果不是,天罗网络间的巨大闪电是怎么发生的?……"

"你别急呀,等我把话说完。"这次轮到藤田峻打断李名贞的话头,"那的确不是高导,而是一种超导!"

"什么?超导?超导!"李名贞一点儿都不掩饰自己的惊讶和欣喜,这个结论将更大幅度地提升她的价值和她所研究课题的价值。

"你是如何确定是超导的?就因为它具有的特殊形态极性?"李名贞虽然欣喜,却没有失去科学家应有的严谨。

藤田峻咧嘴笑了笑说道:"那你就还得听我说说检测过程才行啊。从鱼身上先后查出了两种形态的物质，结构虽然不同，组成却是一回事。一种是未曾爆炸的，这些尘埃应该是遭遇震荡之后直接散落水中了。还有一种是具有特殊形态的极性组合，但已经不具备能量，这些应该是爆炸后的存留物。从第一种形态看，这些尘埃中的能量极性是各自分离的，相互间存在某种运行规律和守恒关系。我特别一一检测过了，共找出了四种极性特征。不同极性之间，不会出现碰撞融合，更不会出现爆炸。脱网事件的整个过程中只有闪电而没有爆炸和雷声，所报人员死亡是因为电击，这些都说明了运行规律和守恒关系的存在。"

"我是问你超导性质是如何确定的？"李名贞有些着急。

这时候旁边的秦潇然开口了："这些物质都是多维能量团，而且存在四种极性，所以它们之间的规律和关系应该是一种扭曲的多维形态。这种形态如果与迈斯纳效应相同或相近，那么彗云尘埃就必然具有超导性质。"

"不仅如此，不仅如此！"藤田峻赶紧补充道，"除了能量作用、极性关系，另外还有尘埃质地。这种质地组成是地球上从未见过的，它的特别之处是感应性，能量感应性。当然，不是所有能量都能感应的，但类似电能、磁能应该是可以的。所以加上这种特性之后，它的超导性就又提升了一级，不仅可以穿透绝缘物，而且可以引起地球磁场的异动。如果从这个角度理解和定性，它应该算超超导。"

"引起地球磁场异动？"李名贞似乎联想到了什么。

"所以脱网事件发生之前有人听到奇怪声音，很大可能是磁场异动产生的地声。而我们在罗湾城里看到的低压接线、入户绝缘瓷瓶的绝缘被击穿，应该都是尘埃物质超超导的性质造成的。"秦潇然这是根据藤田峻所说给推断出的结论。

"真的是短路放电？"莫洛克夫很难得地插了一回嘴，因为已经涉及事件真相了，一向沉稳的他也有些按捺不住。

"对！三重天罗之间的放电，从低压到高压到超高压、特高压，从自发电到网络构架到太空电能输送。"藤田峻急急地说出结论，就好像担心别人把这结果抢先说了。

"我很早就观测到圣女座彗星群会从地球附近经过，一个月之前确定其彗云会有零星部分扫过地球。如果这些尘埃真是超导或超超导物质，那么就可以肯定是因为彗云扫击地球贯穿三重天罗造成了脱网事件。这从时间上、方位上都可以进行证实，各大天体观测站应该有圣女座彗星群经过的详细数据记录。"李名贞说话显得有些激动，真相的发现有她的功劳，更能推动她课题的研究。

"你能确定圣女座彗星群所携彗云扫过地球，超导性尘埃物质贯穿三重天罗引起短路放电，是最终导致脱网事件的原因？"卫国龙一字一句地又问了一遍。

"已经可以确定了。"李名贞回答道。

"既然可以确定，那么现在我们应该马上拿着藤田峻的采样和测试结果向中心汇报了，让中心马上进行核对印证，然后及时对外公布调查结果。"卫国龙说完缓缓呼出一口气。他这样主动地确定结果并要求上报，其实是希望任务早日完成。因为任务的完成也意味着危险的结束，那样他就不必再为大家的人身安全提心吊胆了。

"等等，等等！我还没说完呢，关于尘埃特性的事情我还没说完呢。"藤田峻很是不情愿话题就此结束，就像一个演员准备好的精彩表演，却在第一个包袱抖出来后便被一阵掌声哄下台那样不情愿，"我刚才说了，这尘埃物质是由多维能量组成，具有超导、超超导特性。但是爆炸之后，四种极性融合在一起，超导特性便失去了，多维能量也失去了，变成没有特别价值的残留结合物。"

"这很正常啊，维持超导特性的能量因爆炸释放了。"李名贞根本没多想就回了藤田峻一句。

"不是，我的意思是尘埃物质的能量极性关系是平衡的，如果爆炸是极性撞击造成，那么它原本的规律和守恒是怎么打破的？还有巨大闪电即便让互联网短路，消耗的也是电能能量，而不是尘埃能量。那么，尘埃物质的能量到哪儿去了？……"

藤田峻话没说完，就又被卫国龙给打断了："这些和脱网事件有关吗？没有关系咱以后再讨论，现在赶紧整理调查报告发给中心。凌晨时郑总那边又给组长打电话催了，外部事态现在很紧急。"

藤田峻终究未能如愿，后面的精彩表演再次被强行结束。但其实他这一回真的还不是表演，而是要表达一些疑问，一些他自己也不明白却又可能会很重要的疑问。

秦潇然对藤田峻后续的话题其实是非常感兴趣的，不过卫国龙接连的提醒和催促，让他也意识到需要完成的事情远比感兴趣的事情重要而紧急所以赶紧打消自己心里的好奇，把心思拉回到下一步的工作上来。

秦潇然很快整理出一份报告，连带着说明资料传送给了北京天电互联网中心。郑风行看到报告后，做出的第一个决定就是通知M国政府，告知互联网调查小组已经取得初步证据揭示脱网事件的真相，让M国政府立刻为调查小组提供保护，并且协助小组进行进一步的核实。然后他发协助函至各个天体研究院和天文站，请他们帮忙核实圣女座的有关情况。再有就是邀请权威专家对藤田峻检测出的物质特性进行再分析，确定其准确性。

M国政府反应很迅速，他们派出特工和总统守护部队人员，通过北京方面提供的卫星定位很快找到秦潇然的小组。但是他们找到秦潇然小组后只是拿走了部分彗云尘埃采样，这些实物采样是按北京方面要求要尽快提供给有关国际组织和权威部门测定核实的。然后只是在爱帝摩瑞湖附近安扎了几个武装哨点，看起来算是为秦潇然他们提供了外围的保护，实际上也是表明他们到目前为止还不准备将秦潇然他们带离普世艾德家族的领地。至于协助小组继续进一步的核实，他们更是只字未提。即便秦潇然主动提出要到政府军队占据的电力设施上进一步采样和检测，他们也都没有回应。

M国政府的这种做法可以称为谨慎，也可以称为玩政治。他们在没有完全把握获取到对自己有利的事件真相之前，是不准备让任何人看到他们与天电互联网中心有某种联系的。保持自己可进可退的裕度，必要时可以为了政治权力抛开天电互联，甚至倒戈相对，将责任全都推到天电互联网的头上。

第五章·三星贯云

- 毁灭预言是神迹还是迷信
- 更大的彗云将辗轧地球
- 巨蟹号再次遭遇诡异事件
- 殷灵的车祸元凶竟然来自太空

毁灭预言是神迹还是迷信

秦潇然他们原先还有行动的自主权，现在反倒只能在爱帝摩瑞湖边支帐篷点篝火休息，安心等待消息。其实从卫国龙心底而言，他挺希望继续留在普世艾德家族领地内的。他在 M 国待的时间不算短，所以明白，相对而言普世艾德家族比 M 国政府的人更值得信任。

也是直到这个时候，秦潇然才想起儿子，想到郑风行给自己特别开通的立体即景磁传输专频。他独自一人钻进了帐篷，打开了磁传输专频。

女人的心思比男人细，好奇心也比男人强，所以秦潇然独自钻进帐篷后，李名贞也悄悄地走向帐篷门口。不过她的举动卫国龙看到了，于是从篝火边站起身，嚼着一块浓缩营养干粮跟在她的后面。

立体即景里的浏儿显得怯怯的，脸上依旧带着丝忧伤。他始终低着头，眼睛不敢与秦潇然对视，或许觉得这个和自己本该很亲的人还是太陌生了些。

奶奶在背后推着浏儿："那是爸爸呀，快叫爸爸呀。"

"浏儿，你还认得我吗？"说出这句话时，秦潇然猛然记起自己在医院里见到浏儿时，第一句话也是这样问的。当时殷灵的遗体就在送往太平间的推车上，而浏儿死死地拽住车子不让走。想到这里他不禁悲从心中起，眼泪差点儿掉出来。

浏儿点了点头，但是并没有叫爸爸。他的一只手非常执拗地在盘弄面前桌上的一个亮晶晶的圆环，这可能是他平时喜欢的什么玩具。而此时做这样的小动作，其实说明浏儿对秦潇然还是非常不适应的。

秦潇然其实并不是一个不会表达的人，但现在他真的不知道该对儿子说什么。心中除了对殷灵的刻骨怀念，剩下的都是对浏儿的疼惜和愧疚。于是他放大了实景，走近浏儿，在浏儿身边缓缓蹲下。

"你都还好吧？"秦潇然说完这句后又猛然想起，那天殷灵打来电话时，第一句也是这样问自己的。于是眼泪再也止不住，顺着面颊滚落下来。

"都好都好，家里都好，浏儿也好，让爸爸在外面安心工作，早点儿平安回来。"秦潇然的母亲在旁边替浏儿说话了,她觉得要想让浏儿一下适应缺失了好几年的父亲确实有些难为孩子。

帐篷门旁边站着的李名贞用难以置信的目光偷偷看着帐篷里的秦潇然,她很难想象一个对她那么霸道专横的男人,现在竟然满脸眼泪像个受了委屈的孩子。

卫国龙轻轻走到李名贞身后,悄声说道:"就在我们组成小组的前两天,秦潇然的妻子出车祸去世了,他的儿子也在车祸中受到严重的惊吓。他离开时,孩子还在接受梦境介入治疗。"

李名贞蓦然回头盯住卫国龙的眼睛,俏丽的嘴唇半张着。这表情是极度的惊讶,也是再度的询问。

卫国龙肯定地点点头道:"秦潇然见到你翻车滚下草坡后奋不顾身地过来救助,因为你是个女的,而拒绝你加入小组要送你走,阻止你一切稍有冒险的举动,其实那都是下意识地在保护你,怕你像他妻子一样遇到意外。"

李名贞惊讶的神情渐渐收起,而感动之意却毫不掩饰地涌上脸庞。

"爸爸对不起你,对不起你妈妈,等爸爸工作结束了,马上飞回去陪浏儿,再也不和浏儿分开。"帐篷里的秦潇然一边说话一边抹着泪,只能这样来表达歉意,对浏儿的歉意,也是对殷灵的歉意。

"妈妈让我告诉你,事情做完了,就把暂停的爱继续下去。"浏儿喃喃的声音不高,但是秦潇然耳边却像是打个响雷。

"你妈妈临走时留给我话了是吗?浏儿,快告诉我,把你妈妈的话都告诉我!"秦潇然在极力地控制自己声音的高度和平稳。

"事情做完了,就把暂停的爱继续下去。"浏儿喃喃地重复着这一句。

秦潇然用牙齿咬住自己的下嘴唇,只有这样他才能不让自己悲戚地哭出声来。

帐篷外的李名贞听到里面的对话,一把捂住自己的脸转身急步跑开。刚才在不知情的情况下她只是惊异,而当知道自己所遇、所见背后的真相后,当看到这对父子交流最亲之人逝去时短短的遗言时,充溢在她心中的只有深深的触动和感激,以及替别人揪心的悲戚。

卫国龙湿润了双眼,长长地叹了口气。但是他没有走,他要守着帐篷门暂时不让其他人去打扰秦潇然。

等待往往会是漫长的，秦潇然小组从出发进入科谷州罗湾城地区，到发现脱网事件原因并上报到北京天电互联网控制中心，总共才用了四天的时间。但是这之后他们在爱帝摩瑞湖边的等待，转眼就过去了十天。这期间互联网中心和M国政府都未曾联系他们，就好像外界的事态已经变得不再紧急了，而他们也不好贸然去联系和催促这两方面。

在这十天里，秦潇然他们收到几份互联网中心转过来的文件资料，都是从为科谷州脱网事件调查提供证据信息的渠道上报的。还有就是M国政府派人给他们送了两次新鲜肉食和水果蔬菜，并且在第六天时增加了附近的武装哨点。这些都证明他们并未被人们遗忘，证明他们以及他们的发现是有价值的。只是要想确定这些价值，还需要较长的时间来印证和核实。

互联网中心转过来的文件资料秦潇然他们都看了下，但是因为之前自己已经确定了脱网事件的原因，所以对那些材料都未曾有很深入的研究。只要看到大概意思与彗星群的彗云没有什么关系，所以大部分资料即便看个开头也就马上放弃了。

不过其中关于巨蟹座异常情况的报告，倒是让李名贞很感兴趣。因为她是研究天体学的，所以太空中发生的一切奇怪事情总能吸引住她。不过这份只有天电互联网技术人员拟报而没有太空站宇航员佐证的报告，李名贞最终觉得很大可能是长时间的太空生活让两个互联网职员产生了错觉，或者纯粹就是想以此情况调回地球而想象出的一份报告。

其实从这种判断上看，李名贞是很不了解互联网职员的，特别是天电互联网的中国职员。不要说这些被派上太空站的工作人员了，就是地球上一般的工作人员，都是具有绝对诚信和坚韧作风的，有着极好的个人素质和心理素质。如果她能了解到这些的话，那么肯定就会从其他角度来思考这份报告了。

在第十一天下午的时候，事情终于有了新的进展。M国政府方面派人来，要带他们到几处政府军队占据的电力设施上进行取样查证。这是很好的现象，说明小组之前调查的结论已经得到认可，否则M国政府不会采取公开协助他们的态度。而且有可能这次采样只是为了走个形式，以便下一步更加公开地对外宣布结果。

不过不管怎么样，他们都是不会放弃这样的查找机会的，因为这本身也是对他们之前结论的证实。他们一共走了七处电力设施，都是超高压和特高压等级的设备。而且这七处在脱网事件中都是受损比较严重的，设施及周围电击痕迹非常明显。其中有三处还是经过当地电网公司职员紧急检修后才恢复运行的，还有一处是脱网时发生过人员死亡事故之一的位置。

在这七处设施上，藤田峻和莫洛克夫相互配合，共找出五个存留彗云尘埃的放电点。这五个放电点集中在两处设施上，而其他设施要么因检修时人为的现场破坏，要么因局部降雨，未能找到尘埃存留物。

电力设施上的检测结果和取样特性与之前鱼体内获取的完全一样。不过这一次得出的结论仍然没有马上公布，估计是要再经过一些程序的印证。不过这件事情做完之后，M国政府的态度比原来好太多了，他们要将秦潇然几人安排在科谷州最豪华的休闲庄园里，以最高的标准款待他们。

但是秦潇然拒绝了最高标准的款待，只提出小组是否可以暂住在普仑机场的机场特警部队营房内。机场特警部队不存在军事机密，不忌讳安排外来的人暂住其中，所以这种要求一般都会被答应。而对于秦潇然他们而言，住在机场特警部队内要比任何一个豪华的休闲庄园都安全。而且机场特警是为了应对机场突发事件的，所以驻扎位置距离机场很近，一般还有通往机场的快速通道。秦潇然选择这里也是为了有突发情况时可以快速离开。

这种要求马上就得到答复，当天晚上秦潇然他们就住进了普仑机场的机场特警部队营房。而就在秦潇然他们住进机场特警部队后的第三天，他们调查的结果终于通过了印证，开始以各种渠道对外公布。

首先是全球天电互联集团对外界公布了科谷州脱网事件调查结果。随即M国政府召开新闻发布会，与M国天电互联网分中心、M国能源管理局一起向民众和媒体说明脱网事件的真相。然后还未等M国的反对党和社会组织提出有利的反驳和质疑，全球各权威天体研究组织、国家天文台联合发布关于圣女座彗星群所携带彗云扫击地球的具体技术数据。同时太空结构研究、新物质研究发现等组织和机构也发布了彗云尘埃的物质特性报告。

按理说，有这么多世界性的权威部门共同给出的结论和佐证，科谷州脱网事件应该就此尘埃落定了。但是很奇怪的是，北京方面并没有立刻通知秦潇然小组回程或就地解散。之后，他们通过机场特警部队的工作人员打听到一些让他们很难相信的事情，M国的对峙形势未曾终结，部分电力设施依旧被一些骚乱分子占据。而且听说有些地方占据者还试图将一些设备塔的接收端和发射端关闭，脱开网络互联。也就是说，事件真相的公布只对反对党起到作用，而那些民间组织和宗教团体的骚乱不仅未能平息，反而愈演愈烈。

"为什么会这样？难道还有人对自己小组调查出的结果有异议？可是所有资料和取样都经过了最权威组织的再次检测和印证，真实性、科学性是无可辩驳的。那么会是什么阻止了局面的改善呢？"秦潇然感到很奇怪，于是他决定主动向北京中心进行请示，自己小组在这种情况下该何去何从。

北京互联网中心接电话的是陈纬。郑风行不在，不过他已经估计到秦潇然会打电话来，所以预先安排了总机转给陈纬接听。

陈纬告诉秦潇然，郑风行正是因为调查结果未能平息事态这件事情而被拉去开会了。因为他们的调查结果遭到很强烈的抵制，有人说他们这是在编造谎言。

"会有人说我们的调查结果是编造的谎言？不是有这么多权威组织都给予印证了吗？"事情果然像秦潇然所担心的那样，有人提出了异议。

"秦潇然，你不用担心，你们的结论肯定是得到认可的，他们现在开会要做的事情是如何辩驳对方的言论。"陈纬赶紧安慰秦潇然，"只是事情还真的有些棘手，并非找出更多更有说服力的真凭实据就能改变状况的，因为那些言论是出自和我们完全不同的人。"

"完全不同的人？那是什么人？"秦潇然赶紧追问。

"乌玛圣女、度门启示派，还有很多受他们影响的其他民间组织和宗教派别。这些人就像是被洗了脑，很难用我们的结论说服。M 国的一些团体组织依旧与政府对抗，抢占电力设施。M 国政府肯定会控制这方面的信息，你人在 M 国，所以新闻上无法看到。"

"我们也打听到一些情况，但是无法理解为什么会这样。这和乌玛圣女、度门启示派有什么关系？"

"具体情况简单几句话很难说清。这样吧，你可以借助立体即景磁传输专频，远程连接国内搜索引擎。跳出 M 国的信息网络查看有关信息，特别是一些超自然组织和宗教组织的网站信息。中心领导暂时未通知你们回程和解散，就是怕后续还有什么应对策略需要你们配合，所以你们提前了解下具体情况还是有必要的。"

和陈纬通话之后，秦潇然立刻连上立体即景磁传输专频，然后远程搜索并连接国内服务器查看了众多超自然组织网站、民间科技网站以及相关网页和新闻视频。

半球新闻头条播报:"乌玛圣女发布的不仅是一个预言,更是对世界权威科学领域的一个挑战。"

欧联电视《现象》专栏有嘉宾在辩论:"其实什么都不要管,只需等待,等到十五天之后,谎言不攻自破。""但如果十五天之后真的出现了她预言所说的情况,哪怕是与她预言相近的灾难,那该怎么办?那会是对所有权威科学的一个沉重打击。"

库克视频头条:"乌玛圣女在蒙达迈公开发布的预言到底是神迹还是迷信?有关政府公布的到底是谎言还是真相?预言的一切是否真的出现将是最好的结论。"

…………

秦潇然发现,除了M国的官方媒体和网站外,周边国家的媒体网站、科技页面、伪科技页面、宗教页面、个人网络信息等,几乎都被乌玛圣女所充斥。众多关于乌玛圣女的报道内容全部集中在她最近一段公开发表的言论上,所有评论和猜测也都将这一言论当作焦点。

乌玛圣女的言论是针对众多科学研究机构、M国政府、全球天电互联集团共同发布的科谷州脱网事件调查的,她非常直接地宣称所谓真相是谎言,并以一个预言来对抗大家都认可的科学结论。而这种反驳和对抗算下来,其实最终的对手是秦潇然他们小组。所以在看了这些信息和视频之后,秦潇然再也坐不住了,他觉得自己应该做些什么。

奇迹大会结束之后,转眼间就壮大为最大组织之一的度门启示派在蒙达迈的一座会堂里设立了组织总部。乌玛圣女更是在一夜间成为各种研究机构、科技组织以及宗教团体最为瞩目的对象,甚至整个西半球的人都在关注着她,所以她的一言一行有着极大的影响力。就连一些官方研究组织和协会也派人前往蒙达迈,观察乌玛圣女的一举一动,想弄清她身上发生的种种现象到底是怎么回事。而这些组织和协会的参与,让乌玛圣女更增添了神秘感。不管最终从乌玛圣女身上找出的结果是真是假,那都将是再次轰动全球的大新闻,所以媒体网站更是不会放过如此具有价值的题材,全是二十四小时轮班守候,随时记录和转播乌玛圣女的一言一行。

就在科谷州脱网事件真相公布的那个晚上,乌玛圣女来到了蒙达迈圣殿广场。现在度门启示派的成员已经非常多,奇迹大会之后,很多人都加入了度门启示派,其他组织转过来的成员则更多,以至于奇迹大会第二天,就有不下十几个小的组织和团体宣布解散。因为他们的人都被吸引加入度门启示派之后,已经再无法维持组织的运作了。

度门启示派虽然成员突飞猛涨,但这一晚到圣殿广场来的成员并不多,广场上聚集的大多是媒体网站的人员、对乌玛圣女感兴趣的官方研究组织成员,还有其他民间组织和宗教团体的成员,而最多的则是普通市民和游客。所以人们都猜测这应该是度门启示派刻意安排的,让自己成员不要参与,将更多与乌玛圣女近距离接触的机会让给还未归属于他们组织的人和可以帮助他们扩大影响的人。

当乌玛圣女站立于圣殿前的台阶之上,缓慢而清晰地将一段预言说出后,很多人都意识到自己刚才的猜测是错的。度门启示派的那些成员应该是早就知道了乌玛圣女的预言,早就离开蒙达迈去做自己该做的事情了。

"科谷州的闪电和黑暗,是湿婆神的警示,非但没有让愚昧的人们觉醒,而且还被邪恶者用谎言来掩盖。本来湿婆神还在权衡是否应该真正地实施惩戒,但是世人所做的一切是在亵视他的尊严。所以他将在十五日后再显神迹,开天眼之光,收回神赐予人间的能量,用毁灭之火带来黑暗和寒冷。这一回除了科谷州外,湿婆神还将要让S国、Y国、M国、T国范围内更多的邪恶者遭受此惩罚。灾难和痛苦即将来临,可怜的人们,赶紧觉醒吧!马上行动吧!追随度门启示派,摆脱邪恶的束缚。用虔诚唤来你的亲人、朋友和所有你认识的人,带他们来到我的身边。乌玛圣女会以获取的神力护佑你们度过神眼开启之火的毁灭。"

圣殿广场上嘈杂了、混乱了,质疑声、追问声、哀叹声、祈祷声,就像是在广场上汇聚成的激荡回旋的潮头。而这一切都是针对乌玛圣女的。

"神的怒火已经无法抑制,但我会始终在这里陪着你们,用全部能量庇佑你们。"乌玛圣女这句话制止了所有质疑和追问。她不离开,那就意味着她坚信自己的预言,也坚信自己的神力。可以和所有人一起在这里印证灾难是否真实发生,并佑护那些追随她的人逃过灾难。乌玛圣女这句话让更多的人跪伏在地,虔诚地表达自己愿意追随度门启示派的心意。

其实仔细回想对比一下，乌玛圣女只是重复了那天晚上她在奇迹大会所说的预言，不过这一次预言有了准确的时间和准确的地点。而由此开始，乌玛圣女不再多说一个字，只是盘坐于神殿石阶的顶端，就像一尊石雕一般接受着阶下无数人的致敬和膜拜。

更大的彗云将碾轧地球

机场特警营房虽然离机场很近，但是住在这里还算安静。因为 M 国局势很不稳，特别是科谷州地区，所以来往普仑国际机场的航班锐减，飞机起飞与降落的喧嚣声变得很稀落。

纸片电脑上的视频还没有放完，藤田峻就已经忍不住了："怎么又是这个女人？简直是胡说八道！我们是邪恶者？我们在欺骗所有人？她还是什么圣女？你们看看她那双邪恶的眼睛，我可以肯定，那天在吉隆坡机场就是她在暗中盯着我们。"

"小声点儿，你这样嚷嚷就不怕机场特警里也有度门启示派的忠实信徒，然后冲进来一枪撂倒你吗？"卫国龙这个恐吓纯粹是开玩笑，像机场特警这样重要的工作在挑选人员时一般都不会使用信仰偏激的人。但是这个玩笑却让藤田峻惊出一身冷汗，一下把嘴巴闭上，还不时转头看看窗外和门口。

"我也觉得她这双眼睛像在吉隆坡机场暗中盯视我们的眼睛，可是她有什么理由要盯着我们？"秦潇然皱着眉头，他的感觉和藤田峻相通，但是事情却无法想通。

"会不会她认识我们中的谁？"卫国龙说道。

"应该不会吧，从国籍、身份，我们都和她丝毫不搭界。"藤田峻小声地说。

"她或许认出我们身份了。"莫洛克夫说出自己的看法。

"不可能！我们出发之前很注意地去除了所有可能显示身份的标志。而且我还特别检查过，没有任何特征可以显示我们是天电互联网的人员。"卫国龙很肯定地说。

"现在管她认不认识我们，重要的是她说这话造成的影响。当时真没看出来，这个女人竟然有如此大的影响力，随便几句话竟然有那么多团体和民众都信了。"

藤田峻继续压低声音加入讨论。

"这个乌玛圣女是在极短的时间里建立威信的，就是那天从吉隆坡出发的航班上。这之前，她也只是一个我们从未听说过的平常人，但是她的几次神迹让她一下完成了从人到神的转型。"秦潇然的分析很准确。

"但愿她这次的预言不会再是什么神迹。"莫洛克夫这句话的意思是多方面的，是希望能够证实自己，也是希望人们不要遭受那么巨大的灾难。

讨论很热烈，但是李名贞一直都没有说话，只是盯着电脑屏幕上乌玛圣女图片仔细辨看着。当确定自己辨看清楚后，一直没说话的李名贞终于开口了，而且一开口就惊到了大家："她不是神，但她也不是平常人，我认识她。"

"你认识谁？乌玛圣女？""你怎么不早点儿说？""那你在吉隆坡机场怎么没和她打招呼？"……房间里顿时一片哗然，全是对李名贞的询问。

"我也是刚刚才认出来的。她全名叫碧帕莎·乌玛。其实我以前也没有和她见过面，所以就算在吉隆坡机场认出她，也不会贸然和她打招呼的。"李名贞等大家的询问在秦潇然示意下平复一些后，才娓娓道来。

"你以前也没和她见过面？那你怎么会认识她的？"就连秦潇然都觉得这有些难以理解。

"我有几次看过她的照片，最早是在哈佛天文学院历史优秀学生榜上。乌玛曾经和我一样，也是哈佛天文学院的博士生。她比我要高四届，曾经参与过天体运行、行星轨道规律性变化等课题的研究，获得过哈雷奖，拥有多项专利，是在我之前最为优秀的一个学生。但奇怪的是，差半学期就能结束学业了，她却突然不辞而别，放弃了辛苦许久的学历证书。"

"那么说她也是研究天体运行的专家？"李名贞所述让秦潇然感觉找到了点什么。

"不仅如此，她的才华和成就并不局限于天体运行的研究。她还将天体运行与能量的发生、控制相结合，曾多次向学院申请与能量能源研究机构合作开发项目，但最终均未被采纳。不过听说她最后突然离开学校的原因，就是找到机会和什么能量研究机构进行合作了。"

"可是她现在就是一个民间伪科学组织的神婆，这和你说的天体学也好，能量研究也好，差距也太大了吧？"藤田峻插了一句。

"在学校里，她是大家都想效仿的对象，但最终离开又让人们觉得迷惑，所以出于好奇心，我特地去查阅了她的学生资料，结果感觉更加迷惑了。因为资料上显示，她父亲是研究宗教历史和教义的学者，虽然不是宗教组织成员，但是在宗教界很有名望，而这其实是与她研究的学科相悖的。"

"她现在这样子会不会是受了她父亲影响？"藤田峻又说。

"那也不对，如果是受她父亲影响，那她当初干吗还要去学习天体学，又干吗研究天体运动与能量的关系？直接参与和信仰有关的活动就是了。而且有了那么多的成就之后再转而借用一些玄学教义发展民间组织，岂不是太可惜了。"李名贞越说越困惑。

这些问题让所有人陷入沉思，最终还是秦潇然缓缓说出了自己的见解："如果她所学习到的知识和获得的成就可以造就她在其他方面有更大的发展，那就不是可惜而是物尽所用了。在很多时候，阻止科学、破坏科学的往往都是伪科学，是迷信！因为他们希望维持自己思想体系构成的权力。但是一般的阻止和破坏并不可怕，可怕的是迷信的思想体系给出的偏偏是具有真实性的结论，或者索性是以更为先进的、还未被大众了解的科学现象来佐证他们的迷信。而从乌玛圣女之前的所作所为来看，她好像正是这样在做。"

"你的意思是她是为了支撑自己的信仰理论，发展自己的神迹组织，才去学习的天体学？"李名贞的语气中带着难以置信。

"很有这种可能，因为她父亲是研究宗教历史的学者，很早之前就应该分析过信仰与科学之间的正反关系和利用关系，所以为了其他某种目的专门送她去学习。但也有另一种可能，就是乌玛在学习了天体学并取得成就之后，发现自己的所学如果运用到其他方面可以得到更大的利益。而那些神论和信仰只是她借用的外壳而已。"秦潇然的思路开始走上了正轨。

"如果真像你们说的，那么之前拯救飞机、机场惩凶等一系列的神迹，很大可能是有计划有预谋的行动。"这是卫国龙擅长的分析角度。

"对！她很有可能是抓住科谷州脱网事件这个契机，用一些其实是先进科技的手段来作为神迹展现，在极短的时间里快速提升形象和影响力，达到组织体系迅猛发展的目的。从她现在的威信和度门启示派的发展态势来看，她的做法应该是非常成功的。而如果这一次她的预言真实发生了，她的能力也真的佑护了一些人,那么度门启示派所拥有的组织规模、信仰需求和无形权力将以灾难发生的几个国家为基础,然后快速扩散到全球。"

"真的是太险恶了!难怪她会诋毁我们的调查报告。如果她的目的达到了,那么就会形成一种脱离于国家机构以外甚至高于国家机构的新势力范围。但她为何要设法摆脱天电互联网呢?那样是会将实际生活基准拉回去几十年的。"藤田峻也意识到问题的严重性。

"摆脱天电互联网,那么她就可以通过对能源的控制来更好地维持自己的权力。刚才李名贞不是说了吗,她还研究能量的发生与控制。所以她这样做肯定是有其他能源发生和运用方法的,只是这种才智和发明,她并不想贡献给全球人类,而是要用作自己获取神圣地位和掌控绝对权力的手段。"

"你们说了这么多,其实需要一个前提,就是她的预言必须成为现实才行。"李名贞眨巴着眼睛指出了关键点,这也是她为何在大家讨论激烈时却毫不着急的原因。

秦潇然眉头微微皱了皱,然后很直接地问道:"李名贞小姐,按你之前所说,乌玛是你们学校成就最高的学生,还是比你高四届的学姐,那么会不会有什么现象是她能发现而你却不能发现的?有什么事情她能做到你却不能做到的?"

李名贞听到这话后先是一愣,然后眼珠转了转猛地蹦起来,跑到电脑那里手指连续敲击。电脑先是连接上亚洲天体学院的页面,输入密码进入主页找到分栏,再输入密码打开分栏……就这样一连开启了五道门户后,李名贞终于进入了她本人的私有空间。

"你们能不能帮忙给我连接个大型的立体投射屏?"李名贞扭头喊了一声,也不知道这是在对谁说。

秦潇然和藤田峻听到李名贞的话后马上拿设备连接电脑主机。而莫洛克夫和卫国龙也没闲着,他们将前面的桌椅和杂物挪开,腾出一块空地作为投影显示区。

当所有一切准备好了之后,李名贞也正好将自己收集的所有资料以及天体研究院最新观测资料全部汇集打包成云数据模拟块,加载在投射途径上。于是房间中整理出的投影显示区中有一个蓝点渐渐扩张开来,一片深蓝的苍穹呈现在大家面前,那无尽的苍穹里有星群在缓慢移动。

数据模拟块的数据来自多个太空观测点,有最早使用至今、依旧正常运行的哈勃空间望远镜，有后来增加的紫金空间望远镜、瑞士糖空间望远镜、匹诺曹全天象反射镜等。这些都运行于大气层上方，观测到的数据更加清楚直观。另外还有地球上的最大望远镜平县望远镜，这架已经工作了许多年的望远镜，功能依旧完好，观测的数据非常精确，还有地球上最先进的德拉肯斯激光映测镜……

"这就是圣女座彗星群实时观测图，那边是前端彗发，下侧拖伸最长的是最靠近地球的部分。造成科谷州脱网的扫击，应该就来自这一部分彗发的彗云。但是从位置上可以看出，彗发现在已经离开地球引力范围，逐渐远离。要是像乌玛预言说的那样，除非星群再掉头回来，可那是绝对不可能的。"李名贞在这片投映的苍穹中画着，接着不时有日期和数据跳出，这些都在证明着她的说法。

秦潇然皱了下眉头："为什么说'应该'来自这一部分彗发的彗云，难道你不能肯定吗？"

李名贞脸色微微红："彗星群的彗核、彗尾、彗发都可以通过天体观测仪器确定形态，但彗云却因为太过稀薄而无法测定。"

"那么会不会乌玛圣女有观测彗云的仪器和技术，而且她也确实确定了星群掉头或其他与此相似的可能。比如，通过我们所发现的异常物质的特殊极性和能量反应。"秦潇然只是说出自己的想法，并未想过会不会打击到李名贞。

李名贞眼睛一亮："对了！磁场反应和电场反应。"说完，她马上输入一些密码又打开几个研究平台，调取出一些数据后在投影上取点、选距，然后加入一切可能的因素进行计算。

"我调取了全球多个地磁极性监测站的数据，彗云的特殊能量对地球磁极性有影响，那么反过来也就可以通过磁极震荡数据来反向算出彗云的状态。"李名贞像是边做边在向秦潇然汇报。

连串的数字在屏幕上快速闪过，一般人是无法看清这种速度闪过的数据的。但是李名贞可以，因为有很多数字本来就在她的脑子里。藤田峻也可以，他从激烈电脑游戏中锻炼出来的目力和记忆力已经让他的大脑与电脑有着共通之处。

秦潇然根本没有看那些数字，而是在看形状。随着李名贞的计算，那彗星星群的形状在发生着变化。除了彗核、彗发、彗尾，数据模拟的图样渐渐地将最外围的彗云也勾勒了出来。不知道为什么，秦潇然越来越觉得圣女座彗星群的形状他似乎在什么地方看到过。

"有了、有了，有变化！这些数字有规律性的变化！"藤田峻是个有发现便按捺不住的人，"变化差异不大，但是是呈递增式的。"

李名贞停止了计算，藤田峻的话提醒了她。于是连续点击几下，投影屏上出现连串的数字。这些数字是之前计算出的结果，排列下来最末两位果然是呈递增式变化的。

天体计算用的是天文数字，一点点变化，在实际天体运行上出现的差异那是非常巨大的。

"这是怎么回事？原来的运行数据不曾有这样的差异呀，这种变化意味着什么呢？对了，我先来查一下数据变化是从什么时候开始的。这些变化对于圣女座彗星群意味着什么呢？"李名贞虽然一直研究圣女座彗星群运行的课题，但是她这些天加入了调查小组，所以已经好多天没有进行观测并计算数据了。而天体观测一旦暂停，有很多信息和资料便连贯不上，需要资料库信息支持，并且要将差异代入动态变化看整体变化。

"这圣女座彗星群怎么看着像'三星贯云'？"秦潇然自言自语道。

"什么'三星贯云'？"已经启动日期搜索程序和形态变化程序的李名贞听到了秦潇然的话，她赶紧回头追问。现在哪怕一点点线索对于她来讲都可能是至关重要的。

"'三星贯云'是有记载的一种中国古代天象。我最近在看一本《方雷天机新析》，这部书用现代天文知识重新诠释了《方雷天机》。《方雷天机》是中国最早的天象学秘本，曾经失传许多年，近期才从一次大型考古中再次获取。方雷氏是辅助黄帝征伐蚩尤的得力助手，善识天象、星象，也善记天象、星象，所以书中记载的内容可信度极大。他曾在春末日观测到西南天际有移星追云，出现这现象时会'大地震动，邪火乱窜。飞沙走石，树折河断。山倾地裂，流水回天'。飞禽走兽难有存活，人若藏身不妥也会被飞石断树击杀。所以他将这天象画了下来，后被子孙传人整理编录进《方雷天机》，这个天象图就是'三星贯云'。方雷氏留图是让后世子孙警觉灾难再至，而实际上'三星贯云'再未曾出现过。"秦潇然不仅对电力、机械等方面的知识掌握娴熟，对一些相关的或不是太相关的知识也知之甚多。广博的知识面也是他能够胜任调查小组组长的原因之一。

"大地震动、飞沙走石，还山倾地裂、流水回天？不至于吧，这也太夸张了，不是神话小说吧？科谷州的实际状况我们都看到了，如果放在古代，没有电力应用和传输，是根本看不出现象的。所以圣女座彗星群和'三星贯云'天象应该不是一回事。"李名贞很直白地否定了秦潇然的猜测。

秦潇然没有说话，而是打开自己的笔管投影手机，很快搜到储存在手机里的《方雷天机》电子版本，找出其中的"三星贯云"天象图，然后提取出来并确认信息发送，将图转发到李名贞的星群画面中。

李名贞在自己个人页面投影出的画面上点了个"对形"的字样。于是刚刚转送过来的"三星贯云"天象图自动调整大小、自动移动，往圣女座彗星群上套盖上去。

"三星贯云"的天象图其实很简单，只有寥寥几笔勾画出的一个云形轮廓。然后在这轮廓中还有三个黑色的叉叉，连贯排列，估计应该是代表星星，但实际用处却看不出来。

不过当这张天象图套盖上星群图后，大家马上就看出此中的玄妙了。虽然只是寥寥的几笔，针对的却是星群整体组成上的关键部位。虽然看似简单至极的图形，倒也基本将复杂的星群形状整个表现出来。由此便可见中国古人的高超智慧以及中国古天象学的精准玄妙。

"这图上的三个黑叉代表的就是三星吧，可这三颗星连贯着画在这位置是什么意图呢？"李名贞看出了天象图云形与圣女座彗星群形状基本应合，而云形中三个黑叉到底有什么作用，她这个天体研究的专家却没有看出来。

秦潇然实话实说："这个我也不是很清楚，我看的《方雷天机新析》中没有具体解释这三个黑叉的意思。不过中国古文的表述中，'三'在很多时候不是特指数量上的三个，而是很多个、无数个的意思。中国古代哲学、玄学中也有同样运用，比如《道德经》里的'道生一，一生二，二生三，三生万物'。所以'三星贯云'的名称或许就是很多星星穿越云层的意思，而这三个黑叉可能只是为了表现这个天象名称而画上去的。"

秦潇然嘴上虽然这么说着，但是心里其实对自己的解释非常不自信。他觉得古人能如此智慧地只用寥寥几笔就准确概括出一个星群的形状，那么这特意多画出的三个黑叉肯定不是为了迎合一个名称那么简单，应该也是为了准确表达些什么。

"啊！你们看，你们看！这些数字的变化好像显示的是偏转！"藤田峻突然声调夸张地嚷嚷起来，但这一次绝不是大惊小怪。他听不太懂秦潇然所说的中国古代天象，所以依旧很认真地在等待李名贞排列出数字的运算结果。

李名贞和秦潇然同时扭头去看，最终的运算结果出来后，在投影画面的一角出现了一个缩小的星群模拟图。那模拟图正在按结果反复演示着一个短暂的偏转过程，而显示开始偏转的时间正好是他们到达M国的那一天，也就是蒙达迈奇迹大会的那一天。

"星群偏转了！是的，星群应该偏转了。"李名贞恍然大悟，"这是几千年来圣女座彗星群最靠近地球的一次，而上一次有可能就是《方雷天机》里记载的那一次，所以之后一直未曾再有描述此情景的发生。而这次接近之后接下来将会又是几千年的一次循环，所以星群肯定会偏转方向，进入远离地球的轨道。"

"我知道了！三颗星是指偏转的方向！"

"天象图的三星标志了偏转方向。"

秦潇然和李名贞几乎是同时脱口而出，灵光一闪之间，他们都觉得三个黑叉的含义应该是指的方向。

"偏转之后会是怎样的情景？圣女预言的情形真的会发生吗？"莫洛克夫问话总是在关键点上。他原本叼根始终不点燃的雪茄在旁边静心地看着、听着，而现在为了吐字清晰，他把雪茄夹在了手指间。雪茄很明显地微微颤抖着，他自己也不知道这颤抖是因为自己的帕金森前兆又发作了，还是即将揭示的情景让他心里有了恐惧的预感。

"是的，这才是关键，不知道可不可以模拟一下实景偏转。"藤田峻其实心里知道这是可以办到的。

李名贞没有啰唆，带着惴惴的心情开始在屏幕上操作。她优雅灵巧的手指将没用的数据框和画面扫除，先将星群运行即时图缩小。然后输入几组密码，关联上南极、北极、非洲等几处天体观测站的即时数据，同时她没有忘记将各处地磁极性监测站的数据也都关联上去。虽然对带有异常能量尘埃的彗云应该采取更加专业的方法和仪器进行监测，但现在也只能用这种唯一的办法勉为其难地进行演示了。

数据全部转换成射线投向原有的星群图像。当所有射线都投入之后，图像自动扩张变大，因为此刻的图像已经是包含了众多数据的三维展示。

李名贞的神情显得更加惴惴不安，她缓缓走到图像前面，缓缓抬起手来。而周围其他人也都同样紧张，他们屏住呼吸，就好像李名贞要开启一个潘多拉魔盒一般。

李名贞的手指轻轻拨动了一下，星群图像朝着计算设定好的角度偏转过去。当偏转之后的三维画面呈现在面前时，李名贞用手捂住胸口连退两步，真的被惊吓到了。其他人也都倒吸一口凉气，下意识地往后仰了一下身体。

三维画面显示，圣女座彗星群偏转之后，它的侧面竟然拖带的是一片更大的彗星群彗发。彗发外围是占据整个投影画面的茫茫灰色，这怪不得李名贞，她添加的地磁检测数据只能将彗云范围简单地以灰色呈现。也就是说，这部分彗发的彗云范围已经远远超过面前投影图形的最大展现的范围。

但是通过这充斥全部画面的灰色依旧可以知道一个事实——星空中正有一辆侧转飘移的巨型战车，沉沉地朝着地球碾轧过来。

巨蟹号再次遭遇诡异事件

郑风行参加的那次会议是在国际会议中心召开的。整个会议的气氛有些紧张，虽然都是平心静气地在说话，但是讨论的议题却是充满矛盾并极有冲击性的。

这次会议是 M 国大使以 M 国外交部、能源规划部名义提请的。参会的除了全球能源署、国际公共关系署、全球天电互联集团董事会、天电互联国际部等机构组织代表外，还有 S 国、Y 国、T 国的大使。

M 国大使很直接地说出了自己的意图。鉴于天电互联集团提供的科谷州脱网事件原因不能说服国内民众，为了平稳态势，他们想暂时从肖可尔、奥顿多奥、皮唐壬等几大电能枢纽处解脱互联网络连接。先自主发电供电，等事件平息之后再找适当机会加入全球互联。

这要求虽然轻描淡写地说出来，但是从外交角度、国际关系以及天电互联网稳定运行上来讲，却是一个极具冲击性的议题。

自全球天电互联网络实施以来，它不仅是从电力能源上构筑了互联互助、互通有无的良好关系，更是进一步在国家政府、企业商务、民间组织等方面形成了全方位的信任与合作，奠定了一种和谐、友谊、信任的国际环境。随着天电互联网络的日益完善，这种国际环境一直是呈良性循环的。最终目标是要构成细微到全球每个人之间的紧密关系，形成世界上任何一处的某个人与另外任何一处的某个人之间的信任与理解，将地球村概念进一步优化成地球家概念。这种看似理想化的国际环境其实在全世界一些有识之士的共同奋斗下正逐步实现。

但是现在 M 国提出的这个要求其实正是要将这种国际环境打开一个缺口，这不仅会让人们开始怀疑这种国际环境的可靠程度，更会危及世界对天电互联网络的信任度。这种情况是从最初东北亚四国实施天电互联开始至今都未出现过的，如果真的付诸行动，那会是历史的倒退。

而且这一次 S 国、Y 国、T 国的大使参与这次会议也是有自己意图的。他们都是乌玛预言范围内的国家，现在国内其实也有和 M 国相似的压力，之所以现在国内矛盾没有像 M 国那样激化，那是因为还不曾有类似 M 国科谷州脱网那样的事件发生。如果一旦乌玛预言成为现实，几个国家出现大范围近似末世的无电状态。然后出现暴乱纷争，有人因此家破人亡，那么接下来的国内状况可能会比现在的 M 国更恶劣。所以他们这次参会其实也是为了来旁观情况，如果 M 国真的解脱互联的话，他们很有可能是要跟风而动的。

全球能源署、国际公共关系署等方面的代表都觉得 M 国采取这样的方式解决问题是不妥的，所以纷纷给予劝解，希望 M 国再做考虑，不要急于采取行动。其他一些互联网络参与国家的代表也表示反对，认为这样会影响到互联网的正常运行和统筹调度。

不过 M 国大使的态度似乎也是很坚决的，他提请这个会议之前应该已经接受了本国最高领导层的授意。而这个决议应该也是 M 国现界政府迫于国内压力被迫选择的下下策。但这个下下策肯定是经过周密权衡的，因为从政治角度来说还是颇为狡猾的。乌玛圣女发表的言论影响太大了，如果十五天之后真的在 M 国再次出现大范围的闪电脱网事件，将会证明政府与社会组织、广大民众的对立是错误的，将会完全失去民众信任和支持。所以他们此时选择解脱互联网是要摆出一个理解民众的高姿态，先站到对面的立场上去。等十五天之后看具体发生的情况后，再做下一步的应对措施。

在这种政治外交的场合，郑风行本来觉得自己是不适合说话也没资格说话的。他一直认为自己参与这个会议主要是听取各方面意见，然后参考策划下一步的计划，尽量用更好的方法化解目前出现的状况。但是看 M 国大使如此执拗，他觉得必须把自己分析的两个重点问题说给他听一听。

"大使先生，我是全球天电互联网控制中心调度总监郑风行，我想阐述两个情况请大使考虑。首先我不知道大使有没有测算过 M 国现有用电需要和脱离互联网后的用电状况。M 国现有用电主要是居民自发电和集中天然发电，原有其他发电方式已经废弃多年。一旦解脱互联网之后，居民用电或许还能保证，但大型的工业用电、社会公共用电就会无从保证。再加上集中用电时间段无天电互联网络调配支持，那么肯定会出现大范围断电、限电的用电荒。而这种状况一旦出现，你觉得民众还会继续信任支持贵国政府吗？"

听了郑风行分析的第一个重点问题后，M 国的大使只是微微变化了一下脸色。这种状况他们应该也有过估计，但可能没有郑风行估计的那么严重。另外，他并未因这个重点问题而转变自己的坚持还有其他原因，因为他知道即便这种用电荒的状况真的出现了，最多也只需要坚持几天。一旦乌玛圣女的预言有了结果之后，不管是真是假，现届政府新的应对政策马上就能出台。到那时或者再次连接天电互联网，或者重开传统发电企业，只要能尽量维护政府的利益和地位就行。

但是 M 国大使的这种想法被郑风行的第二个重点问题给彻底打破了。

"大使先生，还有一点你也该考虑一下。我知道你们目前采取脱离互联网的做法是要顺应国内某些团体组织和其他党派的意愿，生怕乌玛预言一旦实现，你们再得不到民众信任。但是你想过没有，如果真的乌玛预言实现了，那些人就会信任并支持贵国政府了吗？我觉得他们应该更信任乌玛圣女、追随支持度门启示派才对。度门启示派不仅会成为信仰寄托，还可能会上升为政治派别，那样乌玛圣女才会是最大的赢家。"

郑风行这句话说出后，M 国大使真真切切地愣住了，身体很不安地在椅子上挪动了两下。

"还有，你们政府现在这样做，顺应的只是少部分会闹的群体和个人。而一旦用电荒出现，或者就算乌玛预言成真了，贵国政府无法及时恢复国内用电，那么少部分会闹的和大部分不会闹的都会起来和你们闹，到那时候，贵国政府不仅不会得到什么，反而会彻底失去所有民众的信任和支持。但如果你们保持天电互联网络的连接，就算出现大范围的脱网失电，我们快速及时地启动应急策略，恢复电力供应。那不仅是对乌玛圣女毁灭预言的最好反驳，而且能保证大部分的民众依旧站在政府这一边。大使先生，这一点也请你慎重考虑。"

郑风行的话说完后，M国大使沉默了许久，然后才嘟囔着问了一个问题："如果乌玛预言真的成了现实，你们天电互联网能保证快速恢复我们失电地区的用电吗？"

会议厅里所有人的目光都集中到了郑风行的身上。郑风行将身体挺直了一些，脖颈稍稍仰起了一些，然后才坚定地回答道："我可以保证！"

正当郑风行在国际会议厅里慷慨陈词之时，巨蟹号太空发电站再次出现了异常。这一次不仅仅正在地球磁力发电单元巡视的江彬和龚晓东清楚地听到并感觉到了，在控制室、休息室的其他太空电力人员和宇航员也都感觉到了。

当时龚晓东正准备爬上检修平台查看发电设备的运行状况，结果才踩上平台爬梯的第二档就被摔了下来。好在他年轻力壮身体灵活，连续以快速退步尽量保持身体平衡，一直到被发电单元外壁层挡住，这才勉强站住。

旁边监护龚晓东工作的江彬也感觉脚下重重地震动了一下，赶紧一把抓住旁边的梯架才稳住身体。

等两人站稳身体之后，他们听到发电单元外壁传来的奇怪声响。和之前通道里听到的响声很相似，有的像挤压，有的像摩擦，有的则像某种东西连续快速地跳过。

不过总的而言，这一次的反应应该没有第一次江彬和龚晓东感觉到的那么强烈，因为上一次的异常只局限于通往发电单元的细长通道，所以身处其中的江彬和龚晓东才会感觉非常激烈和惊骇。而这一次却是在整个地球磁力发电单元上大面积发生的，虽然觉察到的人很多，但发生的强度却因为发电单元的固定牢靠反而显得没有那么剧烈。

这一次异常发生之后，江彬他们马上核对有关发电数据，发现有很大的起伏波形，短时间内的发电量有激增现象。而太空站整个运行控制的状态也有异常，外受力方面显示的数据表明，太空站的运行轨道曾受到外力影响发生短暂偏差，系统保护及时启动推动装置后才重新调整回来。而像这种自动调整是巨蟹号运行后首次出现，但是维护太空站的宇航员经过分析之后并不能拿出短暂偏差的具体原因，最终以太空站自身运行异常为原因报送太空联合控制中心。

江彬和龚晓东这一次没有丝毫犹豫，他们立刻将发生的情况以及当时收集到的一手数据资料从紧急事件上报渠道发送回太空发电地球控制中心。控制中心收取到异常情况报告后，马上走正常程序送分析室综合分析。一旦分析结果出来了，他们将会继续往天电互联网控制中心报送。

江彬和龚晓东发完报告之后，两人面对面地坐在那里沉默了一会儿。他们对异常情况有着最真切的经历，所以这些天心中一直担忧，总感觉有什么大事会发生。

龚晓东抿了抿嘴唇，犹豫了下还是忍不住对江彬轻声说道："我觉得这一次的情况报送有些不妥。因为上一次我们不是走这个渠道报送的，而是直接发的科谷州事件调查渠道。所以太电控制中心没有看到上次的报告，而科谷州小组看不到这次的报告。两次报送的情况不能衔接，这在分析的时候体现不出重要和紧急，有可能会降级对待。"

江彬眨巴着眼睛想了想："的确是这样，上一次因为没人相信我们所说的情况，所以才走了科谷州脱网事件调查的渠道。现在看来有可能弄巧成拙了，那一次应该同时从紧急情况渠道也发一份的。"

"那现在怎么办？上次没有同时发，要不这次同时发，从科谷州事件调查渠道也发一份。我看过最近的天罗网络工作报告，没有科谷州事件终结报告。也就是说，调查组没有解散，紧急收集相关信息并反馈的渠道还存在。只要我们报送的情况能够引起他们的重视，那么反馈到高层的速度可能会更快。"龚晓东说出自己的想法。

"你说得没错！我们这两次遇到的情况之前都是没有先例的，应该尽快引起重视并查清落实。我再发一份，就从科谷州事件调查的渠道走。"江彬说完便起身往电脑前走去。

秦潇然打通郑风行电话时，郑风行那边的会议其实还未结束，这已经是会议的第二天了。不过好在打通电话时会议处于松散的自由谈论阶段，所以可以接听。

如此重要的会议之所以会出现三三两两私下谈论的阶段，是因为都在等待

M 国大使请示的结果。在听过郑风行提示的两个重点问题和其他会议成员的建议之后，M 国大使已经临时离席好几次。大使不是真正能够做主的人，所以要将会议上出现的情况，还有参会者的建议和表明的立场及时反馈到 M 国最高层，让他们做出决定。而 M 国那一边的最高层也是要经过一番商榷后才能拍板的，这就使得会议时间一直拖到第二天，但很多时候都是参会者在私下谈论。

郑风行的手机设置在静音无振动状态，但是有紧急电话的话，会自动连接郑风行眼镜上的微屏幕，直接显示出电话号码和来电人个人信息。当他看到来电的是秦潇然后，郑风行心中不由得一紧，头皮有些发麻。因为他来参加会议前已经设定磁传输专频由陈纬转接，而现在秦潇然直接连接到自己的私人电话上来，这意味着有非常紧急和重大的情况。

郑风行拿起无线接听耳膜，向两边人抱歉地示意一下便推开椅子快步走出了会议室。会议室隔壁是独立交谈房间，郑风行走进去后关上门，然后深吸一口气将接听耳膜吸附在耳朵上。

"你好，我是郑风行，什么情况？"

"圣女座彗星群的彗云并未过去，之前影响科谷州的只是整个星群的一个前端，真正的圣女座彗星群还在接近地球的路程中。大象的鼻子过去了，大象的身体还没有通过，下一轮彗云扫击地球影响将是科谷州事件的很多倍……"

"这么说乌玛圣女的预言真的会发生了。你们能证实吗？我是说彗云扫击地球。"当郑风行听秦潇然直接通过电话汇报的情况后，他的腰背再次变得僵直，好像不能动了一样。

"从运行轨迹到数据的分析，都显示几天之后彗星群会有更大彗云扫击地球。但是我们搜集了全球近几日内所有发生的异常事件进行比对分析，却没有一件与彗云临近相关的。而且这一次扫击地球的彗云是否和前一次一样是带有异常能量尘埃的，这个我们也没有技术可以验证。所以目前只能是理论确定，没有实际证据证实。"秦潇然据实回答。

"那么，你们现在要做的有两件事，证实灾害确实存在，预测灾害形式和程度。这样我才能通报有关方面并及时组织人拿出应对方案来。"

说到这里，郑风行意识到了什么，于是语气放缓下来："小秦啊，之前我们从未遇到过这种形式的灾害，科谷州调查之后，你们小组现在是对彗星群彗云灾害最有分析能力和发言权的人。你可能已经知道我现在参加的是什么会议，也可能知道灾害真的发生之后会对国际环境、对天电互联网造成多大影响。我刚刚还在会议上做出保证，假如真的发生像乌玛预言里出现的那种情况，我们天电互联网络会在最短时间里向灾害地区恢复送电。所以拜托你们了，一定要抓紧时间把我说的两件事做好！"即便腰背僵直得就像不是自己身体的一部分，即便不是对方可以看见自己的可视专频，郑风行还是很自然地朝前微微一躬。

殷灵的车祸元凶竟然来自太空

放下电话后，秦潇然的脸色变得更加凝重，郑风行刚刚把一个更重的担子压给了他。他挨个儿看了一眼房间里的其他人，那些人也在看着他。仅仅从秦潇然的脸色，其他几个人就已经觉察出自己可能要再次迎接更大的挑战。

"我们接下来有两件事情要做，首先是找到有效证据证实这次彗云扫击地球的情况是否真的会发生……"

话才说到这里就被藤田峻打断了："不是已经有这么多的数据资料和详细分析了吗？下一步证实的工作应该是由太空总署、天文气象组织、天体研究机构去做呀。"

"是我没有说清现在的情况，我们之前做的一切，北京中心是完全相信的，但是这么大的事情要让别人相信，肯定需要拿出一些实际的证据来。太空总署、天文气象组织、天体研究机构即便再次进行探测和运算，得出的结论还是和我们一样只有理论上的确定，没有实际依据作为支撑。"

"可是我们已经试过寻找实际依据了呀，全球范围的精确筛选和对比，并没有发现与此相关的迹象。"莫洛克夫也开口了，从他的态度感觉，似乎是觉得这样的要求有些不近情理。

"是的，我们是筛选对比过了，我也相信我们精准的电脑系统不会漏过任何一个细节，但是或许有些什么迹象未曾被报进搜索系统呢？或者有些迹象刚刚才发生呢？再或者，有些迹象可能不是发生在全球范围内呢？"秦潇然很认真地解释道。

"不是全球范围？那就只可能是在天上。"藤田峻用半开玩笑的语气说道。

"天上？天上？等等，我想起来了。"藤田峻提到"天上"两个字让李名贞突然想到了什么，"前两天互联网各地中心转来的资料放在哪里？秦潇然，快帮我找找。"

李名贞直接叫着秦潇然的名字让他去帮忙找资料，显得随意中带些亲近。而秦潇然一时之间没能反应过来，站在原地没有及时动作，所以李名贞便自己在电脑上挨个儿点击文件包到处乱翻。

"你要找的是什么资料？"秦潇然问。

"是你们互联网北京中心转过来的一份资料，我记得是哪个太空发电站报送的。"这些天看的资料太多，即便很特别的资料也不一定能记清细节。

秦潇然对着纸片电脑说道："语音识别，查找，北京，太空发电站。"话音刚落，一份文件便跳出来自动打开。这是因为秦潇然科谷州事件调查的专用电脑里只有这样一份和北京、和太空发电站有关的文件，所以语音发令之后，一下就搜索出来了。

"就是这个，没错，就是这个！巨蟹号！"李名贞显得有些兴奋，但这兴奋不会影响她专业的操作和判断。她先是按时间调出巨蟹号发生异常情况时的天体运行图片，确定当时巨蟹号的运行轨迹应该是在圣女座彗星群彗云的边缘上。然后手指在页面上拖取，把资料上有关的时间、太空站所在轨道位置、太空站监控情况等数据信息都移到旁边一个对照表里。

"巨蟹号啊，这份文件我也见过，因为是科谷州事件之后出现的异常情况，而且资料转来时我们已经确定科谷州脱网原因，所以没有太在意。"藤田峻倒是什么话都说，一点也不遮掩避讳。

其实从各种渠道反馈过来的信息所有小组成员都是要看的，以便从不同角度发现问题。而其他人其实也都看过，看过后所持态度和藤田峻也是一样的。

"你们看事件描述过程，有什么想法？"秦潇然再次仔细看过巨蟹号发来的报告资料，皱着眉头问。

"我觉得是彗云的零星尘埃撞击太空站。"李名贞抢先说。

"不像，发生的现象和科谷州的尘埃特性现象差距挺大。"莫洛克夫与李名贞的看法则完全不同。

"的确不像,科谷州的彗云尘埃附着后能量没有释放,需要不同极性尘埃融合在一起后才会出现极性撞击、能量释放的爆炸。如果巨蟹号是遭遇彗云尘埃撞击,一种情形应该是没有任何反应,因为没有不同极性的融合撞击;还有一种情况就是爆炸,这种情况可能性虽然小,但太空站表面层或许会有可流动物质让尘埃融合极性撞击产生爆炸。但是现在的描述是说有外力施加,像挤压扭曲,这就完全对不上号了。"秦潇然的分析有理有据。

"我觉得李名贞小姐的说法是对的,我查出彗云尘埃特性后,有些疑问是要和你们说的,但你们急于上报结果都不感兴趣。现在从巨蟹号的现象上看,我觉得我之前的疑问很重要。我们对这种太空尘埃还不是很了解,知道的只是它的一种能量形态而已。而它可能存在另外一种甚至很多种能量形态。"藤田峻这次不是为了讨好美女而支持李名贞,而是因为他早就觉得彗云尘埃还有着更多的特性。只是上一次想和大家讨论时,被急于上报脱网事件真相的其他人打断了。

"藤田的话有道理,我记得你提到过尘埃极性能量间的规律和守恒是怎么打破的,而引发巨大闪电的尘埃能量到底去哪里了?"秦潇然记得藤田峻没有谈论完的话题,因为当时他对这是很感兴趣的。

"还是组长记性好,我提到的正是这些问题。"藤田峻从秦潇然的话里获取到一点安慰。

"其实这个问题后来我仔细想过,整理出一条思路也不知道对不对。首先尘埃造成的爆炸应该是极性撞击造成的。就像我们常见的磁铁,同性相斥异性相吸,这其中都是蕴含磁性能量的。尘埃物质不仅具有超导特性,而且存在扭曲的四极性,每种极性都具有极为强劲的磁性能量。它们之间的平衡关系应该是扭曲的多维结构形成,相互间没有碰触和融合。而一旦这种平衡关系被打破,不同极性的颗粒就会产生加速度运动,最终撞击,导致爆炸。"这个问题涉及的是秦潇然最为擅长的知识范围,所以他马上做出相当合理的分析。

"可是关键是这四种极性的平衡状态是如何打破的呢?"藤田峻追问道。

"我觉得应该是外加的极性打破的,是由于地球的两种极性加入后,打破了彗云尘埃四种极性的结构平衡,使得扭曲的多维空间极性产生碰撞。"秦潇然的思路依旧合理。

"这就不对了,如果是因为地球极性造成的,那么彗云尘埃在贯穿三重天罗、扫击地球时就不是短路的巨大闪电，而应该是连续的巨大爆炸。就像你说的方雷天机中的天象图一样，大地震动，飞沙走石，邪火乱窜。"藤田峻的想法也是极有道理的。

"我觉得不是这样的，秦潇然的说法应该没有错。能量的去向，以及是否会爆炸，其实可能是由彗云尘埃接触地球的形式不同而决定的。"李名贞突然转换立场到了秦潇然那一边，把原来和她同一立场的藤田峻搁到对面去了。

"根据我原先的观测和计算，圣女座彗星群的彗云与地球的接触是点状的，是地球引力作用下拉过来的几缕线状彗云尘埃。我在课题报告中始终是用'扫击'这个词，因为确实只有几点击中，并且在地球引力作用下将能量释放入地。不过按你们刚才说的四种极性、扭曲多维的原理，入地之后，能量释放力的走势应该是呈辐射状的，以地球为载体分解传输到世界上的任意位置，这就是你所问的尘埃能量去向。如果我这种设想没有错的话，科谷州脱网事件发生的同时，全球范围内应该出现许多说不清楚的现象或事故。但因为科谷州脱网事件太过重大，所以掩盖了这些事情的报道。我们可以网上搜索一下时间，应该有些情况可以证明我的说法。"

李名贞话还没说完，藤田峻灵巧的手指已经在电脑上快速跳动。于是与科谷州脱网事件几乎同时发生的各种意外和奇怪现象都跳闪出来。

"几乎所有意外都是遭遇不明外力失去控制。"莫洛克夫对这方面的观察力和理解力是最强的。

"等等！"卫国龙突然发出一声喊，"退后一页，对，北京，机场电磁悬浮巴士失控翻车。也是这个时间，在北京正好是早上。"

秦潇然一愣，缓缓抬起头，看了一眼屏幕上倾翻的电磁悬浮巴士，看到屏幕一角上闪动的北京时间。他想到警察告诉他的话，"车子突然自主飘移、翻转，无法控制……"

看到秦潇然被痛苦纠缠的脸，李名贞回头轻声问卫国龙："难道、难道……这就是他妻子的意外？"

卫国龙没有作声，只微微地点点头。

见卫国龙点头，李名贞一下站了起来，伸手一把拍在触摸键盘上。顿时所有关于意外的页面都消失了，整个屋里暗淡了许多。但秦潇然的脸在暗下许多的投射荧光下却显得更加黯然悲伤。

"叮咚",电脑中突然有提示音响起,这是收到紧急邮件的提示音。就在其他人因为触动了秦潇然的伤心事而不知所措显得迟钝的时候,秦潇然自己已经伸手点开了邮件。

还是北京天电互联网控制中心转来的邮件,关于巨蟹号发生异常情况的邮件,但这是第二次。

"都看到邮件了?和上次一样,还是巨蟹号,这是因为巨蟹号的运行规律与圣女座彗星群有交集处。发生情况的重点还是在巨蟹号的地球引力发电单元,说明作用的能量与地球引力有关。李名贞,我们继续,将你刚才的话讲完。"秦潇然故作放松的语气并不能遮掩他真实的心情。

"你……你没事吧?"李名贞为自己勾起秦潇然的伤心事很是内疚。

"继续吧,抓紧时间。"秦潇然又重复一遍。

"点状接触冲击力很大,超导特质不仅会引发天罗网络之间短路,而且会以辐射状贯穿地球,作用到其他点上。但是,这种形式的能量释放依旧是最小的。如果是大片彗云直接拖扫过地球表面,在地球极性作用下直接释放异常极性能量。虽然能量辐射状穿透地球的现象消失或变得极小,但完全作用于表层的能量释放会造成更大的危害。"

"会是怎样程度的危害?"秦潇然追问道。

"就像《方雷天机》所描述的,地动山摇,飞沙走石,邪火乱窜,甚至连续性的爆炸。"

"你能确定这一次灾害会是彗云直接拖扫过去的能量释放形式吗?那将会是大范围的破坏。应该立刻发起预警。"卫国龙满脸骇然。

"目前,我不能确定破坏力的程度,但是通过对彗云形态的反复计算,我可以确定这种能量释放形式。而且我估计一旦真的发生,真实情形可能比《方雷天机》里描述的更加可怕。因为这种异常能量尘埃很大可能是圣女座彗星群在运行中与其他星体摩擦而产生的,这是它几千年来第二次光临,比上一次肯定多了一轮摩擦,所带的异常能量尘埃要超过上一次。另外,现在面对这种能量冲击还多出了一种危险,就是天地网络的短路放电。巨大的放电电弧将会贯穿天地,密集的位置可能会形成闪电林。"李名贞说到最后声音微微发颤,自己都被自己描述的情景吓到了。

"不是估计，是要确定。确定之后，我们将立刻报告北京中心，这样才好采取应对措施。对了，还要确定时间、开始的地点。该预警就预警，该组织撤离就撤离，该提前断电就断电。"秦潇然猛地站起来，没有想到郑风行交给他的两件事情这么快就能做完。确定的证据有巨蟹号发生的两次异常，还有科谷州脱网事件时全球各地发生的不明意外。灾害的程度只能是估计，但灾害形势基本确定。另外有《方雷天机》里的描述，加上将科谷州事件这个先例的灾害程度进行多倍放大，应该也能说明问题。至于让李名贞确定灾难的开始时间和地点，那是因为将这些情况汇报回去后，郑风行肯定会追问这些信息。

李名贞已经采用手动慢调整，将偏移后的星群按测算出的轨道慢慢接近地球。每一个微小的变动，旁边的数据就会发生快速的变化。这些变化牵动着在场每个人的心，带着他们的思绪往最终的灾害发生时间和范围靠近。

北京的会议终于接近尾声，M国的大使通过多次与政府高层的交流之后，确定暂停解脱互联网连接的计划。就在大家终于松了一口气收拾资料准备离会的时候，刚刚急匆匆出去的郑风行更加急匆匆地回到了会议厅，而且未曾通过会议主持人便有些冒失地直接语音启动主持台的扩音装置。

"请大家等一等，告诉大家一个刚刚确定的消息。乌玛圣女的预言将会成为现实，就在一百九十个小时之后，将有更大的彗星群彗云扫击地球。也就是八天后当地时间中午一点左右，由S国索迪瓦城东侧一百六十千米开始，将会出现大范围天象灾害。此灾害会席卷S国、Y国、T国和M国大部分地区。"

郑风行的话让整个会场短暂地寂静了一下，随即便立刻变成一片哗然。

"啊！乌玛的预言将变成现实。""你们这信息证实过没有？""神的毁灭真的要来到了！""郑风行，你这信息为何不通过多部门商榷便擅自发布。"……

郑风行身体僵直地站在会议主持台前，面色凝重，一语不发。秦潇然给他打来电话时特别提醒他，先不要公开这件事情，等迹象再明显些了再公开，以免事实发展与预测有所差异，那是要承担很大责任的。郑风行刚刚在提醒后还满口答应的，但眼见着要散会了，各组织代表和各国大使要离开了，他最终没能忍住，出尔反尔地走上了主持台。

直到会场中人们的情绪稍微平定一些后，郑风行才再次开口："更多的信息我们会进一步核实和测定，应对的措施我们也会马上组织人进行商讨。我未申请任何程序就将此事公开，是因为时间已经不多了。灾难到来之际，首先应该考虑的是人命关天。不管预言也好，神迹也好，自然天象灾害也好，现在马上要做的就是立刻发布预警，让人员撤离或寻找妥善避难所。"

"往哪里撤离？""怎样的避难所才是合适的？""后续影响如何恢复，电力能及时保证吗？""郑风行你要负责任的，即便有这样的灾情，也不应该由你来发布。"……

"我正让调查小组尝试测绘准确的灾害范围图，这样人员就可以往最近的无灾害区域撤离。另外调查小组也测算了灾害的形式和程度，如果不能及时撤离，寻找坚固的建筑或地下隐蔽场所，远离易碎易损物品，关闭电源，也应该可以躲过灾难。"

郑风行说完本想走下主持台，但随即又想到什么："我擅自在此公布信息，是出于人性和个人的良心，与任何组织机构无关！同时在此真诚恳请大家先放下其他负累和想法，以保护生命为重。而作为天电互联集团的一名成员，我依旧坚守之前的承诺，会尽最大努力保证灾害地区及时恢复供电。因为保证供电是保护生命、拯救生命的又一保障。这是天电互联网的职责所在，也是当初建设天电互联网络的意图之一。请大家相信我，相信我们！"

第六章 · 沙漠险行

- 向全世界直播冒死行动
- 进入即将被彗云扫击的沙漠
- 一片采集卡中断了数据传输
- 最后几分钟的拼死补救

向全世界直播冒死行动

回到全球天电互联网控制中心以后，郑风行立刻组织有关人员商量应对灾害的措施。

原则上郑风行依旧坚持两点，第一点是看能不能从天电互联网的角度来提醒和帮助灾害范围的国家政府撤离人群保护生命。

因为有乌玛圣女的预言在先，某些国家的政府高层会觉得这个时候发出预警撤离人们到安全区域，反而会让民众对政府能力的信任大幅降低，转而更加笃信乌玛圣女、追随度门启示派。所以这些政府很有可能抱着侥幸心理不发出预警。不发预警，如果灾害未曾发生，那么政府威信依旧可以压制住度门启示派；发布预警，不管灾害最终发不发生，都会显得政府是在跟着度门启示派转，威信和形象都会受损。

也难怪某些国家的政府有这种想法，乌玛预言公开发布之后，已经是抢到了民众的信任先机。所以八天之后的彗云尘埃扫击地球，不仅是人类灾难，对一些人来讲也会是政治灾难。

针对这种情况，郑风行与互联集团国际部、外联部、公共关系协调部等部门商定，立刻通过全世界各种科学权威部门先行公布灾难预测，从科学的角度更精确地预警灾难的发生。以科学的方法解释灾难的有关细节，全过程指导如何应对和躲避灾难。这样的话至少可以与乌玛预言并列而行，形成信任对抗。即便不能压制住乌玛预言的传播，至少可以分庭抗礼，避免更多人全然迷信于乌玛预言的说法。这样做也就能相应地减缓受灾国家政府的压力，让他们始终保持一定的权威性。而他们为了维护这种权威性，就会马上从政府角度发出预警，并组织民众撤离。

第二点则是更加需要赶紧落实好的，如何保证在灾害发生后及时有效地恢复灾害地区的供电。

对于这点，陈纬首先提出了几个问题："现在虽然有调查小组大概预测出的灾害范围。但从实际地图上看，这个范围的边缘模糊，无法以此来调整互联网络针对这个范围的运行形式。还有就是灾害特征和走向，也可以是说灾害来临时的断电规律和受损程度。这如果不能确定，那么重启送电的方案也就无法确定。没有方案贸然而动很有可能因为设备受损、运行方式冲突等情况再次断电，导致重启不能成功，甚至反复不能成功。"

"是否可以提前断电，将灾害地区先行脱网，灾害之后再重新送电。这样既可以减少我们互联网络设备的损坏程度，又可以缩小预料之外的断电范围。"旁边有人提出这种观点。

"肯定不行！"陈纬马上表示反对，"会产生空谷效应。就像充电电池，如果将其中电量全部耗尽，那么要想再充电进去是非常困难的，需要极大的电流连续冲击，而且冲击中很难避免对电池的损坏。如果只是一个很小的区域，我们提前断电是可以的。但现在是涉及几个国家的庞大范围，提前停电之后再要重启那就需要比故障后即时重启高出许多倍的电能。因为很多用户设备在断电时依旧处于运转状态，重新送电时会需要增加更大的启动电流。这就是电网的空谷效应，后果比电池的空谷效应更严重。"

陈纬稍微思索下然后继续说道："即便提前断电，设备损坏还是无法避免，灾害的形式和规律也无法摸清。这样不仅有重启失败的可能，而且会牵累无灾害地区天电互联的运行状态。有的区域会因为重启而输出过多的电量，导致保护装置动作。至于缩小预料之外的断电范围，这倒不用担心。现在的天罗网络每个基础段都有保护开关和自主维修系统，可以针对灾害影响程度自行跳闸甩脱故障段，所以灾害发生后的即时断电范围只会比提前断电范围小许多。"

"那你是什么意思？"郑风行知道陈纬解释这么多，肯定是在为自己的什么想法做铺垫。

陈纬稍犹豫了一下才接着说："我觉得可以在彗云尘埃扫击地球的初始位置选择一段无线电力网络装设状态感应探测器，将最实际的灾害状态数据反馈回来。找到灾害的规律和断电状态走势，以及多维冲击特征、网络损害程度、设备保护自脱开顺序等有关数据。这样我们就能根据反馈的实际数据快速综合分析，然后分网络、分区域从不同渠道输入电能，确保成功重启这部分的三重天罗。"

"装设状态感应探测器？实际状态数据反馈？感应探测的数据采集中转位置

是不能超过五千米的。那样不管装设人员还是录入数据的分析人员都必须直接进入灾害发生地区，并且有可能需要近距离接触正在发生的灾害。"郑风行皱起眉头，终于明白刚才陈纬为何会犹豫一下才说出他的想法。

"确实是这样的，五千米的安全距离原本足够我们应对所有异常情况。但是这一次很特别，因为之前我们从未遇到过类似情况，所以目前没有更远程的采集设备，也没有机器人来替代这项工作。"陈纬说的是实情。

"我知道了，现在我马上把大家商定的两个意见汇报董事会，让他们权衡后做出决定。"郑风行说话的同时，在自己桌面嵌入的电子册页面上轻划一下，电子文档机器人自动整理好会议记录和意见总结，发送给了董事会。

"对了，如果是派人直接进入灾害地区，你们觉得什么人比较合适？"郑风行发完文件后突然想到这个问题，于是抬头问大家。

"秦潇然小组是最合适的，他们当中安装、分析的人员都是现成的，而且是全球天电互联集团中最顶尖的。卫国龙的驾驶技术也是出类拔萃的，或许可以在危急时刻带领大家撤出。另外还有天体研究方面的专家，可以根据当时灾害的天象特点确定如何躲避和撤离。最重要的是有秦潇然，他有极强的组织能力和分析能力，实战经验丰富，能敏锐地发现机会和关键所在。他出入过许多危险的环境，每次都在几乎不可能的状况下完成任务。"

郑风行沉默了一会儿，然后才盯着桌上接通磁传输专频的触摸键说："这一次任务肯定会比科谷州调查更危险，还是等上面的决定下来后我再征求秦潇然的意见吧。"

郑风行最近老是做出尔反尔的事情，明明在会议上说等决定下来后再征求秦潇然意见的，结果会议刚刚结束，他就接通磁传输专频找了秦潇然。因为他觉得时间已经很紧迫了，上面的决定不知道什么时候才能下来。而从会议结果来看，要想及时准确地恢复灾害地区的供电，派人进入灾害区域已是定论。所以晚说不如早说，秦潇然他们要是接受任务的话，还必须提前做一些准备，添置需用的装备仪器。

秦潇然接到郑风行的磁传输专频，刚听出些郑风行话里的意思，他就马上将专频投影放大。让小组的所有成员可以围着郑风行的立体即时情景画面进行交流，发表各自意见。

郑风行并没有马上提出让大家进入灾害地区装设感应探测器、采集中转实时状态数据，而是像唠家常一样先请教了一个问题。

"据你们推测，这次圣女座彗星群的彗云最先扫击的位置是在 S 国东侧一百六十多千米的位置，能否想象一下，当时的灾害情景是什么样子吗？"

李名贞立刻抢着说："由于彗发所包彗云带有异能量的尘埃，所以在扫击地球时会随着极性变化出现综合能量的扭曲和释放，并发出强烈地声和不间断震动，物体会受力发生移动、撞击、变形等现象。尘埃的超导性在各种带电设备上会形成放电，有可能会出现巨大闪电组成的闪电林。而一些小的可移动物体，则会在多极性能量作用下飞舞、旋转，甚至是违反正常规律的移动，就像《方雷天机》里描述的那样。而彗云最先扫击的位置是在 S 国索迪瓦城东侧，那里是一望无际的沙漠，所以应该会出现史无前例的巨大沙尘暴，运动方向和方式无法预知的沙尘暴。"

"那种状况下，人能否进入？当然不是直接进入沙尘暴。而是躲避在灾害发生范围内某一处较为可靠的隐蔽点，采集中转数据信号。"郑风行试探着问。

"郑指挥，有什么话你就直接说吧。"秦潇然知道郑风行打电话来不会是为了探讨问题，而且从他之前的话里，秦潇然已经听出他应该是有什么任务要布置给他们小组。

既然秦潇然直接点出了，郑风行便只好把大家商讨的意见给大家讲了一遍。然后再不作声，只在电话的另一端等大家的反应。他觉得组员们不管什么反应都是正常的，接受任务符合想象，拒绝甚至痛骂自己也符合情理。

当郑风行把意见说清楚之后，秦潇然看着大家。因为这一次不是之前的调查任务了，而是一次冒死进入危险灾害地区的工作，每个人都有选择自己去不去的权利。更何况这其中除了卫国龙属于北京中心可直接调配人员外，其他人都有他们所属的职务主管机构。自己没有权利要求他们去做这项危险的工作，他们所属的职务主管机构也没有资格，除非他们自己愿意。

"没机会去太空，和太空来客做个近距离接触倒也不错，我去！"藤田峻首先同意，他可能觉得这样的工作比电脑游戏要刺激得多。

莫洛克夫夹着雪茄的手指抖动了两下，然后简单地说出两个字："可以！"

"小组没有解散，我就是小组的成员，哈哈，你们去哪儿我就去哪儿，你们干啥我干啥！"卫国龙嘴一咧，坏坏地一笑。

李名贞正要表态，秦潇然却抢在前面说话了："郑指挥，任务我们四个人已经足够了，李名贞就让她先回去吧。她回去后有更专业的天文设备可以使用，也有更多的时间和精力密切关注星群的移动变化。这其实对我们的帮助更大，可以及时为我们提供可利用的最新资料。还是让她先回去吧。"

"为什么呀？为什么我不能参加？"李名贞这一次并没有跳起来，而是很平静地看着秦潇然问。

"不是不参加，而是用另外一种形式参加，那样可以发挥你更大的作用。"秦潇然的话说得有点儿心虚。

"就因为我是个女人？"李名贞依旧很平静，用意味深长的目光幽幽地盯着秦潇然，让秦潇然的目光在她的盯视下不停地躲闪。

"我知道，你是想保护我，怕我遇到危险，对吧？"李名贞继续盯着秦潇然说，语气柔柔的。

秦潇然把头微微偏到一边，没敢再说话。旁边三个人看着秦潇然的样子都在偷着乐。

"我肯定是要去的，对彗星群彗云的动态只有我最了解，而且我可以实时对彗星群的运动状况进行监测。到时候万一有什么特别的情况发生，我可以提供最准确的应对措施。"李名贞转身对视频中的郑风行说道，这一回她的语气很坚定。

郑风行不置可否，有时候不回答其实是更艺术的回答。他仅是从可视电话里便隐隐觉出秦潇然和李名贞的冲突不是自己能解决的，说什么都不会讨好。所以用装聋作哑的态度应对是最为合适的，男女间的冲突还是让他们自己协调处理比较好。

就在这时，郑风行那边有机器客服的转接呼叫信号。郑风行看了一下屏幕上的呼叫显示，然后对秦潇然他们说了句"稍等一下"。

过了没一会儿，郑风行重新出现在磁传输专频的实景里："董事会以最快速度将我们刚刚的两个商定意见与全球能源署、国际公共关系署进行了沟通，他们完全支持我们的思路。接下来，各主要机构和部门将会联手国际上天体研究、灾害预测等科研权威组织，发布圣女座彗星群彗云尘埃灾害分析报告，将乌玛预言从科学的角度进行剖析和解释。你们的任务也得到许可，前提是保证安全。不过在采集到实时数据的任务之外还增加了一项任务，就是要将你们前往灾害地区冒险完成工作的全过程进行同步直播。这不仅可以进一步驳斥乌玛预言的伪科学性，以实际情景告诉大家我们对抗的不是神的力量而是自然的力量，同时还可以表明只要科学地应对，我们天电互联是不惧怕任何自然灾害的。"

"太好了！上镜露脸的事我更得去了。而且同步直播的大剧怎么能少了女主角，呵呵。"李名贞笑着瞟了秦潇然一眼，而秦潇然依旧不敢正眼看她。

"那么就现在抓紧讨论一下计划吧，有什么要求也一并提出，我这边尽量满足。"郑风行真的是雷厉风行，做事情一点不留喘息的机会。

"要想尽早获取有关数据信息，及时恢复电力输送，那么应该在最先出现灾害的位置安装状态感应探测器。我查过了，S国索迪瓦城的东侧有一条天电互联网络向城市输送电力，在距离城市差不多十万米的位置呈"Y"字形分岔，分别连接两条二重天罗网络主回路，以保证可靠送电。我们可以在这个位置装设感应探测器，这样就能从三个方向、角度更全面地采集到有关灾害的数据信息。"秦潇然马上说出了自己的想法。

"如果是那样的话，先要确定附近有没有可靠的安全点供采集和中转数据使用。因为目前使用的感应探测器有效接收距离只有五千米，那么采集中转点将会在最接近灾害中心的位置。到时候几种灾害形式将同时存在，闪电电击、沙尘暴，还有其他现在不能预测的灾害形式。"李名贞不是要否定秦潇然的想法，而是在提醒。

"我知道那地方原来有一个中型的变电站，全室内带半地下式，结构坚固，有抵御风沙的钢槽形外围防护。互联网无线输电普及完善之后，那个变电站废弃不用了。我曾受邀请帮他们带电解脱线路连接，到过那里。那地方应该是可以作为采集中转点的。"莫洛克夫提供了一个极有价值的信息。

"好的，我马上通知S国方面立刻确定这个变电所的情况。"郑风行考虑得很周到，虽然莫洛克夫提供了一个可作为中转点的位置，但是这变电站还在不在、现在什么状态、需不需要进行恢复和加固，这些事情是需要提前完成的。

"另外，彗云扫击时会出现沙尘暴等恶劣天象，为防止出现需要处理的紧急情况，我需要调用一架'精卫'无人飞行器。'精卫'无人飞行器是全绝缘构造，不怕闪电电击。在因磁性混乱造成的巨大沙尘暴中应该也可以稳定飞行。"难得说话的莫洛克夫在涉及工作时是不会吝啬语言的。

郑风行知道"精卫"无人飞行器，那是目前最高端的无人飞行器，可以全方位无级控制。之所以取这样一个名字，是因为它可以像精卫鸟一样在狂风暴雨、惊涛骇浪中穿梭飞行。只要操控者控制到位，这种飞行器可以做任何角度、方向的飞行动作，功能已经接近正在研制的想象级飞行器。

"没有问题，我安排一下，它应该可以在你们行动之前送达 S 国。还有所有需要安装的感应探测器和采集卡，也会在最短时间内送抵 S 国。S 国情况没有 M 国情况复杂，政府机构刚刚第一时间回复我们，将全力支持我们的工作。他们会为你们和所有需要的设备开免检入境绿色通道，临时需要其他什么器材物资，S 国的电网公司也会按需提供。"

"还需要一辆大型机械操作工程车，最好是'盘龙柱'Ⅲ型。不知道 S 国电网公司有没有，没有的话就需要从国内调运过来。装设探测器的是一段穿越沙漠的天电互联网路，为了防止沙漠中沙丘的移动和堆积影响到无线电能的传输，所以沙漠中的设备塔会比其他地方高出许多。只有用大型操作工程车才能够到带电部位进行稳定操作，特别是在恶劣的环境和气候中。另外你们不是要直播吗？'盘龙柱'Ⅲ型的每个角上都有'鬼眼'摄像头。这样除了我们自己携带和加装摄像头外，这辆车还能充当全方位的直播车。"卫国龙也赶紧提出了自己的要求，就像一个即将参加大战的战士需要重型武器。

"放心，'盘龙柱'Ⅲ型会和'精卫'一起运抵 S 国。"郑风行想都没想就答应了，"还有其他要求吗？"

几个人相互对视了一下，然后秦潇然转头正对视频中的郑风行说道："还有就是马上安排我们出发。"

进入即将被彗云扫击的沙漠

和罗湾城、蒙达迈不同，S 国的索迪瓦是一座最为现代化的新型城市，就建在沙漠中的一块绿洲上。全球天电互联网络全面使用之后，国际上的城市建设其实走的是两个极端。一个是往宜居性、历史性的城市发展，打造古典式、花园式甚至森林式、海湾式的城市。所以这些城市的状况让人感觉是在倒退一样，但其实这些城市是维持了人类文化的存留和发展。另一个极端就是未来化的新型城市，以财富和科技来打造高产出高获益的城市。但这种新型城市一般都建在原来的偏僻荒芜之地，索迪瓦就是如此。

索迪瓦虽然没有悠久的历史，而且被一望无际的沙漠环抱着，但是这里集聚了世界上的科技精英和顶级富豪。在这座城市里，你不仅可以享受到最现代、最奢侈的生活，还能进行各种科技的交流和财富的交易。所以准确地讲，索迪瓦其实是一个世界级的科技与经济集散中心。

由于沙漠中自然发电的条件比较单薄，主要是太阳能、风能和沙漠地热，因此索迪瓦这座城市在初建时尽量考虑到对这些能源的利用。几乎所有的建筑外墙壁都是透明的热能接收板，而里面一层则是太阳能发电板。在城市的空旷处和周边，处处可见高大的风力发电风车。再加上城中各种艺术造型的高楼，整座城市看上去就像个晶莹剔透的水晶童话城。

但要想维持这样一座现代化城市的超高用电量仅仅靠这些还不够，所以城市很大一部分消耗的电能是由全球天电互联网调配过来的。其实也正是因为全球天电互联网的建成和完善，以及合理的运行和调配，人们才能在沙漠中间建成这样一座奢华的城市。

此刻的索迪瓦非常寂静，偶尔才见有人匆匆而行。比行人多一些的是最为高档豪华的车子，也不知道它们是从哪里钻出的，但是很一致地呼啸着离开城市，往西面疾驰而去。除了这些，就只剩随热风飞扬的垃圾和灰尘了，因为这个曾经最为干净的城市已经很久无人清扫了。

S国两天前已经发布了灾害预警，大多数人搭乘了政府提供的交通工具往安全区域撤离。一些暂时未离去的也都已经想好撤离的方法了，在将重要的事情处理好后也都相继离去。偌大的城里基本没有人留下，因为这里将迎来人们从未听说过的可怕的天象灾害。而乌玛预言说这是湿婆神惩罚人类的一次毁灭，所以极少有人敢尝试藏身在城里的某个地方而不离开。

索迪瓦城东，是苍黄连绵的沙漠，无边无际。一条黑色宽大的沥青石道路镶嵌在这连绵的苍黄之中，朝着蔚蓝的天际无限延伸。道路的旁边，依次设置着天电互联网络无线传输的高大设备塔，架设了一条隐形的急流延绵向前。可能是因为经常有风沙的打磨，这里的设备塔都发出闪闪的银光，在太阳的映照下特别耀眼。银色的设备塔与黑色的道路并列同行，再加上苍黄的沙漠和蔚蓝的天空，整个就像一幅色彩亮丽的油画。

两辆橘黄色的汽车奔驰在黑色的抗高温沥青石道路上，速度很快，就像沙漠中刮过的一股热风。这两辆车从飞机上下来时，车内外所有视频转播系统就都已经开启，车上每个人随身携带的微型摄像头也都打开。他们的全部行动过程通过多个卫星渠道实时传输到新建的圣女座彗星群灾害应对网站，然后又被其他网站进行转播。所以不管在世界的哪个地方，只要打开电脑，就能搜到这几个勇敢的男女闯入灾害最危险区域的视频，就像在放映一场真实的惊险大片。

时间已经不多了，所以两辆车未经过任何海关检查就从绿色通道驶出。而且在往索迪瓦这边过来的路上，每到一个路口都有S国的军车给予路线指引。那些军车上的士兵在这两辆车过去时都会集体向他们行军礼致敬，就像在送行一支开赴战场的敢死队。

而他们也真的是值得尊敬的勇士，越往东去，离灾害初发地越近，离灾害开始发生的时间越近。一旦其他人全撤离之后，他们便再也没有比电动汽车更快撤离的交通工具了。到时车速跑不过灾害推进的速度，那就注定会陷入灾害发生的中心逃脱不出来。

前面的"魔礼红"是秦潇然在驾驶，副驾驶位坐着李名贞。她手中拿着一个小屏幕的天象变化测定仪，除了多了个屏幕和多出几根短小的金属天线外，这个测定仪的外观看起来和电击防身器很像。不过别看它样子一般、个头儿不大，却是一件非常实用和专业的天象变化测定装置。它的功能很单一，只能通过光谱射线的变动来接收天文卫星测定的各项数据，从而发现天象的异常以及异常强度的分布状况。也正是因为功能单一，所以它的测定和分析是极为准确的。

现在的李名贞有这样单一功能的装置就够了，她要做的就是及时发现彗云的到来以及走向。之前利用地磁变化测定彗云范围和运动的方法她已经反馈给几大天文监测平台，他们的仪器和设备应该比李名贞简单的数据计算更加精准。所以她现在只需要接收到卫星转发来的实际结果，以保证自己这一小组的人能够及时躲避冲击，即便躲不开也尽量不与能量释放的最强部分发生接触。

"魔礼红"的后座上坐着藤田峻，他在不停地忙碌着。所有的感应探测器都需要编号和电脑录入，试验各个探测器之间的传输可靠性，还有终端发射后的接收灵敏度。要想通过一段网络的实际状况来了解整个灾害的形态特点和规律，以及电力设备所受影响的走势和损坏程度，那么就需要在尽量长的距离上设置更多的感应探测器，这样获取的数据资料才能保证准确可靠。所以藤田峻现在是有多少探测器他就准备多少，而下一步就要看莫洛克夫他们来不来得及安装了。

后面的"盘龙柱"Ⅲ型是卫国龙驾驶的，这种大型工程车虽然没有"魔礼红"那样有操控性上的乐趣，但是开这车可以找到驾驶装甲车、坦克的感觉，而卫国龙是很享受这种感觉的。

莫洛克夫也坐在工程车上，虽然车里有空调，但他衬衣的腋下还是显出些湿痕来。他嘴上叼着未点燃的雪茄，双手不停搓着。这是在担心自己的手，也是在暗中祈祷。接下来是一场持久艰巨的工作，自己的手可千万不能在这时候突然出现问题。

黑色的道路还在延伸，但是前面的"魔礼红"却不需要走了，因为他们选择作为中转点和藏身地的废弃变电所就在附近。至于前面的道路和任务，就全交给卫国龙、莫洛克夫和"盘龙柱"了。

两辆车逐渐慢下来并停住，秦潇然、李名贞、藤田峻一起下车，将几只箱子搬上了"盘龙柱"的后座。虽然只是两车之间短暂的几次来回，但在这样干燥炎热的沙漠气候中，汗珠马上就成片地渗出了三个人的皮肤。

莫洛克夫和卫国龙都没有下车来帮他们，因为接下来他们的任务更重，需要保持足够体力。特别是莫洛克夫，他专门负责操作机械臂带电装设探测器，不仅注意力不能分散，而且手上的力道、人的呼吸都需要很稳地控制。而他常年生活在俄罗斯偏寒地区，对于沙漠中的环境和温度很不适应。以前虽然被邀请到这里参加过工作，但是在完成带电解脱变电站的连接后就马上离开了，也是因为这里的环境让他感觉很不舒服。

"都已经编好号了，直接按对应的设备塔编号装设就行。"藤田峻喘着气告诉莫洛克夫。

"你们可以先就近往前，这样我们可以在中转点和你们最先安装好的感应探测器对一下接收效果。"秦潇然其实在之前安排任务时已经这样吩咐过了。

"明白，原定的安装计划就是这样的。"莫洛克夫回复道。

"再往前八千米左右就是分岔点，两边分接的网络线路感应探测器的安装最少要延伸两万米以上。通往城市的输电线路，最少也不能少于十六千米的装设长度。也就是说，你们前面安装好了之后，还要从此处往回装设至少八千米的长度。这样才能从三个不同方向采集到最全面、最可靠的数据。"秦潇然这其实也是在重复叮嘱。

"这个安装顺序是我们自己定的，你放心，不会出错的。"卫国龙觉得秦潇然有些太谨慎了。

莫洛克夫没有说话，但是点了点头。

秦潇然转身要走，突然又想到什么回身问了一句："时间来得及吗？"

卫国龙看了下汽车前挡玻璃下方投射屏幕上设定的倒计时说："时间算起来是足够的，问题是工作量太大，而且环境温度很难适应，就怕体力上吃不消。"卫国龙说完后看了一眼莫洛克夫，这话主要是针对他的。

"你们装设要避开最炎热的时间段。另外装设位置太高，在视线和照明不可靠的状况下就不要进行了。因为是带电装设，防止出现意外。这样算下来，你们的时间其实真的不算多。不多说了，马上开始吧。需要帮忙的话立刻呼叫，我们随时都可以赶到。"秦潇然这次说完后果断转身回到了"魔礼红"。

两辆汽车分开而行，"魔礼红"驶入了路边的沙漠中，那里有一条不明显的石头路，几乎已经被黄沙彻底掩盖了。这条路通往的一个废弃变电所，也几乎完全被黄沙覆盖了。如果不是北京中心提前与S国政府和电力公司联系，他们提前派人在这条路上设置下一些标志，那这所沙漠中的废弃变电所没个几天时间还真的找不到。

不仅道路设了标志，而且最终进变电所的道路进行过疏通。可以从痕迹上看出，那半坑道式的通道大门原来已经被堆积的黄沙堵住了。估计S国电力公司的人自己也进不去，所以进行了清理。

这个变电所名字叫尊大塞特，意思就是沙漠巨人，当初是为索迪瓦沙漠中部居民供电的主要站点之一。外部虽然看着不起眼，但是真正进入之后，可以发现里面修建得非常牢固高大，范围也很大，真就像一个趴伏在沙漠中的巨人。

整个变电所设计的是一个槽型，所有建筑都在这个巨大的槽内。这样周围的槽沿可以阻挡住外部黄沙，即便发生沙尘暴时有黄沙冲入周围槽沿，站内设有的一段缓冲地带仍然可以阻止它们对设备造成影响。

如今外面的黄沙已经堆高，将变电所埋了大半，所以这里已经是在地下埋了一半的钢槽。但里面的各种设备设施都安装在室内，看起来保护得还是挺好的。这说明整个变电所的设计还是合理的，足以应对周围的恶劣环境。所以要是能在里面再找到一个封闭性、防护性强一些的房间，那么应该可以抵抗住这次史无前例的巨大沙尘暴。

变电所里一片死寂，之前 S 国电力公司派来的人已经把所有门打开了，而且还把久未有人来过的变电所简单打扫了一下。这反而给人一种阴森的感觉，就像这地方原来的人是突然之间全部消失了一样。

秦潇然和藤田峻抱着一些仪器在往里面走，边走边探头看旁边的那些房间，希望可以选到合适的。他们两个的脚步声一路往前，在空荡的走廊里回响着，带起一缕扬起的黄尘飘荡在走廊里。

李名贞也下了车，但她并没有跟着秦潇然他们往室内的深处走，而是拿出几个灯光声响双报警的感应报警器。这种报警器的下支杆带螺纹钻，用支杆上面自带的旋转小马达就能钻下地面。报警器的工作模式是多磁性变化报警，能通过对地下磁性变化的感应发出鸣叫和灯光闪烁。变化越剧烈，鸣叫声越激烈，灯光的闪动也越急促。

把几个报警器钻插入变电所的几个角上后，李名贞匆匆地走回汽车并关好车门。变电所里的这种环境是她以往从没有进入过的，所以走了一圈后心里不免感到一丝恐惧。秦潇然和藤田峻的背影早就不见了，原来还隐隐在楼道间回荡的脚步声现在也听不见了。

时间又过去了好一会儿，依旧不见秦潇然和藤田峻出现。李名贞更加紧张，她打开车窗朝着两人离去的方向连喊几声："秦潇然！秦潇然！"

"秦潇然！秦潇然！"只有短暂的回声却没有人回答，于是李名贞赶紧换到驾驶座的一边准备发动汽车。看来她又想像在科谷州北坡区枢纽草坡上那样，飞车救助里面的人了。

就在这时，一只手抓住驾驶座侧的车门把手一下把门拉开，突然开启的车门吓得李名贞惊叫一声。

"不好意思，不好意思！我不知道你换到我这边座位上了。"出现的是秦潇然，他紧张地连声道歉。李名贞的惊叫也吓了他一跳。

"你从哪里出现的？你们不是往前面走的吗？"李名贞受到惊吓的语气一时间未能平复。

"哦，你大概不熟悉变电所的结构。这里的建筑一般都是有多条通道的，是为了发生故障时可以快速通往各个区域及时进行处置。我到里面找到一个合适的位置后，发现从另外一条通道出来找你更近，所以就直接从背后绕出来帮你拿东西了。你坐过去吧，我来开车，先把车子停到下面车库里去。"这一回，李名贞很安静地服从了。

"我们在一层的位置找到一个封闭性较好的全浇筑结构房间，就是不知道信号的接收好不好。藤田峻正在恢复里面的自备电源，等外面第一个探测器安装好后可以马上试一下。"

秦潇然继续向李名贞介绍他们准备的情况，说话间，车已经停到了变电所地下一层的停车场。秦潇然快速下车，然后转到另一边帮李名贞拿上一些需用的东西后，领着李名贞找楼梯往楼上走去。

李名贞慢慢迈步跟在秦潇然身后，此刻她受到的惊吓已经完全平复。

"你好像有些害怕。不奇怪，这还只是个废弃的老式变电所。要是还在运行的话，变压器、开关柜的电流声和振动声，还有湿度大些时带电部分的放电声，就像鬼哭狼嚎一样，那才叫瘆人呢。若干年前老式变电所还在使用的时候，一些刚刚参加工作的女孩子，到变电所门口听到这些声响都直往后躲，不敢进去。"秦潇然在替李名贞缓解紧张心理。

"不，我不害怕变电所的什么，主要是被你吓的。以后我们在一块儿，你可不能再吓我了。"李名贞随口说道，说完之后自己也觉得这话可能容易让别人误会成其他意思，或者自己下意识间就是想表达一些其他意思。

"嗯嗯。"秦潇然含糊地嗯了两声，他听出李名贞的话表达有些问题，但他没有误会成其他意思。

卫国龙和莫洛克夫开着"盘龙柱"沿着天电互联网络带电装设感应探测器，他们两个人在车上带了足够的水和高能营养压缩食品。这几天他们将要以"盘龙柱"为据点，吃喝休息都在这里，直到赶在彗云尘埃扫击地球之前将所有探测器都装好。

汽车在前方第一个设备塔边停下，卫国龙笑着对莫洛克夫说："就从这里开始吧，通过视频直播向全世界展现你'天神之手'无与伦比的操控绝技。"

"呵呵，其实也可以说是全世界都在监督着我们做事，心理压力大呀。其他都还无所谓，就是解个手还要找个合适的位置和角度，不然也全世界展现了。"莫洛克夫一边做着准备工作，一边和卫国龙逗趣。

"就这样气候温度，我看你一会儿下来，除了汗啥都解不出了，哈哈！"卫国龙边说笑边打开了"盘龙柱"Ⅲ型的机械臂操作电源。

莫洛克夫没有反驳，而是摘下了太阳镜，用纸巾好好擦了一下。重新戴好后，他先适应了一下周围光线，然后登上了机械臂操作仓，深吸一口气，将双手插进全模拟手套式操作手柄。

"盘龙柱"Ⅲ型配备的动力能源和"魔礼红"差不多，只是更加大型，能量更足，外接收自发电装置也更加密集全面。作为最先进的机器人操作车，这些并不是它的特点和长处。它最与众不同的是一对高绝缘机械操作臂，还有全模拟手套式操作手柄。

一对机械操作臂，其中一只为四级折转，满足一般旋转角度需要，相对比较固定；结构平稳牢靠，可抓取较沉重物体，还可以进行比较细致稳定的工作，比如操作工具。实际上，这只操作臂的前端就配置着一套可自动选择替换的电动工具，而且是德国造强化镀锰钢的组合工具。

另外一只机械臂则有十二级折转，加上伸缩关节，可以随便扭动盘旋。这只操作臂主要用于各种特殊角度和位置的工作，可拿取小巧物体，还可以进行复杂环境中的操作。

正是因为这种机器人操作车的两只臂一个像擎柱一个像盘龙，所以才取名"盘龙柱"。

而手套式控制手柄，其功能是可以全模拟手掌的动作。其操作分两部分，手掌部分控制机械臂，手指部分控制机械臂上的机器手。而且这种控制是全模拟的，只需变化手的动作就能达到操作目的。

莫洛克夫套入控制手套的双手稍微一动，机械臂立刻整体往设备塔那边偏倾过去些，擎柱臂顶端的可视探头便将设备塔编号名称显现到操作仓的显示屏上了。

然后盘龙臂单臂快速转动，真就像条龙一下回旋到车子中部的储物车斗，从整箱编好号的探测器中选中与设备塔编号对应的那一个，连同固定器材一起轻轻拈起。

随后两只机械臂一起抬升，直接往设备塔顶端的带电部位靠近。抬升的过程中，擎柱臂已经选定并更换好合适的电动工具。运用于灾害性区域的探测器必须采用固定式安装，这样才能保证采集数据过程中不会被外力击落或移位变形。所以需要使用工具和固定器材，这其实也就很大程度地增加了安装难度和时间。

另外设备塔上有四个端子，除了发射端和接收端外，还有两个气流发生端。这两个气流发生端是沿无线电能传输通道发出强变气流的，以此包裹在无线电能的外部起到绝缘的作用。这两个气流发生端也是会影响到安装的。

很多事情都是开头难，第一个探测器莫洛克夫用了很长时间。开始是探测器的固定件总是放不正，探测器的朝向有偏差。等固定件总算放正了后，固定螺丝却对不上，前后固定块的固定孔好像有偏差。不过莫洛克夫很快找到真正原因并解决，其实是因为操作屏幕的倾斜度加上沙漠中强烈的日照，导致可视图像出现微小误差。

"盘龙柱、盘龙柱，收到请回答。"每个人都随身携带的植发式微型无干扰对讲机里发出藤田峻的呼叫。

植发式微型无干扰对讲机可像植发一样牢靠地黏附在耳郭里。它看着虽然像头发一样细小，传话系统却是用的百里一步系统。传音效果清晰稳定，就如同在耳边说话。而且可以就近连接远程系统，把对讲转换成卫星通话。

"收到、收到。"卫国龙听到藤田峻的呼叫后赶紧抢着回复，他是怕打扰到正在进行工作的莫洛克夫。

"第一个探测器装好了吗？我要试验一下接收效果。"藤田峻其实是等得不耐烦了，已经开始催促他们了。

卫国龙没有回答，而是看了一眼莫洛克夫。莫洛克夫正全神贯注地盯着控制屏幕，像是忘记了身边的一切。他这时候一只手已经从手套式操作手柄中抽出，只用单手控制着擎柱臂，将采集卡小心翼翼地插入探测器。当采集卡发出轻轻的"咔嗒"一声落入带弹性销固定的卡槽后，探测器一角上的红灯闪烁起来。

莫洛克夫没有说话，而是将已经从手套式操作手柄中抽出的手朝卫国龙做了一个"OK"的手势。卫国龙看到这个手势后立刻通过对讲机大声说道："魔礼红，魔礼红，一号安装成功，可以测试！可以测试！"

对讲结束的时候，莫洛克夫把备用采集卡也插入了卡槽。

一片采集卡中断了数据传输

另一边的藤田峻早就找到变电所里的自备电源并恢复启用，另外他还找到蓄电池室临时加了一条线做后备电源。因为谁都不知道当灾害到来时自备电源还能不能正常运行，所以相比之下还是蓄电池更可靠些。

这些做好之后，藤田峻点了一下笔记本电脑盖上的按钮，电脑盖打开，连续展开八块相拼接的屏幕。整体呈一个大弧形画面，但这画面的每一个区域功能都不一样，有显示线路图和数据的，有用以分析计算的……当然，还有显示他们实时直播画面的，这也是为了掌握相互间的情况，以便相互协调救助。其实不仅仅是这电脑的画面，他们每个人统一随身携带的腕带掌心投影手机也都可以随时调出他们的实时画面。

当自己这边一切准备就绪后，藤田峻通过植发式对讲机要求试一下接收和中转效果。听到卫国龙肯定的回复后，他立刻开始搜索信号。一双手左右开弓，一只手在键盘上敲击，一只手在屏幕上点画。秦潇然和李名贞则在旁边期待地看着，希望能够一次成功。

很快，屏幕上显示的一张线路走向图上出现了一个红点。藤田峻扭头看了一眼秦潇然和李名贞，然后手指在下方对话框的"之下"字样上轻轻一点。于是连串的数字带着清脆的提示音从红点上跳到屏幕一边的排列表中，同时卫星连接传播仪的几只灯也开始闪动起来。

过了一会儿，屏幕上的红点再次闪跳出连串数据，汇聚到屏幕另外一侧的角上。这是中转成功之后回复过来的数据。

"行了！接收和中转都很成功。"藤田峻松了口气。

不过秦潇然却没有那么快放松："彗云开始扫击后，能量的释放和多磁性的碰撞可能会影响到信号的接收和中转。"

"接收应该没有问题，这么近的距离，而且是探测器发出的单一直射信号。

中转的话要通过空中卫星频道，可能会出现影响。不过好在灾情预警之后，灾害区域的上空集结了许多天文观测、通信传播、媒体摄制的卫星，这些都可以给我们提供中转通道。一旦出现问题后，中转仪会自行选择可行通道，有必要的话还能在卫星之间跳接中转。所以中转的数据信号最多会出现暂停、延时或断续，但肯定能够成功。"藤田峻接到任务后已经将采集中转中可能出现的问题全部梳理过了。

"照你这么说，现在已经没有任何问题了，我们也没有什么事情可做了，安心等着就行。"李名贞觉得这一次的任务完成得太顺利太没有技术含量了。

"不一定，现在探测器的安装成了关键。一个是要能及时完成，另一个是要安装可靠，还有……"秦潇然停了一下，看看李名贞，"还有就是再找一找这变电所里有没有更牢固可靠的房间了，最好是全地下的。这样你能安全地躲着，我们也好放心做事。"

"休想休想，我肯定是要和你们在一起的。我到这里来也是有任务的，不是躲猫猫，更不是被当成小白鼠做试验的，试验躲在什么样的地方能够安全躲过灾害。别忘了，我们的行动全程直播呢，你不会是要故意损坏我的形象吧？"李名贞很坚决地拒绝了秦潇然的想法。

"秦组长，李小姐是肯定要和你在一起的，你就不要再把她推来推去了。要是有这样一位美丽的小姐愿意和我在一起，让我直接去外面采集中转数据我都在所不辞。"藤田峻的语气和眼神是真的羡慕。

"不要用你不纯净的念头瞎想，还是专心做事吧。"秦潇然也意识到李名贞的话被藤田峻抓到可调侃的把柄，于是赶紧制止。但李名贞似乎并没有觉察到或者觉察到了却毫不在意。

"我现在不需要专心做事，我现在可以专心休息。要专心做事的是莫洛克夫和卫国龙。"藤田峻说的是实话，莫洛克夫和卫国龙不仅要专心，还要抓紧。如果是按照第一个探测器的安装速度，那么在彗云开始扫击之前，他们要想全部装完会是非常困难的。

世界各大天文机构、灾害预测机构联合发出灾害预警之后，对乌玛预言的冲击还是很大的，让很多相信乌玛预言的人重新动摇了自己的立场。所以当灾害发生国家的政府机构动员民众撤离，并安排各种交通工具帮助撤离时，很多人都听从安排转移到政府指定的区域。但是仍有一部分人坚信乌玛预言，坚信乌玛的神力可以护佑他们。所以他们带着家里老少，并竭力说服亲朋好友和所有认识的人跟自己走，前往蒙达迈，追随度门启示派，追随乌玛圣女。这样就能进入乌玛圣女的神力范围，得到乌玛圣女的护佑。

蒙达迈因为有历史有发展，然后又成为世界范围内超自然组织的年度聚集地，怎么说都算是一个很大的城市。但在短短几天之内，这里陆续聚集了无数的人，已经远远超过这个城市的容纳空间和承载能力。不仅所有房屋挤满了人，就连街道、空地都搭满帐篷。最后连城市外围的旷野之中也搭满了临时帐篷和布棚，连绵不断，一眼望不到尽头。

这种状况是会导致整个城市乃至周边地区瘫痪的，食物、水等最基本的需求都无法得到满足。政府出动了很多人阻拦人们进入蒙达迈，劝说并提供交通工具将已经进入蒙达迈的人撤离到安全地带。但是结果不仅没有人愿意离开，而且被阻拦的人拼死都要往蒙达迈去，他们与政府阻拦人员不断发生冲突，有的甚至拔枪相对。因为这些带着全家老少来到这里躲避灾难的，都是绝对相信乌玛圣女的组织成员，都祈盼能得到乌玛圣女神力的护佑。而且他们认为，这是唯一从毁灭中求生的机会。

最后Y国政府实在没有办法，只好让一些机构和部门大量调运食物、水以及其他物资到蒙达迈。全部以灾害之后的应对措施进行处理，尽量保证这些成员的日常需要。好在这件事情应该没几天就可以过去，否则不用等彗云扫击地球，这么多人的聚集本身就是一个大灾难。

那些媒体和网站的工作人员也没有离开。一个是他们要恪尽职守，获取最及时最真实的新闻资料；另一个是他们其中有些人一直跟在乌玛圣女身边拍摄，这么多天过去了，意识和思想也开始被乌玛圣女的言论迷惑。所以这些天来，蒙达迈城里城外的情形，还有乌玛圣女的一言一行，也都在通过网站和媒体向全世界同步直播。

乌玛圣女的直播，不可避免地与秦潇然他们的同步直播形成了对抗。全世界关注天象灾害的人都在为秦潇然他们进入灾害中心采集中转一手数据而提心吊胆。但他们更好奇乌玛圣女的神力，更关心蒙达迈的那些成员和避难者，因为这关系到很多人的生死存亡。

莫洛克夫的安装很快找到了窍门，并有了一套固定步骤，所以速度越来越快。只不过沙漠里的气温让他很难适应，特别是在狭窄的操作仓里。虽然有两个冷气喷口可以降温，但是效果不大。因为为了保证操作的准确性，莫洛克夫是将盘龙柱的机械臂操作仓盖敞开的，这样在对着控制屏操作时，还可以直接看到实际被操作物进行对照。

好在安装不是连续的，安装好一个后就要转移位置。虽然距离很短，车子开起来转眼间就到，但到底是有个喘息的机会。另外当莫洛克夫热得不行的时候，卫国龙可以接替他安装两个让他休息下。卫国龙不仅驾驶技术好，而且一天到晚都泡在"魔礼红"上，对机械臂的操作也相当熟悉。虽然他不能像莫洛克夫那么娴熟快速地安装，但不紧不慢地运用操作臂倒也能把探测器安装到位。

随着电脑显示的线路走势图上一个个红点的亮起，秦潇然和藤田峻放心了。按照这个速度下来，赶在彗云扫击之前全部装完是没有问题的。于是他们两个便开始想着如何将自己所在的位置再加固一下。

其实秦潇然他们要想找到更为安全封闭的房间可以去地下半层，这个变电所的结构是半地下式的，下面的房间结构更加稳固。但是为了防止信号接收和中转不好，另外也是担心到地下后可能会被灾害来临时地下磁性的变化影响到仪器工作，所以最终确定的房间还是在地面层。

虽然这个房间也较为封闭，结构也很牢靠，但是透气窗和门的位置还是需要增加些东西遮挡的。因为预计中灾害发生时会有沙尘暴，不固定的小物体也会到处飞舞，所以这些位置要是不能遮掩好，会有黄沙灌入和物体飞击的可能。而一旦黄沙灌入和物体飞击造成仪器受损，那就全部前功尽弃了。

要想可靠地加固并遮掩透气窗和门，那就必须采用一些可以固定的器物。否则不仅没有效果，反而会有增加危险的可能，直接让加固物、遮掩物成为飞舞的打击物体。所以秦潇然和藤田峻费了很大工夫找合适的器物，最后还是从"魔礼红"上拿了工具，在原来变电所的设备上拆卸下一些可用螺丝和绳索牢靠固定的铁板、角钢，这才将透气窗完全封闭好，并将房门做了临时的加固。

李名贞好像一改她之前天不怕地不怕的性子，连一个人待在那个封闭的房间里都说不敢,于是也跟随着秦潇然他们在变电所里走来走去找东西封门窗。不过她倒是没有忽略自己的职责所在,一直带着那套专业天象探测仪随时观察圣女座彗星群的情况。

几个人都在房间外面,因此线路走势图上有一个红点亮起时却不曾有数据跳出的情况没有人看到。而接下来后面分岔后的两条线路走势图上虽然有红点继续亮起,虽然也有数据随提示音跳出,但跳出的那些数字其实全是零,这个情况也未能有人及时发现。

两条分岔后的天罗网络设备塔都安装好了探测器,莫洛克夫和卫国龙掉头赶回来,开始安装后面八千米线路段的探测器。他们两个采取这样的流程是有用意的,那是怕万一安装不完或者刚刚安装完彗云扫击就已经开始,那么他们至少还有些距离和时间上的裕度可以找藏身的地方躲避。要是实在来不及的话,开车顺方向急驰,逃脱的机会也相对大些。

不过从现在的进度来看,他们应该可以很顺利地安装完毕,并从容躲避到废弃的尊大塞特变电所里去。虽然时间足够、进度顺利,但莫洛克夫和卫国龙还是尽量在往前赶。天有不测风云,他们是怕预测的天象会出现什么突然变化。

也幸亏两个人赶得紧,预测的灾害发生时间虽然不曾有变化,但是这次灾害的预兆却是非常明显的。不仅末日号角般的声响在远处不停回荡,就如牛牯发怒。而且大地不时地发出震颤,磁性规律也时不时地出现短暂变化。震颤和磁性变化虽然对绝缘操作臂没有太大影响,但是会影响到盘龙柱的支撑稳定。另外对工具和装配材料的使用也有一定影响,会出现安装不能一次到位、螺丝装配发生偏差等情况。而且连续几天工作以及气候的不适应,卫国龙和莫洛克夫已经感到非常疲劳。特别是莫洛克夫,炎热的天气让他汗流不止,感觉就像是要脱水,所以后面工作进度明显不如之前。

天象灾难的预兆和地球受影响的各种迹象在变电所里的仪器上显示得更加明显。四周角上的感应报警器开始工作,尖厉的鸣叫声在空荡的变电所里急促回响,灯光也在不停地闪动。电脑屏上显示的数据时不时地快速翻动一下,而李名贞手持测定仪的显示屏顶端也开始有代表彗云状态的曲线出现。

秦潇然和李名贞站在变电所的楼顶上,看着东面的天际。那里的天色蔚蓝无云,晴空万里,完全看不出一丝异常来。但是就和科谷州罗湾城一样,灾害发生在月光皎洁的夜间。因为彗云尘埃根本无法用肉眼看出，而且接近地球时反会将各种云层和气流驱散，所以天气会显得非常晴朗。只有当彗云尘埃真正扫击地球时，与地面物质发生了接触，那样才会出现难以想象的凶险情景。

"莫洛克夫他们得抓紧了，彗云已经很接近了。"李名贞提醒秦潇然。她刚刚看了一眼测定仪显示屏上的曲线，那曲线已经向下移动了一点儿。

秦潇然马上通过对讲机传话："盘龙柱，测算一下最终完成时间。"

对讲机那边沉默了一会儿，然后才传来卫国龙的声音："原来预测的彗云扫击时间有变化吗？"

秦潇然看了李名贞一眼，李名贞摇摇头。于是他通过对讲机回答道："没有变化、没有变化。"

"那就没有问题，肯定能在扫击之前完成。"卫国龙很肯定地回答了一句。

"能保证你们及时赶到中转点吗？"秦潇然又问。

"应该也没问题。"卫国龙这次的语气没有之前那么肯定了。

这时候全世界的目光都已经对准了索迪瓦城东侧的沙漠。各种可收看直播的显示装置都采用多屏幕分割模式，锁定了尊大塞特变电所，锁定了仍在沿线路安装探测器的"盘龙柱"，锁定了从他们所在方位往东可见的天色和沙漠景象。当然，也锁定了蒙达迈城外的情景，还有盘坐于神殿台阶上的乌玛圣女。

此刻废弃的尊大塞特变电所里变得更加恐怖了。由于变电所是有一半在地下的，这样的建筑结构具有特别的传音效果。地下因磁场变化而发出的各种怪异声音不停地在变电所里回旋环绕，而且被高大空间放大，被空荡回声重复。然后又有报警器越来越尖厉的怪啸声伴奏，就如始终不停的鬼哭狼嚎，刺耳更刺心。

秦潇然他们后来加装的用来遮掩透气窗和房门的铁板，还有变电所里一些固定不够牢靠的物体也开始出现异常反应，时不时地发出一阵阵莫名其妙的震颤和晃动。让人感觉像是有什么怪物正在用力拉拽摇晃那些铁板，想尽办法要钻进房间。

藤田峻和李名贞都显得有些慌乱了，而慌乱的李名贞总是往秦潇然身边靠。她这一举动把秦潇然也搞慌乱了，因为这不仅仅是男女靠得太近让他感觉不自在的问题。更重要的是正在全球实时直播，要有什么动作不妥会让所有正在关注转播的人产生误会。所以这种情况下，三个慌乱的人依旧没有发现电脑屏幕一侧排列的数字中有许多不管怎么翻动变化，显示的始终是零。

当线路走势图上预定的最后一个红点亮起时，藤田峻看到了，他带些激动地突然喊一声："好了！"这一声把秦潇然和李名贞都吓了一跳。

"好了好了，都安装好了，还算及时。按预测彗云扫击就要开始了。"

李名贞看了一眼手中的监测屏幕，密密麻麻的不规则曲线已经快布满半个屏幕。而屏幕一半的标志刻线处是预设的扫击点，这意味着彗云即将与地球接触。

"'盘龙柱'，马上赶到变电所来！马上赶到变电所来！彗云扫击就要开始了！"秦潇然心中有些焦急，如果莫洛克夫和卫国龙不能及时赶到变电所，将会面临巨大危险。

"收到收到，这就过来。"卫国龙的声音很冷静，他清楚"盘龙柱"的动力，更清楚自己的驾驶技术，所以有十足的把握可以及时赶到变电所。

"我到楼上去看看，如果外面情形变化太快的话，他们可能需要我们发信号指引才能找到变电所的正确方位。你们在这里盯住数据变化。"秦潇然说完拿起一把连发信号枪就准备开门出去。

"我也去，我这探测仪到楼上显示得更清楚，可以为他们找到躲避彗云峰头的路径。"李名贞也要跟着秦潇然出去。

秦潇然这时出去其实已经有一定危险了，卫国龙他们要是因为情形变化找不到方位的话，那么站在变电所楼顶的人危险程度就会更大。但他清楚自己必须上去，卫国龙和莫洛克夫是自己一个团队的队员，自己绝不能放弃他们。不过秦潇然同样没有办法拦住李名贞，所以这时候多说话不如不说话，只能直接点点头同意。不过他在心中暗自告诉自己，当天象一有变化，一定要先将李名贞给送下来。

就在两人准备出门的时候，植发式对讲机突然转换为远程卫星通话模式。陈纬的声音从互联网中心数据接收点传来："秦潇然、秦潇然，怎么回事？还没安装结束吗？还是安装好了没有和分岔的网络线路连接？扫击时间快到了，来不及了吧？"

秦潇然一下停住将要迈出房门的脚步，冷汗顿时从脊背毛孔中涌了出来。"还没有安装结束""还没有和分岔的网络线路连接"，中心收取的数据竟然显示出这样的结果。

"赶紧检查一下，看到底是什么情况。"秦潇然对藤田峻和李名贞简单说一句后便马上跑去检查有关仪器、接线，而其他两人也马上行动起来，各自检查自己所熟悉的设备。

只过了一会儿，就听见藤田峻"咦"了一声："怎么回事，这两个排列格翻动的数据怎么都是零？"

还没等秦潇然和李名贞过来，藤田峻就又发出一声惊呼："啊！还有还有，这些红点连接的数据怎么都是零？差不多两个分岔线路都没有显示。"

秦潇然脑袋"嗡"的一下，他不知道这情况是什么时候发生的，但他知道到这个时候出现这样的意外恐怕再没有机会弥补了。

远程对话那边的陈纬听到藤田峻说的话，于是焦急地问道："具体什么原因？还来得及补救吗？少了这两段天电网路的数据采集，分析条件不够，就无法保证成功重启互联网络恢复灾害地区的电力了。"

"找到了，是在112号设备塔的位置，这里安装的感应探测器未曾有信号返回，所以这之后的所有安装点都失去了连续传递的桥接。但我这边只是显示无信号，却查不出具体原因。"藤田峻的手眼一直未停，所以很快找到了问题所在，但导致问题的原因他却没能查出来。

秦潇然没有回答陈纬那边的问话，而是快步跑到电脑前面，将藤田峻推到一边，亲自敲动键盘，调出检索程序。屏幕上出现一个满是字母、数字的对话框，所有字母和数字就像在赛跑一样在对话框中快速流动。

房间外报警器的鸣叫声越来越急促，从气窗和门的缝隙中可以看出报警的灯光也闪动得越来越快了，几乎都要连成一道始终不灭的黄色亮光。但这一刻那些怪异的地声都听不见了，这正说明彗云尘埃已经非常接近地球，各种磁性能量已经达到了平衡状态，彗云扫击即将开始。

对话框里的字母和数字逐渐缓慢下来，行间距离也逐渐拉开，最终只将一行字母和数据停留在对话框里。

"是112号设备塔探测器的采集卡损坏！其后的所有采集点都失去了桥接传输。"秦潇然在对讲机里说了一句，这是给远程上陈纬的回答。但这句话所有人都听到了，不仅是带有对讲机的人，就连全世界此刻正紧张地面对视频直播的所有人也都听到了。

"还来得及补救吗？"这是远程上的陈纬在问。

"每个探测器上都带有备用采集卡，本来采集卡损坏就会自动跳出由备用卡替代。但这个损坏的采集卡却没有自动跳出，现在只能人工将坏卡拔出，备用卡才能替代工作。还来得及补救吗？"秦潇然也在问，他是在问莫洛克夫和卫国龙。

探测器上双卡槽带备用采集卡的结构莫洛克夫和卫国龙比秦潇然更加清楚，那么多个探测器安装下来了，那些卡都是他们给插进去的。之所以不让更多的S国电力人员帮忙一起安装，就是怕中间有什么安装不妥当的点位导致整段线路数据无法反馈。而现在最担心的事情还是发生了，安装虽然都没有问题，采集卡却发生了损坏。

听到秦潇然的问话时，卫国龙驾驶着"盘龙柱"刚好到达转向尊大塞特变电所的路口。他马上一个急刹将车子刹住，然后扭头看着旁边的莫洛克夫。

他们现在面临一个重大的决定，这虽然是个需要两个人共同做出的决定，但更重要的是在莫洛克夫。因为就算及时赶到112设备塔，如果莫洛克夫不能及时拔出损坏的采集卡那也是白白冒险。

最后几分钟的拼死补救

一片采集卡插好插，拔却不是那么好拔的。采集卡只有两指宽一指长，插入卡槽后还带有弹性销固定。插的时候只需机械臂上辅助操作手指捏住，按操作屏上显示的距离和高度插入前端，然后从尾端推进就行了。

但是要拔出的话，却不是机械臂的辅助操作手指能做到的。采集卡只有一个小半圆的弧形露在卡槽外面，操作手根本无法捏取，只有人为用指甲扣住了才可能拔出。然而探测器是安装在几十米高的带电位置，人上去肯定来不及也不可能。所以必须是将其整个探测器取下来才能把卡拔出。探测器取下来花的工夫会比安装一个更加困难，需要更多时间。然后取下来拔掉损坏采集卡的探测器还要重新装上去，否则后面两段电能网络仍然没有桥接来传输数据。

莫洛克夫又流汗了，他这时已经顾不上讲究地用纸巾擦汗，而是用已经脱下的工作服在脸上胡乱擦了两下。汗没有擦净，他就又从车子前面两座间的空隙翻到后座去查看后面的装备。

就在莫洛克夫快速地查看了一下装备转身回来要开口说话时，大地猛然震动了一下，就连"盘龙柱"这样巨型的车辆也不由自主地侧向滑出半米。卫国龙和莫洛克夫一起透过前车窗往远处看去。天际间出现了一线浓重的带闪光黑线。

"天边有一条黑线，是彗云扫击开始了吗？"卫国龙在对讲机里大声地问道。

变电所里的人更真切地感觉到大地的震动，而这一震之后李名贞的第一反应就是低头看手中的测定仪显示屏。显示屏上的曲线已经触及设定的刻度，彗云已经开始扫击地球。

"是的，已经开始！你们赶紧回到变电所来吧，这里相对安全。"李名贞听到卫国龙的问话后赶紧回答。

"怎么办？快做决定！你到底行不行？"卫国龙并没有马上响应李名贞让他们回变电所的话，而是瞪着眼睛问莫洛克夫，那声音就像在吼。

"应该还有机会，冲过去！"莫洛克夫的声音也像在吼。

没有一丝犹豫，"盘龙柱"闷哼一声，速度猛然提起。就像平地刮起一股龙卷风，迎着远处越来越近也越来越宽的黑线疾速冲去。人们平时都管卫国龙叫"龙卷风"，而现在这个"龙卷风"驾驶着车子迎着沙尘暴、闪电林而去，去进行一场根本没有可比性的较量。

这一刻，世界各地的各种显示器都在转播着索迪瓦东侧沙漠中的秦潇然小组和蒙达迈的乌玛圣女，包括街头楼顶上的大显示屏，机场、车站、地铁上的显示屏，商店里的电视、电脑，家里的电视、电脑，以及手中各种型号的手机。

而当"盘龙柱"迎着沙尘暴冲过去时，所有正在看同步直播的人几乎都把注意力集中到"盘龙柱"朝前疾奔的画面上了。依旧是茫茫沙漠，依旧是一条道路延伸到天际，依旧是一辆橘黄色的车子在向天际奔驰。但是，和之前最大的不同是，两个勇敢的男人是驱车奔向危险，冲向死亡。

圣女座彗星群的彗云这一回不是直击地球，而是从地球表面拖扫而过。彗云尘埃包含的四极性在地球两极磁性的引导下发生撞击，爆发巨大能量。这种巨大能量可以将所到之处所有活动的、固定不牢靠的物体全掀动挥舞起来。因此而起的沙尘暴真的是灰黑色的，并非那些沙尘卷起后变了颜色，而是因为其中有更多不是黄沙的物质，有更多黄沙下更深层的物质。而且掀起的沙尘遮天蔽日，掩盖了所有的光线，将沙尘翻卷的空间变成地狱般的黑暗。

沙尘暴的地狱，地狱的沙尘暴，就像是海啸的滔天巨浪一样狂卷而来。不！应该比海啸的巨浪更凶猛狂飙，因为它不仅无边无际，不仅接天连地，而且冲击的方式比海啸的巨浪更加诡异难测。卷起的沙尘是以各种奇怪的方向和角度盘旋翻转，其中蕴含的力道更是匪夷所思，有拉扯状的、有分割状的、有掰折状的、有拧麻花状的……

这样的沙尘暴冲击威力肯定超过任何一种类型的海啸，而沙尘中如密林般的巨大闪电却是任何一次海啸中都不可能有的。这一回的闪电和造成科谷州脱网的闪电又有不同，那一次只是磁性尘埃导致三重天罗短路击穿的电弧闪电，而这一次不仅有三重天罗间的电弧闪电，更多的还有尘埃极性撞击、能量释放产生的闪电。那一道道闪电粗大得犹如撑天的柱子，密集得又像随沙尘暴而行的闪电雨。如果说所有的生命都会被怪异的充满无穷能量的沙尘暴摧毁成碎片，那么被摧毁的所有生命碎片没有一个可以逃脱闪电的再次摧毁。

平常看"盘龙柱"怎么都应该算是个庞然大物，而一旦进入这样的沙尘暴中的话，那肯定会变成孤零的枯叶一般。随着那狂沙的旋涡飞舞，继而被扭拧、撕裂、拆碎、挤压。但是现在卫国龙驾驶着"盘龙柱"依旧很坚定地在继续往前，并且很快就感觉到沙尘暴呼啸而来的前端威力。有变幻莫测的劲风，还有随劲风扑面而来的浑黄。

"他们两个疯了吧！已经来不及了，快让他们回来。"李名贞看到实时转播画面上发生的一切，着急地冲秦潇然喊道。但是还没等秦潇然有任何反应，她自己就已经抢先用对讲机大声地喊道："卫国龙，回来！快回来！你们会没命的！"

"盘龙柱，快回来！撤回变电所，听到没有？"秦潇然也通过对讲机向卫国龙和莫洛克夫下达了指令。他现在心中很后悔，要是知道彗云尘埃的扫击这么快就开始了，他根本不会再和卫国龙他们两个人提拔采集卡的事情。

藤田峻打开了一个卫星画面，画面可以从空中的角度看到下面发生的一切。沙尘暴由灰到黑在快速前移，席卷了一切，而一个橘黄色的小点则偏偏迎着沙尘暴在移动。藤田峻手指在112设备塔处画了一条线，然后快速敲击几下键盘，于是画面上出现了几个数据结果。

"盘龙柱，立刻回来！已经来不及了！我们刚刚计算过，以你们的速度到达112号设备塔后，只剩八分钟的时间圣女座彗星群的彗云就会扫击到那里。这还不包括彗云扫击威力前端导致的风力、沙尘和地面震动，这些对车辆支撑稳定度和机械臂的操作都会有影响。你们可能连将探测器取下的机会都没有，更不要说拔掉损坏的采集卡再重新安装探测器了。所以没必要做无谓的牺牲，立刻掉头回来！"秦潇然把藤田峻计算的结果告诉卫国龙和莫洛克夫，可靠的计算结果一般更能说服冲动的人。

那边对讲机里传来一阵杂乱的声响，像是疾速的风劲刮过话筒，又像是有人贴近了话筒在喘息。过了好一会儿，才传来莫洛克夫含糊而断续的说话声："还有机会，我用'精卫'拔卡。"

莫洛克夫此刻真的没有办法把话说得更清楚了，因为他正在强劲的风中艰难地移动着身体。这强劲的风有"盘龙柱"疾驰而带起的劲风，还有彗云尘埃扫击地球后引起的气流变化。莫洛克夫要努力稳住自己的身体，艰难地往设想好的位置移动，所以无法清楚地通话。一张口说话，便有大股的风往嘴巴里灌，就算有预先准备的防尘罩圈也没用。

当确定要迎着沙尘暴赶过去后，最紧迫的就是时间。为了争取时间，莫洛克夫让卫国龙一直以最快的速度朝着112号设备塔行驶，并在行驶过程中尽量保证车辆的稳定。至于其他事情，由他一个人来完成就行了。

就在"盘龙柱"一路疾驰的过程中，莫洛克夫戴上了一个电子风沙镜，再用一个特制的透气防尘罩圈连口鼻带耳朵全包套住。然后从"盘龙柱"驾驶室后座的顶窗爬了出去，再从工具材料车厢的顶上爬到了"盘龙柱"的后半部。

虽然卫国龙有极好的驾驶技术，尽量保持车辆的平稳，但是地下磁性变化和彗云扫击威力的前期作用，已经让道路两旁的黄沙流动起来，覆盖了大部分的路面。再加上大地发生着连续不断的震晃，还有迎面而来的浑黄烟尘遮掩了行车视线。所以疾驰的"盘龙柱"是很难保持稳定的，不时地会发生急打侧滑、甩尾飘移，好几次差点儿就把莫洛克夫从车顶上甩出去了。

秦潇然和李名贞、藤田峻紧张地盯住转播画面上的莫洛克夫，心都提到了嗓子眼儿，握紧拳头的指甲深深地抠进了掌心的肉里。他们的情绪和感觉就像在随着莫洛克夫的每一个惊险动作坐过山车，跌宕着，虚颤着。

而这些惊心动魄的瞬间不仅有秦潇然他们在看着，还被同步直播到全世界，几乎所有守在屏幕前的人都随着莫洛克夫的一举一动发出阵阵惊呼，一个个都为他捏着一把汗。

车顶上的莫洛克夫此时只能尽量把身体贴紧车顶，用手指抠住车顶上活门的缝隙不让自己被车子甩下去，同时也借助车子的甩尾摆动将身体尽量往前移动。

好在平滑的车顶并不长，莫洛克夫连滚带爬地总算爬到后面机械臂的操作部分。这部分低矮许多，而且有很多可以抓牢和支撑的位置。有必要的话还可以整个人躲进机械臂的操作仓，相比平滑的车顶要安全许多。

爬到后面的莫洛克夫并没有马上找可靠的位置安顿自己，而是转身在工具材料车厢上摆弄着什么。这过程中"盘龙柱"又是一连几个大幅度紧急摆晃和甩尾，又有几个惊心动魄的瞬间莫洛克夫差点儿被甩出车子。

当工具材料的车厢顶像张开的鸟翼一样分成两半滑开后，大家终于明白莫洛克夫这一番努力到底是在做什么了。莫洛克夫从工具材料车厢里拎出一套五固定自动扣安全带。这种安全带是用晶竹纤维制成的，极具韧性，即便在大力拉伸下延长一定长度也不会断裂。所谓的五固定，是双肩双胯加腰部的固定，这是人体部位分布受力最合理、意外坠落时冲击力最小的固定形式。整个安全带形状就像一个布条做成的立体状连裤背心，只需往身上一罩，五处固体的环带便会自动按身体部位的大小扣合，这就是安全带的自动扣功能。

莫洛克夫首先将强磁性保险绳搭头开关打开，扔向机械臂的底座并一下牢牢吸住，再把安全带罩扣在身上。然后打开绝缘机械臂的操作电源，把上半身探进操作仓操作机械臂。很奇怪，他并没有整个钻进安全的操作仓里。

这时候的风力更加强劲了，大地的震晃更加无端更加剧烈，"盘龙柱"的行驶也更加不稳，所以安全带和强磁保险绳其实也就是个心理安慰，莫洛克夫的状态并未因为有了安全带和强磁保险绳而变得安全。甚至恰恰相反，此刻莫洛克夫真的要被甩下车去的话，虽然有保险绳吊住不会一下重重落在路上，却有可能卷入车轮之中，或者被急速行驶的"盘龙柱"一路拖行，铰磨成碎骨烂肉。

绝缘机械臂升起了，只升起了一点就停住了，这应该就是莫洛克夫没有整个人钻进操作仓的原因。机械臂停止升起后，莫洛克夫身体离开操作仓，扑过去抱住机械臂，就像见到许久未见的情人。然后他将安全带的大保险带绕扣在机械臂上，从怀里掏出两对遥控指套，安在左右手的食指和拇指上。这一切做好之后，他才转过身来，正对迎面冲来的烟尘、狂风、飞沙。

将绝缘机械臂升起一点只是为了将自己固定住，而将材料工具车厢顶打开则不仅仅是为了拿一根安全带，更重要的是让"精卫"飞出来。

"精卫"就放在材料工具车厢中央的支架上，莫洛克夫刚才从驾驶前座爬到后座去，就是为了检查一下"精卫"的状况并解开固定搭钩，然后将操控它的遥控指套拿了带在身上。

"精卫"是一款很特别的无人飞行器，外部材料全绝缘，个头儿很小，是可活动平展翼结构。也就是说，这款飞行器两边平展开的一对翅膀不是固定的，它可以像鸟儿一样自由地舒展、收拢、扑扇。所以飞行姿势更加灵活多样，可以根据操控要求呈钻、滑、翻、旋、倒等各种形式。也正因为如此，"精卫"的飞行能力超乎想象，可适应各种天气状况，飞行在雷电暴雨中、狂风巨浪上、风沙飞雪里。

另外这种飞行器之所以被叫作"精卫"，还与"精卫填海"的传说有关。精卫衔石子、树枝填海，其喙、爪灵巧有力。这种飞行器也是一样，机械操作部分有前端夹、下挂抓钩、尾线轮，每一处都灵巧有力、操控稳定。特别是前端的机械夹，尖锐精巧，就像只牢固有力的镊子一样，可以做非常细致的工作。莫洛克夫在自己最顶峰状态时创造的纪录，就是操控"精卫"飞行器的前端机械夹将一寸长的小钢销插入三十米高处的一个销眼里。他现在也是准备要用这镊子一样的前端机械夹，叼夹住采集卡尾部露出卡槽的小半圆将卡拔出。

但是"精卫"也是最考量操控者技术的一种飞行器，因为它不仅飞行模式多，操作模式也多，而且不仅要很好地控制它的飞行，在飞行的同时还要进行各种类型的机械操作。所以双手之间的配合很重要，特别是操控机械部分的右手。

莫洛克夫迎着风，稳住身体，将电子风沙镜的分辨度调至最大。然后左手食指拇指遥控指套轻碰、缓移，于是那"精卫"飞行器缓慢平稳地从车厢里垂直升飞出来。

当"精卫"升飞高度超出车厢两尺左右时，莫洛克夫左手食指拇指猛地快速捻动、点敲、旋磨。于是那"精卫"突然间加速斜飞而上，然后旋转、侧飞，忽而收翅下滑，忽而振翅直上，很自如地根据不同气流的走向、风劲力道的大小改变着飞行姿势和方向，就像只复苏的神奇精灵在浑黄旋涡中钻窜、扑击，而这一切其实都在莫洛克夫的操控之中。

第七章 · 冲破狂沙

- 沙尘暴中无畏而舞的"精卫"
- "盘龙柱"竟然展翅飞过沙沟
- 蒙达迈正好在扫击的缺口中
- 奇怪的人给予的奇怪提醒

沙尘暴中无畏而舞的"精卫"

"精卫"被控制在"盘龙柱"前面三百米的样子，不是不能飞得更远，而是飞得更远没有实际意义。因为拔出采集卡时还是要拉回到最近距离，那样才能看清准确位置出手。莫洛克夫让"精卫"飞行器与疾驰的"盘龙柱"保持稳速同行，其实还为了自己稍稍熟悉一下操作手法，同时也是为了让"精卫"适应一下这种特别的天象环境。

"加速！还要再快！"莫洛克夫从"精卫"的控制上获知，彗云尘埃的扫击越来越近，气流的变化越来越怪异。如果不及时到达112号设备塔的话，有可能连"精卫"都飞不上探测器的位置。所以他在对讲机里一个字一个字地说，而这话不用想都知道是说给卫国龙听的。

"已经是最快了，电池全动力都用上了。"卫国龙只回答了动力上的困难，而保持驾驶平稳的困难却没有说。由此可知，他对自己的技术十分自信，即便继续提高速度，他仍可以保证自己能控制好疾驰车辆的稳定。

"要快！还要快！"莫洛克夫被强劲的劲风堵着嘴，只能用最简单的词句表达自己的意愿。

一直盯着屏幕的秦潇然想到了什么，马上用植发式对讲机呼叫："盘龙柱、盘龙柱，开启所有自发电装置！"

听到秦潇然的提醒，卫国龙将"盘龙柱"所有的自发电装置打开。自发电装置有太阳能板、风力转轮、摩擦轮、车轮自带动发电机，另外还有外电接收转换板等方式。目前状态下，太阳能板和外电接收转换板应该是无法起到什么作用的，而风力、摩擦、车轮自带动却是可以极快地起到最佳发电效果。

在自发电装置的辅助作用下，"盘龙柱"的驱动力瞬间提升了许多，车速也提高到车辆设计中的最高点。也正是由于速度提高到极点，"盘龙柱"的行驶变得像是在冰面上，颤颤巍巍的，好像随时都会飘滑翻滚出去。

从另外一个画面可以看到驾驶室里的卫国龙。他的外套已经脱掉，只穿一件紧身的背心，露出身上一块块凸起分明的肌肉。特别是运足力道控制方向盘的双臂，有棱有沟的肌肉全都随着手臂的动作不停地蠕动着、鼓胀着。

全神贯注的卫国龙很认真地在用力，这力用得很巧妙，半实半虚，似动非动，让方向盘进行极小幅度的高频率转动。只有这样才能使车轮更多角度地占据路面，加大与路面的摩擦，让行驶尽量保持平稳。

"到了！前面就是112号设备塔！"藤田峻一直注意着"盘龙柱"与112号设备塔以及正在逼近的沙尘暴三者之间的距离，所以比已经陷入浑黄沙尘中的卫国龙和莫洛克夫更快确定"盘龙柱"已经到达112号设备塔。确定位置后，藤田峻又用手指在屏幕上划了一道，然后敲击两下键盘，于是又有几个综合条件计算出的数字跳出。

"莫洛克夫，你们多争取了一分半钟，还有九分半钟彗云扫击峰头将到你们的位置。"藤田峻马上通过对讲机告知了计算结果。然后手指一挑，一个九分半钟的倒计时显示在屏幕的角上，并且已经减去了前面说话的时间。

但是实际情况和屏幕上的计算永远是有差距的。虽然数据计算显示要九分半钟后圣女座彗星群的彗云才扫击到112号设备塔的位置，但实际上扫击的先期能量已经对这一位置产生巨大的影响。周围黄沙如水流般快速流动起来，而且流动的方式、方向比多道河流交叉处还要诡异难测。浮尘早就随着劲风飞扬而起，站在车上根本看不到设备塔上的探测器，更不要说探测器上的采集卡。而地面的震动已经呈连续不断的态势，就像在地下安置了一个效果强烈的震荡按摩器。

"到了，稳住车子！"莫洛克夫此时的喊话更加含糊，不过卫国龙还是听懂了。于是他缓缓一脚踩下刹车，让车先减速，再滑行，再刹死。其实就算刹死了，车轮还是在路面黄沙的作用下向前滑出很长距离，就像溜冰一样。而且到终点了那庞大的"盘龙柱"始终无法停稳，随着地面连续的震动在不断快速无序地变换着角度和位置。

"精卫"就在头顶盘旋，莫洛克夫用电子风沙镜中的测量标尺确定了设备塔上感应探测器的安装高度，然后操控"精卫"慢慢靠近。"精卫"上的可视探头找到探测器的具体位置，并将画面传输到电子风沙镜上。但是由于气流的怪异、地面的震动以及"盘龙柱"位置角度不断无端变化的干扰，莫洛克夫试了几次都无法让"精卫"靠近探测器。

时间在一点点流逝，周围环境越来越恶劣。莫洛克夫焦急了，紧张了，而这种极端情绪中，他感到右手的肌肉颤抖了、痉挛了。这是帕金森病前兆症状开始发作，在最为关键的时刻，偏偏发生了莫洛克夫最为担心却又无法控制的状况。

"稳住！"莫洛克夫又大喊一声，几次的不成功和右手出现的意外状况让他只能对汽车的稳定性提出更高要求。

很多时候，静止不一定能保持稳定，动起来反而可以。因为动起来后就有了自主的力，有了自控的顺序和规律。这样可以抵消掉部分外加的力，挣脱外在原因造成的无序和突然。所以当莫洛克夫再次要求将车子稳住时，卫国龙缓缓踩下了电门，加大了马力。但踩下电门的同时，他拉起了手刹，将方向盘打到最大角度。

"盘龙柱"动起来，电力驱动机发出急促而沉闷的呼啸。但是车轮的转动和大马力的驱动并不配套，因为手刹拉起了。再加上方向盘打到极限，车轮大角度的偏转也使得车轮推动需要更大的力量。刹车片发出尖厉的摩擦声，并且有淡淡的白烟冒出。整辆车很缓慢地在原地转圈，就像一只被困在原地的巨兽在喘着粗气极力挣扎。

莫洛克夫很快就适应了"盘龙柱"的原地转圈，虽然这和他期盼的稳定还有一些差距，但这种有规律、有固定方向的移动比刚才混乱无序的乱跳乱扭好太多了。但他也知道这种状况不能持续太久，周围情况越来越恶劣，很快这种原地转圈将无法保证。还有原地转圈时间太长后，很可能会让自己出现眩晕。现在右手的颤抖和痉挛已经让他感觉无从应对，要是再出现眩晕的话，结果将是白费力气、白丢性命。

莫洛克夫暗暗运着劲，将身体在机械臂和安全带之间绷紧，这样可以让身体更加稳定。同时安全带的勒劲还能带住右臂，他希望这样可以尽快缓解右手的颤抖和痉挛。然后左手食指和拇指轻点轻捻，再次操控着"精卫"飞行器往上面的感应探测器靠近。

这时莫洛克夫已经近乎是在蒙眼操作，飞扬的浑黄已经很浓很浓，只能隐约地看到"精卫"和探测器。好在电子风沙镜之前锁定的高度和安装点都还在，他可以依照这个继续进行操控。至于采集卡，他已经安装了那么多的探测器，所以形状位置固定方式都了然于心。只要"精卫"飞行器能够稳稳够到探测器，他就算凭感觉也能找到采集卡将其拔出。

但是经过几次努力后,"精卫"还是没能靠上感应探测器。彗云尘埃扫击的峰头距离112号设备塔更近了,气流变化怪异莫测。空中飞扬的浑黄已经开始分成一股股、一道道、一波波、一团团……翻转着、扭曲着、拧绕着、旋流着"精卫"飞行器根本无法平稳地悬浮在感应器旁边,更不要说用前端机械夹叼住采集卡将其拔出卡槽。

九分半钟的倒计时在快速逝去,所有在屏幕前看直播视频的人都觉得再没什么希望了。有很多人已经把视线从画面上转移开,他们不忍看到两个勇敢的男人连带着"盘龙柱"被充满能量的沙尘暴搅碎、被巨大的闪电灼焦。

"没时间了,卫国龙,尽可能找个地方躲避!"秦潇然这句话更像是在诀别。

"等等!"莫洛克夫大吼一声,"我要再赌一把!"

卫国龙双臂的肌肉蠕动蹦跳得更加厉害,随着周围环境的恶化,汽车更难控制了。但他依旧稳稳地运动双臂控住方向盘,即便莫洛克夫不吼那一声,卫国龙也没有准备听从秦潇然的话立刻离开。既然已经没有时间了,那么他情愿是在一直努力的状态下被卷入沙尘暴,而不是在逃跑的路上。

莫洛克夫没有说再试一把而说再赌一把,是因为他决定采用非常冒险的方式。平稳悬浮靠近探测器已经试过多次都没有成功,而从各种持续快速恶化的条件来看,如果继续如此,成功的机会更加渺茫,所以莫洛克夫当机立断,决定采用另外一种与之前完全相反的方式。他要操控"精卫"疾速飞行从探测器上方一掠而过,然后就在这一掠之间将损坏的采集卡拔出。

莫洛克夫心中非常清楚这种方式的冒险程度。飞行器疾飞之中要随机应对各种气流变化,根据气流变化即时调整控制状态。飞行器不仅是要在疾飞中很巧妙地与感应器进行零距离接触,同时还要避免撞坏感应器。而最为冒险的是,莫洛克夫的右手在颤抖着、痉挛着。"精卫"飞行器的操作除了左手控制飞行外,还有右手的机械部分控制。两手之间一定要配合好,不能有分毫的差错。否则就算飞行到位,机械夹不能在瞬间中准确叼拔出采集卡,所有一切还是枉然。

莫洛克夫使劲挣扎了一下右手,但颤抖和痉挛依旧没有一丝缓解。他能感觉到自己挣扎右手时"精卫"飞行器上几处机械操动装置发出一阵乱动,所以他放弃了恢复右手状态的希望,将颤动的手抬到了嘴边。

彗云尘埃的扫击近在眼前了，遮天蔽日的黄沙像群山倒塌一样压过来。而其中密集如雨的闪电，更让人觉得那是一个正在吞噬人间的魔域。而这一切此刻仅是一幕震撼人心的背景，所有看着直播视频的人更关心的是依旧在魔域前转着圈的"盘龙柱"，因为那转成一团的橘黄色中裹挟着两个勇敢的男人。

"精卫"飞行器在怪异的气流、莫测的黄尘中翻飞，它是先升到很高处后再扑飞下来的。莫洛克夫左手食指和拇指灵活地操控着，他不断调整"精卫"的姿态，或侧飞，或旋飞……顺应着各种不同气流。而这样做的目的是最后的一段有力的冲刺，可以冲破一些怪异气流阻挡的冲刺。

莫洛克夫的右手早已抬起并放到嘴边，他张开嘴巴狠狠地咬住食指和拇指的指头。牙齿深深入肉，似乎已经碰到骨头。嘴巴里很快被血的腥味弥漫，鲜血顺着嘴角流下，让莫洛克夫的面容显得有些狰狞。手指将痛感立刻反应到大脑，但是手还是不受大脑控制，只能是借助牙齿的咬合力暂时把颤抖和痉挛稳定住。

在距离探测器上方还有一段距离的时候，莫洛克夫左手食指拇指微微一旋磨。那"精卫"的双翅立刻后收，头部斜向朝下，以"钻"的飞行架势直奔探测器而去。

与此同时，莫洛克夫的上下牙齿前后稍稍移动了下，于是右手食指拇指间也微微摩擦了一下，手指上的遥控指套发出指令，"精卫"前端机械夹张开了。

当"精卫"一条斜线疾速钻落到探测器上方仿佛是要发生碰撞时，莫洛克夫左手食指、拇指猛地一捏。"精卫"双翅陡然展开了些，下落顿时被阻，飞行器在空中出现了一个瞬间的、几乎看不出的停顿。与此同时，莫洛克夫的嘴巴一开一合，就像一只大鸟用坚硬的喙叼住自己想要的东西再不肯放开。他右手被咬住的食指、拇指松了一下，随即再次重重一撞，被紧紧地咬合在一块儿。于是"精卫"前端的机械夹也猛然合上，尖利的端头夹子在合上时稳稳地叼夹住了采集卡尾端的小半圆，只有指甲能扣住的半圆。

这一瞬间中左手两指的动作始终是连贯的，捏住的指头顺势往后微微一滑，于是"精卫"陡然展开的双翅也顺势扑扇了半下。这样一来，"精卫"的头部便摆开了一点儿，让过了探测器，然后紧贴着探测器继续往下一飞而过。就在"精卫"头部摆开一点的过程中，叼夹住的采集卡被拔了出来。

很精巧的操作，很精准的距离，很微妙的力道，从翻飞、钻落、停顿到叼夹采集卡、挣脱弹性销、拔卡出槽、掠飞而过，整个过程一气呵成。而其中最为神奇的是，飞行控制与机械操作的配合，竟然是由手和嘴巴来完成的。

"精卫"在离莫洛克夫头顶不远处悬停下来。周围变幻莫测的气流让悬浮的"精卫"很不稳定，不停地在震颤着、摆晃着，发出嗡嗡的异常声响。不过此时莫洛克夫根本不在乎"精卫"是什么状态，他迫切需要确认的是飞行器前端夹中到底有没有一片采集卡。

变电所里的藤田峻一直盯着屏幕上没有数据显示的红点。突然之间，那红点上有一串数字带着清脆的提示音跳出。几乎同时，排列表中其他显示零的数据格也都有清脆提示音响起，就像在演奏一段竖琴独奏。

"拔出了！"莫洛克夫发出一声喊，他看清"精卫"前端机械夹夹口里有一片采集卡。

"好了，成功了！"变电所里的藤田峻紧跟着莫洛克夫发出一声喊。

这一刻，全世界多少在看同步转播的人都情不自禁地鼓起掌来。但是他们的掌声才响一两下，就又立刻停住，所有人的心重又被更加惊心动魄的一场生死逃亡高高地悬挂起来。

"快跑！卫国龙，快跑！"秦潇然的喊声超过了莫洛克夫和藤田峻，而且是声嘶力竭的。他的视线一直在莫洛克夫的画面和彗云扫击倒计时之间不停转换，当听到藤田峻喊到"好了"时，倒计时只剩下一分半钟，这是莫洛克夫和卫国龙之前争取到的一分半钟。

卫国龙从胸中发出一声沉闷的"嘿"，双臂运力，将方向盘扳正，这时车头正好是朝着回去的方向。再右手闪电而出，松开手刹，"盘龙柱"底盘避震器往上一弹，庞大的车身纵跃而出，裹挟起一团飘忽不定的沙尘疾驰而去，只留下"精卫"飞行器依旧震颤摇晃着悬浮在那里。

"盘龙柱"突然改变状态疾驰而走，让将自己绑在机械臂上的莫洛克夫身体无法自主地左右狂甩。等到"盘龙柱"处于直线奔驰稍微平稳了些后，他才能够完全抱紧机械臂，回头看了一眼依旧悬浮在那里的"精卫"，就像是和自己的战友告别。

彗云尘埃的扫击更近了，112号设备塔周围的磁性、气流不但发生着各种变化，而且有其他无形的、怪异的力量已经提前出现。那只悬浮的"精卫"震颤摇晃得越来越厉害，就像一只惊魂的小鸟不知该往哪里去。猛然间，它停止了所有震颤和无序摇摆，就像是被什么无形的东西固定住了。但这停止只是很短暂的刹那，随即整个飞行器便盘旋翻滚起来，并在盘旋、翻滚中分解成了很碎很碎的碎片。

"盘龙柱"竟然展翅飞过沙沟

　　就在"精卫"分解成碎片后，圣女座彗星群彗云的扫击到了。如同巨人般的互联网设备塔在剧烈地晃动着、颤抖着，发出恐怖的呜咽声，让人感觉随时会被挤扭成一个钢团。周围的黄沙盘旋起来、翻卷起来，就连铺设的沥青石路面也大片大片地被掀起，被捏碎，被抛撒到空中与黄沙共舞。沙尘暴像巨大怪兽的嘴巴，吞没了一切，速度远远超过前面正在奔逃的"盘龙柱"。

　　沙尘暴裹挟着闪电雨碾压而来，距离"盘龙柱"越来越近。所有看着这幅奔逃画面的人都在暗暗为"盘龙柱"加油，心中不停反复着"快、快、快！"，而有些人则索性将这"快"字喊出了口，比如藤田峻、李名贞。他们握着拳跺着脚，表情激动得就像在用身家豪赌一场赛车或赛马。

　　秦潇然也盯着画面，但他却显得很冷静，并且从冷静转为沮丧。看着逐渐追逼上"盘龙柱"的沙尘暴，看着倒计时上仅剩的几十秒，秦潇然表情痛苦地说出一句："没希望了，逃不出来了！"

　　"不！还有希望！"李名贞突然很激动地高喊一句，但是所有人都认为这是安慰的话语。

　　"真的真的！你们快看！这位置的曲线出现了一个缺口。"李名贞其实之前一直都在关注着"盘龙柱"奔逃的画面，是秦潇然那黯然沮丧的一句话才提醒她看了一眼手中的天象测定仪。于是，她发现代表彗云扫击的那根有着密集细小波形的曲线上，正有一个细小的波形在逐渐放大，就像是打开了一个缺口。

　　"看到没有？这个波形的波谷就在'盘龙柱'的后方，如果'盘龙柱'可以沿着正在扩展开的左侧波线行驶，那就可以争取更多时间，而且是往我们这个方向过来。"

李名贞急匆匆地说出自己的发现，表达得并不十分精准。但是秦潇然听懂了，于是立刻打开对讲机："卫国龙，往左前方斜线开，离开道路，从沙漠中走。彗云扫击出现了一个缓冲的空间，可以让你们有机会直接到达变电所。"

"冲不出来！沿道路的……左侧……有条沙沟，凭'盘龙柱'的……马力冲不过去。"对讲机里传来卫国龙气喘吁吁的回话，可见他此刻操控车子的疲累和紧张，"除非，除非有足够动力……能让'盘龙柱'……飞起来。"

"开启全部动力！你开启全部动力，还有自发电装备！"秦潇然再也冷静不下来，刚刚找到的一点希望，竟然被一条沙沟给截断了。

"已经……全部开启，自发电……能用的……全用上了。这回，可能真的是……玩最后一把了。"卫国龙又断断续续回了一句，感觉是在做最后道别。

"快！加速！快开！后面要追到了！"秦潇然根本没有心思品味卫国龙话里的味道，因为他从画面中看到一股狂沙已经追到车尾，并且裹挟着一道从旁边无线传输网路上闪落的弧光，只差一点就击中车子。

这仅仅是开始，接下来连续地有闪电追击而来，好在卫国龙几次冒着车子滑翻的危险拼命加速，这才堪堪躲过。但是闪电躲过，狂卷而来的沙尘却躲不过。驾驶室里的卫国龙还好，打开雨刮器后，还能扫清前挡玻璃上覆盖的沙尘大概看清方向。后面的莫洛克夫可就惨了，他现在只能紧抱住机械臂，任凭沙尘钻进头发胡须，钻进衣领袖口，将他从头到脚裹成个沙人。

飞扬的沙尘还蒙住了莫洛克夫的风沙镜，堵住了透气防尘罩圈。所以他此时不仅视线看不清，就连呼吸都变得困难。唯一有所改善的是他的右手恢复了状态，不再颤抖和痉挛。这至少可以让他更紧地抱住机械臂，而这动作可能只是面对死亡来临的下意识挣扎而已。因为此刻连机械臂也变得不再稳定，时不时发出各种怪响，似乎随时都会挣脱各种连接和固定成为风沙中飞扬的一部分。

其实这仅仅是彗云尘埃扫击的开始，真正具有威力的沙尘暴还没追得"盘龙柱"这么近。一旦真正的沙尘暴追上"盘龙柱"，各种形式、方向爆发的能量，各种盘旋、拧扭、翻转的力道，再加上滚滚狂沙、沥青石路面的碎块、沙漠中其他所有可以移动的物体，还有一根根犹如巨柱的闪电积聚成的闪电雨。到时不要说抱住机械臂的莫洛克夫了，就是看似庞大的"盘龙柱"都会在瞬间变成碎片随风飞舞。

"盘龙柱，你必须越过沙沟，哪怕找个浅些的地方试一下。"秦潇然不想眼睁睁地看着自己的伙伴坠入毁灭，但他现在能想出的也就只有这样赌一把的主意。

卫国龙从后视镜里隐约看到已经逼迫得很近的沙尘暴，虽然不是很清楚，但越是不清楚越发会让人感到恐惧和绝望。所以卫国龙决定立刻按秦潇然说的赌一把，否则恐怕连这样的机会都没有了。

正当卫国龙准备朝着一处看似浅些的沙沟位置打方向时，从旁边高压无线网路上又落下一道电弧。弧光击中了后面材料工具车厢开启的车顶盖，发出一串蓝光，烧出一片焦黑，让车子一阵剧烈的摇摆。这道弧光是在告诉人们，引发短路的超导尘埃已经追上"盘龙柱"了。

好不容易将方向盘重新稳住的卫国龙突然之间脑中灵光一闪，刚刚的那道电弧给了他一个触动、一个提示，他想到一个或许可以让"盘龙柱"飞起来的方法。

已经没有一点多余的考虑时间了，卫国龙立刻将刚想到的方法付诸实施。因为再拖一点点时间，所有可行不可行的方法都会随着风沙飞走。

卫国龙用一只手臂连带半边身体压在方向盘上，另一只手则迅速打开一些旋钮，对"盘龙柱"所带自发电设备中的太阳能板和外电接收转换板进行调整。太阳能板和外电接收转换板在升起，尽量往外探伸，尽量铺开接收面积。在车辆快速行驶的劲风作用下，更在沙尘暴追赶而来的劲风和怪异气流作用下，那些伸展开来的太阳能板和外电接收转换板都颤颤巍巍、怪叫连连，感觉随时都会被折裂、撕碎。

"他要干吗？伸展太阳能板和外电接收板，难道是要利用闪电的光亮和所含电能瞬间大幅提升'盘龙柱'的动力吗？"藤田峻没有看明白，所以他在猜测。

"可能吧，闪电的能量应该可以通过外电接收转换板瞬间提升动力。"秦潇然也没看明白，但他希望卫国龙不管是什么方法、什么打算，最终都能成功。

"可是那闪电是没有规律的，怎么可能保证外电接收板能被闪电击中，他们已经没有时间等待被击中了。而且那么巨大的闪电，真要击中的话车子可能会整个被击毁，或者出现翻车。"这才是藤田峻真正不明白的地方，因为他觉得这种做法没有成功的可能。

"我不知道，或许……但愿……能成功吧。"秦潇然只能在心中暗暗祈祷。

全世界更多在屏幕前关注同步直播的人，也都在为卫国龙和莫洛克夫祈祷。

当太阳能板和外电接收转换板伸展的位置和角度都差不多了，卫国龙看准一个位置猛地打一把方向盘。"盘龙柱"偏转了很小一个方向，朝着左侧的沙沟冲了过去。

卫国龙看准的位置有高出的路牙和微微凸起的沙堆，所以"盘龙柱"冲上去之后一下跳了起来。但跳起之后的"盘龙柱"并没有立刻车头朝下栽落到沙沟里，而是在空中做了一个小小的滑行动作，就像是飞了起来。这是因为车子两侧有许多太阳能板和外电接收板向外伸展着，而伸展的角度是与滑翔翼的原理一样的。

卫国龙在维和部队训练时专修过滑翔翼，而刚刚弧光击中车厢顶盖让他想到了滑翔翼。卫国龙也是非常了解"盘龙柱"结构的，包括它底盘避震器具有的强劲弹力。

所以他将太阳能板和外电接收转换板利用起来，摆出了滑翔翼的角度。

所以他让"盘龙柱"冲上路牙和沙堆，让它利用车子最大马力的冲劲和底盘避震器的强劲弹力跳跃起来。

所以"盘龙柱"飞了起来，虽然只是短暂的、无力的，飞行中太阳能板和外电接收转换板便已经开始断裂、破损、脱离。但是这微弱的助力却的的确确让它飞过了沙沟，重重地落到沙沟的另一边。

"盘龙柱"在沙地上撞出很深的凹坑，大半个车轮陷入其中。尚未折损的太阳能板和电能接收转换板砸到地上，撞过沙堆。一时间碎片飞溅，未等落地便被风沙卷走。

虽然"盘龙柱"体形又大又重，其实这种工程车辆在设计上对爬坡越岭、过泥滩沙地是有特殊要求的，要保证能够快速进出各种恶劣的环境和地域进行施工。因此随着车子底盘避震器的一压一弹，钢梁、底板一弯一振，车子一下又从凹坑里昂首跃起，未做丝毫停顿继续朝前疾速冲去。

当"盘龙柱"再次跃起并狂奔起来后，所有在屏幕前看直播的人都发出连串的惊叹声和喝彩声，很多人激动得汗都出来了。不过也有一些人激动得眼泪差点儿流下来，这些人大多是情感丰富的女性，还有就是卫国龙和莫洛克夫的亲人、朋友们。

李名贞也是个情感丰富的女性，但她现在完全没有一点激动的感觉。因为

"盘龙柱"还没有真正逃脱彗云尘埃的追击，离着尊大塞特变电所还有蛮长一段距离。所以她还有事情要做，根本无暇去激动。

秦潇然和藤田峻反应过来时，李名贞已经跑出房门挺远。

"你干什么去？"秦潇然追到门口高声问道。

"我去给他们引路，他们不知道缺口扩展的左侧线是怎样的走向。方向偏差的话还是逃不出来。"李名贞边跑边说，一路的声音在空荡的走廊里嗡声回荡。再加上变电所里各种怪声和警报声的干扰，秦潇然其实只听清了最前面的一句。

"你守在这里。"秦潇然回头对藤田峻简短地说了一句话后也朝外面奔去。

当秦潇然奔出变电所时，李名贞已经从地下一层的停车场将"魔礼红"开出了车辆出入的通道口，正要往大门外驶去。

秦潇然拦住"魔礼红"，但他只是拉开车门跳上车，一句话都没有说。因为他清楚自己没办法将李名贞劝下车改由自己开车出去引路，所以多说一句话都是在耽搁救助卫国龙和莫洛克夫的时间，也是在耽搁自己和李名贞及时逃回的时间。另外，要想依照天象测定仪上的显示确定路线方位，也确实只有李名贞能做到，所以她必须去。

"魔礼红"冲出了变电所的大门，出门之后便打方向斜线往沙漠深处跳跃而行，钻入肆虐的滚滚沙尘暴中。

秦潇然以最快速度从车后座底下找出一支彩光信号电射筒，这种信号电射筒可连续打出闪烁彩光球。彩光球是固态电发光，光度色度极为明显。不管是白天还是黑夜，都能清晰看到，即便落地后依旧可以长时间发出彩色光。

李名贞的驾驶技术不是非常好，但她一坐上驾驶座后却表现出惊人的狂野和大胆，那是一种将生命融入驾驶的感觉。可能研究天象的人都是这样，因为平时他们的心都是在太空中肆意驰骋的。不过"魔礼红"在眼下的环境里显得太小太轻了，在沙尘暴前端威力的各种影响下，根本不像是在沙漠上奔驰，反倒像是在冰面上滑飞。

秦潇然抓紧了车上的扶手，一语不发。他不敢有一丝丝打扰李名贞驾驶的动作和声音，是怕她像在科谷州北坡枢纽草坡上那样将车开得翻滑而下。同时他也知道这时候只能是以这样的状态来驾驶，否则不要说指引"盘龙柱"了，就连自己都有可能无法及时返回。

第七章·冲破狂沙

"差不多了。"最终还是李名贞主动开口说话的,她注意着车子的行程表,大概算出距离沙尘裹挟的"盘龙柱"应该不太远了。说完这句话后没等秦潇然有任何表示,李名贞便果断将车转了个大弧形,极速转动的四只车轮带起一个沙尘的旋涡。掉头的过程中,她瞄了一眼旁边的天象测定仪,确定好车的方向是沿着正在扩展的缺口左侧线,然后再次加速疾驰。

秦潇然将车窗打开一条不大的缝隙,刚够自己一只手拿着电射筒探出窗外。缝隙中有强劲的风沙灌进来,让人几乎不能呼吸,甚至连把手探出窗外都非常费力。所以秦潇然用了整个上身的力量将自己的一只手塞到窗外,然后一按按钮,绚丽耀眼的彩光球飞上了天空。

彩光球刚刚升起,就被沙尘暴前端的怪异气流裹挟着胡乱飞舞起来。但是它是固态发光,所以即便胡乱飞舞也不会熄灭。而这明显的彩色光与浑黄沙尘、白色闪电差异很大,不仅指明了一个大概的升起点,更指明了沙尘暴峰头推进的大趋势。

当秦潇然将第二个彩光球射上天空后,他这才简短地对李名贞说了三个字:"再加快!"

的确需要再加快。扫击出现了一个正慢慢扩大的缺口,但并不意味着这个缺口不会出现扫击。缺口的谷底仍是和整个彗云扫击线一起往前推移的,只是在位置上和时间上稍有延迟,除非这个缺口扩大到整个扫击面中间断离的程度。所以"魔礼红"要是不能及时赶在扫击推进到变电所的位置之前赶回,将会先于"盘龙柱"被粉碎掉。

"魔礼红"奔驰得更快了,彗云扫击的距离也更近了,地面上的黄沙开始像海潮一样一波波往前推进。这种情况下"魔礼红"车身小、重心高的弱点便完全显现出来,在遭遇到一个正在推进的沙堆时,差一点儿就倾斜侧翻了。幸好李名贞的反应还算快,及时顺着沙堆推移的方向急打方向盘,这才顺势将车身调整过来。但这样一来,他们在连续遭遇推进的沙堆后便需要不断往西边偏转方向。比起刚才过来时一条直直的斜线,回到变电所的距离被拉长了。

蒙达迈正好在扫击的缺口中

秦潇然费了很大力气才将电射筒里的十个信号光球全部发射掉,这除了窗口缝隙灌入的黄沙和劲风让他很难将手伸出去外,更重要的是,车子越来越不稳了。剧烈的摇摆和颠簸让他很难稳住身体,几次大幅度的车身倾斜和俯仰都让他以为发生了翻车。类似这种状态下根本无法发出信号光球。

"信号发完了,大方向应该可以辨认出来。现在我们赶回去,否则会来不及!"秦潇然还未曾将车窗完全关上就急着对李名贞说,因为他从黄沙推移的趋势和速度看出,彗云扫击的峰头就在车外不远处紧追不放。而先期出现的黄沙推移很有可能更早地将变电所覆盖,使得他们的车子根本无法驶回变电所。

"我知道!"此时李名贞嘴角竟然牵出一丝笑意来,"如果赶不回去,和你死在一块儿也不错。"

秦潇然听到这话心中奇怪地一荡,有些许温馨,又有些许伤感:"你不会死的!我们能回去,不会死的!"秦潇然的话像是在安慰李名贞,但更像是在安慰自己。他还不想死,浏儿还要他养大。他更不想李名贞死,这件还未发生的事情已经让他感到殷灵去世时那样的心痛。

李名贞不再理会秦潇然,而是将"魔礼红"的电门狠狠地踩到了极限。嘴角咬住一束发梢,双手牢牢地控制着方向盘。

沙尘暴裹挟着闪电雨离得很近了,但是李名贞根本不去看一眼。她其实是害怕一眼之后自己会被恐怖的景象吓到,再无勇气继续狂野地奔驰,争取最后的逃脱机会。所以她只管全身心地操控着车子,忘却一切地去奔逃,以至于越接近变电所,车子行驶的状态越是疯狂。

终于看到了尊大塞特变电所,而且是赶在沙尘暴真正的威力到来之前。此时就连秦潇然都暗暗佩服李名贞那种忘乎一切的疯狂驾驶,如果换作他的话,肯定不敢如此大胆、如此冒险。

变电所周围已经被海潮的一波波沙浪围住了。而气流劲风裹挟的沙尘则不停围着变电站盘旋、泼洒、撞击,力度和速度不断飙升。变电所门口清理出的道路

第七章·冲破狂沙

已经再次被黄沙覆盖，而且这回覆盖的黄沙更厚，就像一座座小沙丘。更为诡异的是，这些沙丘是活的，起伏不定的，就像是惊涛骇浪，而冲击的力量比惊涛骇浪更大。

所有这些情景都在表明一个事实，如果再不冲过这些沙堆、沙丘进入变电所，那么就永远没有机会再进去了。

李名贞踩到底的电门始终没有松过，她的风格就是不顾一切，不做丝毫迟疑和退缩。"魔礼红"在起伏、流动的沙丘上颠簸着、挣扎着、跌撞着，拼尽全力朝着变电所大门直冲而去。就剩最后一小段距离了，即便情况会变得更加危险恶劣，但眨眼间这最后一哆嗦就能熬过去。

意外偏偏都是发生在最后关头的眨眼间，就算是一哆嗦的事情，老天往往都不会就这样轻易让人熬过去的。

"魔礼红"闯过了活动的沙丘，也冲进了变电所的大门。可就在进门之后疾驶向地下车库的瞬间里，一道巨大沙浪越过了变电所槽型外沿，像大坝泄洪一样由上而下冲击而来。沙浪的前端撞在"魔礼红"的侧面，很重的撞击。高速行驶的"魔礼红"正处于很轻飘的状态，所以车子轻易就翻了。翻在离地下车库通道口不远的地方，就差了那么十几步。

本来像这么近的距离，只要想办法打开车门钻出去，再跑进大楼也是来得及的。可是车子侧翻之后，秦潇然那一侧压在地面上，李名贞这一侧则被推挤过来的沙浪压盖住。虽然沙浪没有继续往前推移将整个车子覆盖，但压住半边车门的沙子的重量已经非同小可，不是一般人可以推开的。所以只能连人带车很无奈地暴露在天空之下，暴露在顷刻将至的彗云扫击之下。

李名贞借助安全带挂住身体，试图用脚将车门踹开。但试了两次之后她绝望了，重踹只能让沙堆上更多的沙子滑下压盖住车门。这个时候已经可以听到车外面怪响阵阵，像平地滚雷，像凌空爆破。整个变电所在剧烈震颤，大楼的边边角角以及门窗、水管、天线等已经开始脱离、粉碎、飞舞上天。

通过翻车时车窗上磨刮出的清晰部位，李名贞和秦潇然看到沙尘暴排山倒海一样朝自己压下来，其中还挟带着无数巨柱般的闪电。

"我俩真的要死在一块儿了！"李名贞把手伸向秦潇然。

"好的，我带着你，你不用害怕。"秦潇然拉住了李名贞的手。

"我不害怕，我很愿意和你在一起。"李名贞的另一只手解开了安全带，她整个人从座椅上掉落下去。掉到下面的秦潇然身上，然后抱紧了秦潇然，把头深深地靠在他的怀里。

秦潇然的另一只手臂也很自然地抱住了李名贞，闭上眼睛，等待最后的时刻来到。

翻倒在地的"魔礼红"已经开始跳动起来，有种要离地飞起的感觉。车身各个部位不时发出怪异的响声，刺耳挠心，听了让人心里瘆得慌。这是车身在被各种方式的力道挤压、撕裂、扭曲，随时都可能变成碎片。

"抱紧我！"李名贞把脸紧紧地靠在秦潇然的胸前。

秦潇然把手臂收得更紧了一些。

就在这紧要关头，一个硕大的、模糊的车影呼啸而出，就像是从沙堆中蹿出的怪物。这辆车已经被沙尘重重包裹，只大概看得出原来的外形，在狂卷的沙尘中就像一个快速移动的怪物。

车头前挡玻璃的雨刷在以最快的速度滑动着，但其实雨刷上的橡皮条早就磨没了，就连雨刷本身的金属架也都有大幅变形。现在只是靠变形后的金属部分扫刮出几条窄道道，让里面的人可以尽量凑近了看清外面。

卫国龙就是靠着这几条窄道道看见外面升起的彩光球的，也是靠着这几条窄道道看出沙尘暴的大概走势。而就在这几条窄道道越来越小的时候，他找到了变电所的大门，冲进了变电所，看到侧躺在地上的"魔礼红"。

"盘龙柱"撞上了"魔礼红"，但是撞得很有技巧，临到撞击前突然减速刹车，所以就像挤靠上去的一样。侧翻的"魔礼红"被"盘龙柱"推动着，从满是沙子的地面上滑过，一起冲进了地下车库的通道口……

变电所的外围槽沿破碎了，水泥地面破裂了，大块水泥块翻起，然后再变成小块、碎块，随沙尘飞舞。变电所大楼突然间像被一个无形的怪物扑抱住不停地啃咬，最上一层成了参差不齐的犬牙状。楼体先是出现无数的爆裂点，一团一团地崩炸开来，然后便是大片大片的外墙开始凹陷、崩裂，砖石纷纷落下。一部分未曾落地便变成碎块随沙尘而舞了，还有一部分落下之后和堆积在墙角的沙堆一起堵住了最底层的门窗。

所有的门窗都扭曲变形，固定的螺丝、销子纷纷随无形的大力激飞而出。击碎玻璃，击碎了废弃设备上的绝缘瓷件，或者直接嵌入另一边的墙里去了。

整个变电所原来的颜色都被狂卷的沙粒、碎石磨去，换成了大片大片闪电留下的焦黑痕迹。黄沙东一堆西一堆，而更多的是碎石杂物混在黄沙之中。打眼看去，尊大塞特变电所就像刚刚经历了一场毁灭性的大爆炸。

所有在屏幕前观看直播的人都揪着心沉默着。彗云扫击到尊大塞特变电所之后，十几个转播秦潇然小组情况的画面就像静止了一样。不是没有了直播的信号，而是画面中再看不到活动的人和东西。只有不停的怪声夹杂着画面的噪声，还有时不时因信号不稳定而导致的画面闪动。

时间一点点过去，彗云扫击已经过去了很大一段距离，但秦潇然小组这边的几个画面始终没有动静。人们已经焦急了，谁都没有经历过这样的灾害，谁都不想出现想象中最坏的结果。

北京的天电互联网控制中心里，一向以沉稳著称的郑风行再也坐不住了，他双手抱在胸前在转播大屏幕前走来走去。手里拿着激光笔，时而快速地用拇指按压笔端弹性开关，时而撑在下颌处用下巴敲击弹性开关。单从这些动作就能看出，此刻他心中极度的烦躁和焦虑。

郑风行几次回到桌边拿起远程对讲机，但是刚放到嘴边就又犹豫下重新放下。他这是害怕，害怕自己的呼唤得不到回答，那样自己就会成为印证最坏结果的那个人。

又过了一会儿，终于有一个杂乱的室内画面里有了动静，从墙角一堆翻倒的桌椅间露出半个淌血的光秃脑袋。光秃脑袋推开压住自己的桌面，露出身体旁的笔记本多屏电脑和信号中转仪器。他点按钮将已经收合成一体的电脑再次展开，当看到电脑显示传输数据全部成功后，这才松口气缓缓地把身体靠到旁边墙上。却因为不小心碰到了光秃脑袋上的伤口，顿时痛得龇牙咧嘴。这是藤田峻常用的痛苦表情，每当提到他妻子阳子时就是这样子的。

藤田峻出现在画面中后不久，又有几个画面动了起来。但画面里是怎么回事却看不清，因为是在大楼半入地的楼层里，光线太暗，情况也太混乱。但这一次等待的时间不长，其中有画面渐渐亮起。当完全可以看清时，已经是在地下车库的通道口。画面里的卫国龙费了很大力气，气喘吁吁地架着一个"沙人"走了出来。

卫国龙自己也浑身的沙子，他驾驶着"盘龙柱"虽然最后关头及时冲进了地下车库，但是沙尘暴的威力中心到来之后，还是往车库里灌了足足有半层车库高的沙子，所以"盘龙柱"的车门根本打不开了。卫国龙是打破车窗后，强顶着往车里冲灌的沙流硬生生地爬出来的。

"沙人"是莫洛克夫，他一直在车子后部操作平台上死死抱住机械臂，始终直接暴露在风沙中，所以他从头到脚都被厚厚地裹上了黄沙。幸运的是，在这过程中未曾有碎石或其他硬物砸到他要害处，稍大些的飞舞物也全部被他身体上方撑开的机械臂给挡住了。另外好在他的脸一直贴着机械臂支柱，风沙虽然导致呼吸艰难，却不能完全把口鼻堵死。

不过如此狂暴沙尘的摩擦和冲击还是让莫洛克夫伤痕累累，体力更是消耗到了极点。再加上裹在身上的黄沙分量实在不轻，要不是卫国龙用全身力气架着他的话，他根本站不稳身子、挪不动步子。

卫国龙和莫洛克夫出来了，但所有看直播的人们并没有把心放下来，因为还有秦潇然和李名贞始终未曾出现。他们两个所在的"魔礼红"相对而言最薄弱，发生翻车是被卫国龙用"盘龙柱"推撞进地下车库的。现在两个人所在位置的画面始终一片黑暗，也听不到一丝动静，包括微弱的呼吸声。

又过了很久，画面里还是没有一点反应。这一回郑风行再也忍不住了，接通远程对讲系统大声喊道："秦潇然！秦潇然！立刻回话！你在哪里？立刻回话！"

没有回答，画面还是一动不动的黑暗，对讲机里仍是毫无反应的寂静。

"啊！秦潇然他们还没出来？"已经和莫洛克夫一起跌坐在通道外面沙堆上的卫国龙听到了远程对讲机里郑风行的喊声，这才意识到自己并非最后出来的。

"不好！车库里沙子埋了足足有半层，连'盘龙柱'的车门都打不开。他们驾驶的'魔礼红'不会被埋住了吧？"

卫国龙从沙堆上爬了起来，蹒跚着脚步重新往通道口跑去。而旁边的莫洛克夫重重咳喘了两下后，也撑起身体往通道口连滚带爬而去。

就在卫国龙要跑进通道口的时候，突然"咣当"一声大响，大楼一层西边的一扇小铁门被撞开。秦潇然和李名贞跌撞而出，顺着覆盖了厚厚沙子的楼梯滚滑下来。他们两个不仅浑身的黄沙，脸上还有黑色油泥和尘土，而用于直播的便携镜头以及黏附在耳框里的植发式对讲机早就不知道丢到哪里去了。

滚到地面上后，秦潇然躺在地上大声喊着笑着："啊！哈哈哈！出来了！我们出来了！我说过，这变电所有很多通道出口，我一定能把你活着带出来的！"

同步直播，让世人看到了全球天电互联集团职员的勇敢无私，看到了他们超人的技术技能，也印证了之前公布的科学推断和结论。但是对秦潇然这几个人的钦佩、感慨、信任，却丝毫未能影响人们对乌玛圣女的惊叹、崇拜和信服。因为乌玛圣女表现出的神奇程度远远超过了秦潇然他们用生命争取的科学可信度。

圣女座彗星群的彗云尘埃扫击地球的天象灾难席卷 S 国、Y 国、T 国和 M 国大部分地区，却偏偏让开了蒙达迈。乌玛圣女曾说她会用神力护佑所有追随她的人，事实证明她真的做到了，那些追随她前往蒙达迈的人真的平安无恙。所以所有到达蒙达迈的人都更加死心塌地地追随度门启示派，另外有更多的人因为这个事实而加入了度门启示派。

一夜之间，度门启示派属下成员不仅遍布世界各地，而且短时间里大幅度地增加。特别是 S 国、Y 国、T 国和 M 国以及周边的其他国家，成员更是成倍数剧增，以至于人数超过了这几个国家中的任何一个国家。这仅是开始。

S 国、Y 国、T 国和 M 国以及周边其他国家的政府感觉受到了某种威胁，因为照这样的趋势下去，不仅是大量民众会迷信于度门启示派，让度门启示派成为信任度和驱动力超越任何一个国家政府的社会团体，而且一旦度门启示派作为一个政治团体的身份来进行竞选的话，那么这几个国家的政府权力全落在度门启示派手里也未可知。

幸好秦潇然小组此次行动采集了可靠数据，通过全球天电互联网中心即时分析，以最短时间找出了灾害的断电规律以及设备的损害特征，所以当各种数据和分析结论输入源网荷管理系统后，智能管控及时启动。从全球角度进行天电互联互补，甩脱受损严重暂时不能恢复的网络部分，尽量调配好各地区发电量和用电量关系，然后在保证整个互联网运行安全的前提下，由三个区域网络、五十几条输送网路、三百多个输入点有步骤地进行重启。在灾害结束后的一个多小时内，受灾地区所有可送电部分全部恢复供电。

是天电互联网及时恢复送电将度门启示派迅猛的发展趋势打住了。几个受灾国家的政府立刻借此契机进行大幅度宣传，维护和提升政府信誉。

他们一个是抓住了之前的预警准确度，秦潇然小组的科学预测预警是完全准确的。另外，政府当时撤离人们到安全地带的做法也是及时正确的。从效果上讲，其实和前往蒙达迈是一样的，甚至更可靠、更合理。因为当时如果不是政府出面提供救灾物资，蒙达迈聚集那么多的人很可能会产生其他某种意外灾难。乌玛圣女未曾想到有这么多人来到蒙达迈，所以就算她有神力可以护佑大家，至少也是不够周到的。

再一个天电互联网在这么短的时间内恢复供电，给救灾提供了可靠保障。不管是对人的救助还是对家园的恢复，都必须依靠电力的支撑。而这一点是乌玛圣女无法做到的，所以她的神力是单一的，没有后续的。

这两点都没有直接驳斥乌玛圣女的虚假，只是指出不足，所以更能让人们相信。这样比较之后，至少可以让民众更多地认识到政府和天电互联网的可信可靠，甚至让一些在蒙达迈躲避灾害的人在比较之后意识到政府和天电互联网比乌玛圣女更有保障，所以度门启示派的发展趋势被止住了。

其实早在蒙达迈还未曾遭到彗云扫击之前，李名贞就已经看出乌玛圣女所谓的护佑神力来自哪里。天象测定仪上那个扩展的缺口越来越大，波谷越来越深。当到达一定程度后，那缺口会在整个扫击面上扯开一个空当，而蒙达迈的位置正好就在这个空当里。

虽然看出了真相，但李名贞知道说出来也没什么作用。因为自己之前没有预测到这个空当，之后也无法说出这个缺口空当形成的原因，那么相信乌玛的人肯定还是会认为这是乌玛圣女神力所致。也是因为看出了真相，李名贞不得不由衷地佩服乌玛，佩服乌玛天象研究上的造诣远远超过自己。因为她肯定在灾害发生之前就已经测算出扫击中会出现缺口空当，并且测算出空当经过的位置是蒙达迈，否则绝不会淡定地安坐于蒙达迈。所以从这一点上来讲，李名贞又一次败给了乌玛，而且可能是永远扳不回来的一次失败。

不过李名贞也不是一点收获都没有的，那些感应探测器得到的数据，让她在通过地磁变化监测携带异常彗云尘埃的范围之外，又找到一种通过电能特殊变化进行监测的方法。这种方法更加实用且具有主动性，可以直接利用天罗网络对彗星群无线发射电能进行测定。只是这个方法只有等到几千年后圣女座再光临地球时才有使用的价值。

奇怪的人给予的奇怪提醒

圣女座彗星群彗云扫击灾害发生后的第三天,在古老而富民族风情的日本京都,巨石围砌的二条城里的本丸御殿正在进行一场拍卖。拍卖的东西都是一些佛教用品,其中一部分是佛家使用或留藏的古旧物,还有一部分则是经过高僧开光加持的物品。

拍卖现场并不热闹,拍卖座上只稀稀落落的几个人。这次拍卖会的时机选择得非常不合适,一则地球刚刚经受了一次大范围的灾害,人们正在关注受灾情况和恢复情况;二则这次灾害再次显示出乌玛圣女的神奇,一时间有信仰的、没信仰的都把注意力集中在乌玛圣女身上,纷纷追随度门启示派。所以佛教用品的拍卖很难吸引到参拍者。

谷雄二郎不是一个佛信徒,也不是一个真正的收藏者,他来参加佛教用品拍卖,主要是因为喜欢佛教用品上透出的古朴而神秘的感觉。特别是今天拍卖会上的一串 108 颗的库克佛珠,闪着幽幽的如同玉石般的光泽,从上面仿佛可以看到修炼者凝注的心魂。

对这串佛珠感兴趣的人并不多,但也不止谷雄二郎一个。除了他之外,还有一个年轻的亚裔男子。这个男子应该不是日本人,谷雄二郎刚刚听到这人用无线膜片耳机接通手机说了两句话,不是日本话。从发音特点上听,也不像其他几个亚洲国家的语言。所以谷雄二郎怀疑会不会是中国哪个地方的方言。

不过,谷雄二郎对这个人的印象真的不好,倒不是因为他和自己竞价,而是因为这人有着一双很明显透着奸诈的眼睛,还有一副很无赖的表情。身为全球天电互联网日本分中心总调度的谷雄二郎阅人无数,加上性格方面严谨得近乎苛刻,所以平时最看不惯那种使奸耍滑没有原则和信用的人。这人偏偏就很强烈地给他这种不好的感觉。

因为感觉不好,所以谷雄二郎在出价的时候留了个心眼儿。他怕这人是个托儿,引诱自己往高价上出。但结果却完全出乎他的意料,当他出到一个自己认为最合适也最体面的价格时,那男子朝他做了个让出的手势。

当谷雄二郎付完尾款办完手续拿着装库克佛珠的盒子走出本丸御殿时，忽然有人在背后和他打招呼："谷雄先生，恭喜你抢到了拍品。"

谷雄二郎回头看了一下，竟然正是刚才和自己竞价的那个年轻男子。他现在打招呼用的是谷雄二郎听得懂的中国话，只是这男子说中国话时嘴巴里像含着一颗库克珠子，有些含混不清。

"我叫黄远航，来自中国海南。我也喜欢收藏佛珠，但是今天看谷雄先生那么喜欢，就主动让给你了。"这男子是一副拉近关系的态度，所以一张猥琐的脸笑得格外无赖。

走近后，谷雄二郎看得更清楚了，这人虽然说自己是中国人，其实有很多特征还是可以看出他的人种有些杂，身上不少特别之处显示出的是棕色人种的血统。

"谢谢，其实你真要喜欢可以不让的。你再加一把价我就会让给你了。"谷雄二郎很警惕，但还是保持着足够的礼貌。他不知道这人是怎么认识自己的，很可能是刚刚在办手续的台子上看了自己的签名。可是一件已经结束的拍卖，他追出来表示一下自己主动让出是有什么目的？

"不不，这一次肯定是要让的，下一次就不一定了。因为我觉得谷雄先生现在这种时候应该得到一个礼物开心一下。全球天电互联网整体调配，抽集电量及时重启S、Y、M、T四国的供电，而且一次成功，这里面肯定是有谷雄先生功劳的。"从话里可以听出，这个姓黄的男子对全球天电互联网以及这次互联网应对天象灾害的措施还是了解得很多的。

"啊，这事情，啊，对！这一次我们东亚、北亚地区的国家出力不少。不过那也应该，当时正是我们这一地区潮汐、光照等自然发电条件最好的时候，太空无线输电通道也是我们这边最为通畅。主要还是调度合理，信息可靠及时的作用。"提到这些，谷雄二郎终于放松了些警惕，因为这次四国脱网重启真可以说是全球天电互联网有史以来最大的一个手笔，也是最得意的一个手笔。秦潇然小组带领四国组员深入灾害中心，发回第一手数据资料，然后全网络整体协调，各成员国互联网中心同心协力，进行可供能源电量的分散调取、集中输送、按序恢复，前后仅仅用了一个多小时，就全面恢复了灾害地区的供电。

"不过也真是侥幸，如果灾害范围再扩大一些，需要恢复的能量谷底再深一些，那就有可能导致输送国自己的能量狂泄，自保护动作、主动脱网。一旦这种情况出现，那就不是恢复受灾地区供电的问题，很大可能会受受灾地区牵累，出现空谷逆向吸流的现象，导致整个网络的崩溃。"姓黄的年轻男子越说越内行。

谷雄二郎皱了下眉头，因为这年轻男子说的话戳到他的敏感处了。这次天电互联网短时间里综合调配电力，他已经发现多个区域电压电流质量急剧降低，供电水平迅速下降。当时如果真的再多抽调部分电量，很有可能导致个别电能输出地区系统不稳而脱网。真像这男子说的，灾害范围再扩大些，出现需要填补的更大能量谷底，那么一处脱网便会加重其他输出地区的负担，造成更多不稳定因素，使得脱网成为连锁反应、恶性循环。这也就是所谓的空谷逆向吸流现象，可导致整个网络的崩溃。

"你说得有些道理，但是就像你们中国成语说的，杞人忧天。这种情况不会发生，因为像这样大范围的天象灾害短时期中不会再有第二次。等类似灾害再出现时，我们的全球天电互联网的发展也已经不可同日而语，到时候足以应对这样的情况。"谷雄二郎说完后朝那年轻男子微微点了下头，转身朝外面走去。

"如果很快就有第二次呢？更大范围的第二次，危害也更严重。你会选择依旧恢复重启，还是会选择放弃灾害地区？"姓黄的年轻男子并没有继续追上谷雄二郎，只是远远地在后面问了一句。

谷雄二郎心中猛然一颤，但他没有回答，而是皱紧眉头低头加快脚步离开。

同一天的早上，晨练的U国天电互联网分中心执行总裁米勒先生遇到一个以往未曾见过的健美女子。那女子主动与米勒先生并肩慢跑，直到和米勒先生经过一番内容相似的交谈之后，她才加快速度从一条林间小岔道跑开，留下思维顿时纠结了的米勒继续孤独地慢跑着。

傍晚，带着全家在湖边烧烤的P国天电互联网分中心技术主任宋宪则遇到一个划着小船的垂钓老者，与他讨论了类似话题。

当晚，在天鹅大剧院歌剧《创世记》幕间休息时，N国天电互联网分中心调度主管埃赫莫多遇到了一个戴眼镜的男子……

秦潇然小组的几个人是一个星期之后才回到北京的。一则是因为受灾之后的S国各种交通都受到破坏。机场的设施相对坚固，受损程度相对小些，但是不经过一番检查和维修是不敢轻易起飞和降落航班的。另外，秦潇然他们几个人也确实需要休养治疗一下，他们在这次任务过程中多少受了点儿小伤。而其中最为严重的是莫洛克夫，大量的沙尘留存在了呼吸系统和消化系统内，如果不及时清洗排除，是会留下很大后遗症的。

灾害之后的索迪瓦虽然让人感觉就像是经过了一场战争浩劫，几乎所有壮观华丽的大楼都被剥去了外衣，磨去了一层皮肉。但是这种最为现代的城市建筑都非常坚固，有着最高级别的基础构造和框架构造，抗震防爆能力超出最高级别。所以外表看着遭受重创、破烂不堪，内部结构却还是完好的，设施基本没有太大损害。从几个方向传输而来的天电互联网线路及时重启，城市未受损的用电单元全部得以恢复。恢复状态的一些设施很快就重新投入了使用，而和其他所有灾后程序一样，最早恢复并投入使用的是医疗设施。

在 S 国的索迪瓦可以享受到最现代、最科技也最奢侈的生活，其中包括医疗。因为索迪瓦有着世界上最先进的医疗设施，其中就有全世界还未普及的体内器官清洗设备。另外也是 S 国政府主动热情挽留，所以秦潇然决定不急着离开，先将莫洛克夫的受损身体治疗一下。其他人在经过这一场冒险之后也都身心俱疲，需要进行适当调整。

几天之后秦潇然他们离开索迪瓦时，机场还没能完全恢复，只能升降可垂直上下的各类飞机。最先恢复机场的这部分功能，正是为了能够运输救灾物资和修复材料。秦潇然他们就是搭乘了中国前往 S 国运输救灾物资的大型四旋翼灰鹏运输机离开的。

当几个人走进全球天电互联网北京控制中心的调度大厅时，所有人站立鼓掌，欢迎英雄们凯旋而归。而且是平时最为严谨严肃的郑风行带头鼓掌，并快步走上前和他们一一握手。紧跟着陈纬和其他人也拥了上来，又是握手又是拥抱，嘘长问短。要在平时，调度大厅里乱成这样，郑风行肯定会严厉训斥，但今天他只是被挤在一边呵呵地笑。看得出来，这一次他真的是得意到心里面去了。

"怎么样？那韩国妹子拿下来了吗？"陈纬在秦潇然肩上重重一拍问道。

"什么拿下来了？你不要瞎讲。"秦潇然表情有些惶然。

"别遮着掩着了，全世界人都看到直播了。人家姑娘说死都要和你死在一块儿，这话还不够明显吗？你这个高智商不会是个情商低能儿吧？"陈纬反倒急了。

"那情况不是特殊吗，生死关头，说些生生死死的话很正常。"秦潇然解释道。

"不对不对，越是生死关头，越会真情流露。小秦，可要把握住，你也单身好几年了。这好事情要是成了，也算这场冒死任务的额外收获。"就连旁边的郑风行也忍不住插话进来。这些天一直盯着直播的画面，他也发现李名贞对秦潇然有一些不寻常的细节。

秦潇然扭头看一眼李名贞，她正被互联网中心的一群女孩子围着，叽叽喳喳的好像也是在说和自己有关的事情。而藤田峻则在这群美女外围转来转去，不停变换着各种样子的笑容，想引起别人的注意，好让他也加入群体之中，但很明显他的各种或怪异或正常的笑容并没有引起任何人的注意。

当秦潇然朝那边看过去时，李名贞也正好在往秦潇然这边看，两双眼睛刚好就碰撞上了。李名贞眼神镇定地朝秦潇然笑笑，而秦潇然则很慌乱地将视线移开，强作镇定地将刚才那一眼装成无意间的样子。

"真不是你们想的那样，人家女孩子只是和我一路冒险有了一种更深层次的友谊。再说了，人家研究天体学的专家，我就一个天电互联网职员，还带个孩子。你们是要我去害人家姑娘呢，还是想害我，然后看我笑话呢？唉！"秦潇然说到最后微微叹了一口气，显出些许失落和惆怅。

就在秦潇然眼中闪过些黯然光芒的时候，突然间调度大厅里的特殊情况警示灯亮起，一闪一闪让人很是心惊。随即，各种信息系统渠道也都先后亮起告警指示信号，各种告警信息也纷纷跳出屏幕。

有个负责紧急情况传递的职员快步跑向郑风行，在郑风行耳边说了两句什么。然后郑风行以同样的快步跑去，而脚步间显得比那个职员还要慌乱。

郑风行跑开才十几秒钟，中央控制系统的语音机器人用清晰不含丝毫感情色彩的声音开始播报信息："世界天文研究联盟发布天象灾害警报，更大的彗云尘埃灾害将袭击地球。国际天象研究院发布灾害警报，地球将面临更强的彗星群彗云冲击。国家灾害共防组织发出警报……"

大厅里所有的人只稍稍愣了一下，语音机器人还没开始播报第二条警报信息，他们就已经都跑回到自己的工作位置上。而秦潇然、藤田峻他们几个也都就近找到可查看情况的电脑位和工作位置，每个人都很迫切地想了解到底发生了什么。

调度大厅出现告警信号是很正常的事情，但从来没有如此密集地出现过。语音机器人播报的信息让所有人都感到吃惊，因为彗云扫击的天象灾害刚刚过去，怎么可能又一次出现更大的灾害现象，所以大家的第一反应竟然不约而同地认为是系统出错了。

只有李名贞站在原地没有动，她听了语音机器人播报的警报信息，首先想到的是自己刚刚找到的电能监测法起了作用。虽然以为要等到几千年之后才用得着这种方法，但她还是及时向天体研究院上报了这种方法。

然后她立刻打开了手环式投影手机，语音输入关键词"乌玛"进行快速搜索，她想看看这一回自己有没有赢过乌玛圣女。

投影手机在掌心上展示出一个最新的视频页面，视频里乌玛圣女正对媒体发布新的预言。

"湿婆神显露神迹，用惩罚给予未曾觉醒的人们点醒和觉悟，让他们及时认清方向，跟随指引而行，避开最终的大毁灭。但两次警示不断受到邪恶的侵扰和阻挠，影响了许多人的认知，这是一种悲哀，是一种亵渎，是一个激起湿婆神更大愤怒的行径。六个月之后，湿婆神愤怒之眼将完全张开，真正的大毁灭将最终来临。无可阻挡的人间炼狱，所有生命不复存在。邪恶会被摧毁，所有能量将被收回。我们所在的大地会焦土一片，会被寒冰冻结。再创世纪只有靠逃过劫难的人，重建神的家园。"

"乌玛圣女，请再显神力护佑我们吧！""怎样才能逃过劫难？""给我们指引！我们愿意随指引而行。""解救我们吧，我的神！解救我们吧，乌玛圣女！"……

人群一片嘈杂，有人往前拥挤，有人就地伏下祈祷，有人朝着乌玛圣女跪爬过来。骚动的人群碰撞到前面媒体的设备，于是转播的画面出现了晃动和混乱。

乌玛圣女很高傲地举起一只手，发出一道蓝色闪光。骚动立时停止，现场一片寂静。

"乌玛圣女以神的名义起誓，绝不会抛下你们。但是湿婆神的愤怒不可阻止，湿婆之眼发出的怒火会将我们生存的大地从东南到西北化为焦土，然后还会用寒冰冻结。所以这一次即便乌玛圣女的神力也不能护佑你们，要想避开劫难，只能暂时离开将被惩罚的家园。乌玛圣女与你们同在，度门启示派与你们同在。我们会安排最高修为的智者引领大家走向生存，迎着太阳走向东方。"

现场依旧一片寂静，他们在期待乌玛圣女的更多指示。

"去吧，现在就回到你们的家。带上你们所有的财富，带上足够的食品和水，带上保护自己和家人的武器。不久之后，通往东方的道路可能会被阻塞，东方的国家可能会拒绝我们前行。接下来会是一段艰难的路程，需要无比的勇气和坚定的信念。我们一定要团结在一起，跟随智者的指引，寻找道路跋涉而行。"乌玛圣女说完这些后，优雅地席地盘坐，凝神入定，默诵经文，不再多说一句。

这时有人突然高声喊道："我们之所以会被惩罚，是因为政府和少数人将神赐予我们的能量掠夺了，然后交换了他们私己的利益。而更大的受益者应该是那些没有受到神惩罚的地方，他们凭什么拒绝我们？我们誓死追随度门启示派，为了家人，必须冲破各种阻拦到达东方。"

紧接着又有人在高喊："在没有逃脱神的惩罚之前，所有的财富都是虚空的。我们应该在世界上几个最可靠的银行建立多个度门启示派名义下的账户，将财富都转入这些账户里。如果我们能逃过灾难，那么以后可以在度门启示派的引导下重建家园。如果不能逃过灾难，那就算是将财富供奉给神了，死后入神境，修来世多福报。"

有人在继续说自己的建议，更多的人在纷纷应和。而一些性急的人则已经开始做一些实际的事情了，比如在手机和电脑上注册账户、转入资金。

所有这一切，乌玛圣女却如同毫无知觉，始终闭目入定，就如同已经进入了另一个神奇的世界，而视频最后的定格便是在乌玛圣女宁静秀美的脸庞上。

第八章 · 天灾升级

- 下击暴流式的彗云尘埃冲击
- 印度纱丽上可能存在的奥秘
- 纳斯卡线条中藏着什么秘密
- 类人体神经系统搜索依据来源

下击暴流式的彗云尘埃冲击

看完视频的李名贞快步走到秦潇然身旁,她扫了一眼秦潇然正在关注的报警内容,这部分立体投影主要显示的是太电中心和太空管理署发来的信息。

自从上一次秦潇然小组通过巨蟹号太空发电站发来的消息印证了第二次天象灾害之后,现在太电中心、太空站管理中心对类似这样的异常报告是极为重视的,稍有些异常的情况都会最先最快地传递到全球天电互联网中心来。更何况这一次还不是一般情况,几大太空发电站先后都出现怪异外力冲击的现象。与巨蟹号太空发电站之前遭遇的情况进行对比,很像是被彗云尘埃碰撞所致。

李名贞看了一眼后并没有说话,而是将掌心里定格的乌玛圣女画面递到秦潇然面前。

"怎么?这一次她又走在了前面?"秦潇然皱眉问了一句。

"如果不是乌玛公开发出预言,像如此重大的灾害消息肯定不会这么轻易发出来,因为这会带来极大的社会动荡。即便国际性的独立灾害预防组织没有什么顾忌,那些国家政府也会加以隐瞒。但现在乌玛已经发布了预言,那些国家政府为了维护自己的公信力也只能立刻发布消息。"

李名贞说得没错,本来像这种大规模的灾害信息都是保密的,不到最后时刻不会向公众发布。因为一旦发布之后,灾害范围内的国家很有可能会出现社会动乱、经济瘫痪、交通停滞等状况。但是现在乌玛圣女公布了,她的预言每次都是准确灵验的,别人相信她并不亚于那些灾害预测机构。而在乌玛圣女公布的情况下,如果政府机构不公布,灾害预测预防组织不公布,反而会在诚信上、能力上、人道主义精神上遭到质疑,副作用更大。

另外,这种人命关天的事情即便卡在政府层面也绝对是无法瞒住的,特别是在全世界信息网络互通的时代。所以灾害范围的那些国家政府可以说是不得不原文向全国转发灾害通报。

"乌玛的预言里有没有什么有价值的信息?"秦潇然对乌玛的预言还是非常

感兴趣的。而乌玛所发表的预言,李名贞又是最有可能窥破真相的。

"根据她话里的意思,这一次的彗星群彗云扫击可能会是另外一种形式,更凌厉,更肆虐。"李名贞回答道。

"她说得没错,你看,亚洲天体研究院和波坎斯天文学院运用地磁变化和电能变化综合测定,给出的灾害形式预测是下击暴流式的冲击。"秦潇然指着屏幕上最新跳出的消息说道。

"天啊!下击暴流式的冲击!"李名贞这下被吓到了。她非常清楚下击暴流是一种什么样的概念,所以才会如此心惊胆战。

"看来我们上一次的推论是错的,'三星贯云'的三星不是指很多星,三个黑叉也不是为了显示偏转方向,而是真的代表会有三次撞击。"秦潇然这时才真正悟出了"三星贯云"的含义。

"应该是的,包括书籍中描述的现象,也是分了层次的。前两次的'大地震动,邪火乱窜。飞沙走石,树折河断'我们都已经见到了,但是最后的'山倾地裂,流水回天'我们都没有见到,这应该会在第三次冲击的时候出现。"其实李名贞心里觉得,如果真是下击暴流式的冲击,那么后果可能还会超过这样的描述。

"目前所有分析只是初步推断,尚无法完全确定灾害的形式、时间、范围……"秦潇然此时推开了亚太区的报警页面,打开了全球各大天文天象机构联合传输过来的另外一个报警资料页面,"已经有了,中国国家天文台和欧亚天体研究中心推测出这次的冲击点是在阿尔布克山脉。而且这一次灾害形式不仅是直接的下击暴流冲击,下击暴流特有的辐散效应还会让彗云尘埃形成辐散强流,像泄洪一样往两侧继续流冲。通过初步计算,在彗星群移动以及地球的自转力影响下,冲击之后的灾害范围会是由东南到西北的一个很大很宽的地带。涉及范围包括之前已经受灾的四国,还有往北往西的另外十几个国家,这几乎就是小半个地球啊。"

李名贞又一次将掌中乌玛圣女的画面抬了一下:"你说的大概范围乌玛也都测算到了。"

"这个女人很了不得,不管她采用的是哪一种方法预先知道将要发生的灾情,也不管她的目的是怎样的,我们都必须承认她的能力。这一次她有没有说准备怎样应对?还是用神力在某一处进行护佑吗?"秦潇然希望从乌玛发布的预言中获取到一些应对灾害的方法。

"听她话里的意思，这一次她是要带领所有成员前往东方躲避灾害。"李名贞回答道。

"这有些难以想象。从上次蒙达迈的壮观场景来看，度门启示派至少已经有近千万的成员。再加上最近发展的和其他区域的，估计会有几千万。那么多人该用怎样的交通工具进行长途转移啊，我觉得这想法是无法实现的。不过从她的说法上推断，她应该已经观测出这一次的扫击范围内再没有幸免的空隙。而这一点和其他所有天文天体权威机构做出的判断也是一致的。"

"乌玛哪一次不是做的难以想象的事情？而且你觉得除了往东方转移避开灾害外还有其他什么办法吗？"李名贞希望秦潇然能有其他更好的办法。

"这么多人转移，我估计不仅运输工具上会有极大的困难，就是在过境放行和目的地安置上也会遇到很大阻挠。不过既然是有直落点的冲击，那么危害程度肯定是由中心到边缘的渐缓。其实可以在冲击威力较弱的地方借助原有城市建筑进行加固，设置安全可靠的避难所躲过灾害。这样做同样可以树立她的神奇和威信，而且相比之下比带领那么多人转移容易得多。"秦潇然的想法确实更实际，只可惜他不是乌玛圣女。

"可能还有其他什么原因，她的话我还没有完全弄明白，我现在就去好好验证一下。"李名贞有种很不好的感觉。乌玛的心机比秦潇然更深更周全，秦潇然想到的她为何没有想到？都说事不过三，这第三次彗云扫击的危害性可能远远不止各大权威机构初步推断的那样。

秦潇然回到北京的第一天连家都没能回，虽然从天电互联网控制中心大楼到家也就二三十分钟的时间。不仅秦潇然，小组所有的人都留在了中心大楼，另外还有郑风行、陈纬等中心的重要人员。他们都彻夜未眠，集中在全屏幕会议室里，一起将刚刚得到的灾害信息进行了反复多次的细致分析，并且结合全球天电互联的结构状态，想以最快速度从天电互联网角度拟订一个可行的应对灾害方案。

会议室全屏幕上用很慢的速度分解播放着圣女座彗星群移动的轨迹。星群的前端已经过去，主体星群也已经朝远离地球的方向而去。但是主体星群转过之后，后面还拖着一个硕大的尾巴。从模拟的转过角度可以看出，这条尾巴将会直接抽击在地球上。

彗尾比主体星群大，它本身就是由气体和尘埃组成的，而不像彗云那样只是挟带了一些尘埃。但如果这彗尾的尘埃也像彗云一样是携带了异常极性能量的超超导物质，那么这就是一张试图吞噬并嚼碎地球的巨魔之口。

"六个月，预测时间还有六个月。这个时间看似不短，但是对于没有任何应对办法的人来讲就相当于没有时间。而就算想出了妥当的应对办法，要想全部设置完成，那也是非常庞大的一项工作，六个月的时间仍是很短。"郑风行说话的前序往往都是这种紧迫性加危急性的提醒。

"我想现在大家应该都大概了解到圣女座彗星群下一次天象灾害的情况，这将是一次下击暴流式冲击。其实最初我对这下击暴流式冲击是怎么回事也不了解，专线咨询了中国科学院的有关天文专家后，得出个比较形象的概念。也就是说，星群彗尾尘埃会像瀑布、会像泄洪一样倾泻下来。其实那位天文专家也没有遇到过类似情况，以往的天文概念中没有这样的名词，他们是从形式相似的下击暴流式气流引用过来的。"提醒式的前序说完，郑风行直接进入正题。

其实下击暴流的概念知道的人并不是太多，因为这是气象用语，是一种罕见的天气气流现象，其威力比龙卷风还要厉害。一般是上冲气流随着高度增加，气流的动能变成势能而被储存在雷暴云顶。当气流聚集到一定程度后，云顶崩溃，气流垂直下冲，越接近地面，速度越快，就像垂直落体运动一样。到达地面时的风速可达到15级至18级，有时甚至超过18级的风力极限，而且到地之后会再造成辐散强流。2015年的长江东方之星翻覆，2023年"美里根号"航母南海侧沉，还有波克斯农场消失、"萨德"系统全毁、釜口港倒灌等，都是下击暴流气流造成的。

李名贞今天很安静，也很忙碌，除了两次让服务小姐给她送大杯的浓咖啡，其他时间她都窝在最角落的弧形桌前，全身心地摆弄自己的所有装备。那弧形桌的桌面是个触摸投影的多用显示屏，李名贞把自己的纸片电脑、数据接收盒、天体研究联盟进入卡等一大堆的设备都连接上了。她这是要将自己可以获取的全部数据信息，加上各权威机构传递到全球天电互联网来的数据信息用来再次测算圣女座彗星群的运行状态，以便最为精准地预测出这次灾害的状况。

但是当郑风行说到关于下击暴流时，李名贞很贸然地插话了。因为她觉得郑风行还没有把情况表达得更清楚，必须补充说明一下，让所有人意识到事情的严重性："这一次冲击地球的是圣女座彗星群的彗尾，正因为是彗尾，尘埃量会是前端彗云部位的好多倍。而彗星群尾端位置的引力偏偏要比前端主体部位弱很多。这样在地球引力的作用下，相当于之前灾害好几倍的彗尾尘埃会积聚在一个小范围的下落点上，然后像瀑布般垂直冲下。"

啜一口咖啡后，李名贞继续说道："彗尾尘埃的下击暴流和一般气流的下击暴流还有不同，如果尘埃物质和之前彗云尘埃是一样的或者是差距不大的，那么在冲击而下时，地球磁场极性引发尘埃自身极性变化，将发生极性撞击。下冲到地面时，不仅有极为巨大的冲击力，还会有连续不断的爆破力。所以尘埃集中到一个小范围内垂直下落冲击，不仅可以将整座山脉变成地球最大的深坑，而且威力会贯穿地球，对地球另一侧也会造成极大影响。第一次科谷州脱网事件，其实只有微量尘埃穿透三重网络撞击地球。但其威力已经呈辐射状贯穿地球影响到全球范围，只是现象不明显而没有引起重视。这一次瀑布般连续冲击的力量，贯穿威力的影响肯定非同小可，所以即便不在灾害范围内，也有可能出现第二灾区、第三灾区乃至更多。"

"对对！李名贞小姐说得没错，我咨询的那位天文专家也告诉了我同样的情况。他还说通过对前两次天象灾害的现象分析，以及下一次天象灾害的预测，推断明朝的天启年大爆炸很有可能就是一次下击暴流式的彗云尘埃造成。那一次应该只是很偶然的一个很小的尘埃团直落地球而已。但一个小小尘埃团就造成半径达七百五十米、面积达二点二五平方千米的爆炸范围及2万余人的死伤。威力约为一万到两万当量黄色的炸药，也就是相当于广岛核爆。那么，这一次瀑布般持续地冲落就更可想而知了，真就像李名贞小姐说的，可以将整个连绵的山脉变成地球上最大的深坑。或许地球上很多无法说清形成原因的天沟、天洞也是这样形成的。"郑风行马上为李名贞的话加以佐证。

"那么这次的尘埃到底和之前的彗云尘埃一样不一样？有没有可能不含异常极性能量？"秦潇然问道。

"很抱歉，就现在所掌握的所有情况来看，应该是一样的。"李名贞脸上露出一丝悲哀。

"也就是说，这一次无法在灾害发生范围内探测灾害规律和损坏程度了？"

秦潇然又问了一句，因为他确实想过像上一次那样再入灾害中心位置，装设感应探测器采集有用数据，然后按数据及时恢复受灾区域用电。

"肯定不行，不可阻挡，无处藏身。"李名贞肯定地告诉秦潇然，"因为这一次除了尘埃冲击的威力外，还有两个大的灾害现象，所以不存在危害程度由中心向边缘的减缓，更没有可能进入灾害发生的中心位置。因为会有后续的、持续的更大危害，特别是快速的冰冻极寒天气，其危害程度可能会超过彗尾尘埃的下击暴流，只要在灾害范围内就无法幸免。除非是有办法减弱冲击能量，但目前人类技术还无法做到。"

郑风行眉头一皱，下巴重重地敲击在握着的笔端上。秦潇然则一按桌沿站了起来。他们都是很沉稳的人，并没有发声急切地追问。但从表情和动作可以看出，他们心里的迫切程度比其他人都要强烈。

李名贞不是会卖关子的人，所以很爽快地将自己最新的发现说了出来，没有丝毫遮掩："我从乌玛发表的公开预言上发现，她说神的惩罚会先将大地变成焦土，然后又会变成寒冰冻结。变成焦土我们都能明白，尘埃不同极性的颗粒撞击摩擦产生弧光火花引燃烧焦一些东西是很正常的。但寒冰冻结是从哪里来的呢？所以我运用天体多维模拟，将彗尾尘埃下击暴流的数据形态加入进行分析，发现这应该是彗尾落地之后的辐散强流导致的。"

说到这里，李名贞手指在弧形桌面屏幕上一点，挑出个立体投影图来："你们看，就像瀑布冲下后会有分散的水流一样，彗尾尘埃下击之后也会有激荡汹涌的强流，这也是为何集中一处的冲击却能造成大范围灾害的原因。阿尔布克山脉顶部本身常年冰雪覆盖，冲击之后的强流将这些冰雪带向南北，强劲气流和所带冰雪首先会让温度下降一些。但这还不是最主要的，最主要的是往西北方向流冲的彗尾尘埃能量将会击碎北极圈的冰层、冰川。陈年积雪和被击碎的冰屑随流冲力量快速飞舞移动，在地球极地自转力的作用下回转，形成灾害范围由北往南快速降温的极寒天气。辐散后往东南方向流冲的彗尾尘埃力量同样会在地球自转力作用下回转，导致海水无序地冲击旋卷，其威力不亚于海啸。《方雷天机》中提到'流水回天'，也就是说，尘埃扫击的水流是不合常规流动的。所以海水会旋卷倒流上岸，然后在快速降温的极寒天气影响下发生冻结。近海地区将出现许多冰封之城，而上岸海水冻结成冰会使得寒冷在很长一段时间不能消退。"

听到这里，会议室里所有的人倒吸了一口凉气，他们仿佛看到一个冰雪冻结的世界，就好像一部科幻老电影《后天》中表现的情景一样。所有人心里更加清楚这种情况带来的后果，长时间冰冻的灾害应该比冲击破坏更严重。野火烧不尽，春风吹又生，一片焦土之后不久，大地就能自然恢复生机。但是长时间的冰冻却是会将一切有生命的动植物毁掉，大地再难恢复生机。

李名贞并没有注意大家的表情，而是继续阐述自己的发现："还有一种灾害现象也是需要非常注意的。阿尔布克山脉常年积雪，雪水融化流下山，形成了沿山脉周边多水流的地域特点。而不管山上雪水、山下流水，还是被狂卷起来密度集中、迅速化水的积雪，都是可以导电的。所以和上一次索迪瓦的情况有所不同，这次必须提前将经过此处的各种电力网路全部断开。上一次在索迪瓦我们已经见识过了，真正的扫击未到，狂卷的沙尘已到，铺天盖地，无可躲避。这一次不再是沙尘，而是会导电的水和积雪。如果不将电力线路提前断开的话，单是电弧电击就会摧毁所有生命并引发大火。"

郑风行缓缓地将身体靠上椅背，这是一个极度疲劳的动作。不是身体的疲劳，而是心理上的疲劳。李名贞刚才提到的另两种灾害现象让他有种全面崩溃的感觉，因为他发现包括尘埃下击暴流在内的三种灾害现象相互关联、相互作用，竟然形成了一个死局。

彗尾尘埃下击暴流的威力是巨大的，大大超过前一轮的彗云尘埃扫击。涉及范围内的天电互联网和其他电力设施肯定会遭受全面损坏，因此脱网断电的范围有可能比整个灾害范围更广。但是为了防止出现空谷效应，应该像上一次应对灾害一样，设法找到彗尾尘埃下击暴流灾害的规律和特点。然后在最短的时间内摆脱受损部分，及时冲击重启恢复灾害地区的电力供应。

但是现在要深入灾害中心安装设备采集数据寻找规律特点是不可能的，而且从李名贞所说的第三种现象来看，这一次的受灾地区还必须提前断电。以免尘埃炸开后，卷起的水和积雪导电，出现更大范围、更多人员的伤亡。可如果提前断电的话，要想及时恢复送电就更困难了。势必会产生空谷效应，无法短时间内快速重启，因为那需要难以想象的超强电能才可以冲击成功。

可是李名贞还说了第二种灾害现象，尘埃下击暴流的强流将冲击北极圈和西南方向的海洋，带来极寒冰冻天气。冰冻的灾害其实远超过沙尘暴、下击暴流、辐散强流等，因为长时间的深度冰寒，会将一切生物冻死，那么受灾区域将有可能成为永久死地再不会复苏。

而要想应对那种快速降温的天气，就必须及时恢复用电，在最短时间里让城市排水、取暖设施全速运转起来。如果真的因为空谷效应需要十几天甚至更长时间来恢复电力的话，即便最终能够重启成功，这么长时间的封冻也是会让一座座城市变成死城的。要想重新恢复城市生机和运转几乎是不可能的，或者需要一段漫长的时期才行。

这样一来问题就又转了回来，差不多小半个地球的区域脱网失电，其他未受灾区域能否调集这么多的电能来冲击重启？如果强行而为，不但不能成功，而且很大可能会牵累未受灾区域的网络稳定，甚至导致空谷逆向吸流而全面失电。另外之前李名贞还说了，彗尾尘埃下击暴流的威力会是贯穿性的，所以即便目前看似非灾害的地区，到时候很可能成为灾害第二区、第三区甚至更多。所以要保证东半球自身网络的运行稳定都是一个未知数，还要再调配电能冲击重启灾害地区供电，想想真的是捉襟见肘。

印度纱丽上可能存在的奥秘

全屏幕会议厅里一片寂静，有人在凝思，有人在电脑上忙碌。但其实他们自己心里都知道，无论凝思还是忙碌，都是没有太大意义的。最大的作用可能只是为了表现一下自己还在努力，自己还未放弃。

不过也不是所有人的凝思都是没有意义的，比如秦潇然。当李名贞说完之后，他便重新坐回椅子上一动不动。那表情给人的感觉就像是要从面前虚无的空间里挖出些什么来似的。

没人打扰他，虽然有些人对他这个样子有些担忧。只有李名贞不停地往秦潇然面前交替着送上咖啡和茶。直到天色再次亮起，有些人再也支持不住倚靠在沙发、墙角睡去时，秦潇然才突然间从梦中惊醒过来似的，一下挺直了身体并转动眼珠扫看了一下整个会议室。

"大家都耗在这里不是办法，拖疲了等真要办大事时反倒没了后劲。要不还是和上次一样，我们小组暂时不解散。然后大家将所有数据资料汇集到我们这里来，并保证外界新信息能够及时传递给我们，由我们小组来主持分析，寻找线索。一旦发现有价值的线索和办法，大家再聚到一起分析、验证。而且现在寻找应对办法的不只我们，我们只是从天电互联网络的角度，还有更多的人在从更多的方面想办法呢。"秦潇然这话是说给大家听的，但更是说给郑风行听的，因为自己这个建议最后要他拍板才行。

"你的打算是什么？"郑风行知道秦潇然没有头绪是不会随便提建议的。而他追问打算倒不是不相信秦潇然，而是非常好奇秦潇然在呆呆的凝思中找到了怎样的方向。

秦潇然显得有些疲惫，缓缓开口道："首先我们要将李名贞发现的两种灾害现象，以及彗尾尘埃冲击贯穿地球形成灾害第二区、第三区的情况，反馈到权威组织和部门，让他们在最短时间内进行验证和确认。"

"这是必需的，你不说我也会安排。"郑风行微微皱了皱眉头。

"至于如何从天电互联的角度找到应对灾害的方案，我有一个想法。记得中心资料库备忘录里有个首要记载，在源网荷智能管理系统运用十九年后，我国又研发推出一套叫类人体神经系统的智能管理系统，其功能效果都超过了源网荷智能管理系统。这套系统除了能按照互联网意图进行全面智能管控外，还具有自我学习、自我调整、自我恢复等功能，而且可以根据以往事例和实际情况自主生成应对方案。但是因为源网荷系统已经全球投入，运用状况日益成熟，所以这套类人体神经系统一直是处于后备辅助状态。我想现在是不是可以将这套管理系统调用上来，将前两次的情况细节以及互联网整体状况的信息一起输入，看能不能自动生成某种可参考的应对模式。哪怕是给我们一点提示也好，然后我们再有针对性地进行调整和改进，尽量做到最好。"

"这个想法可以试一试。"郑风行同意了秦潇然的想法，"那还有没有其他方面的打算呢？"郑风行还不就此甘心。他觉得秦潇然就像个无穷尽的宝藏一样，总能给自己带来意想不到的收获。

"还有，我想从乌玛圣女那方面找点儿线索。她的身上总有些让人捉摸不透却又充满价值的东西，希望能够从她行动和言语细节里发现一些我们可以利用的东西。这件事情还要中心外联部、信息部给予配合，搜集所有与乌玛圣女有关的视频和录音汇总给我们。"秦潇然这个思路很特别，是其他人根本没想到的。

"没问题，今天中午之前……不！两小时之后，所有资料都汇总给你们。从现在开始，这个会议室归你们了。"郑风行将握在手里的笔重重地拍在桌面上。

秦潇然小组很快进行了分工并投入了工作。其中藤田峻的主要任务是对类人体神经系统进行检测和升级，然后将之前两次天象灾害的所有资料数据输入，再将现有各种渠道汇集来的信息资料和数据也全部输入。莫洛克夫和卫国龙负责协助藤田峻，搜集各种最新科技的工具材料信息。将这些也一起输入进人工神经网络控制系统，以便类人体系统可以整合出最为准确合理的应对方案。

李名贞除了对天体学有很深的研究外，对乌玛圣女也了解较多，所以她和秦潇然一起负责分析乌玛圣女所有的视频和录音，从中寻找更多可以利用的信息。由于这一次是官方出面，所以获取到的视频、录音资料特别多。就连秦潇然提出当时在吉隆坡机场候机时的监控视频资料也获取到了，甚至更久之前乌玛圣女在其他场合以正常人身份出现的视频资料都汇集到了他们这里。

虽然只是一个五个人的小组，只是在一个不太大的会议室里，但他们面前汇集的资料却可以从细节上反映出世界上发生过的或者将要发生的许多事情。而就在他们从细节上研究着这些事情时，世界上一些包含了更多怪异细节的大事正在发生。

就在乌玛圣女发布预言后的三个小时内，近期内所有飞往东半球国家的可预订航班全部订满。五小时后，磁悬浮列车、高速电气轨道车的国际线路车次也全部订满。但这仅仅是前奏，当国际预防灾害组织发出警报之后，一下有更多的人涌向了机场、车站。这些人虽然再订不到直达东半球国家的机票车票，但是都想方设法采取过渡、换站、换交通工具等办法前往东半球的国家。

沿海港口拥挤的人则更多，在没有机票和列车票离开的情况下，气流快舰和重锂电海轮会是个不错的选择。所有的气流快舰很快也没有剩余空间可搭乘了，选择重锂海轮离开的话则必须尽早。因为海轮航速较慢，谁都不知道天象灾害的影响力到底有多大，谁都不敢在灾害到来时置身于颠簸大海上的某一条船上。

只短短几个小时，灾害区域的一些国家除了交通、新闻外，其他一切行业几乎都处于瘫痪状态。幸好政府及时出手，因此食品、水的供应都还未曾短缺。

不过这种状态下有一点细节是怪异的，那些最先设法离开的人里面，很少有最先听到预言的度门启示派成员。大量加入追随度门启示派的成员们非但没有离开，反而是不紧不慢地在转移财产、准备食品，然后陆续在几个大城市开始集结。看样子他们是要等待乌玛圣女的下一个预言指示后才会采取行动。

两天之后，涌向各大小港口的人更多了。因为大部分东半球国家还没来得及做好安置大量突然入境避难人员的准备，他们害怕激增的外来人员搅乱了自己国家的正常状态，所以暂时以限制短时间内入境人数的办法来应对。于是很多的航班和车次被取消，入境的审核管制也提高了等级。另外，由于人们无头苍蝇一般到处寻找出路，导致输送公路和通道定距公路不堪重负，所以各国都连续关闭长距离的此类公路，特别是通往边境的。

这些情况出现后，从海路离开成了目前最为畅通的远离灾害地区的途径。因为从海路走需要较长一段时间才能到达东方的某个国家，在船上暂时还面临不到被拒绝入境的问题，等到达时或许所有入境问题都已经解决。

但是不管通过哪种途径，能够离开的人毕竟是少数。各灾害范围内国家的政府也都在积极地想办法，他们一个是想就近找到可以转移民众躲避灾难的地方，另一个是想在避开灾害冲击中心的地方找到或临时修建可以抵御灾害的避难所。不过这两种方法目前看来都是不太可靠的，一个是现有的所有信息都显示灾害范围内没有可躲避的位置，另一个要想修建能抵抗灾害的临时避难所，工程量是无比巨大的，短短六个月的时间很难完成。所以从一开始这些国家政府努力的方向就错了。

又过了两天，李名贞关于灾后会出现极度冷寒天气的发现首先得到印证，并由全球灾害预防组织第一时间向世界公布，以便人们在应对灾害时预先做好这方面的准备。但这个发现也同时证明灾害区域各国政府之前所做的努力根本不符合实际，因为就算有能抵御彗云尘埃下击暴流的避难所，那之后的极端寒冷天气却是无法抵御的。另外就算就近找到避开直接灾害的地方，但距离太近了也同样无法逃避寒冷的袭击。所以必须是远离灾害地区，进入东半球的区域才行。

正是因为全球预防灾害组织发布了后续极度冷寒天气的灾害信息后，更多的人焦躁了、慌乱了。之前那些坚定地相信政府、依靠政府的人也都明显觉察到政府的一筹莫展，所以只能立刻放弃，转而依靠自己寻找逃生的路径。于是更多的人涌向了机场、车站、码头，即便是明明知道一些途径已经无法成行，他们还是带着最后一点希望坚守在那里不肯离开。

在发现政府再没能力帮助他们躲避灾难后，在依靠自己寻找逃生途径失败后，更多的人前往度门启示派成员集结的城市。目前这种状况下，只要谁能带领他们求得生存，能让他们全家人继续活下去，那么他们就会全身心地信奉他、追随他，而度门启示派和乌玛圣女成为这些人唯一的生存希望。

随着时间的推移，前往东方国家的途径越来越少。因为这种无序挤入其他国家的做法确实给其他国家造成了很大的影响和混乱，特别是与灾害范围临近的国家，更是一下增加了很大的压力。于是这些国家陆续对灾害地区的国家关闭了进入门户，航班、车次不再是减少，而是彻底取消。但这些国家也不是毫无人性地拒绝，而是要求灾害区域国家的公民在政府组织下有序进入他们的国家，并到指定的地方安置。可是这种时候相信知府的人已经极少了，另外有序组织那么多民众的行动也确实有很大难度。所以政府机构虽然也在努力着，实质的进展却很慢很慢。

很快，关于海水倒卷上岸、贯穿地球的辐射状冲击等灾害现象也得到天体、气象、灾害等有关权威部门的印证。在所有灾害现象的预警全部发布出来之后，大小港口聚集的人一下不见了。发布的灾害预警将海路也断绝了，彗云尘埃的下击暴流不仅会对灾害地区造成影响，其后的辐散强流还会对大片海域洋面造成倒卷，威力不亚于海啸。另外，下击暴流的冲击是贯穿性的，可以对东半球和地球上的任何地方都产生影响。谁也无法料到这种影响是在什么地方，所以乘船漂在海面上哪怕是在远离灾害区域的海面，也会是非常危险的做法。

人的心理其实很怪异，缺失的往往会成为大家追求的。其实随着社会的发展、科技的进步，好多人反而更加追求想象和虚幻，构思并期待某个可以解脱自己、引领自己的救世主，并以此作为目标和信仰。正因为如此，整个世界百分之八十的人都相信或下意识地相信超自然能量的存在，包括神力。乌玛圣女就是利用了这一点，将自己打造成人们期待的救世主。

目前灾难即将来临，想逃离又无路可走。这种情况下，几乎所有没有办法离开的人都想到了乌玛圣女这个救世主，于是更多的人前往度门启示派的集结点。由于人数的激增，度门启示派很快加设了更多城市作为集结点，总数达到最初的十几倍，而每个点的人数也很快达到原来的十几倍。这些城市的状况开始与上次灾害的蒙达迈相似，设施瘫痪，物资短缺，混乱不断。正愁于如何应对灾害的政府机构，却未能像上次 Y 国那样解决这些危机，所以度门启示派成员聚集的城市全部变成了世界上最危险的城市。

在此期间，又有一个怪异的细节出现了。乌玛圣女突然间销声匿迹，再没有在公共场合露过面，更不发表什么言论了，就好像躲到什么地方专心研究应对毁灭的策略去了。她的不出现让集结到一起期待在她指引下逃过毁灭的人处于焦虑之中，每个人心里都对她的出现充满渴望。而同时因为焦虑、渴望产生的各种负面情绪则全部加诸给了所在国家的政府机构，把政府当作了发泄怨愤和不满的敌对方。

秦潇然对乌玛圣女的分析是从吉隆坡机场的视频开始的。那天他们滞留在吉隆坡机场时，藤田峻发现有一双女人的眼睛在暗中观察着他们。之后秦潇然也发现了这种情况，可是怎么找都没有找到那个女人。后来李名贞在 M 国科谷北坡区枢纽出现后，大家认出她那天晚上也在吉隆坡机场一同候机。所以都认为当时是李名贞暗中盯视着他们，即便李名贞一再声明自己没有。

不过秦潇然他们刚下飞机时就通过新闻知道，当时乌玛圣女就在他们旁边一个登机口等候航班。这个神秘而神奇的女人应该和他们没有任何关系，所以也就没有联想到她会是暗中观察自己的人。但是现在回过头来再想想，这种可能性还是很大的。只是乌玛当时为何要观察他们呢？自己这个小组的行动是保密的，外人应该不知道他们真实的身份。如果确实是乌玛暗中观察的话，她又是从哪些方面看出他们的异常来的？难道这个女人真的有不同凡人的能力？

"你当时真的觉察到有女人在暗中观察你吗？我已经不止一次告诉过你们了，不是我。也说不定是谁看着你长得帅，暗生爱意盯上你了。"李名贞话里的味道有点儿怪怪的。

"真的觉察到了，如果不是你，那么会不会是乌玛圣女？她当时就在旁边的登机口。航班延误，很多人都退票改签，前往科谷州的乘客尤其少，因为那里刚刚出现脱网事件，而且有内乱发生。不过也正因为人少，候机时我们几个人就全部在她的视线范围内。"秦潇然很肯定自己的判断。而且在李名贞否认自己暗中观察他们后，他更坚定地相信那个女人应该是乌玛圣女。

"她又不认识你们，干吗要暗中观察你们？"李名贞觉得有些不可思议。

秦潇然无法回答这个问题，只能再调出几个其他与乌玛圣女有关的视频来。想前后联系起来看一看，说不定就能找出原因了。

打开的那几个视频有之前乌玛正常装束活动的，也有她之后在失事飞机上的，还有机场采访时制止暴徒的。这几个视频联系起来一看，秦潇然发现了一件差异很大的事情。

"李名贞，你原来在哈佛天体学院学习时，看到过乌玛很多以前的资料。那些资料中，她有没有穿印度纱丽这种民族服装拍的照片？"秦潇然问道。

"我想想……好像没有。对肯定没有，她所有的照片穿的都是时尚服装，只有几个特殊场合穿了博士装或校服。"

"在她到达吉隆坡机场之前出现的所有场合中，她也是穿的便装，没有穿印度纱丽。这印度纱丽好像是到达机场之前找地方换上的。"秦潇然皱紧眉头。

"那又怎么了？她是去蒙达迈宣传自己的度门启示派，登机前先把代表她圣女身份的衣服换上也没什么不正常啊。"李名贞并没有觉得这里面有什么蹊跷。

"不对，你发现没有，她显示神奇能力时都是穿着这件印度纱丽。"秦潇然发现视频中的这个共同点。

"你是说她超能力的玄妙是在这件印度纱丽上，而且在吉隆坡登机前穿上这件印度纱丽是有准备有计划的，就是为了显示超能力拯救失事飞机。"李名贞一点就透了。

"不仅是拯救飞机，飞机之所以会出现控制系统失电的状况，很有可能也与她这件印度纱丽有关。我记得你曾说过她除了研究天体学别有成就之外，还搞能量方面的研究。有没有可能她在放弃学业脱离哈佛之后，专注研究了某种特别的能量装置。"

"研究特别的能量装置是有可能的，但你不会觉得这件印度纱丽就是她研究的能量装置吧？"李名贞瞪大眼睛看着秦潇然，她觉得这是个脑洞大开的故事题材。

"为什么不可能？建立全球天电互联，实现电能互通互助，将自然能量所发电能全球输送充分利用，就是因为能量的存储始终是个无法解决的难题。如果有一种装置，可以将能量进行搜集和存储，并且可以将各种不同能量随意进行转换和使用。按实际情况随时输送出所需形式的能量，包括电能，那将会形成更完善的一套能源运用和控制体系。"秦潇然的话题好像越扯越远了。

"就算有这样的装置，我想也不会是一件印度纱丽吧。再说了，那印度纱丽上真要存储了能量，不管是大功率的电能，还是磁能，机场安检都是过不去的。"李名贞说的这点确实秦潇然也明白。

"你说得也有道理。但如果不是我推测的这样，那就只有相信乌玛身上真的带着超能力了。"

"我也不相信她有超能力。"李名贞更加坚决地否定。

"这样吧，我们先跳过安检这一说，先试想一下她到底是以什么方法让飞机出现问题，然后又用什么方法解决问题的。"

"那天飞机差点儿失事是因为控制系统全部失电，然后又无法重新连接。如果真是乌玛做的什么手脚的话，我想会不会是有机组人员在配合她？你看那个机长，或许就被乌玛的人收买了。"李名贞的想法还是很有道理的。

"我觉得不会，这是乌玛圣女第一次显示自己的神力，而且这是一个大计划启动的引子，后面还有规模更加庞大的计划。所以像她这样具有严谨科学习惯的人应该不会轻易将把柄放在别人手里，这样有可能因为一个小小的失误而毁了全盘计划。"秦潇然的想法也不无道理。

"我知道，你还是坚持她的印度纱丽有问题？可就算印度纱丽上储存着各种能量，她又能怎么做？我查看过飞机降落机场后媒体采访机长的视频，当时是飞机控制电源恢复了才摆脱失事危机的，并不是靠乌玛提供电源让飞机继续飞行的。她也就是咋咋呼呼又扭又跳地发出了点儿蓝色电光，而且我觉得这很像是你们中国很久以前的跳大神。"李名贞已经不愿承认秦潇然的思路。

"像跳大神？太对了！跳大神的又扭又唱是在虚张声势，实际上是要掩盖些什么不让别人注意。而乌玛的怪声吟经、又扭又跳、发出电光很有可能是为了掩饰什么，可是为了掩饰什么呢？"秦潇然眼睛眨巴了几下，突然间想到了什么，"罗湾城的十字路口有一种磁力装置，闯红灯后的车辆会自动断电，当时回旋镖饭店的老板还说是从飞机装置上学来的。我们赶紧查一下，一般的民航飞机上是不是有类似的装置。"

"你是怀疑乌玛先在飞机上给类似装置动了手脚，让飞机失去控制电源。然后再装模作样地拯救飞机，她那些怪声怪样就是要掩饰飞机恢复电源的动作？可问题是她一直都在客舱中，没有大幅度移动位置，这能办到吗？"李名贞嘴上虽然这么说着，手里却是飞快地在桌面屏幕上点画着。他们现在急需一张民航飞机设计图，最好是和那天飞往蒙达迈一样的机型。

纳斯卡线条中藏着什么秘密

飞机的设计图真的不太好搞，李名贞费了很大功夫，利用了她亚洲天体研究院的身份才获得了一份比较全面的飞机设计资料。而且这资料是只读的，无法复制打印，两小时后就会自动删除。毕竟这涉及飞机生产厂家的技术秘密，能提供两小时的浏览已经很不错了。

"的确有这样的装置，但是一般情况下根本用不到。它是在飞机发生失控后，迫降和将要坠毁时才启动。这个磁力装置是与飞机主驱动电源关联，一旦主驱动电源失电，飞机快速坠落，磁力装置就会在接近地面时因急速下降的压力而启动，切断控制电源，道理和汽车压过十字路口铁板一样。这其实是防止控制电源引发火灾的一种辅助措施。如果飞机滑翔迫降，达不到预设的压力，这装置都不会动作。很奇怪的是，那架飞往蒙达迈的飞机主驱动电源并没有失去，飞机也未发生快速坠落，磁力装置却偏偏启动了，断开了控制电源。所以即便按正常程序排除故障，也是查不到这位置上的。"李名贞研究天体学，接触过各种飞行采集器和航空信号装置，所以看飞机的设计图并不困难。

"如果是和主动电源相关联的，那么这个装置的位置应该是靠近机舱中部才对。"秦潇然觉得自己越来越接近答案了。

"是在机舱中部，主驱动电源电池的上方，靠近机翼。"李名贞在一张机舱剖切图上将装置的位置指了出来。

"等等，我看下视频。"秦潇然赶紧将视频调到乌玛圣女上机后的一段，"就是这个位置，乌玛的航班座位就在这个位置。"

"可是就算她坐在这个位置又能做些什么呢？隔着机舱隔板，周围都是人，难不成抖动印度纱丽控制那个磁力开关？"李名贞的话带些调侃，因为她觉得真的不可能。她心里始终认为还是有机组人员在暗中配合乌玛。

"那是一套磁力装置，虽然要靠很大的压力才能断开但是如果在这磁力装置上加入紊乱它的相反磁力，那么它就有可能被迫动作。"秦潇然微微舒口气，他终于找到一个关键点了。但是这关键点对他们应对将要到来的天象灾害又能有什么帮助呢？谁都不知道。

距离秦潇然和李名贞不远，就是藤田峻、莫洛克夫、卫国龙的地盘。全屏幕会议室他们占了大半个，而实际上他们也真的需要这样大的甚至更大的地盘。

藤田峻他们负责的类人体神经管控系统的调整升级和数据信息录入，工作量巨大。但幸好这是在北京的全球天电互联网控制中心，有着许多专业的人员可以作为支持。

虽然不缺支持人员，但藤田峻和莫洛克夫、卫国龙都很勤奋。像类人体神经管控系统的调整升级工作，藤田峻根本不放心让其他人参与，前前后后都是他亲力亲为。直到开始将各种数据资料输入，他才同意让更多人加入工作。因为十几个甚至几十个人各负其责同步输入，可以力求数据的完整与细致。这是非常必要的事情，因为一个小小的数据或资料就有可能成为解决方案的突破口。

莫洛克夫和卫国龙搜集各种最新技术的工具材料时也是亲力亲为，因为这是需要有实际经验才能完成的任务。搜集好那些工具材料的数据资料和特点特长之后，也是交由其他专业人员和他们一起进行系统输入。这种很费时费力的工作一开始是没有办法避免的，因为类人体神经管控系统有别于一般的程序系统。它具有很高的安全性和自我防护能力，所以不是什么资料都可以随便输入的，每做一步都需要权限认定。

不过正所谓万事开头难，在输入部分资料后，类人体神经管控系统通过自我学习，开始复苏了自我识别功能。对输入人员采取了信任模式，所以再输入资料时就可以直接收录。并且系统随着资料的输入不断进行自我智能提升，不但快速录入资料，而且会根据所输入的资料在可联网络数据库中自动搜集和录入有用的其他数据资料。

虽然系统已经进入正轨，但要想拿出应对灾害的具体方案，还是需要一段时间的。而且这还是乐观的想法，最终什么都给不出也是有可能的。

秦潇然对乌玛的分析倒是开始深入化了，他已经能够预感到自己会在乌玛圣女的身上发现一些特别的东西。

"我现在可以肯定，在吉隆坡机场肯定是乌玛圣女在暗中注意我们，因为她当时以为我们和她是同一个航班前往蒙达迈的，怕我们在飞机上破坏了她的计划。你看，那天我们几个人都是穿的便装，莫洛克夫从莫斯科匆忙过来，衣服都没来得及准备，所以穿了搭乘飞机上的一件旧飞行机师夹克。乌玛圣女以为莫洛克夫真的是专业飞行机师，然后又敏锐发现我们几个是一路的。心里担心我们是和飞行行业有关的团队，所以暗中观察，直到确认我们不与她同机。"

李名贞微微点头，秦潇然的分析很缜密，这是经常查找疑难故障和解释奇怪现象的人才具备的素质。

秦潇然将视频定格并拉近放大，添加局部清晰度，然后指给李名贞看："你再看，乌玛的印度纱丽和其他人的是有些不同的，上面有很多闪光晶片，晶片和晶片之间还有晶亮的线连接。而且连接的方式不是规律性的，是一种并不美观的线条连接。"

"这连接像是纳斯卡线条中的蜘蛛形。"拉近了看，李名贞一下就辨认出晶片连线的形式。

"你是说秘鲁神秘的纳斯卡线，一直未能解开的世界之谜。研究破译这个谜的团体先后有过很多，也出现过各种各样的解释。但到目前为止尚未有人能够用可靠依据证实其中某一说法的完全成立，都是猜测和推断。"秦潇然也听说过这种线条，但他之前对这种近乎神话的千古之谜并不太感兴趣，他认为所有的谜都是有解释的，只是还未能掌握其原理实质而已。

"是的，就是秘鲁的纳斯卡线条。你推测这些晶片是某种高效高容量的能量储存器，那么能量在储存过程中会不会与这纳斯卡线有着什么联系？以往关于这个谜的各种解释中有过纳斯卡线与能量有关的说法。"李名贞的观点开始向秦潇然靠拢了，就像他们从最初相互误会到后来相互接近一样。

"不仅是储存器，还有可能是转换器、发生器、感应器、激发器，否则磁力装置不会随便动作，乌玛圣女也不会随便发出电光。"秦潇然觉得自己越来越接近谜底了。

"可是携带的初始能量是从哪里来的呢？据我所知，现在的机场安检是最新科技的生物态安检。不要说携带金属物和大能量的储存器，就是人体处于肌肉收缩的蓄力、欲攻击状态都能检测出来。"

"她这印度纱丽过安检的时候立刻就会发出警报，因为上面的晶片肯定含有金属成分。但正是因为这些金属晶片，机场安检会以为只是民族服饰上的点缀而已，反而会掩盖一些其他形式的能量报警。认定只是衣物点缀物的报警后，安检一般是不会阻止通过的。这是一种可能，不过是一种不可靠的可能，有些冒险，按乌玛圣女如此缜密的思维应该不会这么做。所以我认为还有第二种可能，就是这件印度纱丽在通过安检时就与普通的带金属饰物的衣物完全一样，根本没有一点储存的能量在。但是通过安检之后，这件印度纱丽开始收集并储存能量，以便在登机之后实施她的计划。"

"可是吉隆坡机场所有有乌玛的监控视频我们都看过了，她在整个过程中没有接触过任何可能带有能量的东西，就连无线充电电源都没有接触过。"李名贞提出了异议，搞她这种专业的都非常细致，所以这些细节她早就注意过了。

"你有没有发现，她在通过安检之后并没有直接来到候机口候机，而是在整个候机大厅里转了一大圈。"

"那有什么关系，说不定是没有找对候机口走错方向了呢？"

"你认为乌玛那样的人会走错登机口？而且当时还有一个亚裔男子陪着她，两个人同行更不可能走错方向了。再说，真要走错方向的话，她也不会悠闲地在机场商店里转来转去又什么都不买，应该赶紧找到登机口才对。"

"我还是没有明白你的意思，这走来走去和印度纱丽的初始能量有什么关系。啊！你的意思不会是说她走路的过程就是在充入能量吧？"李名贞像是恍然大悟。

"没错，我就是这个意思。她的印度纱丽很有可能就是一件随人体动作而采集能量的装置。人在运动过程中，其实是有多种能量发生和损耗的，包括动能、势能、生物能、摩擦能等，另外还有外界的各种光线、温度。这件印度纱丽很有可能就是搜集了这些能量进行集中储存，然后根据需要转换成特定的能量进行使用。你看，当飞机失去控制电源之后，她突然间像着了魔一样乱扭乱舞。如果她真是个圣女有神力,又何必像跳大神一样。她这样做可能也不是为了掩饰什么,而是在往印度纱丽充入能量。这样才能有足够的能量转换磁能,将原来变换位置的磁力开关重新复位。还有她显示自己神奇之处的放电,也需要能量支持。"秦潇然越说越自信,他觉得真相肯定是这样的。

"穿在人身上的能量装置?能收集、能储存、能转换、能释放,这也太神奇了吧?"李名贞瞪大眼睛,目光中全是不可思议。

"而且我觉得这种能量转换不同于其他能量转换,它是集取了人体运动中的各种能量,所以可以还原转换为生物能、体能。乌玛圣女在机场制止恐怖分子,显示出超常的力量和速度。就连莫洛克夫都没有看出她身上藏有什么机械助力装置,因此我觉得是由这种能量转换装置直接加注能量给肌体,然后由肌肉骨骼组织集中释放。就像人体遭电击后摆脱的瞬间,速度和力量的反应远远超过平时一样。"秦潇然此刻有种破解谜题的快感。

"我倒觉得那些暴徒很有可能是她事先安排好的,是在演戏呢。"李名贞总是有自己的独到见解。

"完全有可能,否则不会那么巧就在她接受采访时有暴徒袭击。包括飞机上率先跪拜呼唤乌玛圣女的,也应该是安排好的。不过演戏倒不至于,当时一些动作是需要特效才能演出来的。"

"这个乌玛真的太强大了,不仅可以提前掌握圣女座彗星群运行的各种细节,而且能研制出这样匪夷所思的能量装置。"

"可惜的是,她没有将自己的成就用在正途上,而是想借此满足自己权力和财富的极度贪欲,借助度门启示派建立新的信仰范畴和生存国度。这应该是她蓄谋已久的事情,而科谷州脱网事件正好给了她实施计划的契机。她从一开始就宣扬神赐予的能量被盗取,就是要当地人排斥全球天电互联,拒绝天电互联网络接入。这样一旦灾害形成,没有全球天电互联网快速恢复受灾地区的用电。当地的发电厂很多年不启用,家庭能源设施又普遍损坏的状况下,很多城市和乡镇都会变成死城和荒野。这时候要想重新恢复生机重建家园,也就是他们说的创世记吧,那么乌玛圣女研制出的这种衣物就可以成为她所吹嘘的圣物,批量制作并有序控制使用。这样她将成为灾害区域的救世主,成为掌控新国度绝对权力的领袖。而这个领袖的概念可以跨越很多国家,她的势力范围有可能在短时间里成为世界上最大的。"秦潇然并非危言耸听,从现有形势的发展来看,这种局面真的可能发生。

"她研制出这样的东西来,就算不是为自己谋权势和财富,而是用于为众生求生谋福,那也一样不亚于神物。特别是在灾害区域,如果我在那里得到这样的东西,我也会信奉她、追随她。只是她的心机太重了,是想最大化地扩展自己的势力范围。不过目前看来好像也没有什么办法可以阻止她了,即便最终她不能掌握到一些国家的实际权力,她的度门启示派也会成为世界上成员数最多的第一大组织。"

李名贞这时由衷地感慨和钦佩,不仅因为乌玛在天体学、能量制造上的独到造诣,而且还因为她能利用天象灾害和自己的发明设计出这么一个大局,拉拢无数人诚服于她、信奉于她,真的让人感到难以置信又不得不信。就现在的局势来看,她设计的这个大局非常顺利地进行着,正逐渐趋于最终的成功。受灾区域的那些国家,每个国家重要的大城市现在都聚集了数百万上千万追随度门启示派的民众。这些人已经把最后的求生希望全寄托在乌玛圣女身上了。

"上一次的天象灾害因为有我们深入灾害中心采集并中转数据成功,及时恢复了全球天电互联网的供电。这应该是对乌玛计划的一次成功阻击。但是接下来能不能再次阻击成功,能不能让全球天电互联网依旧在全球范围内互联互动、互利互惠,那就要看藤田峻他们的类人体神经系统能不能给出合适的应对方案了。"秦潇然说到最后微微喘出口气,显得非常担忧和不自信。

"这一次很难,要想阻击成功,就要让所谓的毁灭不会来临,或者以实际的情况证明她的预言是错误的。而现在尘埃下击暴流是无法阻止的,她所谓的神的惩罚肯定会出现。还有灾害造成的严重后果也是不可避免的,特别是电力如果不能及时恢复的话,极寒天气几天内就将毁灭一切。实际上,这一次灾害还必须提前断电,受灾范围又大,肯定没办法快速恢复电力。所以一切都在乌玛的盘算之中,这一次她赢定了。"李名贞仿佛看到了一个大锁扣,套牢了许多国家,套住了整个地球。

时间过去了很多天,类人体神经管控系统已经停止继续搜取数据资料。但是随后它的状态却如同静默,只偶然出现个别数据和画面的跳动,始终都没有应对方案，甚至连提示项都没有，情况不容乐观。

再这样下去肯定不是办法，藤田峻和莫洛克夫、卫国龙商量一下之后，觉得应该是可利用的数据信息太少所致。藤田峻权衡再三，在安装了两个强大的安全过滤系统之后，很大胆地将类人体神经管控系统与外界网络连接出口打开，于是系统再次出现了一个自动搜寻和录入的高潮。数据、图片不停地翻滚着，列表不停地被填满推移着。但是看着这种状态，大家的心里反而越发担忧，因为目前状态已经是在全世界范围内搜寻可用条件。这一次系统再没有方案结论出来的话，那就意味着没有任何办法来应对这次灾害了。

类人体神经系统的搜索录入速度再次逐渐变缓，越来越缓。所有盯着监控大屏幕的人都绷紧了神经，心胸起伏，气息微乱。这种等待是强烈的期盼，但这种等待更是一种煎熬。

搜寻录入渐渐停止，只剩下一两个数据的翻动。偶然有一张不算清晰的图片闪过时，都会让看着屏幕的人心中一阵狂跳。已经是到了最后关头，最后的希望会不会出现就在一个数据的翻动、一张图片的闪过之后。

数据完全停止了，列表也完全停止了，再没有一张图片闪过，而且这样的状态已经持续了一杯茶的工夫。藤田峻用一种很痛苦的表情将眼睛闭上，他知道这种状态意味着等待的希望最终没有出现，而且再不会出现。

可是还未等藤田峻将眼睛张开，他便听到了惊叫声。那是一种狂热的、喜悦的惊叫声，也是一种迷茫的、诧异的惊叫声。

藤田峻很大力地睁开双眼，透过眼镜镜片，他看到屏幕上闪出的几行文字。几行文字其实是同一个意思，只是用中文、英文、日文等不同文字分别列出。文字不是语句，只是几个单词，如"特种材料""储存""利用"。

这几个单词就是类人体神经系统给出的应对措施吗？没有人能看出到底是什么意思的应对措施。

从这几个单词上可以推测出，即便是对外网络出口打开，系统可以从全世界的每个角落搜集到数据信息，但是它获取到的也只是只言片语。或许真的有可以妥善应对灾害的办法，只不过系统没有具体的资料可以用来编排方案，所以只能给出三个并不太连贯的单词。

秦潇然和李名贞听到惊叫后也赶了过来。秦潇然看着这三个单词后先是一愣，眼中有光芒闪过。但随即那光便暗淡下来，脸色更是黯然下来。

"特种材料，储存，利用……啊！秦潇然，这不是和你推测的乌玛圣女的印度纱丽很接近吗？"李名贞一下就将这三个名词与秦潇然对印度纱丽的猜测联系上了。

秦潇然没有说话，只微微点了点头。

"那赶紧按系统说的查找这种材料啊！藤田峻，你们这资料是哪里采集来的？我们可以反过来寻找系统获取三个名词的依据来源，找到所说的特种材料加以分析，然后做成合适的器具用来应对这次灾害。"李名贞并没有领会秦潇然的黯然和无言，所以依旧显得兴奋和积极。

"很难查出，这是类人体神经系统自行从全球范围内搜集来的数据资料，然后才给出这么几个结论。"藤田峻推了一下眼镜，他的意思是说要从众多数据中查找出与三个名词相关的依据来源将会是比之前所有工作更加繁杂庞大的工程。因为搜集这些信息时类人体神经管控系统可以智能化自动寻找缺口破译渗入提取，而反过来以人工查找其中三个单词的相关资料依据来源，那不仅是要付出很大精力、人力的问题，而且很难成功。

"全球范围也要找啊，这可能是唯一的希望啊。"李名贞有些急了。

"就算是全球范围，你觉得能研制出这种特种材料的除了乌玛圣女外，还会有其他人吗？"秦潇然轻声说了一句。

"啊，你是说系统搜集到的就是乌玛研制材料的信息？"李名贞终于知道秦潇然为什么会在系统有所提示后反而显得沮丧了，因为他估计这和印度纱丽所具性能很相近的提示就是从乌玛那边获取的信息。而对于这种材料信息的细节，乌玛是绝不会对外有所透露的。

"不过我们还是不能就此放弃，藤田峻，辛苦你从系统中找出这三个名词结论的依据来源于哪里。我和李名贞继续查找乌玛圣女的资料，这次所有的重点都放在印度纱丽上。不管最终结论是不是与乌玛圣女有关，是不是与印度纱丽的材料有关，我们只当是搏一下了。"秦潇然的语气显得非常无奈，所做的决定也非常无奈。

类人体神经系统搜索依据来源

就在秦潇然无奈之际，其实还有一个人比他更加无奈，那就是郑风行。他这些天始终处于一个混乱的旋涡中，却没有任何将自己拔出的办法。

自从李名贞预测的几种灾害现象得到证实之后，灾害范围内的国家在应对灾害和设法转移民众的同时，以D国为代表的灾害区域国家派出特使，并提请全球能源署、国际公共关系署派遣专员，一起前往中国。同时，他们还提前知会了中国驻D国的大使，约请中国政府能源主管部门参与会谈。

惊动如此多的方面，以D国为代表的那些国家特使团此行目的就是要与全球天电互联网董事会进行交涉。他们希望在灾害发生后的最短时间内能够得到互联网的电力支持，快速恢复供电。

这些国家一致认为，灾害的直接危害还是可以尽量躲避的。在确定灾害范围后，他们可以找到灾害边缘城市利用牢固建筑设立一些避难所，帮助民众逃避灾害威胁。另外，他们也相信到了灾害到来的最后关头，相邻国家的政府出于人道主义也会帮助、接纳民众躲避灾难。所以这次灾害的真正威胁可能反而集中在之后的海水倒卷和极寒天气。这么多年的城市发展，几乎所有城市都有完善的排水装置和取暖设施，其中包括局部固围、活动挡坝防护、岛屿式建筑体系等排水防洪设置，以及小太阳、内保温、自摩擦升温等取暖设施。但是如果不能及时恢复电力启动这些排水装置和取暖设施，那么即便躲过了之前的彗尾尘埃下击暴流，之后长时间的冰冻极寒天气还是会造成大范围的毁灭。

所以这些国家希望能够像上一次彗云尘埃扫击灾害时一样，在灾害过程中找到破坏的规律和特点，及时恢复电力供应，支持灾害地区躲过灭顶之灾。

郑风行是作为天电互联网主要成员参与会谈的，面对这种要求，他很明确地表示自己没有办法做到，至少目前没有办法做到。他不仅无法像上一次那样找到破坏的规律和特点，甩脱受损部分及时恢复送电，而且按现有的灾害推测还必须提前进行局部网络断电，以免尘埃下击暴流卷起的雪水带电直接造成大量的人员伤亡。

如果提前断电的话，那么失电的灾害区域要想快速恢复送电就更加困难了。因为不知道受损规律和特点，无法甩开不能恢复的部分，所以送电会出现反复多次的不成功。另外，提前断电之后的空谷效应会让重启过程需要更大电能，这次的灾害范围又远远超过上一次，所以很难确定到时候全球天电互联网剩余的完好部分能不能调集这么大的电能提供给灾害区域。

　　不过对于灾害区域国家的要求，全球天电互联网还是给出了另外一种很肯定的答复，就是会竭尽全力在最短时间里找到更多的应对办法，与灾害区域国家共抗天灾。

　　也就在灾害区域国家提出交涉和要求之时，以日本为代表的一些东半球国家的天电互联网分中心也就应对这次灾害发出正式文件，提出自己的见解和应对建议。他们觉得在上一次天象灾害时调集电能进行重启就已经出现了网络不稳、电能质量大幅下降的现象，局部的一些小网络都临近了脱网警戒线。这一次灾害范围更大，需要重启的电能更加可观，以东半球无灾害地区的多余电能很难达到重启目的。尘埃下击暴流还有贯穿地球的冲击，对东半球也存在灾害影响。所以这种状况下建议全球天电互联网先考虑保住东半球网络稳定，暂时放弃西半球受灾国家的电能输送。万一出现空谷逆向吸流现象，未能重启成功反牵累东半球网络崩溃，那将是全球性的失电状态。

　　对于这样的建议，郑风行心里反复拷问自己该不该这样做。因为这就相当于放弃了许多人的生命，眼睁睁地看着许多城市毁灭。繁华之地将变成无人之地，一些国家也可能会因此不复存在。

　　断电与重启送电的矛盾，西半球区域电力恢复与东半球天电互联网络稳定的矛盾，受灾区域国家利益与未受灾区域国家利益的矛盾……这些让郑风行陷入了旋涡之中。而且郑风行很真切地意识到一点，自己的无奈也是全球天电互联集团的无奈。如果提前断电且不能及时恢复灾害地区的供电，那么天电互联集团便会被指责放弃灾害地区，失去公众信任。从此可能会有许多国家相继脱离互联网，重新回到自主发电高耗低能的电能运用层次。但是如果强行调集电能冲击重启灾害地区，确实存在多种危机，搞不好真就是全球性的失电状态。那样的话就连东半球未受灾国家也会对全球天电互联网失去信任。

　　虽然最终的决策不是郑风行来下，但是他作为天电互联网中心的调度总监，对于解决这些矛盾是有着不可推卸的责任的。只要还有时间，还有机会，他便要想尽一切办法来维护全球天电互联集团的信誉，来为妥善应对灾害寻找最后的希望。而这希望，他将很大部分都寄托在了秦潇然小组的身上。

秦潇然被李名贞叫醒时已经是傍晚时分，醒来后他有些昏昏沉沉的，一时间没有搞清楚现在到底是黑夜还是白天。

互联网中心有很好的值班休息室，而秦潇然小组的几个人在这二十几天里都只往返于休息室和全屏幕会议室之间，就连每顿饭都是在这两个地方解决的。其实他们更多的时间还是在会议室，只有实在熬不住了，才轮流到值班休息室休息。就好比秦潇然，差不多在屏幕前盯视、思索了一天一夜，这才到休息室睡了三个多小时。

"怎么了？有进展了吗？"秦潇然调整了一下刚醒的恍惚状态后，立刻问李名贞。

"进展还算顺利，类人体神经管控系统在前期藤田峻他们人工搜索依据来源后，已经通过自我学习功能开始自动排列寻找特种材料的依据准确来源点了。这套系统功能的强大真的不可估量，只是还没有完全发挥出来。现在系统依旧在自动工作，我估计用不了两天就能找出我们想要的东西。"

"太好了，我过去看看。"秦潇然一下就从床上跳下来。

"不！不是的，我叫醒你不是让你过去看看，而是让你回去看看。你回北京都快一个月了，还没有回去看看儿子。等系统找出我们需要的信息后，你可能会更忙，更不可能有时间回去看儿子一眼。所以趁着现在，像平时下班一样回去一趟。没了母亲的孩子，要让他更多地获取父爱。这样再回来时，你也能更加专注地工作。"李名贞是在劝说，但语气更像是在恳求。

秦潇然嘴唇微微抖动了下，眼睛有些发酸，酸得只能将眼皮尽量眯着，以防里面有温热的液体流出。

"回去吧，求你了。哪怕看一眼就马上回来。那对孩子来说会意味着很多很多，对你们以后的关系也意味着很多很多。"李名贞真的已经是在恳求了。

"好的。"秦潇然点了下头，然后拎起外衣快步出门而去。

秦潇然走了，李名贞依旧呆呆地坐在那里。此刻她心里有些懊悔，觉得自己刚才的事情未能做得完美。但这只能怪自己太过矜持了，刚才应该一开始就说出自己想和秦潇然一起回去看看他的儿子的，而不是等着秦潇然提出让自己陪他一起回去。共处了这么些日子，自己应该早就知道秦潇然在这方面不是那么主动的一个男人。

互联网控制中心的临时外出借用车停在了家门口，从车上下来的秦潇然心中莫名有些情怯。他在门口来回踱了两步，尽量将情绪平和、心境放稳。他觉得自己应该以一个笃定沉稳的形象出现在儿子面前，不能在儿子面前表现出慌乱和无措。

按开指纹锁，秦潇然推开大门，才迈进去一步，他便站在那里不动了。因为他看到一个稚嫩的面容，一双澄净的眼睛，一个有些不知所措的身影。

那是浏儿，浏儿就在客厅里玩，听到开门声转头过来，正好与秦潇然四目相对。浏儿看到秦潇然后的确有些不知所措，但他很快恢复过来，而且在秦潇然之前有所行动。

浏儿快步朝门口的秦潇然跑去。秦潇然看到自己一直牵挂的儿子跑向自己，赶紧蹲下身来，想张开双臂将他拥住。但是浏儿并没有投入他的怀抱，而是从旁边的鞋柜里拿出一双拖鞋放在秦潇然的脚部，然后又重新跑回自己玩耍的沙发茶几前。

这一刻秦潇然的感觉很复杂，浏儿的举动是一种尊重，却没有亲昵。而这正是他亏欠浏儿的，也是需要用时间慢慢弥补的。他换上拖鞋，朝浏儿缓缓地走去。

"谁呀？"秦潇然的母亲从厨房里探出身来，在看到是秦潇然后，先是惊喜地一笑，然后悄悄退回了厨房。母亲最懂孩子，所以她觉得这时候让秦潇然和浏儿单独相处一会儿是最好的。

秦潇然在浏儿身边缓缓坐下："浏儿真懂事，还知道给爸爸拿拖鞋。"

浏儿依旧低头在摆弄茶几上的一只圆环。听到秦潇然的话后，他没有抬头，却很快回答道："妈妈说过，要我照顾好爸爸。"

秦潇然一把捂住自己的嘴巴，浏儿这句话让他一口悲咽气息差点儿喷冲出来，但两颗泪珠却无法止住，顺着脸颊滚落而下。

好不容易将梗塞在咽喉处的悲戚平复下去，秦潇然把一只手很温柔地抚在浏儿头上："爸爸不好，一直都没有好好陪浏儿。"

"妈妈说了，爸爸是爱浏儿的。只是爸爸有很多事情要做，等事情做完了，就可以把暂停的爱继续下去了。"

秦潇然的手继续抚摸着浏儿的头，但他的脸却是转到另一边，因为眼中的泪在持续地流着。进门之前，他想好要在浏儿面前表现出一个沉稳坚强的父亲形象，可是现在他却显得那么柔软脆弱。

"爸爸，你想和浏儿一起玩吗？我还有好多圈儿，是妈妈留下的宝贝。"浏儿扭头问秦潇然。

秦潇然赶紧慌乱地擦了下眼泪，换成一张微笑的脸对浏儿说："好的，爸爸陪浏儿一起玩。"

"太好了，我去把圈儿都拿出来。"浏儿说完立刻跳起来跑向房间。

李名贞将秦潇然劝回了家，却未能完全达到自己的意图，所以带着失落的感觉走回全屏幕会议室。离会议室还有一段路，她便看到几个中心工作人员快步往全屏幕会议室跑去，嘴里还在激动地说着什么。然后陈纬也急步跑来，看到李名贞只微微点下头便继续往会议室跑去，看样子像是发生了什么大事。于是李名贞也加快脚步，急急地赶回了全屏幕会议室。

真的是发生了大事，会议室里所有人都处在惊异和感叹之中。李名贞只是离开了这里一会儿工夫，现在回来后却仿佛走入了另外一个世界。

会议室的全屏幕每一寸都利用了起来，各种数据、图像、对话框、列表等在屋顶和墙壁上不停闪跳着。会议室的大部分空间也都被分块的立体投影占据了，所有投影的分布有条不紊、错落有致。每一块立体投影的功能都各自不同，它们从各个层面、各个角度反映着天电互联网三重天罗的状态。然后又从整体三重天罗反映的数据信息，再到网络中每一个智能电力用户的状态变化，纵横比对、提取误差，进行着最细致的控制和调整。

类人体神经管控系统的功能在经过调整、升级，特别是在与外网连接出口打开后输入了那么多的数据信息后，系统本身的自我学习、自我调整、自我拓展功能被全面启动，并逐渐朝着无穷的限度发展。现在它的功能正由慢到快、由少到多呈倍数提升，并且每提升一步都能把所有功能全面发挥出来。就如同一个掌控一切的沉睡神灵苏醒了、亢奋了，又像是传说中见风就长的神豆，已经发芽、成长、蔓延、占据，接通天地，挥洒自如。

类人体神经管控系统很自如地运转着，该稳定的部分越来越稳定，该快速的部分越来越快速。特别是专门输入的特殊材料搜索指令，已经完全不用人工参与，而是自动在庞大的资料群中搜索原始信息所在的IP地址，并且在一旁同时显示出实际的世界地图，然后在地图上不断地收缩、剔除，速度越来越快。

李名贞紧张地看着不断收缩范围的地图，她的表情越来越惊讶。其他人也都被吸引到这部分的投影画面上，他们都和李名贞表现出同样惊讶的表情。因为此刻搜索范围已经收缩到了中国境内，而且趋势是以北京为中心的。

秦潇然的手机响了，笔管手机投影屏跳出的是互联网中心的号码。秦潇然知道这时候从中心打来的电话肯定是和工作有关，很有可能是让自己马上回去，于是拿起手机往门口走去，他怕电话里说的事情让浏儿听到。刚刚才和儿子说上两句话，相互间才开始生出与生俱来的信任，他不想让浏儿太快地回落到失望之中。

"爸爸，不要走！不要走！"浏儿刚好抱着一只小背包出了房间，那天在医院里他拽住车子不让别人将自己妈妈送进太平间时，另外一只手就紧紧地抱着这只小包。

浏儿见秦潇然往门口走去，于是一边急切地喊着一边跑着追来。脚步混乱之间绊在地毯的角上，一下摔趴在地。一个盒子从抱着的小背包中掉出，盒盖在蹦跳滚动中打来。

秦潇然急忙转身要去扶浏儿，但他才迈出一步便停了下来，一幅奇妙的情景让他怔怔地呆在那里。

盒盖摔开了，从里面滚出了四个亮晶晶的圆环，连带浏儿原先手里拿的那个圆环，这应该是从大到小的一整套。掉落在地的圆环别扭地滚动了几下，然后便歪歪扭扭地滚滑到一起去了，就像有一种奇怪的无形力量将它们拉拢在一起。

靠拢之后，五个圆环无声地跳起，从里到外依次套合在一起，以同一个圆心竖立在地上。不！不是竖立，而是悬浮。秦潇然看得很清楚，外边最大的那个圆环离地还有一厘米的距离。五个圆环相互间都是有空隙的,谁都没碰着谁,它们是整体悬浮在那里。

秦潇然一直没动,他眼睛定定地看着那五个圆环,期待着下一步奇迹的发生。浏儿趴在地上也没有动,他抬头看着自己的爸爸。见爸爸被自己的宝贝吸引住了,不再走了,他便非常情愿地趴在那里一动不动。

人都没动,圆环却开始了。很缓慢地,无声地,五个圆环开始各自以不同的角度翻转起来。翻转的方式和永动环相似,但是因为没有固定的轴点,所以翻转的方向角度更加自由。而且随着翻转,这一整套的圆环在逐渐上升,悬浮得越来越高。

手机铃声还在急促地响着,秦潇然突然意识到一直没接手机。于是眼睛依旧惊讶地看着那悬浮着不停旋转的圆环,手指在投影号码上随意一划接通了手机。

"秦组长、秦组长!那个特殊材料信息依据的来源地址找到了!"电话里传来陈纬急促而激动的声音。

"啊?啊!在哪里?"秦潇然依旧看着那悬浮的五个圆环。

"在你家!就在你家!"

"啊!"秦潇然猛然回头,看向墙边的书桌。书桌上不知道什么时候多了一台颜色鲜艳的多屏幕电脑,这肯定不是秦潇然的,而且是在秦潇然外出执行任务后才放进来的。

那台电脑正好打开着,主屏幕的屏保是殷灵的照片,殷灵那张秀美中带着些许坚韧的面庞正对着秦潇然款款地微笑着。

第九章 · 天罗四号

- 可吸收存储能量的五行永动环
- 从大迁移的奇怪路线得到启发
- 矛盾焦点转嫁给全球天电互联网
- 天罗四号行动正式开始

可吸收存储能量的五行永动环

全球天电互联网中心在最短的时间里拿出了应对彗尾尘埃下击暴流的方案，因为他们找到了一种特种材料制成的能量接收存储装置。这个装置是由五个圆环组成的，是殷灵在和秦潇然离婚之后的几年里研制出来的。但是她没来得及将这项成果亲自展示给秦潇然看，更没想到这个成果会很快成为拯救许多生命、应对有史以来最大灾害的唯一希望，甚至在完成这个巨大成果后，她想再爱秦潇然一次都没来得及。

五个看似普通的圆环，不经过精密探测根本无法知道它是什么材质的。而即便经过精密探测，如果没有殷灵留下的配方资料，在短时间内也是根本无法知道五个圆环之间的差异以及其中蕴含了怎样的奥妙。

那五个圆环全部无法确定是什么材料的，因为它们全是由多种物质组合而成的。但是每个圆环的配方成分又有不同，所含元素的不同以及所占比例的不同正决定了它们各自的性质、互通的关系，以及组合之后产生的神奇功能。

这五个圆环的原理是综合性的，可以从多个方面和角度进行解释，比如从仿天体运动、能量旋涡、多维收缩等能量原理来解释。但是那种解释太过深奥，非专业人员很难理解。而最为简单易懂的解释是从中国古典能量学上分析，可以将此套装置定性为一套五行环。中国古代科学最初将组成地球的物质判定为五行——金、木、水、火、土，而这一概念据说是来自无穷的宇宙。无独有偶，古埃及也有日、月、风、雷、雨构成世界之说，而玛雅人也曾将世界分作石、木、水、光、气五种类型。

殷灵研制的这五个圆环，在物质组成上首先就是奇特的。它包含了很大一部分化学元素表上的元素，但是这些元素在组成方式、含量、物理结构、大小上却是有着很大的区分。它是以这样的方式刻意制造出五种相生相融反之又相冲相克的物质形态，就好像中国传统的金、木、水、火、土理论一样。这五种物质形态合在一处后，那就如同构成了一个世界，也可以说是一个容纳无限的黑洞。

只要在这五环之间加入一点儿微量的能量，它便会开始翻转起来。能量越多，转得越快；转得越快，吸收的能量越多。并且在能量的内部作用下，整体呈悬浮和上升状态。另外，一旦加诸能量之后，五个圆环就会和永动环一样，永不停息地动下去。除非有大于所加诸能量的其他力量来阻止它的运动，或者有什么方法可以将其中能量消耗光，它才会停止下来。所以这套圆环又可以叫作五行永动环。

再简单点儿说，这就是一种综合能量的储存器，可以将各种能量吸收其中、包含其中，如动能、势能、磁能、电能等。而这种储存器也正是人类追求奋斗了许多年都未能实现的一个梦想，是人类文明的一个飞跃，可以全面完善全球能源的运用。

类人体神经管控系统给出的应对方案是"特种材料，储存，利用"，其实这三个词只是提示而已，却是非常关键的提示。现在所提到的特种材料找到了，而且可以很清楚地想到系统是要以这种材料装置来吸收并储存彗云冲击地球的能量。这样就能将灾害时的冲击力分流、化解掉很大部分，减弱灾害的破坏程度。

当然，做这些单靠殷灵留下的这一套小小的五行永动环肯定是办不到的，那应该是殷灵研制成功之后做的一个样品，所以具体的方案还需要通过系统整合。当殷灵留下的资料全部输入类人体神经管控系统后，系统几秒钟之后就给出了相对完整的应对方案。但这是一份打了很多问号的应对方案，也是存在遗留问题的方案。

"可采用特种材料装置收取彗星群彗尾尘埃下击能量，这种材料装置的可行度有无测试？"这是系统给出的第一条方案，但这个问号却只能回答没有。因为殷灵虽然之前发明了这种材料装置，却没有对外公开过，也没有经过系统的测试和试验，没有完整的试运用记录和报告。包括类人体神经管控系统，也只是从殷灵留下的有关理论数据相应给出的方案。

"公布特殊材料配方，在短时间里联合众多特种材料生产厂家和设备制造商进行规模生产，造出大量的、巨型的五行永动环来。配方能否公开？有无制造能力？灾害之前制造量可达多少？"这一连串的问题又是无法给出肯定回答的。虽然秦潇然已经将五行永动环的样品和配方拿出来了，但是互联网和政府高层是否愿意将配方公开，是否愿意投入大量资金和人力做这件事情，他们无从得知。

这些都是方案中直接给出的问号，如果都能够顺利实现的话，那么在彗尾尘埃下击暴流冲击地球时，将大批量的五行永动环安置在冲击的中心位置。虽然不可能用五行永动环覆盖尘埃冲击的所有范围，而且当地山脉特征的地势地形也不是什么地方都可以设置五行永动环的，但是只要大量地安装了，并且制造出的五行永动环确实能达到殷灵所研究设计的效果，那么就能吸收很大的冲击能量。虽然不能完全将灾害化解，至少可以大大减弱彗尾尘埃下击暴流的破坏力和影响度。

　　另外，这些问号之外还有其他的疑问，最后那个"利用"是什么意思？这五行永动环还可以利用来做些什么事情吗？

　　方案的最终实施必须得到最高层的认可。这不是一件小事情，而是涉及许多方面的一个庞大工程，必须投入无数的人力、物力、财力。五行永动环到底能否在迄今最大天象灾害的冲击下起到应对作用还无法知道，那么该不该投入许多人力、物力、财力去做这件事情？五行永动环的配方应该是属于中国的创造、民族的财富，能不能无偿对外进行公布？就算各方面协调组织，全力投入制造，但时间上还来不来得及？……这些都是很重大的决策，必须经过周密的权衡和考虑，然后才能确定取舍。所以虽然有了方案，却不一定能够付诸实施。电脑系统只是按资料整合，而决策层要兼顾的实际情况会更多。

　　但是让郑风行、秦潇然他们完全没有想到的是，方案递交上去才两个多小时就有了准确的回复。互联集团最高层看到方案后当机立断，不惜一切代价按方案去做。现在已经到了最危急的时刻，哪怕只有一丝希望也要去争取。

　　全球天电互联网络创建的初衷，就是要形成全球能源的合理应用，形成最为和谐互利的国际关系。那些加入全球天电互联网的国家一直以来都是信任并依靠于这种关系，而现在有些国家陷入灾害威胁之中，从互联网的角度来讲，那是不能放弃任何一个国家的。而从人道主义的角度来讲，那更是不能放弃任何一个生命的。在全球天电互联网的范畴中，没有国家、种族、信仰的区分，而是一个不离不弃、相互扶持的整体，是一个地球家。所以一定要用尽所有能力来维护这个家的完整，让全球天电互联网成为人们心中永远信任和依托的对象。

　　也就在最高层决策下来的一个多小时里，各项明确的部署也纷纷出台。五行永动环的材料配方立刻发给全球天电互联网认证过的所有特殊材料制造厂家，这些厂家和公司遍布全球。

　　这是一个伟大的做法，如此跨时代的科技发明在没有丝毫回报的状况下就向全世界范围公布了。这做法对秦潇然的家庭、对天电互联网，甚至是对中国材料产业会是个巨大的损失。但是对应对这次大范围的灾害，对整个人类能源储存和运用的发展，却是有着不可估量的意义。不过那些制造厂家拿到配方后却是对外界严加保密的，一则他们是觉得应该对得起全球天电互联集团对他们的信任，二则也是怕配方泄露后被心怀叵测之人利用做一些有害的事情。

　　制造五行永动环的材料采购通道也很快打开，运输通道也很快打开，而制造后成品的运输则委托了库克运输、巴哈马全球运输等几个世界上实力最强的物流快运公司。剩下的时间只有五个多月，要采购到五行永动环需用的材料，制造出尽量多的五行永动环来，还要运至灾害中心进行安装，确实需要全力以赴才行。

　　而秦潇然小组这次依旧有很重要的任务，他们首先是要查找并计算出这次彗星群彗尾冲击的中心点在哪里，然后赶到当地选择合适的五行永动环设装位置。当找到位置之后，全球天电互联网中心会抽调人员组成安装队伍，因为应对灾害的五行永动环不可能让它像样品那样随意悬浮，而是要用合适的固定方式将它们安置于灾害冲击的中心范围内，否则它们可能会随着冲击随意移动开。

　　秦潇然小组还有一个任务，即是继续找到三个单词最后一个"利用"的真实意思是什么。其实很多人都能轻易想到这个"利用"是要将五行永动环吸收的能量拿来做些事情。但是从现有的技术以及对五行永动环吸收能量强度的估测来看，这应该是很难做到的事情。因为如果之后各材料制造厂家制造出来的巨型五行永动环确实能接收大量尘埃冲击能量的话，这些能量的强度将会是非常可观的。要将这些高强度能量转换为可用能量的技术难度极大，这将是又一个高深的科技难题，需要经过许多年的研究。现在就算是已经研究出其中奥秘要做出相应的转换设备，估计时间上也来不及。

　　就在全球天电互联网全面部署开始大批量制造大型五行永动环的时候，度门启示派也开始有动作了。这一动不仅规模空前绝后，而且牵涉的方面非常多。稍有差池，在彗尾尘埃冲击的灾害未曾到来之前就有可能出现其他方面的灾难。

　　许久未露面的乌玛圣女再次在蒙达迈现身，她利用各种媒体向所有灾害区域的度门启示派成员宣布,也是在向全世界范围内的度门启示派成员宣布。她将亲自带领所有预计会发生灾害区域内的度门启示派成员,以及所有愿意跟随度门启示派一起寻求生存之路的普通民众,按神迹的指引进行一次创世之行。

"没有飞机,没有列车,没有轮船,但这都挡不住我们的信念和意志。我们可以自己开车,可以骑行,可以步行。哪怕是没有路,我们也可以自己踏出路来!神要毁灭的不是我们,神的怒火是要烧尽一切邪恶,让世界重新变得洁净。所以太阳没有马上黑暗,风依旧在吹拂,雨珠仍然湿润我们的头发。这是最后的赐予,是让我们借以逃离毁灭的赐予。而我也是神赐予你们的,我会与你们同在,我将与你们同行。"

这一次乌玛出现时与以往有些不同,以往她都是只以自己单个的形象出现,这一次却是带领一大群人一起出现的。这一大群人什么肤色的都有,但有一点却是相同的,即他们都穿了带有金属晶片的衣服,而且这些衣服都是长袍或缠纱一类的。

这一群不同肤色的人,乌玛圣女称他们为引领者,并宣称这些引领者随后将去往灾害区域所有国家的各个集结点,然后带领在那里集结的人们按神指引的路线往东方行进,逃避毁灭,寻求新生。

"带上捍卫自己和家人的武器,跟随你们的引领者,去冲破重重阻碍,前往东方。是那里的一些人掠夺了我们的能量才会带给我们灾难,所以我们对他们不必心怀任何愧疚。我已经赐予了所有引领者与我同样的神力,你们只管跟随他们的脚步、听从他们的指引、支持他们的行动。就能躲过湿婆神天眼降下的毁灭火焰,就能躲过万物尽灭的冷寒,在东方寻到安身的福境。你们都是神的孩子,等一切过去之后,神会赐予你们重生的能量,到那时,我们将回归家园再创新世纪。"

乌玛圣女的意图很明显,她这是要带领所有集结的人进行一场大迁移。他们将不借助各个国家政府提供的所有帮助,自己开车、骑行,利用一切可用的交通工具,然后越过一道道国境边界前往东方。

这一做法再次显现出乌玛的心机和疯狂。她提出的自己走向东方其实没有太大创意,但是集结这么多人一起走向东方却是她经过精心构思的,并且之前也做了很多的铺垫。但在走向东方的这个过程中,乌玛圣女和度门启示派其实都不会拿出什么实质的东西。所有的路都是那些人自己在走，过程中食品和水的庞大消耗肯定也是那些人自己解决。

不管谁来解决，所经之处的城市负担会陡然增大，还有所在国家的政府机构压力会增大。这一点乌玛圣女应该早就料算到了，就像上一次天象灾害时许多人集结在蒙达迈寻求护佑一样，关键时刻国家政府肯定不会袖手旁观，他们会启用灾害机制进行应对。

另外就是越过国境的问题，这一点乌玛圣女同样料算好了。同样处于灾害范围内的国家之间现有的边界已经形同虚设，人们的概念里只有灾害区域和无灾害区域之分，所以通过这些国家的边界应该没有太大问题。至于要进入无灾害地区的国家边界，乌玛觉得灾害地区国家的政府肯定会出面协调。如果不能协调，到灾害最后关头那些国家出于人道主义也会放行。即便到最后仍不放行，这么多人一起冲过边界也是很难阻挡的。

如果大迁移过程中出现了什么情况是在乌玛意料之外的，比如政府完全放弃这些人不管不问，或者极力阻止他们迁移和越境，那么最终的后果只会让那些民众对政府彻底失去信任，更加相信与依赖乌玛圣女和度门启示派。

这样的大迁移一旦成功，之后这些跟随她的人，以及世界上许多看到这次迁移成功的人，都会完全信服于她。灾害区域的各国政府则会因为这种状况下的无能为力、无所作为而被人们摒弃。特别是灾害发生之后，所有机制将被打破，那么乌玛圣女和度门启示派很快就可以运用自己的方式替代原有的政府机制，拥有绝对权力。

也就是说，乌玛其实只提出了一个最简单最没创意的笨办法。但这个办法一旦实施之后，她便立于了不败之地。不管那些国家的政府机构愿不愿意，最终都只能被迫为他们服务。不过无论是在为众多被蒙骗民众的生命安全做一些事情，还是在为阻止那些被蒙骗民众迁移做一些事情，都是在无奈中替乌玛打造她神的形象。

何况要引领灾害区域十几个国家、数十个集结点、几千万人进行迁移，并且要控制好过程，这也并非一件容易的事情。所以从这方面来看，乌玛的这个行动真的要能成功的话，那会再次证明她非同凡响的能力。这能力不是天体研究、能量研究，而是对人的研究和控制。

但那些灾害区域国家的政府机构也不是傻子，他们很快便意识到这样大规模的迁移行动最终带来的后果是什么，同时也意识到自己处于非常尴尬的状况，问题是要想扭转这种状况，凭借自己现有的处境和能力是很难办到的。

另外，从国际关系和社会构局来看，其他很多不在灾害区域的国家也会阻止乌玛圣女这样的做法。因为这样一来，她不仅可以带动十几个国家国籍的大量成员随度门启示派而行，而且一路走下来，肯定会有更多的人加入这支队伍。一旦这些从不同聚集城市出发的几十支迁移队伍进入东方国家后，就会成为一个超过任何媒体形式的宣传团体，每个人都可以用自己亲身的经历来推广和宣传乌玛圣女及度门启示派。那样接下来就会吸收到不计其数的民众信奉并追随度门启示派，接受他们进入的东方国家也会因此出现政局的动荡和危机。再者，这么多人一下涌入国内，改变更多人的信仰和价值观，必然还会造成经济的动荡和危机。

在天象灾害最终形成之后，追随度门启示派的人返回去重建家园。那时灾害区域的国家机制可能已经完全崩溃，在大量重返家园的度门启示派追随者的推动下，国家的主导力量和最终权力很大可能会掌握到度门启示派手里。而灾害地区原有十几个国家，范围几近小半个地球。如果权力全部归属于度门启示派，再加上度门启示派在世界范围的影响以及遍布全球的成员，这对任何一个国家都是巨大的威胁，只要他们觉得有必要，就可以随意朝着相邻国家扩展自己的势力范围。

所以度门启示派现在虽然只是个带领人们逃难的民间组织，等到灾难过去之后，他们势必会成为掠食世界的蝗群。

不过，当全球天电互联网通告各国政府层面将制造大量五行永动环来应对灾害后，这些国家看到了希望。原先以D国为代表的诸国大使和全球能源署、国际关系署的专员来到中国洽谈事宜，就是希望全球天电互联网能够保证灾后及时恢复电力，抵御海水倒卷和极寒天气。互联网方面一直没有肯定的答复，不是不想给肯定的答复，而是因为到目前为止从技术层面真的不能给予肯定的答复，如果给了答复，那反而是虚与委蛇的不负责任行为。

而制造大量五行永动环不仅说明了全球天电互联网在尽自己一切力量应对将至的灾害，而且只要这一举措哪怕只有小部分的效果，都是对乌玛圣女预言进行的驳斥。另外，只要天象灾害可以减弱，那么重启电力的可能就会相应提高。这是里外双重的效果，有这样的效果做保障，留在当地寻找庇护所躲过灾难也不是没有可能的。

这种情况下，所有国家政府机构都开始行动，尽量劝说广大民众不要随度门启示派进行远途迁移，政府将提供可靠的避难场所让他们躲过灾害。另外有一件事情也更早地打破了乌玛圣女的预算，就是所有国家加强了边界守卫和过境检查，特别是那些无灾害的东方邻国。所以过境并不像乌玛圣女预计的那么简单，各种迹象甚至表明就算到了最后关头，有些东方邻国的边界仍是不会开放的。

从大迁移的奇怪路线得到启发

预测彗尾冲击地球的准确位置对于秦潇然小组来说并不是难事。其实各大天文天象、灾害预测的专业机构已经将彗尾尘埃下击暴流的中心范围大概确定下来。然后李名贞结合自己以往的研究资料，又搜罗了圣女座彗星群最新的动态数据，还有彗尾移动的形态趋势。经过一番推断性计算后，最终在阿尔布克山脉北麓的哈德斯群峰和白头翁群峰交界处画定了一个不规则的圈。

根据这个圈，藤田峻很快调出了卫星实景图，可以由远及近地看到一片被厚厚积雪覆盖的连绵山峦。山峰起伏、悬崖峭壁、银色连绵、直入天际，而这里仅仅是阿尔布克山脉的一小部分。

山峦的上半部全是积雪覆盖层，其实这只是眼睛可看到的表面情景。像这样常年被积雪覆盖的地带，一般在雪层的下面还有极厚的寒冰层。山体的下半部分便是层层叠叠的植物林，这些林子的树木一般都是松、杉一类的耐寒品种，特别高大。而植物林下方山脚的位置，则是湖泊、河流、小溪，或交叉或环绕。

从环境特点上推断，这次彗尾的冲击，会出现一个裹挟了雪花、碎冰、水滴、碎石、树木、碎片以及闪电的狂卷旋涡。因为有雪花和碎冰，尘埃极性碰撞导致的闪电很可能会演变成爆闪。因为有树木碎片，爆闪还有可能演变成爆燃。

再从拉近的俯视图来看，在越过了连绵山峦顶端的南麓，有上下排列的四道天电互联网络顺着山势延伸向远方。四路设备塔就像银色的棋子镶嵌在雪山绿林之间，从规格和数量可以看出，这应该是一段很重要的无线电能传输网络。估计是贯通多个局部网络的联络干线，所以采取了多回路的构造。而多个回路集中在南麓，是因为这边朝阳，日照时间长，比较温暖，没有积雪和冰层。这在开始基础建设时就会相对比较容易。

而从系统调出的整个网络原始设计图上看，这四条天电互联网络上还连接了多个太阳能发电站和风力发电站。所以当尘埃下击暴流时，这里的电网肯定要提前断电。否则灾害发生之后，导电的冰雪狂飙造成电弧爆闪，不仅会引起大范围的电击、爆炸，加重干线和网络的损坏，而且会导通三重天罗之间的电弧电击，会导致周边范围里所有生命的毁灭。另外，电弧还会引燃下方松、杉高油脂品种为主的林木，造成森林火灾，让狂舞的冰雪碎石之中再多出火焰和浓烟，并随着辐散强流冲入村镇、城市，那就真的是水火交加了。

从整个地势上大概看，可设置五行永动环的一个重点位置应该是在北麓山坡以及下方，这样不仅可以直接承受部分尘埃冲击，而且可以将顺山势往北冲击北极圈的能量吸收化解掉一部分。另外一个重点则是在连绵山脉的顶部和南麓顶端，这部位的设置可以阻挡化解往南的辐散强流。

但这样的设置方法必须是能够制造出足够数量的五行永动环。除了山顶、南麓顶端和北麓山坡及以下的位置，在东西方向上也要尽量延长布设面。因为这一次的尘埃冲击虽然是集中式的直击，而且靠近地球北端。但随着地球自西向东旋转，还是会让冲击点在这样一个方向上出现一个不大的移动。一旦冲击点移出五行永动环的布设范围，那么吸收和化解的作用便不复存在。

电脑系统很快根据实际地形、安装条件和其他各种因素确定了一些可安装地块。在实景图上，这些可安装地块都被转换成了绿色。绿色的地块看起来并不是太多，只占了整个下击暴流冲击范围的三分之一。

这情况让秦潇然心里一紧，吸收冲击能量的位置太少、出现的空当太大，下击暴流以及后续的辐散强流绝大部分的冲击能量还是会大量流出。而当秦潇然再细看了一下那些绿色地块的面积提示后，他的心顿时凉到了底。那些可安装的位置确实不多，但其实每一块的实际面积却是极大的。这么大面积的范围要想用五行永动环摆满的话，那需要的数量太多太多了。规模远远不是那些太阳能发电站可比的。所以不要说现在生产厂家才开始摸索着试生产，各种材料的采购配送无法及时，生产设备和生产技术都远远跟不上。就算他们都是完全成熟的具有足够生产力的厂家，那也没有办法在短短不到五个月的时间里制造出这么多的五行永动环来。不对，还要除去运输和安装的时间，那么实际能用在制造生产上的就剩四个月左右的时间了。

综合这些情况可以看出，类人体神经系统虽然给出了一个应对方案，也找到了系统确定的特殊材料，但是这很大可能只是个安慰大于实际效果的方案。因为最终制造出的五行永动环到底具有多大吸收能量的能力，在没有经过那样的巨大灾害前很难确定。而天象灾害到来之前能制造出多少五行永动环来也无法确定，但肯定不会太多。要想覆盖这么大面积的可安装范围绝不可能，最终或许将小部分的绿块布设满都很困难。

另外，就算那些绿块的位置都能用五行永动环覆盖了，尘埃下击暴流范围内还是有很多的部位是空当，这些空当的面积远远超过五行永动环的覆盖面积。所以布设五行永动环只能是吸收小部分的冲击能量，另外还有大部分的剩余冲击能量是会形成辐散强流的。

藤田峻将投影的画面转来转去了好几遍，从各个方向角度多次比对并进行测算。那些绿色地块的数据随着他的转动不停地出现些许细微的变化，但最终还是在和初始画面相差不大的一个角度方位上定格下来："差距不大，测算比对下来基本是此消彼长的。获取到范围的优势，就要损失角度和走向的优势。所以只能是这样了，这应该是多方面权衡后最佳的布设位置了。"

"那就这样吧，谋事在人，成事在天。唉！"秦潇然抱着胳膊长叹一声。他为了应对天象灾害费尽了心力，还将殷灵研制的配方无偿贡献了出来，可以说是仁至义尽了。接下来的一切只能是听天由命，悲观一点叫死马当作活马医。

李名贞看出了秦潇然的忧虑。她不想让秦潇然太过沮丧，于是安慰道："可能关键还是在'利用'上，要是能找出到底如何利用的办法，或许一切就不一样了。"

"'利用'，是呀，系统给出的第三个条件'利用'我们还没有加以利用。"莫洛克夫像在说绕口令。

"是不是可以让类人体神经系统再进行一次搜索，现在的系统和原来又不一样了，通过自我学习、自我拓展后能力又有了极大提升。再搜索一次说不定就能找出关于怎么利用的提示来。"卫国龙的想法还是很有道理的。

秦潇然点了点头。还没有等到他说话，藤田峻就已经开始操作。于是类人体神经管控系统的专用搜索页面再次被打开，关键词才输入"利用"，页面就自动启动了。

不过这一次启动后的搜索才进行几秒钟就停止了，没有显示任何结果。反是跳转到了一个新闻网站上，而网站首页的热门视频正持续地在报道一则现在最受全世界关注的新闻。

这个全世界都关注的新闻就是度门启示派大迁移。正在播放的视频是众多迁移队伍中的一支，持续的空中航拍展现出一个宏大壮观的场面。无数各式各样的车辆排着队，浩浩荡荡，不见首尾，正以缓慢的速度蜿蜒曲折而行。那绵长队伍里的人们虽然也焦虑，但是都充满了希望，所以并不拥挤和慌乱。而每往前移动一段距离，他们的信念就会更加坚定一些。

"今天已经是度门启示派大迁移的第六天，这是在 D 国东部卡布康州拍摄到的情景。这一路迁移的民众是在卡布康州新达哥市集结的，但队伍中有一半人是出发以后从各处聚集而来同行的。整个迁移队伍和其他线路的队伍一样，六天来始终不按现有的高速公路、洲际公路行进，而是在各种道路之间交叉更换，大部分是利用了城镇、乡村道路，有的地方甚至是自己推压出来的道路。以不断曲折回旋的线路逐渐前行，这种线路的行进速度虽然缓慢，却很有秩序。因为谁都不知道引领者的下一个方向是怎样的，只能依次在后面慢慢跟随。这可能就是所谓神迹指引的路线吧……"新闻里的采访记者正在进行着现场播报。

"太夸张了吧，这得多少车多少人啊！连绵不绝地，根本看不到头尾。这支队伍要是拉直了的话，起码得有上百千米吧。不过这也真是没有办法，强烈求生的欲望才会带来如此的疯狂。"藤田峻的话里有惊讶也有同情。

卫国龙以往养成的习惯让他注意到一些细节："不是夸张而是可怕，这不仅是有着强烈求生欲望的队伍、有着绝对信仰的队伍，而且是一支携带了各种轻型武器的队伍。"

"是的，有武器。这么多的人，都携带着武器。再想想他们此时的心情、状态，一旦遭遇阻拦肯定会发生很大的冲突和暴乱。而人数如此庞大的队伍还不止一支，冲突起来后果不堪设想，有可能比天象灾害更加惨烈。"莫洛克夫在努力想象，但真的很难想象。

"我查了下，这么多的人和车，还不断有经过路途上的新成员加入。但六天的行程没有出现拥挤和慌乱，相互间也没有发生什么大的冲突。这不仅仅说明这些难民的素质高，更说明了乌玛圣女和度门启示派在管理和控制上很有一套。"藤田峻发表了自己的看法。他生活在人口最为密集的东京，所以非常清楚人员数量如此庞大且组合关系极为混杂的队伍，单凭素质而无有效管理控制办法，那是肯定不行的。更何况这支队伍里都是惶惶然逃命的难民。

秦潇然手掌在立体投影画面上挥动了下，将新闻视频调转到一旁单独的显示屏上，然后快进快退截取了一些片段的图片放大展开。这些图片有这支浩浩荡荡队伍的最前端，也有中间部位。但几乎所有都是远景，可以看到很大一段蜿蜒曲折的行进车队。

"刚才新闻里采访的记者说过了，谁都不知道引领者的下一个方向是怎样的。这就是所谓的不确定引导，跟随者没有自己的方向，也无法预测下一个方向。那么在没有其他选择时，他们就只能耐心跟随，以免自作主张反导致失误和损失。你们再看，度门启示派迁移的路线是刻意规划过的，什么样的道路都有，甚至还利用了迁移队伍中的工程车、推土车、水冲压车自己开辟道路。因为道路路况的不时变化，就不会导致某个速度的持续。持续不变的速度会让人感到烦躁，产生突破的欲望，在下意识中就逐渐加快。而不停发生变化之后就不会这样了，可以避免前后碰撞。这其实是一种心理上的掌控方法。"

秦潇然说到这里停顿了下，又翻过两张图片："再有，他们的路线不是直线朝前的，而是有很多的折转，就像故意在绕远路一样，其实也是一种暗合心理学的排列管理方法。自己在移动，或者自己虽然不在移动，但看到前面折转的队伍在移动。那就能看到往前行进的希望，消除心里的郁闷。另外一个就是不断折转蜿蜒的队伍不会产生大规模的拥挤和冲撞，这叫方向性能量分段缓冲。因为一段距离之后队伍就改变了方向，就算发生拥挤和冲撞也只会是一小段，不会影响到前面已经折转的队伍，而后面未折转进入这一段的队伍也因为行进方向的不同不会加重拥挤和冲撞。"从秦潇然的分析可以看出他知识面的广博。

"对对，这其实和过去老式游乐场里人多时控制排队的设施相似，是采用不断折转回旋的栏杆通道，这样就不会产生拥挤踩踏事件。"藤田峻马上联系到一种常见事例。

"道理其实是相同的。而且这种野外道路上的行进更灵活,一旦某一段发生拥挤冲撞,马上就可以将这一段摆脱,从后面折转处重新规划一条道路跟上前面的队伍。拥挤冲撞的一段在疏通缓解之后,可以在全部队伍过去后再次跟在最后面。"秦潇然边说边在那些图片上比画着。

"可这和我们搜索关键词'利用'的目的有关系吗?"莫洛克夫说话的语气听不出来是请教还是责问。

莫洛克夫给分析得津津乐道的秦潇然浇了盆冷水,所有人一下沉默下来。

李名贞同样沉默,所不同的是她走上前去将秦潇然刚刚截取的图片一张张重新翻看了一遍。看完之后,她回身朝向秦潇然:"你再仔细看看他们的路线走势,有没有眼熟的感觉?"

听到李名贞的话后,秦潇然微微一怔,不用再看那些图片他就已经想到了些什么。但他是谨慎的人,所以在确定情况之前,他还是马上将所有图片依次又翻了一遍。

看完图片后的秦潇然没有马上说话,而是在心里暗想:"这会不会是巧合?还是其中一条迁移车队故弄玄虚的巧合?"手随心动,念头一转间,他又调出了更多关于度门启示派大迁移的新闻,找到许多其他聚集点出发的迁移车队图片。

看到的图片越多,秦潇然便越发显得兴奋和慌乱,这是一种难以抑制心中激动的状态。

李名贞静静地看着秦潇然,显得很平静。但目光已经像火焰般在跳动,心潮更是随着秦潇然的一举一动在激荡着、起伏着。

其他人也很安静,秦潇然的动作让他们感到有些茫然,李名贞的表情更让他们觉得茫然。所以这时候他们也真的不知道该不该说话,又该说些什么话,只能是将目光不停地在秦潇然和李名贞之间来回挪动。

终于,秦潇然站定了身形。点画立体投影画面的双手像合唱指挥在一曲结束时那样猛然收住,紧紧地握成两个拳头。

"纳斯卡线条,所有迁移队伍行走的路线都和纳斯卡线条很像。"秦潇然这话不仅是在回答李名贞,也是在告诉所有人。

"纳斯卡线条?这我知道,秘鲁的神秘线条,远古时代留下的未解之谜。不过一百多年前我们日本的历史和考古专家就已经给出结论,那是朝圣者在朝圣过程中用各种破碎瓦、碎罐和石块、砖块堆垒的线条。所以这些线条很可能是朝圣时的路线，而各种线条形状的中间原本应该是有建筑的。"以往对纳斯卡线条最为权威的解释是日本人研究后给出的，所以藤田峻了解得挺多。

"纳斯卡线条虽然有很多种图案，但绝大多数是以来回的折转线条为主的，的确和度门启示派大迁移的路线很相似。我想可能是因为当时朝圣的人多，但早在古老的年代，人们就已经懂得这种结合心理调整、避免挤压踩踏的折转排队方法了。"莫洛克夫对纳斯卡线条也知道一二。

"但是有一点你们可能不知道，乌玛圣女穿的那件印度纱丽上连接金属晶片的就是这样的线条，那些引领者所穿衣服上连接晶片的也是这样的线条。"李名贞这时候才说出她最初的发现，"乌玛是在登上失事飞机之前不久才穿上那件印度纱丽的，也是在穿了那件印度纱丽之后才显现出神迹和神力的。"

"其实你们说得都没错！"秦潇然的语气很是兴奋，"如果纳斯卡线确实是朝圣者随手用丢弃的碎瓦、碎罐和石块、砖块留下的，那么在朝圣的路途中怎么会有那么多的碎片和砖块瓦砾呢？还有，按原来的解释，这些是朝圣者排队朝圣的路线，那么在这些线条的中间或某一个线条的终点应该有很壮观宏伟的建筑。可是为何这些建筑的痕迹一点都看不到，而这些随便形成的线条反倒是留下来了。"

没有人回答秦潇然的问题，不是他们心中没有其他想法，而是都想早点儿听到秦潇然说出让他变得亢奋的想法。

"因为这些线其实是由于能量吸引而存留下来的。说得具体一点儿就是，可以吸收、缓冲、传递能量的一种特殊形式或装置留下的痕迹。当时纳斯卡那里到底发生过什么我们已经无从知晓，这样的能量形式从何而来我也无从知晓，但是可以大概想象出这样一幅场景：这里原来是有着许多宏伟建筑的，却在某个瞬间就被从天而降的巨大能量完全摧毁了。摧毁的能量正是通过纳斯卡线条形式的装置执行摧毁操作的，因为线条的走向、曲折正是将能量吸收、减缓、转换的形式。然后在线条整个构成一个图形时，其实是为装置构建了一个能量场，可以储藏，也可以释放摧毁能量的能量场。这种装置完成操作后不知去向，当在它操作结束之际，却因线条吸收功能的惯性作用，将摧毁后的各种碎片吸收在能量运转的形态上，留下现在我们看到的千古之谜——纳斯卡线条。"秦潇然将自己的发现和想象一口气说完。

"可这有什么用？"卫国龙并没有听得太明白。

"乌玛圣女利用这种线条形式可以将人体运动过程中产生的各种能量收集起来，然后通过连接的晶片进行转换，最后以她所需要的磁能、电能、生物能等方式释放出来，从而让别人以为她真的拥有神力。度门启示派迁移以这样的方式行进，除了之前我说的心理和避免拥挤的作用外，其实也是为了获取到能量。这种折转前行的路线，才能让整个队伍中的车辆相互间没有影响，最大限度地获取到太阳能、风能以及沿途的无线电源，保证车辆的持续行进。"

"这对我们有什么用？"卫国龙还是没有得到自己能听懂的结论，于是又追问一句。

"首先我们可能不需要原来想象中那么多的五行永动环来覆盖整个尘埃冲击区域……"

"你的意思是要将五行永动环按纳斯卡线条的形式进行排列？"藤田峻很冲动地打断了秦潇然的话，而且眼镜片后面一下放出光芒来，这光芒里有惊奇也有惊喜。

"对，还有就是利用。"秦潇然说到这里故意停顿了下。

"怎么利用？"莫洛克夫此时不仅从椅子上站起身来，而且朝着秦潇然连走两步。

"如果之前的推测都是正确的，这就说明它的能量形态是整体连贯的，线条上每一处的能量关系都有着极强的关联。吸收的能量越多，能量关系越稳固。所以五行永动环按纳斯卡线条排列之后根本不需要支撑器具，直接悬浮着，尘埃的下击暴流依旧无法将它们冲走。这样首先可以节省支架制造和安装的很大工作量和费用。"

大家都点点头，没有说话，因为这一点好像并没有牵涉"利用"。

"另外，也是因为纳斯卡线条最终是图形的整体形式，所以上面的每一点都有着极强的关联，可以在排列的所有五行永动环之间形成一点多线的连线关系。这种关系错综复杂，实现了环与环之间的能量互通。这样一来，在纳斯卡线条形成的图形之间就会构建一个复杂的能量场，一个可以储藏和释放能量的能量场，就像当初摧毁纳斯卡那里建筑的装置一样。有了这样的状态，不仅五行永动环自身可以吸收大量冲击能量，整体的能量场更可以吸收化解很多冲击能量。再者，纳斯卡线条不停折转的形态是可以逐步减缓能量强度的，那就可以在减缓到最低的位置上引出能量，设计安装电能转换装置，将减缓变弱的冲击能量转换为电能。"

"然后，利用转换的电能进行灾害区域的电力重启！"就连一向稳健的莫洛克夫也无法抑制心中的兴奋和激动了，他抢在秦潇然前面说出了最后的结论。

矛盾焦点转嫁给全球天电互联网

"可是……可是谁能确定这是可行的呢？"也许正是因为不能完全听懂，卫国龙反而成了几个人中最为冷静的一个，"没有任何依据确定这是有用的、可行的，只有推断和想象，那这发现还不如不发现。如果将这样没有任何依据的想法当方案报送上去的话，只会带来两种可能。一种完全不信，另一种是相信，抓紧不多的时间进行论证并采用。其实第一种可能还是好的，最多定性为发现不准确，算我们急功近利、病急乱投医。但是第二种可就要担负极大风险了，万一实施之后效果大大不如全面覆盖的布设五行永动环，或者完全不是那么回事，那这个责任不是谁随便扛得住的。"

卫国龙的话提醒了大家，刚刚涌起的兴奋和激动一下就像滚水中捞过的金针菇蔫耷下来。其实他们几个都不是怕担责任的人，问题是这责任关系到无数的生命，而且一旦没有效果，心理上也很难承受。

沉默了很久，秦潇然终于再次坚定地扬起头："我们又一次针对'利用'进行有价值的信息搜索，类人体神经管控系统只几秒钟就给出度门启示派迁移新闻。这不是出现了跳转错误，像这样不断自我提升、自我完善的超级系统是不可能出现这种跳转错误的。它之所以短短几秒钟就跳转到度门启示派大迁移的新闻播报上，其实正是把与'利用'相关的提示信息搜索了出来，而且是非常有用的线索。所以马上提交方案，责任由我来担。"

卫国龙还想说些什么，但是被秦潇然猛一挥手制止了："提交方案后，我们还有很多事情需要做。首先要抓紧时间，确定每个不同形状的地块应该采用什么形状的纳斯卡线条，还有从乌玛以及那些引领者衣服上的线条，找出能量转换的输出终点在什么位置，还是任何一处都可以作为输出终点。另外，能量转换之后，与天电互联网连接的部位以及形式我们也要提前确定。这些完成后，将作为后续方案继续报上去。"

这一次秦潇然小组提交的方案迟迟未能得到回复，连后续方案都提交好多天了还是没有一点反应。这其实一点都不奇怪，他们提交的是一个包含了千古之谜的方案，而且和五行永动环不同，这个方案根本没有任何实质的理论依据作为支撑，之前更没有任何组织机构有过类似方面或接近的研究，基本都是他们的推断和想象。对于这样的提案，要在平时初步审核就不可能通过，更不要说提交到天电互联集团的最高层面了。

但是现在是非常时期，秦潇然小组的提案和后续提案还是走直通途径递交了上去。然而要让决策层下决心放弃原来尽可能覆盖布设五行永动环的方案，改为用纳斯卡线条排列布设，这确实有些太突然也太冒险了。

另外，那些灾害范围的国家要是知道之前方案和现在要做的变化后，肯定也会提出异议甚至抗议。他们会觉得这是在缩减成本、敷衍了事。所以除非是有可靠的研究数据和理论依据，然后再通过各种实际的试验、试用，最终确定其可行性和可靠性后，决策层才有可能将原有方案改变为纳斯卡线条方案。

不过互联网最高层领导虽然没有马上拍板下定论，但是针对秦潇然小组提案的各种试验工作却是在山东能源设备特种性能试验场展开了。这个试验场除了拥有全世界最先进的能源试验技术和设备外，而且第一时间集中了帕维尔、阿海珐等电气设备制造公司的设计专家。随后又会同国际能源研究协会、中国电力研究院、欧盟领先能源设备研究室等研究机构的专家，将所有最新研究出的资料都拿出来进行综合梳理、调整、分享，互通有无，取长补短。如果纳斯卡线条的作用经过试验被确定是有用的，那么他们将在最短的时间里拿出有效的能源转换装置配合五行永动环使用。

就在秦潇然小组满怀焦虑地等待着回复，而天电互联网调动各方面力量针对他们小组提案全面展开试验确认和设备研制工作的时候，度门启示派的大迁移引发了危机状况，灾害区域国家纷纷进入了最高等级的危机应对状态。

其实最开始度门启示派大迁移并没有太引起各国政府的关注，因为灾害即将到来的消息让整个国家的交通、经济、治安等出现极大的动乱。虽然很多的行业、机构已经在灾害即将来临的消息公布后处于完全停滞瘫痪的状态，但现有的社会稳定和安全仍是政府需要维护的第一件大事。

按理说，像度门启示派这样大规模的迁移本来应该是一件很危险、很动乱的事情，但他们到目前为止还算有序，相比其他地方要平稳得多。所以那些国家的政府即便意识到这种做法成功之后会对他们的政权稳定起到颠覆性的后果，他们依旧腾不出手来过多干预，而是把最大的精力用在应对即将到来的灾害上。

另外，全球天电互联网通报了五行永动环应对灾害的信息后，那些国家政府觉得哪怕只有一点效果，都是对乌玛圣女和度门启示派的有力反驳。再一个说实话，这些政府机构从开始就没有觉得大迁移的做法会成功。毕竟只是一个民间组织，借用了一些科技发现和信仰概念树立形象，这可能会在一段时间内迷惑人们。但是要实际带领百万、千万的人浩浩荡荡地逶迤而行，如何管理？如何约束？就是政府行为都很难实现，所以最终只可能是一场闹剧。

不过为了防止这种大规模的聚集和迁移导致骚乱和挤压踩踏，那些国家的政府机构还是提前做了不少工作。未等迁移开始，他们就派出很多政府人员进行劝阻，说明全球天电互联网已经想出了降低灾害威力的办法，而且在全力实施当中。另外还明确承诺，政府也在设法积极应对，将利用现有的军防、空防设施安置民众。同时还会对一些抗震级别最高的建筑进行再加固，也用于安置民众。至于灾害出现后的海水倒卷和极寒天气，在全球天电互联网降低灾害的办法实施之后，很有可能不会出现。即便出现了，情况也会远远低于预测。另外，政府正在和天电互联网积极沟通，尽量保证在灾害发生之后及时恢复供电。那样城市强排水系统和取暖系统就可以及时启动，即便有海水倒卷和极寒天气的后续影响，城市的各种抗灾设施也完全可以应对。

但是这些劝阻没有任何实际的保证。挂在悬崖上的人宁愿相信握在手里的一根绳子，也绝不会相信别人嘴里说的一架梯子，更不会为了那架梯子扔掉手里的绳子。所以一心要逃避灾难的人们依旧义无反顾地跟着度门启示派行动，浩浩荡荡的队伍中，能被政府派遣人员劝阻的也就几百人而已。

迁移未能阻止，那么迁移的后果便在许多天之后逐渐显露出来。度门启示派迁移的队伍准备好了一些食物和水，但是迁移队伍的追随者并未想到迁移的行进速度这么慢，之前准备的食物和水都不够充足，走了一段时间之后，食物和水便消耗得差不多了，而前面路程还不知道要走多久。于是度门启示派大迁移的人们就像蝗虫一样，每到一个可获取食物和水的地方，不管之前准备的水和食物还有没有，都会一扫而光。因为谁都不知道还要走多久，后面的路上还能不能获取水和食物。

这种状况不同于行进队伍的控制，要想缓解除非能提供更多的食物和水。政府已经意识到度门启示派此举对自己权力的威胁，想尽量劝阻他们放弃迁移，所以并没有在迁移沿途提供大量救灾物资，只准备了少量物资用以救急。

最开始的一扫而光只是抢购，到后来逐渐演变成了哄抢、抢劫。虽然那些所经城市、村镇的居民大部分也都已经想办法离开住所躲避灾害了，但出现这样的状况还是给社会造成了极大的恐慌。于是不少地方都出现了度门启示派迁移者和当地居民的冲突，甚至在一些地方和前来制止的警察、国民自卫队发生了零星枪战。

不过这些冲突往往会以当地居民让步和警察、自卫队撤走而结束。因为迁移的人太多，政府机构怕发生事情引发更大动乱。从这种情形已经可以看出，度门启示派势力的壮大以及政府的无奈。这样一来便更加助长了迁移队伍的肆无忌惮，所过之处不仅砸抢一空，而且连政府机构、银行、医院都遭受到冲击。所以灾害未来，城未冰封，度门启示派大迁移队伍经过的城市已经如同死城。

但这还不是真正的危机，真正的危机出现在过境上。有些迁移队伍直接就能到达邻近的无灾害区域国家。这些国家在之前就已经考虑到自己国家的负担和承受能力，连灾害区域正常渠道的入境都已经拒绝，就更不要说这种数百万、上千万庞大人群的非法入境了。这样的大迁移不要说他们从没有遇到过，就是从古至今都从未有过。一旦让这么多人涌入境内，那简直就是一场灾难。所以这些相邻的非灾害国家以及只有少部分地区处在灾害区域的国家都动用了真正的军事力量，大批边防军和边境武装警察聚集在出入边界的关卡上。

那些从灾害区域国家出发，必须经过其他灾害区域国家才能去往东方的度门启示派的迁移队伍，在进入另外的灾害国家时也遭到了很强硬的阻拦。因为这些灾害区域国家的政府之前已经看到自己境内度门启示派迁移队伍经过时蝗虫扫荡般的后果，所以为了防止自己境内尚且完好的城市、村镇遭到同样的冲击，也是防止已经遭到冲击的城市、村镇反复遭到洗劫和破坏，所以他们出动了军事力量进行阻拦。

其实从另一方面来讲，这些灾害区域的国家政府之间已经达成了某种默契：希望尽量将人留住，依靠政府力量躲避灾害。这样在灾害之后重建时，才有可能依旧保存国家机制的健全和威信，不至于被度门启示派夺取了民心和权力。

作为度门启示派的追随者来说，阻拦就意味着剥夺生存的权利。所以不管哪支迁移队伍很快就组成了人数众多的武装力量，与阻拦的军事力量形成对峙状态。这些追随者本身就有着极为强烈的求生欲望，而且他们不惜牺牲自己为家人获取生存的希望。所以度门启示派迁移队伍的武装力量虽然在武器上不如各个政府军队，但他们无畏的勇气和一往无前的气势却是那些政府军队不可比拟的。

再有那些政府军队官兵也是有家小有情感的人，让他们阻拦一支带着家人老小逃命的队伍，他们心中都觉得很是不忍。所以这种对峙中，武器装备远远占据上风的政府军队反而时不时地会畏缩和退让。

但是人们的注意力都被哄抢食物和水以及边境对峙吸引了，另外还有一个情况大家都没有发现，或者发现了却没有当回事。这情况就是度门启示派迁移队伍每到一个地方过夜时，都会将所有电灯电器都打开。拿引领者的话来说，就是要用属于自己的能量，向神告知自己的所在。所以每到夜间，可以从卫星图上看到这些地方彻夜灯火通明，浪费大量电能。不仅如此，迁移者在离开时也会让全部用电设备都处于开启状态。

其实这些都是引领者要求大家这么做的。始终打开用电设备，直到源网荷智能管理系统发现不必要的用电和电器的过度运行，就会断开区域触动式开关，对这些用电单元进行微调控断电处置。

但是这是一种很不好的状况，因为那些电器都是处于开启状态的，只是智能用电系统的微调控开关将其外接电源暂时断开。一旦外围出现更大范围的断电，重新送电时微调控触动式开关会自动接通。而接通开关也就接通了那些开启的电器，这就会出现更大需求的启动电流。这要在平时，全球天电互联网的电量自动调整互补系统启动，应对这种情况根本没有问题。但如果是在这次天象灾害发生之后，那样就会加重断电区域的空谷效应，出现空谷逆向吸流，不仅无法及时恢复灾害区域用电，甚至牵累更多区域脱网，造成全球断电。

这种做法肯定是早就筹算好的，是专门针对全球天电互联网的。只要全球天电互联网不能及时恢复供电，那么度门启示派的预言就会成为现实。他们大迁移的做法也将成为最正确的逃避灾难方式。而之后的重建家园中，乌玛圣女运用能量的一些技术手段将会成为最为有用的神力和神迹。这一切顺利进展下来，将为度门启示派以及乌玛圣女奠定最终不可动摇的权力和地位。

度门启示派大迁移越境受阻的情况受到全世界的关注，各种慈善组织、红十字会、宗教组织纷纷出来对那些阻拦入境的国家政府进行谴责。其他非灾害区域国家的度门启示派成员更是组织了各种形式的游行、静坐活动，围堵那些阻拦迁移国家的大使馆；同时还群体前往自己所在国家的外交机构请愿，要求政府出面干预这种非人道行为。

最开始时一些非灾害区域国家找各种理由阻断正常途径，拒绝或拖延灾害区域民众入境，这影响还不算太大。但是度门启示派大迁移开始后，浩浩荡荡二三十条绵延几十千米甚至上百千米的队伍，分别按照不同路线朝着东方行进。这样从古至今从未出现过的大规模迁移，全世界都在密切关注，几乎世界上所有的媒体都在进行报道和转播。所以在这种情况下遭遇军队阻拦，不仅出现了随时可能引发冲突的武装对峙，而且还引起了全世界范围的舆论谴责。

这段时间，世界上只要有度门启示派成员存在的国家，几乎都因为此事发生着各种形式的混乱。所以那些远离灾害区域的国家都出面对大迁移的度门启示派表示了同情和支持，希望阻止大迁移的国家能够本着人道主义的精神放难民过境。而且其中很多远离灾害区域的国家都表示愿意出钱出物资助那些接纳迁移难民的国家，和他们一起承担陡然增加的巨大负担，渡过此次巨大天象灾害的难关。而最后就连国际联盟安全理事会、国际联盟人权委员会都出面了，督促各国接纳并妥善对待那些自行迁移的难民，避免流血冲突，尽量减少灾难损害。

但越是这样，灾害区域的国家政府以及相邻无灾害的国家政府越发不敢让度门启示派大迁移的队伍随便入境。因为从阻拦之后的国际反应可以看出，这个组织的影响力已经超过了他们任何一个国家，甚至是超过了他们几个国家累加起来的国际地位。如今的度门启示派仿佛就是一个没有国境的国家，但随时可以将众多国家的国境变成它自己的国境。

不过国际组织施加的压力、其他国家施加的压力，还有更多舆论方面的压力，同样不是这些国家可以承受的。他们心里非常清楚，一旦天象灾害发生，国家的重建必须依靠国际方面的支持。所以在这种时候应该加倍和各国际组织以及灾害范围以外的国家搞好关系才对，否则灾害之后需要支持时会变得艰难，甚至可能是直接被拒绝。如果到了那种地步的话，这些国家政府的能力和实力相比度门启示派会更加不如。

可是如果听从了各方面意见让度门启示派大迁移的队伍继续入境或过境，那又相当于替乌玛圣女在实现既定计划，让她所谓的神奇得到实际的印证，无形之中在替乌玛圣女和度门启示派树立影响、打造神圣地位，相反也是在进一步削弱和剥夺政府的地位和影响。所以这些国家政府确实处于进退两难的尴尬局面。

不过只用了短短三天，以D国为首的灾害区域国家便联合拿出了一个放行度门启示派大迁移队伍的承诺方案。这个方案很简单，只有寥寥几条，其中并没有提太多关于难民安置、灾害重建的条件。但方案最后一个看似简单的条件却难住了所有同情并呼吁放行度门启示派大迁移的组织和国家。

这个条件真的很简单，就是要求灾害之后必须及时恢复灾害区域的供电，对抗后续的辐散强流以及因辐散强流造成的海水倒卷和极寒天气。之前全球天电互联集团未曾给予正面答复的条件，这一次又被借机提了出来。

这个条件很实际，可以一举两得。如果真的能及时恢复供电，不仅能在很大程度上减少他们国家的损失，而且能让那些信任政府、躲避在政府所提供的避难设施里的人们逃过灾难，还能戳破乌玛圣女的预言，证明她指使的大迁移是根本没有必要的事情。那样就可以保住政府的威信和影响力，将度门启示派拉去的民心再重新拉回来。

这个条件还很狡猾，整个方案中及时恢复供电其实才是真正要表达的关键。这些灾害区域国家以及他们邻近的国家是要将全球天电互联当作自己的救命稻草，紧紧抓住不放。而从另外的角度来说，他们其实是将矛盾焦点转嫁给了全球天电互联集团。

所有方面的目光都集中在了天电互联集团，一时间询问、催促、提醒、反对的电话将集团高层和国际关系部都打爆了。询问、催促的方面很多，都是想尽快平息事态、寻求灾害帮助的。提醒、反对的也不算少，那主要是以天电互联日本分中心为首的，还有U国、P国、N国等一些国家的天电互联网中心、政府机构、能源机构。他们主要是从灾害发生时的电力分配和负担考虑的，因为从现有东半球天电互联网可调配电力来看，是不够支撑灾害区域重启的。搞不好还会带来东半球普遍脱网，甚至导致全球失电。

时间在一点点过去，离发生圣女座彗星群彗尾下击暴流的日子越来越近。度门启示派更多的迁移队伍在朝着各国边境逼近，已经到达边境的则与政府军形成了武装对峙。随着时间的推移，迁移队伍的情绪越来越焦躁，对峙的气氛也越来越紧张。感觉现场只要有一个火星子，就会立刻爆发双方都死伤惨重的小型战争。

世界各地的游行请愿还在继续，唯一有些变化的是大部分的游行请愿队伍转移了地点，都拥堵到全球天电互联网属下的各个分中心和管控部门去了。

面临天象灾害，全球天电互联集团原本就处在最忙乱和紧张的状态下。而现在出现了这种情况，更是将天电互联推入了危机的最前沿。不过在外界眼中互联网整体的反应却和想象中恰恰相反，面对这种莫名间加诸的巨大压力，天电互联集团各层面都表现出少有的冷静。他们并没有回绝任何一方的条件和要求，也没有耍手腕先满口应承了再说，而是始终以"等一等，再等一等"来回复外界的所有反应。这种回复让人很难揣测出到底是什么意图，是在搪塞，还是已经胸有成竹？

天罗四号行动正式开始

秦潇然他们来到山东能源设备特种性能试验场时，已经是在他们提交纳斯卡线条后续提案的一个月之后，也是所有矛盾焦点都集中到全球天电互联网的一个星期之后。

山东能源设备特种性能试验场非常偏僻，在大山围绕之中。秦潇然他们几个人是乘球形载人机到达这里的，要是坐车的话，单是盘旋的山道就要走三个多小时。

试验场的规模非常大，圈入几座大山建成，可以进行世界上最大型的特种性能试验。山上山下排列着的各种形状怪异的试验设备让这个隐蔽的地方看起来就像一个外星人的基地，类似景象只有在科幻影视片里才能看到。实际上这个地方做的事情也只有科幻影视里才能看到，许多人类的首例、首次试验都是在这里完成的，许多新材料、新物质也都是在这里被发现的。而这些试验就包括五行永动环的能量储存试验和纳斯卡线条的能量特性试验。

郑风行比秦潇然他们更早地来到了这里，因为他要参与高层的最终决策会议。所以当秦潇然他们走下球形载人机时，郑风行已经在直升机平台下方的一个大型实景试验场等着他们了。等着秦潇然小组的人不只郑风行一个，还有更多全球天电互联集团的高层、专家和世界各种科研组织的专员、专家。另外试验场的负责人、试验操作员还有一些制造厂家的研制设计人员也都在这里等着。

在这个试验场上，有许多缩小版的五行永动环竖立悬浮着，所有的五行永动环都正以非常缓慢的速度无声地翻转。从直升机平台上就可以远远地看到，这些悬浮的五行永动环是按纳斯卡线条中的蜘蛛形、飞鸟形和手形三种线条排列的。

秦潇然他们几个人下球形载人机后就直接来到了试验场，没有人说话，只是相互间微微点头示意。旁边有试验场的工作人员给秦潇然他们递上安全帽和深色护目镜，当大家的安全帽和护目镜刚刚戴好，试验场的无屏蔽扩音设备里就传来了试验人员的声音："纳斯卡线条能量特性第三十七次试验，露天实景状态第五次试验现在开始。所有人员不得越过警示线，不得贴近防护网。设备就绪，模拟冲击准备。"

试验马上开始了，所有人都很紧张，而最为紧张的是秦潇然他们。因为这些人当中可能只有他们是第一次看这个试验，与这个试验有关的提案却是他们提出的。

试验开始，是用磁力冲击和连续爆破模拟彗尾尘埃的垂直冲击。模拟的冲击威力很强大，能感觉到整个试验场在剧烈震颤，试验场所在的山体在震颤，周围的大山也在震颤。垂直冲击之后往旁边分开的模拟辐散强流撞击在外围防护的透明玻璃钢墙上，发出怪异瘆人的撞击声和刮擦声，就像有一头被困的魔兽想咬开钢条撞开牢笼一般。

所有排列悬浮着的五行永动环也都震颤了一下，随即都在一瞬间由缓慢的翻转变成了极速的翻转，翻转成一个个浑浊不清的圆形。而整个排列的线条形状也像是往外扩展了一下，但这个扩展幅度很小，就像被无形的有弹性的绳索牵拉着。然后随着五行永动环越来越飞速地翻转，扩展了的形状在渐渐往回收缩，恢复成原有的形状和大小。

李名贞双手紧紧抓住秦潇然的一只胳膊，很紧很紧。这是一种处在紧张、兴奋、激动混杂一起的状态，一种情不自禁的状态。因为她强烈感觉到自己即将看到成功，即将看到希望。

藤田峻眼睛直直地，脚下不由自主地在往前，他想看得清楚些，再清楚些。就在他的脚步即将越过警示线时，旁边卫国龙一把抓住他的肩膀将他拉了回来。

顺序排列的五行永动环之间开始有弧光不时闪过，而且这种闪动越来越密集，起伏越来越大，就像一个又一个汹涌的弧光波浪不停地扑打向下一个五行永动环。紧接着，五行永动环之间的交叉连线间也有隐约可见的气道流动，许多交叉流动的气道在纳斯卡线条图形中间形成了一个旋涡般的能量场，将更多模拟尘埃的冲击能量拦截、分割、撕扯，并且吸收其中、裹缠其中。冲击的能量没有变，但是实际的冲击力却明显变小了，震颤也变小了，就像是在正对冲击的下方加了一个很大很软的缓冲垫。

"吸收能量开始转换，转换装置运行。转换目的选择电能，合上传输开关。"试验场扩音设备里再次传来试验人员的声音。

李名贞的手依旧紧紧抓住秦潇然的手臂，而这一刻，秦潇然的另一只手也紧紧按在了李名贞的手上。

莫洛克夫双手握住放在胸口，嘴里默默祈祷着什么。

卫国龙依旧抓住藤田峻的肩膀没有放手，在听到扩音器里传出的话后猛然间更大力地握住。藤田峻被握得龇牙咧嘴却又不敢发声喊疼，他是怕影响到试验。而想要自己用力挣脱却怎么也挣脱不出，只能咬紧了牙，扭曲着脸强忍。

试验场下方是一个集中式变电组合器。随着扩音器里发出的指令，其中的变压部分响了，开关设备动了。转换并变压后的电流输出，沿着山体道路的灯全亮了，水塘里的高压喷水装置喷水了，电动风车开始转动了，运输用的电动轨道车也启动了……

"成功了！太好了！我们的提案是可行的！这下可以救很多人了！"李名贞摇晃着秦潇然的手臂兴奋地叫着，叫完后她咧嘴想笑，可泪花却抢在笑容展露之前流了下来。

秦潇然没有说话，虽然心里也很激动也很高兴，但他知道要想获得最终的成功，还有很多的事情要做。而且这一次直接将他们小组拉来观看试验，肯定是有意图的。否则他们小组提案完成之后就可以解散了，之后的事情会由别人去做，更没必要来看这场试验。

试验场的人基本都散去了，只留下秦潇然他们和几个全球天电互联网关键部门的领导，其中包括郑风行。

"殷灵很了不起呀，发明了这样一套五行永动环能量存储装置。你们也很了不起，发现纳斯卡线条的奥秘。最初发展全球天电互联网络的目的之一，也是要快速发展高端电力材料和电气设备。你们的发明和发现是跨时代的，具有推动人类科技与文明进步的意义。谢谢你们！"郑风行有些感慨。

秦潇然没有作声。郑风行的话没有让他有太多高兴和自豪的感觉，反而是提到殷灵后让他胸中蓦然间多出些酸楚。

"一小时之后，全球天电互联网将公开承诺，会在这次天象灾害之后尽全力恢复灾害区域的供电。"郑风行尽量平复感慨，用轻描淡写的口吻对秦潇然他们说。

"这是个有分量的承诺，可以化解目前全世界正在发生的各种混乱，因度门启示派迁移过境而产生的冲突也可以暂时平息。但是做这个承诺有绝对把握吗？"秦潇然是个理性的人，并不会因为这样一个成功的试验就认为已经全盘掌控了。

"没有绝对的把握，但必须去做。如果任何事情都要有绝对的把握才去做，那么这世上没有一件事能够做成功。再说了，眼下局势已经是将我们逼到了最后关头，如果继续拖延不下决心，度门启示派大迁移的队伍很有可能会与多个国家边防军队发生大规模的枪战流血事件。"郑风行说的是事实。

"也就是说，现在只是单凭着刚才的试验为最终技术支撑而做出的承诺？"秦潇然心里觉得有些不妥。只是凭借一项试验的成功，没有任何类似先例，没有任何实际实施经历，这其中带着极大的冒险成分。

"你知道巨蟹号太空发电站吗？就在今天上午，太空发电控制中心转来巨蟹号太空发电站职员江彬和龚晓东的建议。他们经历过多次太空发电站与彗云尘埃遭遇的情况，发现太空发电站受影响的主要是地球磁力发电单元，所以他们建议将这部分发电单元拆除，暂时挂靠在固定位置的太空站上。然后所有太空发电站进行测算推进、调整轨道，在灾害发生时尽量让所有太空发电站临近灾害区域的上空，将其他发电单元所发电能集中无线输送至灾害区域用以重启。"

郑风行抬头看了一眼蔚蓝的天空，接着又说："我们研究过了，这个方案是可行的。太空无线传输可以避开很多被彗云冲击损坏的能源网络部分，直接用以抗灾设施或避难区的重启。虽然集中起来的电量不是很大，但至少能起到一定的辅助作用。而且这办法对东半球国家的用电没有太大影响，所以也算是高层下决心做出承诺的一个理由。但是太空发电站的转移和集中只能算是天电互联网内部电量调整的方法之一。要想及时重启送电，除了整个网络进行电量调配外，还必须依靠五行永动环能量转换获取更大的外加冲击电量。正是因为这个，纳斯卡线条能量试验的成功才是高层领导真正下决心做出承诺的原因。"

说到这里，郑风行又停顿了一下，他是在思考接下来的话该不该说，但停顿很短暂："试验的成功并不意味着实际运用的成功，我们要采用的这种方式没有先例，也不可能有试用机会。属于一次性操作，不能失败的一次性操作。"

"一次性总比没有任何机会好。做出承诺是正确的，那样至少可以让度门启示派大迁移的追随者们尽早离开灾害区域。最终不管我们的努力能不能成功，都是可以拯救很多人生命的。"现在的秦潇然已经能深深体会到每一条生命的重要。

"但是这样的话，你们就需要再次深入灾害中心。因为纳斯卡线条能量说的发现和能量转换的分析来自你们上交的提案，还有针对地势地形进行布设方式调整的后续提案也来自你们小组，所以领导层决定还是由你们小组带领运输安装队伍前往阿尔布克山脉，在现场确定各个地块的五行永动环排列方式，还有确定转换点的位置和重启回路的接入方式。"郑风行这其实已经是在向秦潇然正式布置任务了。

"没问题，我们马上就可以出发。"秦潇然想都没想就脱口而出。

"你先别急，有一点你需要提前知道。万一五行永动环纳斯卡线条排列方式的实际运用效果并不能像实验那么成功，那么你们就会身陷灾害冲击的最中心。"郑风行说这话时表情显得很淡然，一副挺无情的样子，但心中其实很是不忍，这已经是最近以来他第三次将秦潇然他们送入最为危险的地方。

秦潇然他们当然明白这句提醒是什么意思。如果效果不大或者没有效果，那么彗尾尘埃的下击暴流将会毁掉整个山脉，人在那里是根本没地方可藏身的。这一次他们小组和部分天电互联网的安装人员就相当于敢死队，是去完成一个从无先例且只有一次机会的任务。

郑风行的话真的提醒到了秦潇然什么事情，所以他显得有些纠结犹豫，欲言又止。

"在尘埃下流暴击之前，我们会对灾害区域进行断电，以减少先期威力对设施的损坏，避免造成大量人员的伤亡，所以你们将能量转换回路接入互联网就只能利用断电后的这段时间。时间不是太多，必须在灾害冲击结束前完成。但更大的问题是，到时候周围环境条件无从而知。由于山形山势的局限，即便纳斯卡线条排列可以达到理想化的效果，也无法完全阻止辐散强流。而只要漏出一小部分来，那么附近就会风云变幻、危机重重，所以你们的任务有非常大的难度。"郑风行是要秦潇然小组的所有人充分了解到危险和困难。

"没错，不要说下击暴流和辐散强流漏出的能量了，就是冲击正式开始前的先期影响，也会是冰雪狂卷、电闪雷鸣，威力会远远超过上一次的索迪瓦沙漠冲击，所以接入回路一定要看准时机抓住间隙。"藤田峻补充了郑风行的说法，他曾利用类人体神经系统模拟过灾害发生时的情况。

"这一次李名贞不用去了。"秦潇然终于摆脱犹豫和纠结冒出这么一句话来。

"为什么？我必须去的！彗星群的移动状态还需要我即时观察，彗尾尘埃的变化和最终冲击形态也需要我来进行判定。这样才能针对性地进行五行永动环的纳斯卡线条排列，出现意外时才可以及时进行调整。"李名贞听秦潇然说不让自己去，真的很急。话还没有全说完，眼泪竟然都出来了，这是一向乐观刚毅的她很少有的表现。但这眼泪到底是因为什么，其实连她自己都说不清。"这是一次可以拯救许多生命、化解国际外交关系危机的任务，对了，还可以颠覆度门启示派、乌玛圣女制造的世界性谎言。这是多么伟大的一件事情啊！这机会几辈子都遇不到，你怎么可以剥夺我成为伟人的宝贵机会呢？"

"呵呵，其实我们全球天电互联网每天做的都是和全世界、全人类有关的事情，你以后就加入我们天电互联网吧，那就可以天天做伟大的事情，成为伟大的人了。"藤田峻在一旁打趣地说。

"也不一定要加入，只要嫁给我们天电互联网的职员，哪怕每天只是洗衣做饭，也是在支持天电互联网的工作，也是在做与全世界、全人类有关的大事，哈哈。"卫国龙也开起了玩笑。

这时候试验基地的工作人员过来，将一个收录了所有试验数据的纸片屏电子资料卡递给了郑风行。郑风行接过电子资料卡后很严肃地对大家说道："这一次行动，你们需要什么装备材料全可以提出来。不管是全球天电互联网自己配备的，还是其他组织机构拥有的，哪怕还是在研制、试用阶段的装备都没问题。全世界都会满足你们的一切要求。"

郑风行说完这话后走到秦潇然身边，将手中的纸片屏电子资料卡塞在了秦潇然的手里，顺便在他耳边轻声说了两句："你觉得有谁可以阻止她和你一起去面对危险呢？还是到了那里尽量照顾好她吧。"说完郑风行拍拍秦潇然的肩膀，转身走了。

秦潇然脸色有些茫然地接过资料卡，脑子里一直回旋着郑风行的话。不知道为什么，好像所有人都觉得李名贞对他有什么不同的感觉似的，但秦潇然却觉得那只是他们从艰难危险中闯过时建立起的一种友谊。其实就连普通的男女同事都会比他们更加亲昵随意些，所以应该是大家误会了。

"别愣着了，快打开资料卡，看看我们的下一步行动到底是怎么安排的。"旁边藤田峻的催促声提醒了秦潇然。

资料卡被点开，屏幕首页上是六个字的页面标题："天罗四号行动"。

第十章 · 潜影如魅

- 险山恶水间奇怪的迁移队伍
- 秦潇然舌战乌玛圣女
- 天灾降临时人为破坏连续出现
- 双管齐下的对抗突然而至

险山恶水间奇怪的迁移队伍

阿尔布克山脉东端的哈德斯群峰较为平缓，冰雪覆盖面较少。而且这一带原来有很多的大型伐木场，虽然伐木场现已废弃很久了，但留下了很多直通山脉之外海陆运输枢纽的运输路线。

这些路线除了有可以通车的盘山公路外，还有专门运木料的电气铁路。另外一些天然的河流、山沟水道原来也是可以用来运输大型木料的。所以全球天电互联网有关负责部门在和 D 国政府协商之后，决定利用这些既有条件，疏通公路，修复铁路，查勘测定有关自然水道。然后就从这里往冲击的中心区域运送五行永动环、能量转换设备以及其他安装所必需的材料。

哈德斯在古希腊神话里是幽冥之神的意思，但如今的哈德斯群峰却没有丝毫幽冥之神的样子。这里的寂静曾经被伐木工打破过，而这一次却是被全球互联网各国中心调集过来的运输安装队伍打破的。

这支队伍除了由多国天电互联分中心精英技术人员组成的电力安装队，还有各大国际运输公司的运输人员，另外 D 国军方的工程兵部队也是主要成员。其中工程兵部队的任务是要在尽量短的时间里疏通构筑可靠道路。因为此地海拔高，山形复杂，气流多变，再加上五行永动环体积大、性质特殊，所以不合适使用飞行器进行运输。要想将五行永动环及时运送到指定地点，没有设备和技术都军事化的开路架桥团队肯定是不行的。

离着灾害发生的时间已经只剩二十几天了，哈德斯群峰周边的各种路径上始终有运输工具川流不息地开动着。而且这种状况近期内根本不会有所改善，世界各地各特种材料公司制造出的五行永动环还在不停地运来。虽然采用纳斯卡线条排列后五行永动环的使用量会减少很多，但现在无法统计最终到底需要多少。所以按照宁多不少的原则，制造厂家和运输商全部满负荷运转。只要灾害未开始就一直生产，只要有生产出来的，就立刻往这边运送。

但是越靠近尘埃下击暴流的中心位置，道路就越难走。而且随着海拔的升高，电气铁路和水道已经完全不可利用了，完全要靠各种功能的车辆进行运输。而 D 国的工程兵部队虽然装备先进，有声波开洞机、液压整体构架、自伸缩通道等，但在架筑一些临时桥梁、打通悬壁上通道过程中，还是先后损失了不少人员和大型设备。这些损失说明他们已经是不惜生命在做最大的努力，但是进程仍不算快。绵延不断的车队还是时不时地会被堵在狭窄的山道上，一天根本行进不了多远的距离。

秦潇然小组本来是可以直接乘喷气式载人机抵达冲击中心区域的，但是他们没有。因为装置设备都没有运上去，他们到那里也是什么事情都办不成。另外，他们小组也是想整体了解一下阿尔布克山脉的实际地势地形，这样才能按实际情况调整利用纳斯卡线条的布设方式。所以他们是跟着转换装置和接入材料的运输安装团队一起行动的，这个团体处于整个运输队伍的中前端部位。

他们这个团队的最前面是两个四米多高的机器人，这是高绝缘体外壳的新型带电操作机器人——"电大白"。这种机器人有着自己内存的智能行动程序，常规的动作可以自主控制，普通的指令它们也可以自动接收处理。但如果要有什么特别行动时，还能临时编排需要的程序输入，或者遥控接入人工直接控制。就好比走这种崎岖山路，有些车辆走得太靠边出现单轮掉落，或者哪辆车上货物固定不好要掉落，都是由坐在"魔礼红"副驾驶座的莫洛克夫用贴掌式遥控器让两个"电大白"去抬起和搬走的。

其实这两个"电大白"就是莫洛克夫申请的，他觉得这种机器人会是冒着彗尾尘埃冲击的外泄能量攀爬设备塔进行搭接的最好工具。而且莫洛克夫可以左右手同时控制两个"电大白"，以非常协调的配合动作共同完成任务。由此可以看出，莫洛克夫"天神之手"操控技术的又一层境界。

卫国龙驾驶的"魔礼红"是从尊大塞特变电所的沙堆里拖出来的。不过索迪瓦是最为富有最为现代的城市，那里有着世界上最好的车，也就有着世界上最好的车行和技师，而由 S 国政府部门出面送去修复的车肯定会得到最好的待遇。所以现在"魔礼红"的性能绝不仅仅是得到恢复，而且在操控流畅度和动作稳定度上还有了很大程度的提升。动力上虽然未做增加，但是有关电路的检查和部件更换，再加上机械部分的清洗润滑，使得"魔礼红"的提速更快了，持续保持高速和高低速互换的能力也更强了。

另外，为了这次阿尔布克山脉的任务，卫国龙还专门更换了用于爬坡走冰雪路面的"魔齿"轮胎，并在车子两侧加装了定位钢钉扣。这种钢钉扣不但可以直接用喷射液压动力将定位钉打入岩石、冰层中，而且还能在具有很大倾斜度的山坡山崖上以及极为光滑的冰面上将车子固定住。

实施天罗四号任务的车队再次停住，没人知道又出现了什么难题。秦潇然坐在"魔礼红"的后座，他从车窗里探头往外看了看，发现他们行进到了一条峭壁深沟的旁边。他们的车子正好是在深沟的最窄处，沟沿离着对面最多也就十来米。

而对面沿着深沟沟沿也有一条不算窄的道路，秦潇然觉得如果前面堵塞问题太大的话，可以考虑过沟再往前。若是对面的道路也能抵达灾害冲击中心区域，那么架一座伸缩钢架桥从十几米宽度的深沟上绕过去或许可以事半功倍。

想到这里，秦潇然下了车，朝着后面的装备平台车做了个手势。那手势是将双手拢成一个长圆罩住眼睛，然后再往前送放开。

后面装备平台车里的藤田峻看到了秦潇然的手势，知道是让他放"眼儿飞"查看周围情况。于是马上打开了后车厢顶盖，露出整个装备平台。这平台上有电脑系统、天体测绘系统、信息管控系统等许多最先进的设备，各种投影管、折叠屏、高清收录镜头也都遍布车上。

打开顶盖后，藤田峻从一个精巧的皮质盒子里拿出一个长圆形的东西，这东西外形看上去就像个圆棍面包。藤田峻按动了"圆棍面包"上的一个开关，于是一个闪着蓝光的取景镜头打开了。然后藤田峻将"圆棍面包"往空中一扔，那"圆棍面包"自动从两端伸展出一对螺旋翼，无声地飞悬在扔起的高度一动不动。

平台车操作台上方有个立体投影的虚线图，显示的是阿尔布克山脉的立体形态。藤田峻手指在立体投影上点了一下，于是立体图立刻搜索并收缩到他们现在所在的位置。然后再一点，立体投影上有亮光和颜色一晃，随即变成了立体的实景图。但这图的范围却很小，只有以平台车为中心的一小块范围。看起来应该是从"圆棍面包"取景框发送回来的实景。

藤田峻手指又在图上拨动了下，悬飞不动的"圆棍面包"开始快速飞起，急速升高、急速飞远。而随着它的飞行，投影出的立体画面平缓地在变化着，高高低低的，每一处都可以显示得清清楚楚。

这"眼儿飞"是应藤田峻要求为天罗四号行动添置的装备。这东西本来是用在军队里的，正常渠道很难获取。它的作用是可以采集最准确最清晰的即时图像，而且可以将俯视图配合地形数据转换成立体图。这个用在地面作战中，敌方的所有地面部队和埋伏都无处可藏。藤田峻要求配置这个装备，是为了能够观察到五行永动环排列安放位置的地形。并根据具体形状、高低差距以及周围存在物进行综合分析，对纳斯卡线条的排列方式进行最佳的调整。不同形状地块采用哪种纳斯卡线条，地块高低差距与纳斯卡线条转折走向关系，还有周围高起或低洼的山体山形，这些情况都是会影响到纳斯卡线条效果的。

"藤田君，你看一下深沟对面的道路通向哪里？从这里架桥有没有可能更快地抵达彗尾尘埃冲击的中心区域。"秦潇然走近平台装备车，抬头对上面的藤田峻说。

藤田峻却根本没有理睬秦潇然，他惊异的目光正透过眼镜片紧盯着立体投影的即时图像，嘴巴里还不停地在喃喃自语："这些是什么？不会吧，他们怎么会出现在这里？"

"怎么了？出什么事了？"秦潇然听出藤田峻的语气有些不对。

藤田峻还是没有回答，依旧低头弯腰在不停调整即时图像。是不相信自己的眼睛，想把什么东西看得更清楚些。

"有什么情况吗？严重吗？"秦潇然的语气很正常，但他心里其实已经非常忐忑。

藤田峻还是没有理睬秦潇然，而是直起了身体，扭转过头望向远方，像是在寻找什么。突然，他抬手指着远处高声喊道："看！快看！在那里，他们在那里！"

秦潇然顺着指向望去，在深沟对面的道路上，出现了一支缓缓行进的队伍。开始只是前面不多的一些车辆，而且车型比较统一，所以看不出什么特别来。但随着车队渐渐地接近，后续出现的车辆越来越多，秦潇然开始觉得这支队伍有些眼熟。

"这不会是一支度门启示派迁移的队伍吧？"卫国龙也从"魔礼红"的驾驶座上下来，那支队伍让他马上就想到度门启示派的大迁移。

"看样子像，但是从之前所有新闻报道的度门启示派大迁移路线看，好像没有一支队伍是走这条线的。而且这里距离灾害中心位置很近，从这边走似乎不大合理啊。"秦潇然其实也觉很像度门启示派的队伍，但还是有些怀疑。

"不一定，如果这真是度门启示派的迁移队伍，那么应该是路线最合理的一支。从现有的彗星群状态来看，下击暴流后的辐散强流是往南北冲击的，所以才会带动北极圈的寒冷和南方海洋的倒卷。另外，由于地球自转的作用，下击暴流的直接冲击是会往西边移动的。而冲击时贯穿地球的力道则是呈冲击点朝着地球对侧的无序辐射状，所以距离冲击点很近的范围内反而很难遭受到这种影响。这样一来就不难看出，阿尔布克山脉东边的区域就成了最接近灾害区域但又是相对最为安全的位置。乌玛肯定知道这一点，所以这支队伍不仅有可能是度门启示派的，而且很有可能是乌玛亲自带领的。"李名贞这些天再次测算了彗星群彗尾尘埃的形态变化，所以对灾害形式的具体情况了如指掌。

"是的，我们能预测到的天象灾害的发生状态，乌玛圣女肯定也能预测到。而一旦灾害过后，从这个位置和线路又是可以最早进入灾害区域的。最早进入的意义，不管是从救助灾害区域灾民获取人心，还是掌控一些实质的地盘和设施，抑或只是去显示最早出现、最早重建家园的神力神迹，都是可以让度门启示派在控制力和公众信任度上获取到最大利益的。"李名贞合理的分析让秦潇然想到了更多。

正说话间，深沟对面的车队已经到了秦潇然他们的位置。和其他度门启示派大迁移的队伍不一样，这支队伍前面没有步行的引领者，领头开路的是一辆改装过的旅行车。旅行车后面车厢改成了三面通畅的车棚状，还挂上重绸垂帘和纱幔。在这辆旅行车的后面倒是跟着不少引领者，他们全部表情虔诚肃穆地跟着车子在步行。即便离着很近的深沟另一侧出现了秦潇然他们如此庞大的运输车队，这些引领者也全然不朝这边看一眼。

改装的车子和引领者过去后，后面有一段队伍是统一的箱体货车。可以看出，这些货车应该是专门设计制造的，布满了天线、接收器、无线传输盒等装置，每辆车都有着各自不同的特殊功用。等货车过去之后，才是和其他迁移队伍一样的追随者车辆。各种车型、各种颜色都有，显得杂乱又壮观。

车队持续地向前，后面远远地看不到尾，根本无法知道什么时候才能走完。对面那些度门启示派大迁移的追随者们都好奇地看着这边，他们可能也没有想到会在这样一段崎岖偏僻的山道间遇到一支同样壮观的运输车队。但是好奇归好奇，却没有一个人朝这边发声问话。即便这边有些运输和安装的人员问他们话，他们也没有丝毫反应。这么多人的一支车队竟然没有一个人说话，那样子让人觉得就像是一队在冥界行走的游魂，静谧得有些诡异，漠然得有些瘆人。

但是这支游魂般行进的车队却突然间出现了更加怪异的骚动。其实依旧没有人说话，那骚动来自许多惊讶声、诵经声合成的乱音，来自许多行礼、膜拜动作合成的混乱，来自许多痴迷、激动表情合成的气氛。

骚动是因为一个人引起的，这个人从已经过去的车队最前端走来，沿着深沟的边沿，步伐优雅缓慢，表情宁静淡定。那人并不理会后面车辆上追随者的任何激动反应，一双眼睛只盯住深沟的这一边，像是在琢磨着什么，又像是在找寻着什么。

"是乌玛！那是乌玛！"李名贞说完后快步往深沟边走去，站在距离对面最近的狭窄位置，一双眼睛紧盯着越走越近的乌玛圣女。

秦潇然和卫国龙跟在李名贞的后面，而莫洛克夫也从"魔礼红"副驾驶座上下来，转到了深沟的这一边来。另外一些参与运输、安装的成员听说乌玛圣女在深沟对面，也都下车走到深沟边，他们都想见一见这个神奇圣女的真实模样。

只有藤田峻没有从后面平台车上下来，但是他用指头划了一下电脑投影画面。于是已经飞得很高很远的"眼儿飞"抖闪一下就又飞了回来，悬停在距离乌玛圣女头顶不远的高度。蓝色摄像头快速收缩锁定，将乌玛圣女的全身像、脸部像以及各处特征全部收录进比对系统。与此同时，以往各种场合下乌玛圣女的典型形象也都跳了出来。只用了两秒钟的五点模式对比，系统便给出确认是乌玛的结论。

但是当藤田峻想收录乌玛的视频时，却突然跳出无法执行对话框。很明显，乌玛圣女周围有高效的无线屏蔽设置，目前状态，所有设备都无法录入她的视频和录音。

乌玛圣女同样走到深沟最狭窄的位置时停下了脚步，缓缓转身正对深沟另一边，正对着李名贞的方向。但她的目光扑朔迷离，无法确定到底在看着谁。

秦潇然舌战乌玛圣女

"我认识你!"李名贞主动对话。

"应该的,现在全世界不认识我的人不多。"乌玛说话的时候,她背后的车队仍在继续行进。每辆经过的车子上的人们都在朝她很尊敬地致敬、行礼,就像是给乌玛这句狂傲的话配上了一个活动的背景。

"可我是在哈佛天体学院认识你的。"李名贞继续说道。

"哦,那不是我,或者说那不是真正的我。因为那种地方无法打造出你眼前的我。"乌玛圣女微微摇了下头。

"是的,现在的你是任何一个地方都打造不出来的,只有你自己疯狂的欲望才能打造出来。之前所有给予你知识和能力的地方,都只是被你利用而已。"面对乌玛圣女的狂妄,李名贞再也按捺不住心里的愤慨。

"你这两句话让我确信,你的确是在哈佛天体学院认识我的。因为你的观念属于那里,所以你的成就也永远不会超出那里,更无法超越现在站在你面前的我。"乌玛圣女的话确实很狂妄自傲,但又似乎隐含着某种道理。

秦潇然往前走了一步,朝着对面的乌玛圣女说道:"你错了,我们都希望能够超越,但超越的前提是要有根基、有归属。你现在是完全抛弃了根基和归属,将自己的能力全部用在了迷信人类、欺骗人类的错误方式上,从而满足自己不断膨胀的欲望。但这种方式就像是在吹气球,只要点破一个点,一切都会成为泡影。"

乌玛圣女目光转向秦潇然,嫣然一笑:"我也认识你,你叫秦潇然。"

"是的,我们在吉隆坡机场见过。但你怎么知道我的名字?"

"不是在吉隆坡机场,我更早之前就认识你。近些年,与全球天电互联网有关的龙三角断缆事件、流浆山谷走塔事件,都是你主持解决的。这些信息正好是在我必须关注的范围中。"

"是吗?所以在吉隆坡机场你担心我和你是同机,那么就有可能揭穿你显神迹拯救失事飞机的真相。至于你关注全球天电互联网的目的,就是想误导别人否定全球天电互联。这样才能完全依赖于你所赐予的能量，让你利用科技手法构筑一个虚幻信仰的做法得以实现。"秦潇然现在才真正知道，那一晚在吉隆坡机场乌玛暗中窥视的并非穿了飞行机师夹克的莫洛克夫，而是自己。

"是的，当时的确是怕你同机破坏我的计划，后来发现你们没有登机，于是断定你们是从旁边登机口前往科谷州调查脱网事件去的。"乌玛并不否认秦潇然的推断，这反而显得秦潇然急急地直指乌玛的最终目的有些不够淡定。

"你能预测到后来的两次天象灾害，那么第一次科谷州的灾害也肯定预测到了。为了实现之后一系列的计划，你应该提前就在科谷州那里安插了自己的人。而当发现我是去调查科谷州脱网事件的，你立刻命令那里的度门启示派成员并蛊惑其他组织成员注意我们的到来，阻止我们的调查，所以后来才会在罗湾城里围堵、追踪我们。"秦潇然调整了下情绪，继续印证自己之前的推断。

乌玛圣女依旧不否认："没错，只是那些人太蠢了，发现你们都没能把你们拦下来。"

"我们冲出罗湾城后，那些组织成员无法知道我们下一步会去哪里，所以没有追来。直到北坡枢纽守护设备塔的其他成员发出信号，他们才又追赶过来，只是没想到我们会躲进普世艾德家族的势力范围。"

"推理得分毫不差，你去做侦探也一样很优秀。"乌玛圣女的赞扬很像是在调侃，但不管赞扬还是调侃，她所表现出的轻松随意只有觉得自己完全掌握局面的人才能做到。

"可是你既然发现我们的任务和意图，上一回的彗云扫击为何不继续阻止我们？预测到第三次灾害来临后，为什么不继续盯住我们干扰我们？"李名贞不是不服气秦潇然的推理，而是觉得乌玛还没有真的厉害到神的地步，漏洞还有不少，所以想用这些事实压制一下她的狂妄。

"因为她觉得没有必要。上一次的彗云扫击没人能像她那样测算到扫击面会出现缺口，蒙达迈又正好可以从这个缺口中躲过灾害。这是一个显示她神力的机会，而且稳操胜券。这一次更不用阻止，她只需要巧妙利用好所有的条件就行了，而事实上她真的很好地利用了。因为灾害终究会来，她的大迁移、家园重建计划等一系列手段，似乎已经注定她再次稳操胜券。但其实这一切只不过是一场冒险游戏而已，最终只会留下一个虚幻的愿望而已。"秦潇然替乌玛圣女回答了李名贞的问题。

乌玛圣女笑了笑："不错！你和我想象中一样聪明，但还是没有超出我的想象。就像你刚才说的，我是在利用科技手段构筑一个信仰，但这个信仰不是虚幻的。灾难到来之后，各国政府、国际组织，包括你们全球天电互联网全都无能为力。而我却可以带领人们逃离灾难，过后还有实质的手段帮助他们重建家园。这些前提下构筑的信仰，你觉得会被认为是虚幻的吗？"

"你的确很聪明，但也不是我想象中的那么聪明。我之前说过，你的方式就像一个气球，只要点破一点，那么一切都会成为泡影。"秦潇然针锋相对。

听了秦潇然这话后，乌玛圣女的脸色微微有些变化，她转头再次扫视了一下深沟对面的车队，沉默了一会儿才又微微一笑说道："秦潇然，我很欣赏你以往解决各种奇异事件的能力，但这一次的天象灾害却不是你能力可以解决的。而我度门启示派带领那么多人大迁移逃离灾难，成功已成定局，也不是你们全球天电互联网做些小小补救措施就能改变这些人的信念的。所以该来的一切终究会来，不可阻挡。你又凭什么谈及点破？"

"你有两个方向性的错误。第一，我不是以自己的能力解决眼前的灾害事件，而是以全球天电互联的全部能力，还有世界上所有的国家政府、组织机构、厂家企业一起在解决这个问题。而你恰恰相反，你是以一人的能力蒙蔽世界，以灾害修饰谎言，所以你注定会失败！第二，全球天电互联的宗旨是以人为本，服务世界，造福人类，用能量的关系来维护世界和人类的和谐关系。而你又反了过来，是利用一些人们还未掌握的科技手段欺骗人类，破坏一些原本和谐的关系来达到满足你欲望的目的。记住，邪不压正！所以你注定会失败！"

秦潇然刚刚说完，他身边的李名贞、卫国龙带头鼓起掌来，然后旁边离得近的运输安装成员们也跟着鼓起掌来。前后车队的其他运输安装人员虽然不清楚发生了什么事情，但听到掌声后全跟着鼓起掌来。于是掌声就像两股分开的水流，往队伍的前后激荡而去。

对面度门启示派大迁移的队伍却不知道到底发生了什么，都诧异地扭头朝这边看过来。就连依次经过乌玛圣女身后正在膜拜、行礼的那些追随者们，动作也都显出不自然，一个个在偷偷抬头往深沟的这一边偷看。

"什么叫正，什么叫邪？你们中国有句古话叫，胜者王侯败者贼。谁掌控了局面谁就是正，谁成功了谁就是正。现在不仅我自己付出的努力在一步步走向成功，而且所有国家、机构所做的正义、人道之事，也在无可奈何地促成我的成功！"乌玛圣女的表现已经开始有些不淡定了。

"中国还有一句古话叫，机关算尽反误了卿卿性命。小聪明只是暂时的，大智慧才是永恒的。你的小聪明是不可能长久引导这样一个大局面为自己所用的，因为你在发挥能力的时候还要藏掖真相，以免被人发现那不是神力而是科技。一个谎言需要十个谎言去圆，所以这种状态下你肯定把控得非常痛苦。"秦潇然故意摆出一副很理解很同情的表情。

"哈哈哈。"乌玛圣女的笑有些狰狞、有些疯狂，和她娇艳端庄的面容反差很大，"你记住，掌握真正智慧的只会是极少数人。真正的智慧不是人多、用尽力气就能拥有的，更不是喊着正邪的口号就能拥有的，而是需要灵性、需要机缘、需要运气才能拥有。当极少数人掌握到某种别人根本无法想象的能力之后，完全可以将它运用、演绎成一个神话，一个让无数人将所有身心都投入其中的信仰！"

秦潇然很沉稳地深吸了一口气："也请你记住，无论怎样的能力，随着时间的推移都会被人们逐渐认清。而到了那个时候，你所谓的神话和信仰只会成为人们唾弃的最大谎言，会被人们彻底地颠覆和消灭。"

秦潇然话音还未完全落下，乌玛圣女猛然将披在肩上的纱丽尾端往后一甩，挥手指着身后持续行进的车队和追随者们，声音变得尖厉："你看！现在的我就已经是一个神话，一个信仰！所有的一切都在按照我的计划和目的发展着，你能阻止我身后的脚步吗？你能颠覆他们朝着远方行进的信念吗？"

秦潇然嘴巴紧紧地抿了一下，然后缓缓往深沟的边沿再迈出一步："我无法阻止你身后的脚步。你也看看我的身后，我身后的队伍虽然现在停滞着，但是我们最终也会继续往前。而我们前进的目的也是去创造一个神话，去树立一种信仰。我们创造的神话是要用超前的科技手段来阻止天灾，我们树立的信仰是让一个更加先进更加强大的全球天电互联网来拉紧所有人之间的关系，让每个人不再被谎言蒙蔽，让每个人都可以公平互利地享受到自然馈赠的能源。你，同样无法阻止我们的脚步！"

周围再次响起持续的掌声，就像激荡在山谷里的洪流。也就在这个时候，前面有人在高喊："路通了！走了！继续前进！"

车队缓慢地启动了，扬起一片尘埃。两个"电大白"舒展了一下庞大身躯后继续往前迈动脚步，齐整铿锵的脚步声回荡在深谷之中，就像前行的鼓点。悬停的"眼儿飞"像蜻蜓一样快速抖闪两下，朝着更远更高的前方飞去。

乌玛圣女侧脸斜视着深谷对面，眼角的余光中露出的是震惊。但她还是故意表现出一种不屑，用强作轻松的语气对秦潇然说道："那么我就拭目以待你的神话。"

秦潇然将下巴微微扬起些："好的，我们将会全力以赴！"

乌玛圣女的脸上不自然地抽动了一下，然后转身，朝着迁移队伍的前端快步走去。

又经过了一天多的路程，全球天电互联组建的运输、安装队伍到达了预测中尘埃下流暴击的中心位置。这是哈德斯群峰和西侧白头翁群峰的交界处。

这位置实际的山势地形比实景图上看到的更加复杂，许多起伏凸凹在实景图上看不出什么来，实地观察却可以看出差异极大。另外一些地质情况也不是实景图能够反映出来的，比如危石、坍坡，还有很多开裂、滑移的冰雪层。所以原来划定的那些绿色地块并非完全可以按计划顺利排列布设五行永动环，有些地方甚至连人进入都存在危险。

时间不多了，彗尾冲击是不会往后有一秒钟推移的。面对这样的实际情况，秦潇然小组的工作变得更加繁忙和急迫。他们必须针对实际的地理情况以及最新的彗星群动态进行调整，将布设地块划分得更加细致，然后配置不同的可以发挥更大效果的纳斯卡线条排列方式。这样一来，原有的能量收集、传输、转换程序就要进行大量修改，有些索性要重新编程才行。而能量转换输出点也要有所改变，最终转换电能与天电互联网的搭接位置暂时还无法确定。

就在秦潇然他们带领运输和安装队伍尽全力完成任务时，乌玛圣女亲自引领的车队也在发生着别人很难觉察的变化。

首先车队最前面一段的那些厢式货车都开启了顶盖，车里的各种仪器设备全部开始了运转。几个引领者操控的电脑系统对全球范围内的ID进行着搜索，搜索的目标是与全球天电互联网、与天象灾害有关的材料设备信息。

乌玛圣女拥有的电脑系统虽然不如天电互联网的类人体神经管控系统，但也是世界上最为先进的通灵级可自提升功能系统，所以通过一段时间的搜索，并攻破了某一能源特种材料制造公司的防火墙后，他们找到全球天电互联网提供给这个公司的五行永动环的材料配方。

又经过两天时间，乌玛圣女弄清了这个配方是怎么回事。因为这与她纱丽上的那些晶片有着异曲同工的妙用，而且比她的晶片功能更强、效果更好。由这个配方乌玛还想到了更多，想到自己每次显神迹时都穿着同样的纱丽，想到所有大迁移队伍的队形。她终于明白为什么秦潇然会如此自信了，原来这世界上掌握别人无法想象能力的不止一个，能窥破自己所掌握能力的人也不止一个。

再后来，度门启示派这支迁移的队伍依旧在继续前行，但是乌玛圣女却没有再露过面。那些跟随的引领者有一大半人也莫名其妙地消失了，和他们一起消失的还有几辆特殊功能的厢式货车。

这天，北京的全球天电互联总控制中心来了一支特别的技术支持小组，而且是没有任何方面要求主动组成前来的。小组的成员是由多个国家的官员和专家组成的，其中有互联网日本分中心的总调度谷雄二郎、U国天电互联网分中心执行总裁米勒先生、P国天电互联网分中心技术主任宋宪则、N国天电互联网分中心调度主管埃赫莫多等，以及多个东半球国家能源管控机构的政府官员。

这个小组刚到北京，郑风行就已经大概猜到了他们的意图。因为这些小组成员来自的国家，都是对重启灾害区域电力持反对态度的。

全球天电互联网为了缓解国际紧张局势，为了度门启示派大迁移的队伍能够得到放行越过边境，答应了灾害区域国家的条件，承诺灾后及时重启网络恢复供电。当时这些一直持反对态度的东半球国家没有马上出来再次提出异议，因为那种情况下再提出反对意见肯定会受到国际舆论的谴责，还有可能会受到国际公约组织的惩处。

但是从自身角度而言，他们依旧是不愿意承担全球失电风险的。因为那会给自己国家带来极大的经济损失，还有可能造成社会动乱，影响到政府在民众心目中的形象和公信力。所以在现在这个时候和状态下组成一支技术支持小组，他们真正的目的是想了解全球天电互联网重启工作的即时动态，必要时可以马上出面对可能给他们造成损失的做法进行干预。

郑风行知道有些情况是不能向这些小组成员讲得太透的，他可以控制北京互联网中心的人员，却无法控制这些其他国家的官员和专家。所以如果将所有计划都透露给他们的话，万一泄露出去，进程有可能受到不必要的干扰。而一些无法理解应对做法的灾害区域国家甚至还可能觉得一些做法是没把握的敷衍，反会导致再次出现阻止大迁移队伍过境的事件。

其实关于五行永动环的方案，这些国家能源机构的官员和互联网分中心的管理高层都是知道些的，但后续的纳斯卡线条方案，他们却并不十分清楚，只以为是尽量多地布设五行永动环，以此覆盖彗尾尘埃冲击的中心区域。所以，他们关心的焦点都是到底能生产多少五行永动环并运输到现场，灾害发生之前能安装多少，还有这些安装后的五行永动环到底能缓解多大程度的灾情。

对于这些问题，其实北京中心各个部门、各个层面早就统一了态度，不做任何具体描述。只回答完全有把握大幅度降低天象灾害的危害程度，保证及时可靠恢复灾害区域的供电，并且不会对非灾害区域国家的用电造成太大影响。

不过这样的回答要应付成员组成层次如此之高的小组是很难的。即便他们在得到统一态度的回答后不再追问，但其实暗中的担忧和疑问却在成倍增加。所以郑风行能预感到，如果接下来的计划在实施过程中出现哪怕一点点异常，这个主动驻入北京天电互联控制中心的小组就会全力阻止计划的继续实施。特别是在每次看到谷雄二郎的目光后，郑风行的这种预感会越发强烈。

天灾降临时人为破坏连续出现

已经很难用"蔚为壮观"这样的一些词语来表达眼前的景象了，也很难想象这是人类力量在短短十几天里完成的壮举。

冰雪覆盖的山顶上，枯草碎石的山坡上，陡峭如壁的山崖旁，巨木林立的森林旁，一套套巨大的银亮色五行永动环静静地排列着、悬浮着、翻转着。

按照殷灵设计样板制造出的五行永动环成品外围最大环的直径足足有十米，每个环本身粗细都与路灯杆相仿。目前这些竖立着的五行永动环都在极为缓慢地翻转着，比时钟的秒针还要慢许多。这翻转的能量来自最初的人为驱动，然后后续还有阳光、风、磁力等能量。但这些微弱的能量仅仅够这些大型的五行永动环自己竖立起来，离地悬浮的高度也只有几厘米而已。

无数这样的五行永动环依次排列成了一个个纳斯卡线条图形，就像用银色线条勾画出的蜘蛛、飞鸟、手形……这些形状配合着山势山形，将整座山体上可占据的部位分割占据了。因为所有的五行永动环都在缓慢地翻转，于是那些图形是动的、是活的。整座山峰仿佛爬满了正在蠕动的银色怪物，又像是披了件随风飘动的、有着银色花纹的绣衣。

从这座山峰望向那座山峰，再望向更远的山峰，从这道山梁望向那座山梁，再望向更远的山梁，每座山峰、每道山梁都是如此，都被巨大的银色五行永动环占据，都被五行永动环排列而成的纳斯卡线条占据。数不清的银色五行永动环，望不到头的银色纳斯卡线条，就像将阿尔布克山脉更换了一个世界，变换了一个星球。

幸亏是有山东能源设备特种性能试验场提供的试验数据和资料，幸亏方案调整重编以及管控是采用了从类人体神经管控系统上下载的子系统，也幸亏有电脑怪才"壁虎黑客"藤田峻和天体学美女专家李名贞的默契配合，他们才及时拿出新的纳斯卡线条排列方案。新的方案避免了各种地形地势的弊端，并针对彗星群的最新状态，将五行永动环吸收、化解、转换的功用发挥到最佳。另外因为五行环可悬浮的特点，可设置的部位也有所增多。原来许多凹凸不平、陡度太大的位置，现在也确定可以布设纳斯卡线条排列的五行永动环。

新的方案出来之后，由各国天电互联集团抽调人员组成的安装队伍立刻配合运输人员将五行永动环进行定位、排列。然后根据不同纳斯卡线条的能量输出点马上安装能量传输装置，并集中与能量转换设备连接。

这个时候，转换电能总体接入全球天电互联网的接入点也已经确定，总共有两个点。并非秦潇然他们不想多设立几个备用连接点，实在是在这么短的时间里只能生产出两整套的转换、变压设备。

为了保证总体接入的可靠，秦潇然亲自带人安装了两处能量转换设备和变压组合电器。这两套设备相对而言体积都还不算非常大，但实际容量却相当于好几套大型发电和变压系统；全部采用目前世界上最先进的技术制造而成，其中很多关键技术还是刚刚研制完成，都未曾对外公布。

为了能够抵抗住尘埃下击暴流，转换和变压设备整体结构是用超强合金整体铸造的。这种合金就连穿透式导弹都无法将其损毁。也正因为这样，它的制造非常困难，到目前为止只生产出两整套。还有就是重量很重，运输和就位相当困难。

一号位的转换装置安装在所有纳斯卡线条排列的最东端，这里差不多是在下击暴流的起始范围边缘，正好可以躲过下击暴流的直接冲击。安装位置是在较为平坦的凸出山崖上，山崖的旁边正好有一个高峰，可以替这个安装位置抵挡下击暴流后的辐散强流冲击。另外，这里的冰雪覆盖面较薄，固定的冲射锚杆可以直接钻进山体的深处。在山崖往南一点就是崖壁，从这里可以将连接电缆合金保护管套直接牵引下去，呈一条垂直线与下方四条天电互联网络的任意一条连接。

在白头翁群峰的南麓下方，还有二号位的转换和变压装置，这位置也正好可以躲过下击暴流的直接冲击。不过这套装置的能量传输回路较长，转换电能后的搭接距离较短，可靠性相对而言要差一些。而且很大可能会遭遇南向的辐散强流冲击，所以只能作为备用，主要还是依靠东端的这套装置。

另外还有就是转换变压装置与网络连接的形式，在灾害发生时采用无线连接肯定是不行的。除了会被下击暴流的能量击穿外，无线连接还有个最大弊端就是不能随意转弯，那就不能利用下击暴流被分割后的间隙进行传输。最后还是秦潇然想到吉隆坡机场看到那些飞机的电缆充电，觉得还是用返璞归真的方式最为可靠，所以最终确定采用软金索电缆进行连接。这是秦潇然解决龙三角海底断缆中采用的电缆，强度可以抵御大地板块缝隙排出的高压气流，而导流能力更是非同小可，杯口粗细的电缆就能承担越洋主网络回路的输送。

此时，秦潇然正站在沿山脉走向东南侧的一处高海拔山梁上，这里完全被冰雪覆盖。从他这个位置可以看到大部分覆盖了银色纳斯卡线条的山峰山梁，利用电子望远屏，还可以清楚看到东端的能量转换和变压装置。

在秦潇然站立的位置后面有一条窄窄的斜道可以转到峭壁下三十几米处的一个凹洞里。这凹洞虽然不太深，范围却不算小，所以在D国工程兵用液压整体钢架加固之后，当作"天罗四号"系统的临时控制室。

藤田峻已经在凹洞里将所有传输、转换和变压系统都关联了类人体神经系统的子系统，然后通过高穿透脉冲信号直接进行最细致合理的管控。而且一旦出现问题，还可以人为地发出临时指令进行调整。

秦潇然眺望远处，心情被眼前的景象反复地震撼着、激荡着。虽然这一切是在他的注视下完成的，但是从一开始，他就被这种情绪控制，并且不断提升、不断亢奋。因为每一天的变化、每一个不同视角的变化，都会带给他新的感觉、新的感慨。不过此时此刻他心里更多的应该是庆幸，这么艰险的路途，这么复杂的安装环境，这么恢宏的安装工程，他们紧赶慢赶总算按计划全部完成了。

卫国龙的"魔礼红"停在峭壁下面，然后绕过旁边缓一些的坡道走了上来。本来山脉的这种位置根本不可能有汽车可行的道路，但是为了总转换和变压装置，在这艰险的山上竟然短时间里开辟出一条交叉盘绕的临时道路来。

转换、变压装置每一个都要有三间房子的体积，最初的计划是要用多旋翼"黄巾力士"直升运输机吊运上来就位的，但是起运点距离彗尾尘埃冲击的中心位置太远，运输机承重太大后动力系统不够这么长距离的飞行。另外，山脉中环境复杂气流混乱，吊运这样又重又大的设备很难平稳飞行，容易出现意外，所以最终还是采用了拖车运输。

采用拖车运输的方式对 D 国的工兵部队绝对是考验，他们必须在最短时间内找到合适路线，开辟可行道路。D 国这一回是真的付出了大代价，以多个士兵的生命和大大小小几十辆专业工程工具车辆为代价，总算是开出了一条可到达两处转换、变压设备安装点的道路。而这道路正好经过作为"天罗四号"系统控制室的凹洞下方，所以卫国龙的"魔礼红"可以直接开到这里。

"都撤出了吗？"秦潇然问走上来的卫国龙。

"都撤出了，这些天我们在这里排放五行永动环、安装转换装置，那些工程部队也没闲着，他们将过来的道路进行了再次修整拓宽，临时桥架也都加固了。所以运输车队和大部分安装人员可以快速撤离，早上到现在这一天的时间应该已经撤出好几百千米了。到明天早上下击暴流开始时，他们应该能撤出阿尔布克山脉范围，到达东边最近的安全地带。现在这里除了我们小组的几个人外，就剩下来自我们中国电力的一支安装小队。"

"这我知道，他们的搭接工作都准备好了没有？"

"其实也没有太多准备，所有传输、装换的连接环节刚刚又检查了一遍，可确保万无一失。而转换电能的搭接主要由两个'电大白'机器人来完成，莫洛克夫已经将这个工作的智能程序输入两个'电大白'了。安装小队现在最主要的任务就是躲进 D 国工程部队浇筑在山体中的整体安全所，保护好自己。万一'电大白'的搭接遇到什么问题不能及时完成，那就只能由他们上了。莫洛克夫今晚就和他们一起躲在安全所，明天冲击开始后如果有什么意外，可以立刻就近采取补救行动。"卫国龙刚刚已经把情况了解得非常详细。

为了最后的搭接和输入重启能够顺利实施，D 国工程兵在山体深处直接开凿空间然后浇筑了安全屋。这个安全屋不仅是选择在下击暴流直击范围之外，而且方向位置上也很难遭受到后续辐散强流的冲击。躲在这里的人要在下击暴流刚刚结束时就及时出来选择未受损线路进行搭接，所以人和器具都必须保证完好。

安全屋到达两处装置的距离差不多，就像个等腰三角形。而莫洛克夫和所有中国电力的安装人员一起带了两个"电大白"躲在安全屋内，一旦时机到了，他们就会从里面出来兵分两路前往两处搭接点。

安全屋的构造是最为牢固的，即便整个山体崩裂，都未必能将这个用类钢水材料整体浇筑的"小盒"给击破。但问题是一旦真的出现山崩地裂的情况，那么山体深处的这个安全"小盒"还能打开吗？另外，如果五行永动环的纳斯卡线条排列没有任何作用的话，下击暴流的威力会造成远超过山崩地裂的损害，那种情况下安全"小盒"还能保住吗？

其实不管是中国电力安装小队的"小盒"，还是秦潇然他们的凹洞，都是拿生命做赌注的赌具。李名贞曾经说过，这次灾害不可阻挡。而他们现在都将自己的命押在了五行永动环纳斯卡线条的几次成功试验上，这一把赌注是需要用勇气、责任、信念才能压上去的。

听了卫国龙的报告，秦潇然没有再说话，而是举目又看了一眼远处布满银色纳斯卡线条的群峰和山梁。夜幕已经降临，深蓝的天空上布满晶亮的星斗。重重山峦成了黑色的剪影，只有山下的湖泊河流依旧闪动流光，那是天上星斗倒映的光。周围非常宁静，可能是千万年来阿尔布克山脉最为宁静的一个夜晚。但这个宁静的夜晚注定会牵动无数焦虑不安的心，因为明天注定会是个不寻常的日子。无数焦虑不安的心都在等待明天的日出，还有日出后不久就会再次降临的黑暗。

但是秦潇然并不知道，就在他们等待的时候，别人却在忙碌着。就在距离他们不远的低矮山峰背后，停着几辆特制的厢式货车。货车的顶盖已经打开，各种仪器设备已经开启，信号网络正在对周围存在的系统进行搜索。

货车的旁边站着乌玛圣女和十几个引领者，引领者正在做着一些准备。该交代的关键事情乌玛圣女已经全部交代了，现在只等天色完全暗下来后，这些引领者便会趁着黑暗往指定的目标偷偷靠近。
　　这一次乌玛圣女亲自带领引领者们来到灾害的中心位置，她清楚自己创造的和掌控的一切已经到了生死关头。要渡过这个难关，单纯依靠维持自己的强大已经没有什么用处了，已经到了必须让对手失败的地步。
　　灾害会发生，没人能够阻止。灾害发生的程度不在乌玛的担忧范围，只要发生了，不管损害大小，乌玛都能从神迹、信仰的角度完美诠释。所以唯一要制止的就是电力的重启，而且是利用灾害的能量进行重启。一旦全球天电互联网这一做法能够成功，那将彻底打破她依托神的名义所发布的种种言论。因为事实证明，这次灾难是可以以人力抗衡的，是可以化解扭转的，从而也就说明不是神的惩罚，而是自然灾害。而那种情况下乌玛圣女要再想维护自己神的高度，就必须主动将全球天电互联也往神的高度上推，但那是她不可能做的事情，也是她根本无法做到的事情。
　　另外，如果电力及时恢复了，没有出现她预料之中的重启不成功，也并没有出现她使用了一些手段想促成的空谷效应，更没有之后大范围缺电的荒芜局面出现，那么，乌玛圣女所拥有的能量搜集转换随身装置的技术就不再被别人觉得有很大作用，便丧失了神奇的效应。所以她要不惜一切代价制止别人破坏她的计划，别人不会出现的失败她要主动替他们制造。

　　郑风行彻夜未眠，他始终守在天电互联网控制中心的监控调度大厅里。今天的调度大厅气氛很不一样，不仅与真正地球同步的投影立体地球缓慢运转着，显示出地球上每个角落的实时用电情况，其他整体的全球网络分布图、实时电量图以及各种环境实景图、气象图、状态反映图也都打开着，还有太空发电站运行轨迹图、最新的太空发电数据表也都专门分块显示着。
　　这一次控制中心借助了国际上很多组织机构的观察卫星和一些国家的军事卫星，所以这些图不仅可以显示全球天电互联网的真实状况，就连全球每一个角落以及地球之外太空中的细微变化都在他们的掌控之中。
　　虽然彻夜未眠，但是郑风行却没有感到一丝疲乏，一般心情越来越趋于紧张的人都是很难感到疲乏的。和郑风行同样一夜未眠也不感到疲乏的还有很多人，不说其他地方，单是调度大厅里就有不少，其中包括以谷雄二郎为首的技术支持小组的全部成员。

郑风行真的没有想到谷雄二郎他们会如此执着，原来他只以为这些人到这里来就是在关键时提出一些建议，或者为了维护自己的国家利益提出某些要求而已。但是没有想到这些人竟然在提前一天进入调配大厅后就坚守着不再离开，始终观察着各种图像的变化。

也是到这个时候，郑风行才明白为何这个小组组成时会让谷雄二郎这样的天电互联分中心总调度参加，因为他们是内行，可以及时看出灾害区域电力重启过程中对他们国家的电网运行，电量使用存在什么不利。所以随着尘埃下击暴流开始的时间渐渐临近，郑风行真切感觉到太多的压力加在自己身上。这些压力有来自地球另一边的，也有来自自己身边的。

但最让郑风行担忧的不是各方面的压力，而是五行永动环以纳斯卡能量线条排列后吸收化解灾害冲击的效果，吸收到的能量转换为电能的效果，还有转换的电能作为外加电量用以灾害区域电力重启的效果，以及实现这种种效果的过程能否顺利，会不会有意外。特别是不能出现意外，整个过程不算长，而且只有一次机会。一个小小的意外会导致全部方案的失败，所有的努力将付诸东流，根本无从补救。

事实上，郑风行最为担忧的事情正在发生。方案和实施没有意外，却有着人为制造的意外。

双管齐下的对抗突然而至

阿尔布克山脉的日出非常震撼，连绵山峰山脊覆盖着的白色冰雪、层层叠叠的绿色森林、轻快流淌的小溪和微波荡漾的湖泊，在通红的初阳映照下显得分外妖娆艳丽。但是今天却与平时有些不一样，当阿尔布克山脉披上那层红艳之后，除了妖娆艳丽，还莫名地让人觉得有种血腥、诡异的味道。

就在红艳的阳光渐渐变得热烈灼目的时候，天际间有末日号角响起，带着摄人心魄的诡异。与此同时，西面的天空中压过来滚滚的昏黑。那昏黑显得很是浓厚黏稠，并且越来越厚、越来越黑，就像还未完全凝固但已经撕扯不开的黑色橡胶。

滚滚的昏黑边缘在快速飘散、弥漫，面对张牙舞爪冲过来的黑暗，就连已经升起一定高度的太阳都畏惧了、退缩了。很快地，昏黑的中间部分像是已经完全凝固，变成一座比阿尔布克山脉更加庞大的黑色山脉慢慢压了下来。只是这座庞大的黑色山脉是倒过来的，最先压下的是它的顶峰。

和之前两次彗云扫击灾害不同，前两次发生之前都是晴空万里，无法从天色中看出一点异常。那是因为彗云的尘埃含量少，又太细小，根本无法看出。但是这一次是彗尾尘埃下击暴流式的冲击，尘埃在地球引力作用下都汇聚了、浓缩了，集中到了一个点上，所以不可避免地出现云层阴黑、天昏地暗的可怕情景。

站在阿尔布克山脉上，可以感觉到从头顶上渐渐逼迫而下的无穷压力。脚下的山体已经开始微微在战栗，从山体深处传来的一阵阵沉闷的地声，很像是垂死老牛发出的最后一声哀鸣。

积雪最上一层的雪粒已经飘起，变成一股股完全没有方向、规律的白色风，这或许就是传说中的鬼跑烟。

山脉中下部的大片森林就像被一双无形的大手揉搓着、抓挠着，不时会有大片的枝叶和断枝飞扬而起，却又完全无法看清都被撒向了哪里。

四条互联网路的设备塔钢架都发出了"吱呀"的怪响，仿佛一个个从沉睡中醒来的巨人在舒展筋骨。而设备塔传输的无形电流也不停歇地发出呜呜，就像不懂音律的人故作高雅地在用嘴模仿琴弦上的声音。

阴暗之中，五行永动环反而显得更加晶亮，巨环的翻转也变得更加快速有力，发出粗重混浊的风声。并且随着翻转速度的逐渐加快，整套五行永动环悬浮的高度也在一点点提升。但不管是翻转速度还是悬浮高度，所有排列成纳斯卡线条的五行永动环却明显不一致。这可能与它们各自吸收到的能量不一样有关，也可能与它们所处的位置不同有关。

"冲击的前奏就要开始了。"秦潇然看着越压越低的昏黑说道。

"是的，要不要马上通知互联网中心断电？"卫国龙问道。

"还不到时候，断电时间太长会加重空谷效应，恢复供电会更加艰难。你下去让藤田峻注意观察控制系统，看所有设备的运行是不是正常。另外再检查一下洞里的加固防护措施，确保冲击过程中这里的电脑系统和人员不会因落石和外力而受到损害。"

听到秦潇然的吩咐，卫国龙二话没说，马上转身往下面凹洞跑去。

"安全屋、安全屋，冲击即将开始，自检所有转换、转接设备是否正常？"秦潇然用植发式对讲机询问转换、变压的设备状态。但是过了好一会儿，对讲机里始终静默，没有人回答。

"莫洛克夫、莫洛克夫，听到请回答，设备有什么问题吗？"秦潇然开始担心了，他直接呼叫莫洛克夫。

就在这时候，刚刚跑下去的卫国龙重新上来了，在后面坡道那里露出个脑袋就已经急切地在喊秦潇然："秦组长！快下来！控制系统出现异常状况，天象观测系统也完全失灵。"

秦潇然猛然扭过头去，就这扭头的一瞬间中，血涌上了头，冷汗涌出了毛孔。

藤田峻也在冒汗，在这个冰雪覆盖的高山之巅上，他的汗竟然比在索迪瓦沙漠时还要多。汗珠从没几根毛发的秃顶上流下，流过纠结扭曲着的脸，让他的表情比见到自己老婆阳子撒娇时还要难受好几倍。但是此时藤田峻根本没有闲暇去擦一下脸上的汗，因为他的双手一直在键盘和触屏间忙碌着，根本空不出来。

秦潇然以往也见过藤田峻类似的样子，那一般是在极度意外和恐惧的状态下才会出现的。就像在流浆山谷里测听到地狱之声时，还有在海沟沉船上看到有人影行走时。今天似乎和那两次还有些不同，藤田峻的表情里除了意外和恐惧，还有遭遇莫名状况后的愤恨不平。

"怎么回事？是天象形态突变导致的异常吗？"秦潇然首先想到的就是彗尾的变化。

"不是，不是天灾，是人祸。有无线信号试图侵入管控系统，先是几次想诱导类人体神经子系统多重叠加反应，然后从中寻找漏洞替换控制指令。结果都被子系统识破，自动弥补漏洞挡住替换指令。"

"有没有可能是附近有什么无线信号站在传递中发生的信号误碰撞？"秦潇然问道。

"肯定不是，我的天象观测系统已经被彻底替换，现在完全无法看到彗星群实时状态。"李名贞恨恨地将键盘、调整器一推，放弃了继续摆弄那些仪器。

"侵入的是高手，而且不止一个。我这边子系统自辨别能力和弥补能力强，他们才未能实现替换。不过现在又开始改用病毒攻击了，而且病毒的种类层出不穷。虽然其中大部分都无法突破子系统防火墙，但有几个很特别的慢渗入病毒利用了防火墙启动的时间空隙一点点突破……"

藤田峻说话声越来越小，直至紧闭住嘴巴不再理会秦潇然他们，而手指的动作却越来越快，眼镜片也不停随着屏幕上字母、数字的变化跳转而闪动。在场所有人都看得出来，藤田峻这是针对正在渗入的病毒特点即时编制程序予以消灭和抵御，而且已经陷入非常紧张的对抗状态。

凹洞外面出现了一片轰响声，由低到高，由远到近。随着轰响，山体开始震颤起来，洞顶上有尘土簌簌落下。而洞口外的峭壁上方，则有冰雪和着泥石大片大片地滚落下来。

除了藤田峻，其他人都抬起头往凹洞外望去。东边刚出来的太阳已经完全被弥漫的昏黑遮掩，刚刚亮丽起来的世界陷入了一片昏暗之中。轰响还未曾接近，呼啸声已经抢先来到，就如魔兽嘶吼。随着呼啸声，外面的昏黑变得更加混浊，那是因为积雪和沙土已经被彗尾冲击的先期力道完全卷扬起来。

"要开始了。"李名贞看了下时间。她的天象观测设备系统都被替换了，现在只能看时间了。

"彗尾尘埃冲击的先期影响已经开始，我出去看看情况，然后确定是不是需要立刻通知北京方面对灾害区域断电。"秦潇然边说话边往外走。

李名贞朝着秦潇然急走两步，然后又停了下来，她知道现在出去情形比较危险，但她还知道此时不能也不应该阻止秦潇然，所以只是说了句："你小心点儿。"

"我陪他出去，你放心。"卫国龙在李名贞肩上轻轻拍了一下，然后紧赶几步跟着秦潇然一起往外走去。

也就在这个时候，藤田峻突然发出一声短促的怪叫："啊！不好！"

大家一起回头看去，只见藤田峻呆呆地坐在电脑前一动不动，就像一尊雕塑，只有脸上的汗珠还是活动的，快速地顺着脸颊往下流淌。而他面前的屏幕已经完全没有管控系统的任何显示，而是变成了一个飞行战斗机图片的界面。

"怎么了，被病毒侵入了？""这是什么？像是游戏界面。"李名贞和卫国龙急切地询问藤田峻。但是藤田峻纠结扭曲着表情不作声，牙关咬得紧紧地，像是遭受到了什么屈辱。

"快说什么情况，知道了情况，我们才能确定下一步该怎么做。"秦潇然表情非常严肃，他心中其实已经完全慌乱了。

"上当了！他们明着以病毒侵入，其实趁着我对抗病毒时直接罩扣了一个屏蔽程序，而且是用了最老旧的疯狂雷电战机游戏作为屏蔽界面。现在我这里不仅看不到子系统的内容，而且连接收和输出的信号也都遭受屏蔽。"藤田峻说这话时，脸上的肌肉在微微抽搐。

秦潇然得到回答后，想都没想就马上对李名贞说："立刻利用多卫星同时传输通道通知北京方面断电！"多卫星同时传输通道是他们行动的后备联系方式之一。因为彗尾冲击之前，就会对地球磁场产生很大影响，立体即景磁传输专频再无法正常工作。

"这时候就断电会不会时间过长，影响之后的电力恢复？"卫国龙是在提醒秦潇然。

"没办法了，只能提前。管控系统被屏蔽，我们无法掌握最佳断电时间，北京方面也无法看到现场显示的状态自行确定断电时间。现在只能提前不能滞后了，太滞后会导致带电网路相互间击穿损坏无法输送电能，那么重启就更没希望了。"秦潇然很坚定地朝李名贞看了一眼，"立刻发出断电指令，如果灾害影响超出我们之前预料，再加上人为侵入和干扰，过一会儿或许连卫星传输通道也会受到影响。"

听秦潇然这么一说，李名贞再不做丝毫犹豫，马上接通了多卫星同时传输通道，输入身份密码和信息传递确认密码后，向中心发出立刻断电指令。

秦潇然走回到藤田峻身边，弯下腰轻声说道："没到山穷水尽的地步，还有时间和机会。你看看能不能赶在下击暴流之前将系统恢复，我们这次任务最关键的是能量转换和重启灾害区域的天电互联网，到那时会更加需要子系统的管控。"

藤田峻摘下眼镜擦了擦镜片放到一边，脱下薄棉外衣，用棉外衣将头上脸上的汗擦了一遍，然后扔掉外衣，捋了捋耷拉下来的几根头发，拿起眼镜戴上，再双手交叉舒展了一下手指，扭动了几下脖子，这感觉就像一个即将走上决斗场一决生死的武士。

"我用最快速度打爆它！这种老旧游戏做屏蔽的程序并不复杂，但是一般会隐藏在其中某一关卡中。只要打爆它，就能自动解除屏蔽。对方用这种游戏做屏蔽页面是以为很多年没人玩了，游戏设置和场景没什么人知道。但是他们撞到枪口上了，我这个职业玩家最初就是把这当作训练项目的，因为疯狂雷电战机这个老游戏最能考验速度和反应。"藤田峻伸手点开了界面上的开始键。

"还是要当心，你刚才说过那些侵入系统的都是高手，那么屏蔽程序就不会那么简单。很有可能在这个游戏的程序里做过修改或补充，加入了对方可操控的非规律性运行或人为运行。"

藤田峻微微愣了下，秦潇然的意思他一听就懂了。这是一个很及时的提醒，也是一个绝对有必要的提醒，让他从激愤状态快速恢复冷静，于是手上的动作稍稍放缓些，深呼吸了下，才提起十二分的小心操控着自己的战斗机冲入了对方的机群。

山体的震动变得更加剧烈了，就连走上斜道都变得艰难。秦潇然在卫国龙的帮助下，才爬到坡道顶端边沿并勉强稳住身体。这一次上来不像之前，他们两个都把预先扣系在凹洞液压整体钢架上的安全绳系在身上，另外还戴上了全罩式安全头盔。

他们上去是要确定几件事情。一是五行永动环排列的纳斯卡线条的运转情况到底怎么样了，二是北京方面接到指令后有没有及时断电，三是再次观察转换、变压装置的目前状态。这些情况本来都是可以在类人体神经子系统中显示出来的，但是现在这些显示都无法看到。

五行永动环的翻转已经变得很快速，但是速度仍然不一致，悬浮的高度也高低不一，显得有些杂乱。从几个能整体观察得比较清楚的纳斯卡线条排列来看，整体线条图案上也有一些变形，应该是某些位置的五行永动环悬浮过高后发生了移位。但这些情况其实都在预料之中，先期冲击能量的分布不均匀，是会导致这种情况的，这在山东能源设备特种性能试验场提供的资料卡里有过详细说明。

彗尾尘埃倒挂的浓黑山形在继续往下压近，倒挂的最顶峰处已经距离不远处的白头翁最高峰很近了。浓黑云层中不停地有闪电闪过，已经开始飞舞的雪花和尘土团中也偶有闪电闪过。但是阿尔布克南麓下方的四条天电互联网线路却没有一丝电花闪动，从这一点可以判断，全球天电互联网已经执行了对灾害区域的断电操作。

　　本来用高清晰自分辨电子望远屏可以看清细节的转换、变压装置，现在再无法看清了，只能大概看到整体的外观状态。但是从它们悄然不动、屹立山崖之上的外形看，基本可以确定只要它们不受下击暴流中心能量的直接冲击，那么应该可以抵挡住此次灾害。

　　"还好，目前除了系统被屏蔽外，实际装置都一切正常。"秦潇然微微松了口气，扭转头半捂着头盔对讲口对卫国龙说。

　　卫国龙点点头，然后用手势向秦潇然示意可以先躲到下面凹洞里去。他现在的位置正好面对着一股裹挟了雪花沙土团的劲风，不仅话说不出来，就连头盔上的晶面护目镜也感觉随时会被飞舞的沙土粒撞破。

　　"安全屋报告、安全屋报告，二号搭接点装置报警，二号转换、变压装置处于完全损坏状态，无法修复、无法修复。一号搭接点装置也出现报警……"耳郭里的植发式对讲机突然传来安全屋安装人员的报告，他们那里有两处装置最直接的状态监控，以便在下击暴流减弱后选择合适时机和线路进行电能传输搭接用于重启。但是现在下击暴流还没开始，就已经传来二号装置完全损坏的信息。而一号装置也出现报警，到底什么状况未能说完信号就断了。

　　"什么！二号装置完全损坏？一号报警？什么情况？"秦潇然猛地站起来，但随即便被一股雪花裹挟着的砂石推倒。幸亏卫国龙一把抓住了秦潇然的安全绳，不然他就直接给冲跌下去，挂在后面陡壁下了。

　　就只这一句话的工夫，情形已经有了很大变化。狂卷的雪花沙土团开始变得坚硬，因为沙土下的碎石已经被卷了起来。积雪下冰层也开始碎裂了，冰块冰屑都被卷了起来。狂卷的雪花沙土团变成了碎石冰块团，而且碎石冰块团相比雪花沙土团更加湿润。因为裹挟在其中的雪花已经开始融化，山脉周围溪流湖泊里的水也开始被抽吸上来。水分饱含在碎石、冰块、沙土间一起飞舞，而冰块在这种狂卷的状态下也很快就被石块沙尘研磨成碎末，化成了水。

　　浓黑云层中的闪电开始与群峰相接，与山梁相接，与飞舞的砂石冰雪团碰撞。在饱含的水分以及彗尾尘埃不同极性撞击的作用下形成爆闪，就像在深海里炸开一个水雷。

　　周围灰暗的山影有的扭曲，有的变形，有的甚至破裂开来。这是因为空气被撕裂了，光线被扭曲了，所以看到的景物也变形了。

第十一章 · 暴流决战

- 下击暴流中的飞机大战
- 反下套一举击破屏蔽程序
- "电大白"机器人与引领者的缠斗
- 飞驰的"魔礼红"撞合子母套

下击暴流中的飞机大战

北京已经是傍晚。在全球天电互联网总调控中心的大厅里，郑风行双手抱胸站在缓缓转动的巨大投影地球前。他的头一点一点地，下巴用力地砸击手中激光笔尾端的弹性开关。这是他紧张状态下的习惯动作，而今天他这动作不仅比平时更加用力，节奏上还经常发生混乱。

彗星群彗尾尘埃下击暴流即将开始，但是各方面出现的迹象并不像计划中那样顺利。所有现场的即时报告都没有传输过来，类人体神经系统的子系统也没有数据显示，而断电指令也是采用多卫星同时传输通道的备用手段传递的。这些让人感觉像是哪个环节出现了问题，又像是所有环节都出了问题，所以郑风行格外紧张。

但是他又必须把表情尽量放轻松，因为那个特别技术支持小组的全部成员此时都守在总调控大厅里。表现得太过紧张，会让他们意识到事态的严重，关键时候可能会以最强性手段来制止原定方案的实施。

谷雄二郎慢慢踱步到郑风行的旁边，抱着胸和郑风行并排而立，微微眯眼看着投影地球轻声说道："情况好像有些不对呀，现场所有的即时状态数据子系统都没有传输回本部，而开始断电的指令则是通过多卫星通道用备用密码传达的……"

"目前所有情况应该还在预计范围内。这次冲击的影响度和影响形式之前无法完全掌握，所以影响到电脑系统的运行和无线信号传输是有可能的。"郑风行知道谷雄二郎要说什么，所以提前用回答打断他的问话，只是回答时没有看着谷雄二郎，眼睛一直看着投影地球。

"郑先生说得很有道理。既然冲击的影响度和影响形式无法掌握，那么其他更多的方面也是无法掌握的。这些方面都是很重要的前提，重启恢复电力的前提。如果这些都无法掌握，那么重启灾区天电互联网、恢复电力的做法还是很让人担心的。"谷雄二郎的中国话说得有些拗口，但意思却表达得很清楚。而且气势上步步紧逼，一下就将郑风行逼入无法辗转的地步，让他的习惯动作在一个敲击笔端后的瞬间定格在那里。

郑风行停了很长时间没有说话，因为他短时间内真的不知道如何来回复谷雄二郎。直到感觉到笔端顶住下巴的微微痛感后，他才一直压住笔端的下巴抬起来："谷雄先生，我很乐意和你谈论技术性的问题，但是有的时候解决技术性的问题并不完全靠技术性的手段，解决了也不一定能达到我们的目的。我们还应该相信人的意志、信念、勇气，这些都是很重要的元素，几乎所有的壮举都必须以这些元素为依托。"

"郑先生这种说法偏向于神力神迹论了，脱离了科学，这会让我怀疑你也是某个民间伪科学组织的成员。"谷雄二郎话音里带着讥讽。

"是谷雄先生的理解偏向了，你可能不了解或者没有深入了解过，我说的那些其实是真科学，来源于中国古代的综合性科学。天时地利人和，抓住时机，利用环境，坚持持久的努力，团队合作，全身心地投入。这不仅是方案的科学性，也是方案执行人的科学性。"

"我确实不了解，但我知道你们中国人有人定胜天的理论。那是违反自然规律的唯心论，所以我想提醒郑先生，目前这种状况不适用这样的理论。"

郑风行没有再说话，他知道自己无法说服谷雄二郎，特别是在眼前这种状况下。他只能希望系统尽早恢复，让他及时了解五行永动环纳斯卡线条排列的效果，及时了解到能量传输、转换、变压、搭接等一系列的情况。只有这样才能将他从懵懂、茫然中拔出，摆脱外来重压和内心煎熬，果断做出决定。

郑风行的困窘最需要藤田峻来解决，但是藤田峻的处境现在并不太好。头顶上有石粉、沙尘不停地落下，很多都沾在他被汗水湿透的秃顶上、沾在他扭曲抽搐的脸颊上。另外还有一些黏附在了眼镜片上，模糊了视线。而他正全身心投入激战类型电脑游戏，稍微一个视觉恍惚都有可能被对方击杀，所以视线清楚是最重要的对战条件。幸好藤田峻的手比眼睛还快，他在操作键盘的时候可以飞快地腾出一只手来将眼镜视频与电脑视频蓝牙连接，这样藤田峻只需要看镜片上投影的画面就行了。

彗星群彗尾更接近下击暴流冲击点了，各种能量先期爆发和撞击的怪异力道让山顶上大片的冰层开始崩裂。靠近边缘的碎块则很快被分解得更小，卷入混浊的风暴旋涡之中。山体上一些松动的大石块开始脱离山体，有滚下山坡的，有掉下悬崖的。但不可思议的是，竟然有很大一部分颤巍巍地处在欲坠落或欲滚落状态下不停摇晃，就像在等候命令、蓄势待发。出现这种情景完全是因为尘埃中四种非常规极性影响了地球重力和磁场造成的。

山体震动得更加剧烈了，凹洞里许多设备都倒下或摔落。仍竖立在原位的也都是蹦跶个不停。藤田峻好在是及时将视频连接到眼镜上，否则不住跳动的电脑屏幕一样会让他无法看清楚。

头顶上现在不仅有石粉沙尘落下，而且开始有石块、石片落下。不过这种情况早就在预料之中并做了相应的防范措施，D国工程兵部队在凹洞里不仅安装了液压整体钢架，还加装了防落石钢网，所以大部分的石块、石片被钢网兜住，只有一些小石块能够穿过网洞落下来。因此，藤田峻目前仍可以很稳定地操作游戏中的战机，迎战铺天盖地冲杀过来的机群。

也就在这个时候，一个无法预料的情况出现在对决的游戏中。正当藤田峻全力击杀并躲避敌方战机时，有一架他躲让过去已经飞出画面的敌方战机不可思议地再次从藤田峻战机背后的画面外杀出，在很短距离里进行突然偷袭。

藤田峻的反应动作完全是下意识的，指尖像被电击了似的快速点动。于是他控制的战机猛然往上方提起，同时猛烈开火，扫清上方冲向他的敌机。然后从几乎不可能的角度斜向绕了个弧线，尽量远离刚才那架突然从背后出现的敌机。那敌机并不死心，也试图绕个弧线再次截击藤田峻，但藤田峻的战机已经占住了屏幕的左上角，再无法绕到合适的攻击角度。于是只能顺势改为快速前冲，汇入敌方的机群中。

这就是秦潇然之前提醒的可操控的非规律性运行，对方在游戏的原有设置中加入可以人为控制的飞机，而且可以按自己想法拓展在屏幕之外飞行。

游戏系统固有的对战敌机机群中，任意一架都可能是对方人为控制的战机。另外在游戏画面之外看不见的地方，也随时可能有人为控制战机出来对藤田峻的战机进行偷袭。这其实已经完全改变了疯狂雷电战机这个游戏的原有模式，让藤田峻陷入一个担惊受怕、随时挨打的局面。类似的突袭才刚刚开始，对方玩家操控的战机很快混入机群再难辨别出来，这样的战机到底有多少也无从知晓。

游戏中的惊险只有藤田峻知道，而打爆游戏的重要性藤田峻也最清楚，所以他一下流出更多的汗，冲开沾在脸上的石粉、沙尘，随着山体的震颤滴落下面颊。

在卫国龙的拉拽下，秦潇然再次爬到斜坡顶上。他露出小半个脑袋在坡沿上方，用高清晰自分辨望远屏查看转换、变压装置。刚刚安全屋的对讲信号断了，所以要想知道一号装置的情况只能爬上来自己看了。但即便是高清晰自分辨的电子望远屏，在目前这种状况下看到的情景也是非常模糊的。因为飞舞的冰雪砂石不仅更加密集，而且其中还夹杂着不停地闪爆。再加上山体的震动越来越激烈，所以不仅望远屏看到的情景模糊，取景框在跳动中还难以对准，画面断续。

"看好没有？快下来，被飞石砸到就完了。"卫国龙在下面喊着，其实这喊声连他自己都已经无法听清。狂卷的冰雪砂石虽然无法直击到躲在斜道下面的他，但是耳边刮过的怪啸风声，碎石敲击全罩式安全头盔的叮当声，还有沙粒冰屑在山体坡道上的摩擦声，已经完全混淆了他的听觉，掩盖了他的叫喊声，所以更不要指望秦潇然可以听见。

"啊！有人！装置那里有人！"秦潇然在模糊和混乱中隐约看到几个晃动的身影后，惊骇得大声高喊起来。太匪夷所思了，眼下这种环境状态下，仍然有人能够在冰雪砂石的狂飙中行动自如。他们要么是阿尔布克山脉中的山妖鬼怪，要么就是乘着彗尾而来的外星人。

就在秦潇然骇然无措之间，空中倒挂着的浓黑山脉最高峰与白头翁最高峰发生触碰了。触碰的瞬间天上浓黑的云层轻轻晃荡了一下，让人觉得它是柔软的。白头翁的最高峰也虚虚地晃荡了下，随即那峰头刹那间便松散了、软塌了、消失了，化作了漫天的烟气四散而去，让人感觉它比上面压下的浓黑云层更加柔软。

而柔软的不仅仅是瞬间就化作烟气的白头翁最高峰，还包括周围所有的山峰山岭。就像是以最高峰为中心，然后往四周抖散开一张圆形的绸帕。又像是平静湖水中落下一块大石，连续的波浪四散开去。冰雪层在柔软地起伏着、荡漾着，化作了烟气；山石沙土在柔软地起伏着、荡漾着，化作了烟气；树木水流更是在柔软地起伏着、荡漾着，化作了烟气。所有烟气纠缠滚裹在一起，无序地冲荡激溅着，朝着远处狂泻而去。然后在狂泻的过程中带起更多更浓的烟气，冲向更远的远处。

第一层冰雪被冲散成了烟气后，第二层的土石也被搅散了卷起。而再往下就是完全石质的山体，但依旧未能阻止柔软的势头。岩石层被一片片剥落，一块块粉碎，一层层削磨。碎屑仍是如同烟气一般消散到不知何处去了，石块则随着更加狂飙的风暴飞舞盘旋，大片的石层和大型的石块则像枯叶般被推移着到处乱走。

天上的浓黑和地上的混浊越来越多地融汇到一起。已经看不见闪电了，一道都看不见。只有整体的爆闪，连续不停地、贯穿天地地亮彻所有的浓黑和混沌。

再也听不到山体震动的声音，听不见山体破碎的声音，就连彗尾尘埃冲击时不同极性撞击时的爆炸声也听不见了，因为所有声音已经汇成了一种声音——不停歇的可震破耳膜的持续轰响。

至于那些按纳斯卡线条摆列的五行永动环，已经完全被覆盖于浓黑和混沌之中。即便有连续不停的爆闪，也根本无法看清它们现在的状况。

秦潇然和卫国龙是在冲击开始的一刹那从斜道上滚到凹洞口的，也不知道是被震下去的还是被气流刮下去的。如果不是有系在身上的可收缩安全绳，他们就直接掉到凹洞外面的峭壁下了。

凹洞的位置虽然远离下击暴流的中心，但此刻的情况依旧不容乐观。上方崖顶厚厚的冰雪覆盖层早已不见，露出的山体岩石也正一层层地被削去，顺着凹洞洞口那一面的峭壁滑落而下，那样子就像暴雨时屋檐上冲下的水流。从洞里往外可以看得相对比较真切，这些岩石并没全部掉下峭壁。很多体积小些的只坠到一半就又被卷起往上，汇入漫天狂卷的混沌之中。

下击暴流开始后，李名贞一直紧张地看着凹洞外面，她是在担心没有回到洞里的秦潇然。等秦潇然和卫国龙连滚带爬地回到洞里后，李名贞转而开始担心洞里所有的人了。因为凹洞所在的崖顶正被下击暴流的巨大能量一层层刮削而去，凹洞上方覆盖的石层在快速变薄。凹洞周围山体原本不够坚固的位置开始破损开裂，不停掉落的石块已经把洞顶上的防护钢网塞得满满的。

但是身临如此危急境地，藤田峻就像丝毫没有感觉。他现在已经完全融入另外一个世界里，而那个世界里同样是生死就在顷刻之间，危急的程度更甚于实际环境。

已经打破四关了，对方玩家控制的飞机他能辨认出的至少有三架。这些和其他战机完全一样的玩家控制战机一般人是辨认不出来的，但是藤田峻不是一般人，他曾是电脑游戏赛场上最杰出的选手，所以能够从飞机的起飞动作、飞行流畅度、攻击起始习惯上，确定出与正常游戏飞机不同的玩家操控飞机。

三个玩家中的一个在飞机静态起动时按左键会稍带些下键的边，所以起动动作会微微下顿。还有一个按键指尖不在键码中间，所以飞行时虽然角度方向灵活多变，但会因为偏向时不时要往回调整。还有一个玩家双手控制不够协调，左右手同时攻击时，飞机机头会有轻微颤抖。

除了这三个，藤田峻猜测应该还有一个领队的未出现。一旦领队出现，肯定会一起配合游戏设置对自己发动群攻。猛虎也怕群狼，所以藤田峻已经提前在考虑，应该采用怎样的方法扭转自己的劣势。

秦潇然打开全罩式安全帽的面部罩板，大口地喘息着。这时候他心里真的有点崩溃了，再也无法保持刚开始类人体神经子系统遭遇侵入时的冷静。因为子系统被破坏，他们或许还有机会采取直接的人工操作。但两处转换、变压装置如果遭到了破坏，他们就一点机会都没有了。

更让他感到绝望和骇异的是，彗尾尘埃正在冲击的状态下，天地碾压，山崩地裂，无一物可存。但他却看到几个人影可以顶着巨大能量的冲击去破坏转换变压装置。这会是些什么人呢？他们所显示的能力其实可以在任何时候阻止下一步方案的实施。而重启灾害区域天电互联网的机会只有一次，并且需要很多连贯的环节。所以那些人如果存心要破坏和阻挠这个唯一的机会，那么秦潇然他们不管如何努力，此次的计划都注定是要失败的。

在北京全球互联网中心调控大厅里，投影地球上的光条、各种实景地图、模拟画面、数据列表都在变化着，所有变化集中显示着尘埃下击暴流导致的即时状况。特别是从气象卫星转来的气流气温显示图，画面上有代表气流的蜿蜒曲线一条条地铺开，从阿尔布克山脉开始往南北两个方向。然后这些被曲线覆盖的范围开始渐渐发白，这代表着气温在快速下降，已经达到冰冻等级。

西南部和南部的 X 国、M 国边缘上则出现了一条缓慢移动的曲折蓝线，X 国和 M 国都是局部地区临海的国家，所以这一条曲折蓝线显示的是正在发生的海浪倒卷。从实景地图的具体位置和移动速度上看，倒卷的海浪潮头已经距离陆地不远，不久之后就会冲击上岸。

所有画面中，只有类人体神经子系统发送回的画面信息仍是一动不动，另外就是投影地球上代表天电互联网整体运行的光条光点变化也不大。灾害区域已经断电，所以显示为一片无光的暗蓝色，无法看出任何变化。而未断电的区域线路、传输枢纽都亮着不同颜色的光条光点，既代表着电力供应正常，也可从颜色的区别上看出大概的电量等级。这部分基本也没有太大变化，只有靠近灾害区域的光条光点时不时会出现一点闪动和明暗起伏。

郑风行终于将握着笔的手放下了，一直看着投影的视线也移开了，但这并不意味着他紧张的状态已经消除。紧张到极点的人，便再也无法用习惯的小动作来平复紧张的情绪，而必须另外寻找其他更有效的方式。郑风行现在就是这种情况，但是他偏偏又不知道还有其他什么更好的方法可以化解自己已经郁结得无法承受的紧张。

转头扫视了一下整个调度大厅，郑风行发现很多人都在注视着他。有特别技术支持小组的官员和专家，也有天电互联网北京中心的领导和职员们，他们目光中透露出的信息大多是询问、怀疑、沮丧，另外还有一些人没有看着郑风行，只管自己在窃窃私语。虽然听不到他们具体在说什么，但从他们摇着头叹着气的样子可以知道，这些人已经断定重启灾害区域天电互联网是不可能的事情了。

除了这些，还有更让郑风行很难承受的目光。比如谷雄二郎等几个特别小组的主要成员，他们很直接地用咄咄逼人的目光逼住郑风行，仿佛是在告诉他不要再存侥幸心理了，必须放弃原有的重启方案。

处于这种状况下，扫视大厅一圈的郑风行非但没有缓解丝毫心里的紧张，反而更增添了一些慌乱。他突然间大声喊道："陈纬，陈纬！立刻用多卫星传输通道联系秦潇然小组，询问现场具体情况。"

这已经是有些失态了，要在平时郑风行绝不会这么做。因为秦潇然那边需要汇报或联系什么的话，肯定会主动通过多卫星通道反馈过来，现在主动去询问不仅于事无利，反而可能会干扰那边正在做着的努力。再说了，即便是要询问，也该悄无声息地到旁边沟通，像这样大呼小叫地让大家都知道通过多卫星传输通道交流，那么之后肯定是要给出一个说法的。不管给得出给不出说法，都会对被各方压力夹击的郑风行很不利。给不出，说明事态严重、方案实施不成功；给得出，会被人怀疑是传递假信息安抚人心。所以这个专频只要一接通，郑风行必定会陷入更加无法自拔的旋涡之中。

"陈纬！听到没有？赶紧通过多卫星传输通道联系秦潇然。"郑风行又大声喊了一句，因为刚才他的喊话陈纬根本就没有理会。

"郑总，再等一等！子系统开始有反应了，它正向中心母系统发出重建连接申请。"陈纬正对着一个台上投影系统点画拖拉，回答郑风行时连头都没有回。

"什么？子系统有反应了？快！立刻通过申请！"郑风行比刚才更大声了。

反下套一举击破屏蔽程序

凹洞上方的崖顶被下击暴流的威力不断削去，已经低矮了许多，平坦了许多，从原来的斜坡道没几步就可以上到崖顶了。也正因为如此，凹洞变得更加危险了。凹洞往上覆盖的岩石层已经很薄了，而山体和洞顶也已经破碎不堪。

支撑洞顶的钢架好多根都弯曲了、断裂了，钢架的固定件不时会在重压作用下崩飞出来。崩飞的固定件比落石更危险，其力道可以将它们深深地嵌入石壁和地面岩石之中。

一块锥形的大石不知道什么时候坠下的，锥尖扎破了洞顶的防护钢网，正对着下面的藤田峻。随着锥形大石一起落下的是更多的碎石，在藤田峻周围堆成了几个形状自然的石堆，就像几座石头坟茔。

藤田峻没有动，甚至秦潇然他们想去为他挡住一些落石时，还被他声嘶力竭的一声"都别动！"给制止了。

不能动，这时候真的谁都不能动，因为藤田峻他自己要动。虽然只是指头间微小的动作，却是在进行一场生死对决，绝不能受到丝毫干扰。

已经是第八关了，藤田峻估计最终的对决应该就在这一关的冲关处，对方一般不会将自己放入最后一关，那样对他们而言保险系数太小。于是藤田峻果断改变战术，逐渐加猛了攻击的火力，加快了攻击速度，并且在过程中不断变化自己的路线和角度。这种状态让人感觉他开始烦躁了、随意了，已经忘记对方还有随时会偷袭的玩家控制战机。

藤田峻采用这种战术后一路冲杀到了第八关的关底，然后放慢速度等待守关组合攻击障碍的出现。

所有的一切就结束在藤田峻放慢速度的那个瞬间。守关组合攻击障碍出现之前有一段准备时间，这段时间里不会有敌机出现。这是所有游戏玩家都知道的情况，而在这个位置放慢速度并调整状态迎接过关之战也是所有游戏玩家的习惯。

但就在这个不该有攻击的时间段里，对方玩家操控的战机攻击了。他们应该已经商量好了，要利用这个时机将藤田峻的战机一举击落。所以不仅三架不该出现的战机从后面突然冲出，而且从前方斜上角还杀出了第四架玩家操控的战机，由此可见，他们在此灭掉藤田峻的心情很迫切。

可是藤田峻是超级电脑游戏玩家，其他玩家能想到的他更能想到。前面那种状态的冲杀其实不是他烦躁了，而是故意放的套儿要让对手烦躁。不给对方偷袭机会，将对手攻杀的欲望都吊足了，这样就可以让他们在这个以为是机会的瞬间迫不及待地全力出击。

藤田峻在被攻击的那个瞬间的确是放慢了速度，但是他也移动了位置，很轻松很自如地移动到了下方。所以对方三架一起冲出偷袭的战机扑空了，而对方的第四架战机却因为有三架自家的战机挡着无法朝斜下方藤田峻的战机发起攻击。

但是藤田峻没有任何顾忌，孤军作战的好处就是不用辨别敌我，游戏中其他所有战机都是自己的打击目标。所以藤田峻将机头微抬，朝着斜上方猛烈射击，同时将战机往上快速直线提升，不再让任何一架飞机从火力范围内逃出游戏画面……

虽然各种设备已经东倒西歪，还有掉落在地上的，但是秦潇然还是第一时间发现所有系统的恢复。藤田峻不仅打爆了对方的屏蔽程序，而且在打爆的同时，他还向对方系统反输入了一个"天罗地网"的程序。所以对方系统发出的替代、屏蔽程序全部被破解，所有的病毒、木马也都被隔离，就连对方系统的功能也有很大一部分被暂时冻结。

秦潇然从凹洞的角落里冲出来，首先来到一号装置监控的视频仪器前，将所有能看到的角度都以活体生物查找程序扫描一遍。他想找到之前的人影到底在哪里，想知道那些到底是什么人，可是扫描中却没有发现一个活体生物。

"有人的，刚才真的有人的。不知道他们在干什么，会不会将一号装置也都损坏了？"秦潇然仍不死心，边大声说着边改用其他程序进行查找。

"你是说下击暴流开始时装置这边有人在？不可能的，那种状况下不可能有人在的。"卫国龙刚才是从上面给狂卷下来的，有切身的感受，所以这次无论如何都不相信秦潇然说的。

"先看看装置有没有损坏。"李名贞在旁边大声地提醒。她毕竟是女孩子，想到的方面更细致更实际。

虽然监控仪器中的景象恢复了，但是实际可视依旧模糊不清，所以秦潇然只能扫描一个大概外观，没有发现任何异常："装置好像是完好的，没有什么损坏。"

"不！装置虽然完好无损坏，但是状态上不对。"正在恢复调整类人体神经子系统的藤田峻发现了问题，扭头大声地告诉其他人，"子系统数据显示，一号转换装置和变压传输装置之间的滑车式连接子母套脱离，转换电能无法实现传输。"

秦潇然眉头紧皱，他突然想到了什么，将监控视频往前拉了几十分钟，选择下击暴流即将开始之前的点打开。于是看到视频中真的有模糊人影，而且这些模糊的身影经过局部分割并强清晰凸显后可以看出，他们的确是在连接子母套上动了手脚。

按理说这个部位很难动手脚，需要用极大的力量才能将子母套拉开，一般是用专门的大型工具才能办到。但从分割画面上看，这几个模糊身影竟然没有使用任何工具，只是一起用力，空手就将子母套拉到脱离位置。而一旦将内部子母套拉开后并进行部件损坏，那就再无法对合上，需要经过部件更换才能重新连接。

"这些人是乌玛手下的引领者！"李名贞眼睛尖，隐约看出这些人身上的衣服有类似纳斯卡线条的图案。

"引领者会有这样大的力量？"秦潇然虽然也觉得那些人像引领者，但是能在如此冰雪碎石的狂飙中将滑车式子母套拉出，他还是觉得不大可能。

"肯定是的，他们身上的衣服是特殊的能量装置，可以接收外来能量转换成自己需要的能量。你想，就连他们正常的动作产生的能量都可以储存转换成极大的电能和生物能，那么在遭受外部极大能量冲击时，肯定也能转换成更大的能量用于使用。"李名贞坚持自己的看法。

"有道理，外界施加的能量越大，他们能够转换和使用的能量也就越大。但是他们穿在身上的能量转换装置容量毕竟是有极限的，当外界能量施加到一定程度后，它们便再无法吸收转换，而是直接被摧毁。所以这个连接子母套才仅仅是被拉得脱离，并未能完全拉出并进行损坏。因为还没来得及损坏，他们自己就被真正开始的下击暴流的能量摧毁了。"秦潇然一边分析一边调动视频画面，果然，再往后一分钟的样子，也就是下击暴流刚刚开始的瞬间，可以看到那些引领者被浓黑和混沌一下卷走。

"等等！你们都停一下！发现没有？你们都发现没有？"卫国龙的表情显得神秘而又激动。

"发现什么？"秦潇然的心猛然一颤，他的心理再强大，此刻也受不了更多的意外了。

"我们，就我们。"卫国龙手里比画着，既激动又兴奋，"我们说话，我们说话可以听见了，而且不用大声。"

听了这话，几个人猛然醒悟，山体的震动变小了，震动声和地声也变小了，外边彗尾尘埃的爆闪声也变小了，频率也没有那么持续了。

李名贞转身看了一下已经恢复了的天象观测仪："怎么回事？不对呀？彗尾形态没有改变，下击暴流和辐散强流仍在持续，强度也没有趋弱，但声响和爆闪都显弱了。"

"我知道了，肯定是纳斯卡线条排列的五行永动环起作用了。我出去看看去！"秦潇然说完就往外走去。

"我也去！"李名贞紧跟在后。

卫国龙没有说话，但他也跟在后面一步不落。他的任务其实有一部分就是保证小组成员的安全，所以必须跟着。

只有藤田峻没有动，他依旧坐在已经塌落在地的椅子面上。电脑屏幕被碎石击坏，但是视频投影还是好的，主机和系统也是好的。所以现在他的任务是将子系统与北京天电互联网中心的母系统连接，将此处所有实际情况和数据信息即时传输给北京方面。

原来的山崖被彗尾尘埃的下击暴流给足足削去了几十米，而崖顶的面积则增加了足有两倍。所以秦潇然他们出了凹洞后，沿只剩很短一截的斜坡道几步就到了现在的崖顶。

从崖顶的边沿往远处望去，他们看到了一个奇观。一个原来以为只有仙界才可能出现的奇观，但这一回真真切切是在人间，而且是通过他们的智慧和努力才出现的奇观。

天上倒挂的浓黑山脉依旧倒挂着，而且有更多的山峰与下面的阿尔布克山脉连接在一块。那些倒挂的浓黑山峰在轻轻晃动，依旧显得柔软。但和之前不同的是，下面的阿尔布克山脉却不再柔软，不再被上面的柔软随意地化为烟气。现在反而是下面的山脉稳稳地牵引着上面的黑色山峰，就像牵引着一个一个的黑色大漏斗，让它们将盛存得满溢的能量灌泄下来，灌泄到该去的地方。

阿尔布克山脉有很多的山峰峰尖被削磨掉了，这就将下面纳斯卡线条排列的五行永动环都凸显了出来。削磨山峰的力量是在五行永动环纳斯卡线条排列的范围内停止的，这种力量没能磨削掉悬浮的五行永动环。而那些黑色大漏斗的漏嘴就被牵引在纳斯卡线条的范围之内，虽然柔软飘逸地移动着，却怎么都无法挣脱出去。

所有五行永动环都在飞快地翻转，已经看不清五个环的各自形态，而是一起转成了一个浑然一体的圆球。这个圆球的颜色也不是原先五个环的银灰色，随着飞快地转动，它上面不时有彩光流动。这些五行永动环的转动速度应该非常一致，因为它们承受并吸收的能量已经没有什么差异。

不仅是翻转的速度一致，五行永动环悬浮的高度也都十分一致。原来地势差异造成的高低全部弥补，至少每一个纳斯卡线条内排列的所有五行永动环基本都在一个平面上。

纳斯卡线条排列在彗尾冲击之前因先期能量影响而出现的变形也全部没了，所有出现过移动的五行永动环全部恢复原位。这是因为五行永动环已经吸收了大量能量，整个纳斯卡线条也吸收了大量能量。所以单个五行永动环的运行状态越来越稳固，与同线条中其他五行永动环的关联也越来越稳固，于是，整个纳斯卡线条能量场的状态也越来越稳固。

在纳斯卡线条能量场的范围中，不仅单个的五行永动环在不停吸收着能量，所有五行永动环之间也构成了能量的互动关系。这就如同每一个五行永动环都与同线条中其他五行永动环之间连接上了无形的能量通道，而这么多能量通道形成的关系已经不是用一个旋涡可以相容的，而应该是无数旋涡，无数纠缠盘裹在一起的旋涡。这些旋涡对黑色漏斗中冲击而下的彗尾尘埃能量进行着分割、撕扯、牵带、破碎……所以在这范围内依旧是混沌翻滚。

但是比混沌翻滚得更加汹涌的是外围的彩光，那是单个五行永动环发出的彩光，那是关联后五行永动环之间的能量通道发出的彩光，那是整个纳斯卡线条能量场发出的彩光。这些彩光就好像无数彩虹化成的巨浪，一个高过一个，一个快过一个，就连天上浓黑云层中落下的爆闪也都被这彩光的巨浪裹入其中。这些彩光让阿尔布克山脉上的纳斯卡线条变成了流光溢彩的活动图案，变成了承接并缓冲下击暴流的彩色大垫子，让冲击力快速减缓变弱。

不过也并非所有位置都是如此，因为五行永动环纳斯卡线条的排布形状各不相同。不同的线条图形以及图形中不同的部分承接化解彗尾冲击能量的能力并不一致。另外，受阿尔布克山脉险要山势的局限，很多地方都无法设置纳斯卡线条排布的五行永动环，区域中真正发挥作用的设置地块连整体面积的一半都不到。

所以在很多的位置下击暴流的力道还是无比强劲的，山体依旧在破碎、在化为烟气。而冲击之后本该南北全面覆盖的辐散强流虽然被破切了、阻挡了、吸收了，但还是有最浓厚混沌的辐散强流会从纳斯卡线条布设的空当中继续往南北方向冲击。另外还有某些纳斯卡线条不能对应吸收化解的能量团也从图形中满溢而出。

不管是浓厚混沌的辐散强流，还是能量团，都裹挟着冰雪砂石和密集且杂乱的闪电，其中蕴含的能量不停地在冲撞着、爆发着，像洪流，像瀑布，像雪崩，像大坝开了闸，像沙山塌了方。一股股、一道道，拥挤而出，浩荡而去，去推移北极的寒冷，去倒卷大洋的狂涛。

不过下击暴流受到了五行永动环纳斯卡线条牵制、局限和缓冲的部分，在辐散强流、能量团的洪流瀑布中不可避免地出现了一些可以冒险行动的空隙和路径。而眼下真的就有两队人已经在这些危险的间隙和路径上比拼着速度，都不顾一切地朝着一号装置处赶去。

当类人体神经子系统连接上北京的母系统后，调控中心里响起一阵音量不高的欢呼声。但这欢呼声太过短暂了，随着子系统中连续跳出的红色警报框，欢呼声戛然而止，为欢呼而大张开的嘴巴转而因为惊讶、疑惑久久不能合上。

警报框里显示的内容很清楚，能量转换装置以及配套的变压装置出现问题。二号装置已经损坏且不能修复，而一号装置转换和变压之间的滑车型连接子母套也处于脱离状态。也就是说，不管五行永动环纳斯卡线条排列的效果如何，两处装置的状况都显示无法利用。类人体神经管控系统找出解决天象灾害的重要条件"利用"，最终还是不能如愿实施。

"怎么会这样？最关键处出现了问题。郑总，这下真的是满盘皆输了。"陈纬满脸无奈地对郑风行说。

郑风行还没来得及从刚刚的慌乱中恢复过来，就再次陷入了更严重的慌乱。但好在这一次的冲击更直接，根本就没给他留下什么不确定的期盼，所以也就没了等待的焦躁和火气。只能在心力极度疲劳的状态下兀自无力地坚持，而这可能只是意识上的惯性和语言上的随性："等等，再等等，可能还有变化。"

"郑先生，还是休息一下吧，你已经很累了。所有的一切都在不断证明方案已经失败，再坚持下去是没有意义的。"谷雄二郎用很温和的语气劝慰郑风行，他很能理解一个主持具有伟大意义事件的人希望事件成功的迫切心情，更能理解这个人在看到事件失败后会是多么沮丧。

郑风行真的很累了，听了谷雄二郎的话后，他缓缓放下握着笔的手，慢慢地从投影地球前小步退后，退到转椅的旁边准备坐下。但还没等他将挺直的身躯弯曲下来，类人体神经系统又连续跳出多条警报框。

"D国、T国、Q国所有城市温度急降，相邻的J国、V国等十几个国家的大部分城市也都大幅度降温。而且这种状况会持续，在未来几小时内将出现全面冰封状态。"

"X国、M国沿海城市全遭遇几十米高的海潮倒卷冲击，现潮势在继续往纵深蔓延，将会有更多城市受灾。临近的Y国、T国、R国等国家也将会受到影响。一旦北方冷空气下来，气温骤降，海水冻结，后果将更加难以想象。"

而这个时候，除了类人体神经管控系统连续跳出这样的警报框外，其他临时调用的天文气象、军事观察、环境监测等系统也都以各种方式发出了警报。

随着各种系统连续出现相似警报后，调控大厅里的各种通信设备也热闹起来。有语音的，有文字对话的，有信件邮件的，但最多的是直接连接的通话。灾害区域国家的政府机构、外交部门，灾害区域国家的全球天电互联分中心，国际红十字、救灾、慈善组织机构，关注灾害情况的其他国家和组织。而不管什么国家组织，不管采用的什么形式，不管温和的祈求还是愤怒的质问，他们的目的都是要及时恢复供电，重启灾区天电互联网络。这样才能对抗灾情，才能拯救千千万万的生命。

郑风行没有坐下，而是重新站了起来。站起来的那一刻，他的心不再慌乱，甚至比平常更加平静。握住笔的手放下一半后又重新抬起，很坚定地抬到胸前。他的目光先是停留在类人体神经管控系统上，然后又在其他各种系统上扫视，并不时按住膜片话筒开关轻轻对系统发出指令："显示数据列表。"过了一会儿，他又发出"显示现象列表"指令。一些数据和现象入了他的眼，也入了他的心，他在盘算着、推敲着。各种情况综合下来看的话，或许有个险是可以冒一下的。

"陈纬，立刻对照实际灾情梳理重启方案！"郑风行很大声，但这一次绝没有丝毫的慌乱和失态。

"电大白"机器人与引领者的缠斗

奔向一号转换、变压装置的两路人发生遭遇是不可避免的，因为下击暴流和辐散强流仍在持续，周围的环境仍然复杂混乱、危机四伏。所以辗转通向一号装置的路线并不多，看着纵横交错的好几条路径最终还是会聚到唯一的路径或路口上去的。

其实准确地说遭遇的双方都已经不是完整的两路人。其中一路是从二号装置处接到指令后转而往一号装置移动过来的引领者，他们本来就是乌玛圣女带出的引领者中分出的一半。由于原来前往一号装置处破坏设备的另一半引领者时机没有抓好，下击暴流开始时又未能及时躲避，结果全被能量的狂飙卷走了。而二号装置处的引领者在破坏设备后就近躲在了装置内部的空隙之间，超强合金整体铸造的外壳保护了他们。所以当彗尾尘埃冲击的幅度受到五行永动环和纳斯卡线条牵制后，他们立刻接到乌玛的指令赶往一号装置处，将另外一半人未能彻底完成的任务完成。而就在赶往一号装置处的过程中，他们又损失了两个人，所以连最初的一半人都不到了。

与引领者遭遇的另外一路人其实更少，真正算得上人的只有莫洛克夫一个，另外就是两个"电大白"机器人。

莫洛克夫是个很懂得按实际情况调整行动的人，他们从安全屋的监控中发现二号装置被损坏，一号装置连接子母套发生脱离，于是马上临时调整原定计划。由他带着本来负责搭接的两个"电大白"直奔一号装置处去恢复子母套连接，因为这滑车式的连接子母套在没有专用工具的情况下，只有依靠"电大白"这种巨型机器人的力量才能推合上去。另外，莫洛克夫也是担心在一号装置处遇到拉开连接子母套的那些人，对付那些人也只有"电大白"才行，其他人过去只会做无谓的牺牲。

至于搭接的工作则换由中国电力安装小队去完成，他们留下来的任务本来就是后备搭接。只要能从四条经过的天电互联网路设备中凑出一条完好的，然后攀爬到设备塔的一半高度，进入设备塔自带维修绝缘机械臂操控室，就可以启动机械臂进行搭接。

但这些安装人员没有"电大白"的帮助，也没有引领者那样的能量装置外衣。要从冰雪砂石的风暴缝隙中穿过到达设备塔位置，要在纳斯卡线条中仍有能量满溢狂扫的情况下确认完好线路并攀爬上设备塔，那绝对是一项充满危险的任务，生死全在顷刻之间。

莫洛克夫已经没有时间给两个"电大白"专门编排新的行动程序并输入了。而且接下来的行动什么意外都有可能发生，不适合采用规定程序和常规动作结合的方式，而应该人为操控以针对各种情况随机应变。所以莫洛克夫将自己固定在其中一个"电大白"的背坐架上，一只手一个贴掌式遥控器，左右同时操控着两个"电大白"连蹿带蹦地冲向一号装置处。

与引领者的遭遇应该不算太意外，莫洛克夫早就预料到会遇到这样的对手。只是双方出现得都比较突然，他们是绕过一片瀑布般冲下的混沌气流后相互看到对方的。不仅双方距离很近，而且与一号装置的位置也不远了。

虽然莫洛克夫是操控机械的高手，但是通过遥控器操控"电大白"在反应速度上还是要比自己控制自己的引领者慢了一些。更何况这些引领者穿着可以提升自己身体速度和力量的能量装置。

冲上来的引领者距离"电大白"还挺远就已经伸手发出蓝色的电光。他们是聪明的，自己毕竟是肉体凡身，除非万不得已，他们会尽量避免与机械型对手发生直接碰撞。对于一般机器人来说，外加电击是可以对其控制部分产生极大影响的，很多机器人都会因为电击而导致系统失控和崩溃。就算有强大的后备替换和自我修复功能，也是要过一段时间才能恢复的。

一开始莫洛克夫是下意识地控制"电大白"用双臂阻挡电光并连连后退，其中一个"电大白"还差一点儿掉入旁边陡坡，被狂泻的尘埃能量冲走，幸好莫洛克夫及时操控另外一个"电大白"拉住了它。而这之后莫洛克夫猛然醒悟过来，自己控制的两个"电大白"是高绝缘外壳机器人，可以直接在各种等级的高电压上带电工作，怎么可能在乎这些引领者发出的电光。于是马上改变策略，大步朝着那些引领者反冲过去。他想好了，先不管能不能将这些引领者击退，只管往前冲。冲到一号装置那里将滑车子母套推合上去再说。

引领者们心里也清楚，即便现在自己无法将一号装置彻底毁坏，那也要阻止"电大白"冲过去恢复装置的状态。只要连接子母套保持脱离，就无法将能量转换获取的电能输送到天电互联网用于灾害区域的电能重启。

现在对于双方来讲已经到了千钧一发的时候，所以在"电大白"逼近的时候，引领者不仅朝着可能造成"电大白"系统影响的各个部位继续发射电击，而且在逼得太紧时还一起勇敢地冲了上去，抓住"电大白"的各处身体部位，与两个巨型的机器人纠缠在一起。

莫洛克夫忽略了一件事情，"电大白"不怕电击，自己却是承受不住电击的。虽然他躲在"电大白"的背后，引领者无法直接电击到他。但是"电大白"的背架却不是全绝缘的，通过背架还是可能会有剩余的电击电流碰到他的身体。这样的小电流本来对于一个正常人来说算不得什么，就是有些刹那间的刺痛和肌肉紧张而已。可是莫洛克夫身体有些方面不同于正常人，比如他的右手，电流的刺激不仅造成了肌肉紧张，而且还导致他肌肉收缩痉挛。

由于这一次的右手痉挛是突然的外加因素造成的，没有任何先兆，所以当莫洛克夫感觉不对时，他的手已经因肌肉筋骨的扭曲产生奇怪的变形，根本无法再按自己的大脑指令动作。而这只手控制的"电大白"也呈现出一个奇怪的姿势，被几个引领者按压住。

这种时候已经不容多想，莫洛克夫当机立断，将痉挛的手往身前"电大白"

的背上猛地一砸，利用手腕、手臂和肩头的力量将那只手索性压挤成一团。这样一来，所控制的那个"电大白"也就手抱脚缠成了一团，反将引领者们都一起锁抱住了。

然后莫洛克夫操控另一个"电大白"继续大步往前奔跑。剩下的几个引领者也相继扑上去想抓住"电大白"将其缠裹住，但是都被莫洛克夫操控"电大白"挥动手臂推挡开去。莫洛克夫尽最大努力从引领者的围堵中冲出一条道路，继续往一号装置处跑去。

不过那些引领者并不死心，他们不仅疾奔追上"电大白"，而且用腕带攀缘弹射器抛出了好几道细钢丝绳，一起将"电大白"缠拉住。

"电大白"挣脱的力量很大，引领者拖拉的力量也很大。所以钢丝绳在"电大白"的身上越勒越紧，并且在往绝缘外壳中慢慢嵌入。一旦钢丝绳勒破绝缘外壳，然后引领者再沿着钢丝绳发射电击，那么"电大白"内部的控制系统肯定会遭到破坏。莫洛克夫这时候已经来不及细想其他办法了，只能控制"电大白"挥动双臂抓住那些钢丝绳快速旋转，将引领者猛然拉近。然后也像另外一个"电大白"一样采用锁抱的方式，将所有引领者连带钢丝绳全缠裹在一起无法动弹。

与此同时，中国电力安装小队的人员已经来到山脉南侧互联网线路的位置。他们先用感应测定仪确定了两条可用网络，这两条线路的设备塔虽然有很多已经损坏变形，但是只需合理调整前后塔的发射端和接收端，利用其他网络完好设备塔转接，那么输电功能依旧可用，整体的牢固性也能保证。

确定之后，他们立刻按电缆预设范围选择了一个枢纽设备塔，将预设于附近的软金索电缆先牵拉到塔下。电缆到位后，他们开始两人一组地往上攀爬。最初两个人才爬上去七八米高，就被挟带着冰雪石块的怪异能量流扫中，砸掉下来。但是后续的人没有就此停止，这种怪异的能量流现在已经越来越分散了，所以他们坚信自己这些人里肯定有谁可以爬到设备塔中间的机械臂操作室。

虽然后续的攀爬中仍是危险不断、死伤不断，但终于有人进了操作室，机械臂也马上动作起来。已经牵拉到设备塔下的自动搭扣电缆被机械臂抓起，抬升到顶端的输入预留搭接处，轻轻地撞合进扣，牢牢地收拉锁定。

一根、两根……搭接在顺利地进行着，眼看着就要全部完成了。可是完成了又有什么用？转换、变压装置脱离无法连接，他们所有的努力和牺牲都将是白费。

调度大厅里很多人惊愕地看着郑风行，包括清楚听到他命令的陈纬和有些不相信自己耳朵的谷雄二郎。

"真的要这样做？"陈纬有些疑惑地问。

"你没有听错，马上梳理重启方案！对了，还有核对所有太空发电站的位置和状态，让他们尽量往灾区上空接近，对应枢纽电站和重要电站，随时进行无线传输。"郑风行的眼神很坚定，没有一丝疯狂混乱的表现。

谷雄二郎本来已经踱回调度大厅后面的两排客座了，听到郑风行的话后，他转身急走两步，用很凌厉的语气质问郑风行："所有技术面显示重启都是不可能的事情了，你为何还要坚持这么做，依据是什么？"

谷雄二郎问话时，其他特别技术小组的成员也都站了起来，走到谷雄二郎的身边。这简单的动作意味着这个问题不仅仅是谷雄二郎的，而是他们整个小组的。同时也意味着，郑风行不仅仅是要对谷雄二郎或这个小组做出解释，更是要对多个东半球国家做出解释。

郑风行也转过身来，那些小组成员让他真切感受到一股无形的压力，这压力比刚才更加直接，更有压迫感。但是郑风行已经坚定了心中的信念，他就不会再动摇、不会再混乱。

"各位，这两天里有一件事情你们可能已经听说但并未得到官方确认，就是我们这次在阿尔布克山脉使用五行永动环应对彗尾尘埃冲击的方案后期做过改动，最终不是全覆盖式，而是采用了纳斯卡线条排列的方式。因为通过试验我们发现，这种方式不仅只需少量五行永动环，而且吸收、缓冲、化解冲击能量的效果更好。"郑风行首先对大家说明这点以表示自己的诚意。

所有特别小组成员都没有作声，他们其实已经从其他渠道了解到这方面的一些信息。

"刚刚我查看了系统的有关数据，可以看出，这次天象灾害导致的后果远低于预期。本来尘埃下击暴流时会出现的贯穿式冲击，世界各地的监测显示只出现了轻微的辐射状贯穿影响，只比第一次科谷州脱网事件时的影响明显一些，辐射的点多一些。另外，不管是气温骤降，还是海水倒卷，幅度和范围也都比我们预计的小许多，大家从天文气象卫星图上就可以看出这个事实。所有这些情况说明我们的五行永动环纳斯卡线条排列方式是有很好效果的，它就像一个巨大的缓冲垫承受缓解了彗尾冲击能量。冲击能量的减弱，也就减少了天电互联网设施的损坏和用户用电设施的损坏。这样在重启过程中因故障再断电和拒绝送电的概率就会相应下降，这对重启灾区互联网是很有利的。"郑风行有条不紊地说出了自己的想法。

"可是灾害区域是提前断电的，这么大范围断电后存在的空谷效应是不会改变的。我们无法调集足够电量来保证重启需要的冲击电流。"谷雄二郎一针见血，空谷效应真的会是重启的最大弱点。这一次不仅有正常断电会出现的空谷效应，之前度门启示派大迁移时，将所经之地的所有电器也都处于开启状态，更刻意加重了空谷效应的程度。

"谷雄先生说得没错，我将各种条件大概测算了下，优劣情况相互抵消后，重启成功的可能只有百分之四十五。但如果是将东半球部分地区脱网，将这些地区的所有电量用来重启，那么成功的概率可以提升至百分之六十。所以还是值得去做的。"

"只有百分之六十的把握你就要做，真的太冒险了。""将东半球部分地区脱网？都是哪些地区？搞不好是要引起国际纠纷的。""如果不成功，就不是部分地区的问题，可能会引起空谷逆向吸流，导致连续的保护脱网，甚至是全球性断电。"……郑风行的话一石激起千层浪，一群小组成员纷纷表达自己的意见，调控大厅里一片嘈杂。

谷雄二郎等大家的声音稍微小了些后，他又朝着郑风行走近一步："郑总监，你真的觉得人定胜天吗？还是这样做只是为了履行之前天电互联网做出的承诺，维护你们中国人所谓的信义。"

郑风行没有马上回答，等大厅里的声音又小了些，他才对着谷雄二郎朗声说道："我不相信人定胜天，但我相信人命关天！你们听到那些要求马上恢复送电的电话、语音了吗？你们看到那些请求恢复送电的邮件、留言了吗？履行承诺、信义都是应该的，但这时候提承诺、信义却又狭隘了，拯救生命才是真正的大义！陷入灾害的有千千万万的生命，他们在期待我们的救助、祈求我们的救助。断电了、利益损失了都可以补回来，而人命没了，是永远都找不回来的。现在不要说有百分之六十的概率，就是有百分之十六的概率，我们都该去试一试！"

调度大厅里一下变得安静，有人在仔细回味郑风行的话，有人则因为郑风行的话而心潮澎湃。

"全球天电互联网的宗旨是以人为本，互利互助，造福人类。我们不仅是电网，我们更是人网！世界上出现了最大范围的严重灾害，是人类最需要我们的时候，也是考验人类人性的时候。所以我们必须去做，全力去做！尽人力！尽人性！"郑风行说话的时候，握着笔的手在胸前用力做着敲击的动作。就好像他握的不是一支笔，而是一把巨凿，要去凿开最为坚硬的岩石，凿出一个最为庄严慈悲的石雕。

"导致的后果你来承当吗？"谷雄二郎语气依旧凌厉。

"我来承当！"郑风行想都没想地说。

"凭你能承当得起这么大的责任？"谷雄二郎高声叱喝。

郑风行愣住了，眼睛与谷雄二郎对视着，目光如火焰。但他只能沉默，不是谷雄二郎看不起他，他所担当的职务还没有到回答这个问题的层次。

"我可以一起承担！"郑风行身后的陈纬举起手来。

"我也一起承担。""还有我！""还有我！"……调度大厅里的人纷纷举起了手。

谷雄二郎觉得局面有些难以控制，于是决定使出撒手锏："如果你们坚持这样做，我将立刻通知日本分中心拒绝北京互联网控制中心的所有调度指令。我想其他一些国家的分中心也会和我一样。"

谷雄二郎旁边U国天电互联网分中心的执行总裁米勒先生走了出来，他举起了手："郑风行先生，我愿意和你一起承担！"

谷雄二郎一下愣在了那里，扭头用很疑惑的质问的目光看着米勒先生。

这时候，P国天电互联网分中心技术主任宋宪则也走出谷雄二郎的队列举起手："我也愿意一起承担！"

N国天电互联网分中心调度主管埃赫莫多先生也举起了手："我也愿意一起承担！"

"我愿意一起承担！""我也愿意承担！"……

郑风行如同火焰般的目光变得柔和了些，是因为有水分湿润了眼睛。但柔和的目光有时候会更加坚定，更加无所畏惧，他猛地将握着笔的拳头狠狠往下一砸，高喊一声："立刻重启！"

"紧急提示！系统出现紧急提示。总部正进行电量调控，即将对灾害区域进行互联网重启，恢复灾害区域的供电。"对讲机里传来藤田峻的呼叫。

听到呼叫时，秦潇然的电子望远屏屏框刚好搜到莫洛克夫带着两个"电大白"和一群引领者纠缠在一起的情景。很明显，莫洛克夫和"电大白"没能赶到一号装置处。而且从总部现在已经开始准备重启的情况来看，他们已经很难赶在重启之前摆脱纠缠赶到一号装置处了。

"不行了！莫洛克夫被引领者挡住，没能赶到一号位置恢复子母套连接。五行永动环纳斯卡线条的能量如果不能转换利用的话，那么重启成功的概率会很低。"秦潇然边说边奔回了凹洞里。

"子系统显示线路搭接已经完成，不过滑车式连接子母套仍然处于脱离状态。"秦潇然才奔进凹洞，藤田峻便立刻向他汇报情况。

"我知道，子系统有没有和总部母系统连接上？这里目前的状况总部知道吗？"

"已经连接上了，所有可管控信息总部母系统应该全部有反应。"藤田峻马上答道。

秦潇然走到电脑投影前，连续拨开几个页面看了下，然后很肯定地说："总部重启计划中没有考虑我们这一块，看来他们已经知道我们遇到问题无法再加以利用，想单凭调控电量来进行重启。但是现在东半球处于夜间，发电量本就不足，而且处于耗电时段，即便调集所有剩余电量也没有多少成功把握。"

"类人体神经管控系统之前给出的'利用'，应该是综合考虑了所有实际情况和条件的。如果真的放弃我们这一块，我觉得重启不仅难以成功，而且导致的后果可能会很严重。"藤田峻很担忧地看着立体投影页面上不断变化的数据。

秦潇然又调看了两页页面，看出了郑风行的打算："我知道了，总部是要调集某些地区的全部电力，不惜以多处脱网的后果来冒险恢复灾害区域供电。这样做应该是考虑到救人要紧，将拯救生命放在第一位，所有利益为救人让路。"

"但是这样做的损失真的会很大，不仅会导致许多东半球国家利益受损，还会导致全球天电互联网在利益受损国家的信誉和地位大幅下降。而且一旦无法重启成功，灾害区域国家也会迁怒于全球天电互联网。有些得不偿失呀！"就连李名贞这个并非天电互联网的成员都看出了各种弊端。

"所以最好的解决方式还是将这里的能量转换装置连接上。"卫国龙说话的同时伸脖子看了看自己停在崖壁下的"魔礼红"。那"魔礼红"现在已经被碎石碎冰混合着沙土覆盖住了，只露出左侧一小部分车身。

卫国龙再扭头看看远处一号装置的方向，通往那里的途径上依旧有狂飙肆虐的许多能量洪流，狂泻激冲的能量瀑布，还有诡异莫测的气流、风团。于是他疾步走到被碎石砸到的一张桌子旁，捡起地上的一个盒子打开，从里面拿出"眼儿飞"，开启之后一把扔出了凹洞。

"给我找一条可行的通道，我去把子母套合上。"不等旁边人有任何反应，卫国龙已经抓住旁边钢架上的长保险绳快速滑下洞口，然后借助几个可落脚借力的点，三四下便敏捷地跳到崖下。待跑到车子边，他扒开一些碎石碎冰，打开左侧驾驶座的门钻了进去。

飞驰的"魔礼红"撞合子母套

"魔礼红"发动了，加足了马力。车子发出怪异的咆哮，车轮磨出的白烟从乱石堆的缝隙里冒了出来。卫国龙先是把车子往前开，纹丝未动，然后又换挡往后倒，还是纹丝未动。于是他又在往前往后的过程中不停左右猛打方向，扭动着，挣扎着，就像是背负了巨碑的赑屃要甩脱重负腾身而出。

碎石碎冰随着山体的震颤和车身的挣扎跳动着、滚落着，"魔礼红"的车轮在一点点地往一侧辗转着、挪移着。终于，在一个加大马力后的突然猛打方向中，"魔礼红"从乱石碎冰中跃出，扬起漫天尘土往前飞奔而去。

周围环境虽然遭受了尘埃下击暴流和辐散强流的冲击，但是冲击的方向和特征是比较一致的，最先高处，然后南北分流。这就将原本陡峭嶙峋的山势削磨得平整了许多，可供车辆行走的山体、石面多出了许多，只是需要绕过下击暴流和辐散强流依旧持续的威力。

"眼儿飞"早就在空中将周围所有环境、地势查看了一遍，并且已经确定了从下击暴流和辐散强流间隙里通过的可行路径。当"魔礼红"挣脱出来之后，"眼儿飞"立刻飞在"魔礼红"的前头领路。同时藤田峻通过植发式对讲机,将"眼儿飞"传回的路段细节一步步地告知卫国龙。

"……往左五百三十二米然后右转……再过二百七十八米会有右急转……绕过前面辐散强流冲击道后再倒转40度左急转……转65度往左……直行一千七百零三米后过下坡,注意碎冰碎石……上坡,冲过岩石。注意下落,落差3.5米……419米后往左……右转七十七米,一号装置连接子母套在左侧偏向28度,地面覆盖冰粒沙粒……"

有"眼儿飞"给领路,卫国龙的路线不会有一点错误。有藤田峻详细地说明,卫国龙便可以妥善调整车子的状态,控制好方向角度,以最快的速度赶到一号装置处将滑车式连接子母套合上去。因为这件事情必须赶在天电互联网总部实施重启之前,否则因重启导致大范围脱网断电甚至全球性断电,那么即便合上了连接子母套也没有太大意义。

但是卫国龙好像有件事情疏忽了,要想将子母套合上,那是需要很大力量的,凭借他一个人的力量根本无法办到。其实并非如此,卫国龙在出凹洞之前就已经想好了,他是准备用"魔礼红"将滑车式子母套撞合上。

驾车撞合子母套,需要极高的驾驶技术,还需要准确稳妥地撞击位置,这并非仅仅靠拼命加速和勇敢撞击就能完美完成的。地面上有冰粒、沙粒,车子很难在这样的地面上短距离提速。而且容易发生车轮跑偏飘移,冲击力无法集中在撞击点上。再有这种摩擦力很小的地面真的要是将速度强提起来了,直接撞击可能会因力量太大致使设备损坏和驾驶人员重创。而如果采取偏向一点撞击的话,之后又会出现无法控制的惯性滑行和飘移。从一号装置过去不到一百米就是悬崖,那样的话,车子肯定会直接冲落悬崖。

所以要想将子母套顺利推合上去,同时又能保存住自己,只有综合考虑现场环境的各种因素,再加上对车子性能的熟悉和娴熟的操控才有可能做到。卫国龙恰好就是这样一个驾车高手,而且曾经在维和部队待过的经历也让他善于分析环境、利用环境。

所以卫国龙在最后一个转弯快结束时就开始提速了,转弯时车轮的偏向有利于单只轮胎在沙粒冰粒石面上的稳定。虽然扭转的车轮转动相对困难些,并不能将速度完全提起,却可以积攒动力。一旦方向转过车轮放直,速度就会猛地提升上来。

虽然成功地在短距离里就将速度提升起来，但卫国龙并没有用车头直接撞击滑车式连接子母套的前护板。这应该是怕撞击力太大损坏设备，同时也是怕自己在撞击中受伤。在还有十米远距离的时候，卫国龙就猛拉手刹打方向，车子顿时打横滑出。当车身到达一号装置时，车子尾端的一侧正好重重地横拍在子母套外挡板上。而"魔礼红"的车型是前轻后重的，后面有电池单元和机械操作臂。所以打横滑出的"魔礼红"就像一把短锤，锤头正好敲击在子母套挡板上，滑车型连接子母套"咣当"一声被撞合了上去。

"魔礼红"横向撞击之后并没有停止滑动的势头，还被子母套的反击力量改变了滑行方式。原来整个的侧向滑行变成了转着圈的滑行，就像是在表演一场精彩的花样滑冰。不过转着圈的滑行有一个好处，可以消解掉很多直线滑行的惯性，减少整体滑行的距离。

卫国龙双臂用力控制住方向盘，他现在的目的就是要让车子尽量原地旋转。这应该是他考虑好的，正向横撞，反向转圈。这样才能将滑行力道降到最小，将滑行距离缩减到最短。

最终，"魔礼红"颤巍巍地横停在悬崖边上，右侧轮胎有一大半的宽度已经是在崖顶边缘的外面。

卫国龙轻轻嘘出口冷气，这样的结果是他非常满意的，也是他经过快速计算才得到的。从速度到角度到地面的光滑度，从撞合处到悬崖边的距离，车子旋转可以缩减的距离，还有车子的重量、磨齿轮胎的趴地力，这些条件都在卫国龙的计算中。虽然最终停下的位置还是比他算出的要危险一些，但总算是停住了。

但是有一件事情是卫国龙无法算到的，就在他想轻轻打开驾驶座旁的车门下车时，一股力道怪异的混沌风团挟带着砂石冲击而来。还没来得及打开车门的卫国龙感觉车身像是被风团击中，整个往一侧重重跳跃了一下，然后便毫无迟滞地往悬崖下翻落。

"啊！"秦潇然和李名贞通过"眼儿飞"发回视频看到"魔礼红"翻落悬崖，不由得同时发出一声惊呼。但就在"魔礼红"整个车身左侧已经与崖面平行时，两个左车轮上方各弹出一枚钢钉扣，一下扣住悬崖边缘。本来是用于车辆在陡坡上固定的钢钉扣，现在临时成了挂钩，而且只用两枚就承受了全部的车重。不过钢钉很给力，深深打入岩石里，将"魔礼红"抖晃晃地挂在悬崖外面。

见"魔礼红"挂住了，秦潇然和李名贞稍微松了口气。但是卫国龙身在侧挂悬崖外的"魔礼红"里却是大气都不敢出，山体仍然有震动，一股股能量流到处肆虐，乱颤乱晃的"魔礼红"能不能长时间被两枚钢钉扣挂住还是个未知数。所以现在最为妥当的方法不是在车子里一动不动，而是趁着目前暂时被挂住的时机赶紧爬出车子，爬上悬崖。

卫国龙当机立断，推开车门，爬上了车身。只要再往悬崖那边纵身一跃那就彻底安全了。可就在他弯腰屈腿准备跃出的刹那间，车身重重地跳动一下。紧接着钢钉扣扣住的岩石发出连串崩裂的声响，就像爆豆一样。

遭受彗尾尘埃下击暴流的巨大冲击之后，山体结构已经裂沟纵横交错。岩石石质变得酥松，石头内部更是暗伤无数。特别是山崖顶上的边缘，已经几乎全是剥脱的一层层浮石、碎石堆在上面。所以钢钉扣虽然扣入岩石深处，但酥松的岩石并不固定在山体上。于是石头崩裂了、滑落了，挂在上面的"魔礼红"随着碎裂的石头坠下。而站在"魔礼红"车身上的卫国龙刚想借力跃起，脚下也已经是空的了。

这一回看着视频的秦潇然和李名贞张大了嘴却没再叫出声来……

莫洛克夫趴在被细钢丝绳缠绕住的"电大白"背上，一起被缠抱住的还有那些引领者。是那些引领者先用细钢丝绳缠住了"电大白"，在挣脱不出的情况下，莫洛克夫才索性大力旋转，采用锁抱的方式将所有引领者连带钢丝绳全缠裹在一起。

但这仅仅是第一步，否则莫洛克夫就不叫"天神之手"了。全部缠裹在一起后，莫洛克夫单手快速点按贴掌式遥控器的各个控制触点，让"电大白"身体的各个部分快速动起来。但这种快速的动作有些像颤抖，每次的幅度都只有半厘米、一厘米的样子。

要是有行家在场的话，肯定能看出莫洛克夫机械操控绝技的高超来，体形如此庞大的机器人，可以进行半厘米、一厘米这样的有目的的动作操作，其控制技艺真的可以说是精巧绝伦。更为神奇的是，这些极小幅度的动作不仅可以逐渐腾挪积攒出宽大的空间裕度，让"电大白"依次抽出一只手、拔出一只脚，最终将整个庞大的身体脱出，而且在这个过程中还利用那些细钢丝绳进行缠绕、套扣、打结、扎紧，最终将这几个引领者拢在一起扎成一串"粽子"。

脱身而出的莫洛克夫立刻操控着"电大白"朝着一号转换装置处疾奔而去，他很清楚，要想利用五行永动纳斯卡线条的能量转换电能重启灾害区域天电互联网，就必须先将一号装置存在的故障恢复。

"电大白"走的路线与"魔礼红"不同，因为它可以翻过山崖，跃过沟涧。不过它还是来得晚了些，当它从悬崖南侧陡坡上冲下，脱离的子母套已经被卫国龙驾驶的"魔礼红"撞合上了。反而是因为冲得太快太急，收不住的脚步在满是碎石碎冰的石面上快速滑行，眼睁睁从一号装置旁边一路滑过。

不过好在"电大白"是从一号装置和悬崖边之间冲下的，所以在滑过悬崖边沿时，正好可以伸出又长又大的手臂，一把将随着垮塌崖沿坠下的卫国龙捞住。

"魔礼红"和垮塌的崖沿石块坠入崖底，几乎都没听到一点坠落的声音。不过刚刚体会了一把悬崖外踏空滋味的卫国龙却可以非常清晰地听到自己的心跳，这一次死里逃生比在索迪瓦沙漠那次更加侥幸、更加惊险。

藤田峻并未注意卫国龙驾车撞合子母套和差点儿坠下悬崖的视频，而是始终注意着类人体神经子系统的状况。现在的子系统运转得越来越快，越来越自如，所有搜集到的信息数据几乎是与实物实景同时出现在立体显示屏上。

"连接子母套可靠合闸，线路搭接已完成两条线路。"子系统已经能够自动分辨信息重要等级，所有这些信息都直接以明显的大字体跳出，并且在旁边配上实际状态演示图。

藤田峻看到这些信息后马上向旁边看着视频的秦潇然大声复诵一遍。他如此大声是生怕秦潇然他们听不清楚，而事实上现在各种轰鸣和异响都比刚才更低缓了，不这么大声高喊也能听见。

"立刻发出电能转换和同步变压指令，向已连接互联网线路充电！"秦潇然听到藤田峻的报告，头都没来得及回就发出了执行指令。

"啊！"藤田峻发出更加大声的一声喊。但这声喊却不是答复秦潇然，而是因为他遭受到突然袭来的巨大痛苦。

秦潇然正好回过头来，他看到藤田峻被一道电光击中，瘦小的身体往后弹跳而起，后脑撞在穿透钢网的锥形大石头上。摔落在地后又继续滚出两圈才被碎石堆挡住，然后蜷缩在那里不停地抽搐。

外面的世界依旧被昏黑云层覆盖，所以当一个人悄然站到洞口处，并不会让凹洞里的光线发生变化而被察觉，更何况这人还裹着其实是神奇能量装置的印度纱丽。这纱丽不仅可以让她身体的速度和力量增加了很多倍，而且行动上也变得更加轻盈。

站在洞口的是乌玛圣女，有些气急败坏的乌玛圣女。她前面的计划不可谓不周全，从系统干扰、病毒侵入、全系统屏蔽，到直接冒险接近转换和变压装置，脱离连接，损坏设备。整个计划不仅双管齐下，而且连环而行。但是这些手段有的在实施中就一步步被化解了，有的因时机把握不好、实施不力而失去机会。

当看到彗尾尘埃的灾害能量渐渐被控制，冲击能量越来越小，乌玛圣女知道这时候需要她亲自出马了。只要找到类人体神经子系统，摧毁系统或者发出错误指令，那么自己还可以将所有一切重新扳回来。于是她马上通过信号追踪找到子系统主机所在的凹洞，并且一个人悄悄地潜行到此处。

出现在凹洞洞口之前，乌玛势在必得。当她站到洞口并看清里面的情况后，乌玛觉得自己已经胜券在握。里面就这么三个人，没有可用的武器，完全不具备阻止自己的能力和办法。所以她首先朝坐在电脑前的藤田峻出手，不能马上将系统关闭，那么先把操控系统的人干掉应该是最实际最有效的方式。

看到藤田峻的惨状后，秦潇然并没有马上找寻攻击来自哪里，而是下意识地往下一蹲一缩脖，这个动作恰好让他躲过了乌玛发出的第二次电击。

秦潇然不会愿意继续遭受电击，更不愿意别人伤害还没有完全反应过来的李名贞。所以他蹲下后顺手从地上捡起石块，连续朝着蓝色电光射来的方向砸去。

乌玛穿着能量装置的纱丽，速度和力量都比一般人快很多倍，所以她马上挥手加移步，连躲带挡闪开好几块石头。但乌玛也没想到手无寸铁的秦潇然会如此快速地抓起石头砸过来，由于距离很近，又太过意外，所以砸过来的许多石头中还是有一块她没能完全躲过。尖薄的石片从额头擦划而过，划开一道口子，涌出一行血珠。血珠扑簌着从脸上流下，不仅留下蜿蜒曲折的血红道道，而且还把散乱的头发沾在了脸上，于是乌玛的面容瞬间变得狰狞。

伤口不仅让乌玛面容狰狞，流过眼角的鲜血还激发了她心中的怒火。美女脸上受伤肯定会发狂发狠的，但乌玛还不仅仅如此。一个所谓的圣女、吹嘘出来的神，其实只需要这样一个不严重的伤口就能揭露出她是普通人的真相。而且这伤口就在额头上，不仅是揭示，简直是公示。

连续砸来的石块没有把乌玛逼退，她反而是恶狠狠地往前连走两步，挥臂挡开石块的同时又发出一击蓝色电光。这一次秦潇然再没有那么幸运，被电光击中后滚跌出去，身体痉挛，剧烈颤抖。

乌玛的脚步没有停止，她在继续朝秦潇然逼近，也是朝子系统的电脑靠近。

滚跌在地的秦潇然强忍痛楚，往前爬两步，抬起上身伸出手想继续制止乌玛。而此刻他的力量只够抓住乌玛身上穿的纱丽，不让自己抬起的上身马上倒下。

乌玛轻巧地抬腿，看似不用力地踢在秦潇然身上。但实际的力道却是让秦潇然的身体猛然横着滑滚出去两米，扬起的灰尘弥漫了整个凹洞。

将秦潇然踢出去之后，乌玛扭头看了一眼电脑，又看了一眼秦潇然。然后恶狠狠地一咬嘴唇，继续迈步逼近秦潇然。可能是因为刚刚被秦潇然破了相，要置他于死地而后快，也可能觉得秦潇然是她最大的威胁，只有先解决了他再做其他事情才能安心。

但是乌玛忽略了凹洞里还有一个人。也或者她并没有忽略，只是觉得这个人是个女人，而且是以往各种信息都没有提及的一个女人，所以意识中完全没把她当作威胁。

不过乌玛这次又错了，不是所有的女人都和她一样只为权力和利益拼命的。有些女人是看到自己心爱的人被逼入绝境、置于死地时，才会变成拼命的"母老虎"，李名贞就是这样。

乌玛发现李名贞冲向自己时两人之间只剩三四步距离，但这还不算太晚，她依旧可以伸臂用超过正常人数倍的力量和速度将李名贞远远地推挡开去。

可是李名贞是从侧后方冲过来的，看样子她只是想从乌玛身边经过。事实也真是如此，李名贞一开始就没有试图直接与乌玛碰撞，那样吃亏的只会是自己。所以她只是想冲到乌玛的身后，脱下乌玛身上的纱丽。

刚刚秦潇然忍住痛楚抬起上身抓住乌玛的纱丽，这动作一下提醒了李名贞。要想对付乌玛，只有脱下她身上的纱丽，或者穿上和她一样的衣服。

乌玛左臂朝后侧方推挡出来。有人正在往自己身后的方向而来，不管冲过来的目的是什么，也不管冲过来的人是男是女，这都是一件可怕的事情。所以乌玛知道必须立即制止，而且为了制止，急切中很自然也很努力地将手臂往后甩摆到极限角度。

李名贞看准了机会，乌玛手臂甩摆到背后的极限角度时，自身的肌肉骨骼结构会局限她的发力。此时即便有超过平常人数倍的力量也很难使出。另外，左臂甩到最后面，披在左臂左肩的纱丽尾端也就处于松落挂搭的状态。所以李名贞在这个转瞬即逝的机会里不仅抓住了纱丽，而且借助前冲力量将纱丽尾端全部从乌玛的左臂和左肩上拉了下来，同时身体快速转动，将纱丽尾端那一边裹在了自己身上。

整个过程就在眨眼之间，李名贞不仅脱下了乌玛身上的纱丽，而且自己还穿上了和她一样的衣服。

乌玛根本没有料到这一招，甚至在出手够不着李名贞后还赶紧反向转身，想用右手再抓住李名贞。而这动作正好将披裹在身上的纱丽更多地落下来，李名贞则可以将更多的纱丽裹在自己身上。并且裹紧纱丽的身体马上和乌玛的身体贴靠在一起，顺势推挤，这样就又多抢过来一些纱丽。

乌玛已经意识到李名贞的企图，她是要脱下自己身上的纱丽，抢去自己身上的纱丽。于是，她也立刻转动身体，裹紧纱丽。纱丽是她神力的来源，是征服和毁灭对手的武器，无论如何都不能让对手夺了去。

此时已经裹上一部分纱丽的李名贞同样从这件能量装置上获取了力量，纱丽中各种转换后的能量也都加注在她的肌体上了。李名贞一下可以与乌玛势均力敌地对抗了，使用大于平时几倍的力量。同时提升了力量和速度的她更加真切地知道自己绝不能丢失纱丽的缠裹，失去纱丽也就失去力量，那会必输无疑。

两个女人裹在一条纱丽中相互冲撞推挤，时而贴紧在一起，时而拉开一段距离。时而原地连续打圈，时而拉成一条直线直冲到洞角。石块被搅得满地乱滚，支撑钢架被撞后又掉下几根，顶上的尘土砂石一股股地流下来。桌椅和仪器架子又翻倒了许多，更多的仪器掉落在地，幸好子系统专属的电脑主机还在正常地运行着。

两股对抗的力量都来自同一条纱丽，也可以说是同一套能量装置。一套装置自身与自身的强劲对抗，势必会导致装置的混乱直至崩溃。那条印度纱丽也是一样，先是上面的线条和晶片持续发出耀眼的亮光，然后开始有蓝色电光在整个纱丽上四散流动，最后不停地有火星从线条和晶片上溅出。

从两个女人的对抗状态来看，她们虽然仍获取了几倍的力量，但此刻那种力量已经不是她们能完全控制的了。原先相互的冲撞推挤变成了裹在一起的乱跌乱撞，随后很快双双跌倒，又变成了纠缠在一起的满地翻滚。而且这时候她们两个就是想挣脱出来也已经不可能了，只能在混乱的力量支配下不由自主地滚出了洞口，滚到了陡壁边缘。

秦潇然再次强忍着痛楚抬起上身时，正好看到被纱丽缠裹在一起的李名贞和乌玛一起从洞口滚跌下去。但是秦潇然却没有任何能力阻止，只能发出悲怆的一声吼叫，然后手脚并用拼尽全力往洞口滚爬过去。

爬到一半时秦潇然停住了，他突然意识到更重要的一件事情。现在自己就算爬到洞口也于事无补，救不回李名贞。但如果这件事情不做好，会有更多的人救不回来，那样李名贞也白白牺牲了。

秦潇然回头看了一眼藤田峻，藤田峻刚才不仅被电击，而且跌出时后脑撞在了穿透防护钢网的巨石上，口眼歪斜一时难以从昏迷中醒来。所以秦潇然只能依靠自己，他艰难地站起身来，踉跄着挪动步子，颤巍巍地伸出手来，心意决然地点进电脑投影的立体画面……

尾声
如幻世界

北京全球天电互联网中心的调度大厅里鸦雀无声,所有人都盯着大厅中间投影出的蓝色地球,以及从这个投影地球上延伸出的各种即时状态图。重启已经开始,各枢纽、站点的开关、刀闸按照重启程序快速地自动分合、自动切换。东半球调集的电能已经通过纵横交错的天电互联网络向灾害区域输送,所有太空发电站的电能也集中通过无线传输向灾害区域的枢纽电站供电。

显示断电区域天电互联网即时电量情况的发光线条、发光点本来是全都灭了的,而现在正一点点地亮起。还有大段的线条正隐隐发出起伏的微亮,挣扎着就要亮起。

到现在为止重启方案进行得很顺利,有条不紊,循序渐进。所以整体即时状态图看起来就像一张彩色明亮的网,正在从暗黑的深水中慢慢升起。

可是就在这个时候,显示东半球电能状态的发光线条、发光点开始闪动起来。越来越剧烈的闪动,并且随着闪动逐渐暗淡下来。而正在缓慢亮起的代表着灾害区域互联网的发光线条连闪动都没有,而是直接暗淡下来。暗黑深水中升起的亮网被挂住了,在重新往深寒中坠入。

"不好!"陈纬发出一声低呼,但除了低呼就只能眼睁睁地站在原地无济于事。

"这下完了！"谷雄二郎发出很高声的一声哀叹。

郑风行没有说话，也没有动，只是将手中的笔握得更紧。

东半球的发光线条和发光点在持续暗淡下去，不！应该是即时状态图上所有的发光线条、发光点都在暗淡下去。调度大厅的灯闪动了几下，电脑屏、投影图也都出现模糊和晃动，感觉随时都会熄灭。在场所有人的心也在往深暗中沉入，越沉越深。

突然，圣女座彗尾尘埃冲击灾害的中心位置有一个耀眼的光点亮起，非常耀眼。然后这耀眼的光快速延伸开来、分散而去。与此同时，原先暗淡下来的发光线、发光点重新变亮了，变得更亮了，并且发出代表最高电量级别的色彩！

"子系统显示，五行永动环纳斯卡线条吸收的能量开始转换利用。能量充足超乎想象，可转换足够电量用于灾害区域的重启和长久供电！"陈纬喊出这话时嗓子有些嘶哑。

"太好了！重启成功了！""受灾区域的人们得救了！""阿尔布克山脉的五行永动环纳斯卡能量场将成为全球天电互联的一个能量储存仓。""人类的奇迹啊！跨越未来的创举啊！"……霎时间，调度大厅里的人们激动了、欢呼了！

郑风行依旧无声地站在那里，手中的笔也握得紧紧的。他其实很激动，也想欢呼，但他又怕自己一开口会哭出来。

秦潇然找到李名贞后，才将她抱到山崖斜坡一半的地方，就已经累得气喘吁吁了。他只能将未醒的李名贞靠在自己怀里，暂时坐在地上休息。

凹洞的洞口外是陡壁，但是经过下击暴流的冲击后，山形、山势已经大幅度变化了。崖顶被削去大半，顶上石块落入陡壁，已经将崖下深度填高了很多。所以滚落下去的李名贞受伤并不太严重，而乌玛应该比李名贞受伤更轻。当秦潇然下去找到李名贞时，乌玛已经不见了，只留下些新鲜的血迹和拖行痕迹。估计她是看到有人下来找李名贞了，所以连裹了一段在李名贞身上的纱丽都没来得及拿回，只能匆忙松开自己裹着的半边纱丽拖着受伤的身体溜走了。

李名贞就在这休息的间隙醒了。醒来后，她先是摸索了一下身上，然后抓起纱丽的一角放在秦潇然手中："收好了，这将是第五重天罗。"

"啊！你醒了，你醒了！太好了！"看到李名贞醒来，秦潇然竟然激动得流出泪来。他小心翼翼地将李名贞从乱石中抱出来，自始至终都在担心她不会醒来，担心她会成为又一个匆忙离去的人。

李名贞伸手抚去秦潇然脸上的一滴泪，依偎秦潇然的怀里。

秦潇然拥住李名贞，朝远处望去。天开眼了，天上阴黑的云层已经破绽开来，就像绽开一朵镶了金边的黑色云花。一道阳光从中间投射下来，洒落在旋转不停的五行永动环上，映照在彩光流动的纳斯卡线条上，幻化出了一个永远光明、永远流光溢彩的世界。

图书在版编目（CIP）数据

　　无限天罗 / 圆太极著 . — 北京：北京联合出版公司，2022.3
　　ISBN 978–7–5596–5820–3

　　Ⅰ . ①无 ... Ⅱ . ①圆 ... Ⅲ . ①幻想小说 — 中国 — 当代 Ⅳ . ① I247.5

　　中国版本图书馆 CIP 数据核字 (2021) 第 276805 号

无限天罗

作　　者：圆太极
出 品 人：赵红仕
策划出品：一未文化
版权统筹：吴凤未
监　　制：魏　童
责任编辑：夏应鹏
封面设计：吴思龙 @4666 啊

北京联合出版公司出版
（北京市西城区德外大街 83 号楼 9 层 100088）
天津中印联印务有限公司印刷　新华书店经销
字数 260 千字　710 毫米 ×1000 毫米　1/16　21 印张
2022 年 3 月第 1 版　2022 年 3 月第 1 次印刷
ISBN 978–7–5596–5820–3
定价：59.80 元

版权所有，侵权必究
未经许可，不得以任何方式复制或抄袭本书部分或全部内容
本书若有质量问题，请与本公司图书销售中心联系调换。
电话：010–65868687　010–64258472–800